노생거
수도원

JANE AUSTEN

노생거
수도원

제인 오스틴 지음 | 최인자 옮김

시공사

일러두기

1. 이 책은 1817년 영국의 존 머레이(John Murray) 출판사에서 《설득(Persuasion)》과 합본으로 출간된 제인 오스틴(Jane Austen)의 《노생거 수도원(Northanger Abbey)》을 우리말로 옮긴 것이다.
2. 번역은 2003년에 출간된 펭귄 고전 시리즈의 《노생거 수도원(Northanger Abbey)》(Marilyn Butler 편집, Penguin Books 발행)을 대본으로 삼았으며, 《주석판 노생거 수도원》(David M. Shapard 주석 및 편집, Anchor Books 발행, 2013년)을 참고하였다.
3. 본문의 주는 모두 옮긴이 주이다.

Contents

추천의 말   6
작가의 말   9

제1권   11
제2권   163

해설 젊은 오스틴의 야심작   321
《노생거 수도원》

제인 오스틴 연보   331

오스틴을 사랑하는
한국 독자들에게

마틴 프라이어(주한영국문화원장)

18세기 영국 시골 마을에서 마흔두 해 짧은 생을 살다 간 제인 오스틴이라는 작가가 2백 년이 지난 지금도 전 세계적으로 사랑받고 있다는 건 매우 경이로운 일이다. 19세기에서 20세기 초만 해도 오스틴의 영향력은 주로 미국과 유럽 국가들에 한정되어 있었으나, 20세기 들어 널리 번역되어 읽히면서 오늘날 그의 작품은 언어와 문화권을 초월해 어마어마한 규모의 독자층을 형성하기에 이르렀다. 동아시아 지역도 예외는 아니어서 1920년대에는 일본어로, 1930년대에는 중국어로 번역되어 명성을 얻었고, 한국에서는 1958년 《오만과 편견》을 시작으로 주요 작품들이 차례로 소개되어 지금껏 식을 줄 모르는 인기를 누리고 있다. 특히 1900년대 후반부터 오스틴의 작품이 크고 작은 규모로 꾸준히 영상화되며 그의 아성은 더더욱 공고해졌다.

오스틴이 주제를 다루는 데 있어 한결같이 발휘한, 시공을 뛰어넘는 보편적 접근법 덕분에, 그의 작품이 아득히 멀고도 이질적인 18세기 영국을 배경으로 하고 있음에도 우리는 별다른 어려움 없이 그 속에서 공감을 느끼게 된다. 남녀의 성 역할, 사회적 지위, 돈, 결혼, 그리고 사랑까지…… 제인 오스틴의 소설에 담긴 다양한 주제는 2백 년 전 햄프셔의 작은 마을에 살았던 작가 자신뿐만 아니라 21세기를 사는 우리네 삶에서도 여전히 중요한 요소들이다.

일찍이 제인 오스틴의 탁월한 재능을 간파하고, 그가 영국 문학의 전통을 일구어온 거장들에 견주어 한 치의 부족함도 없음을 알아본 또 다른 영국 여성 작가가 있었다. 버지니아 울프는 작가로서의 여성과 소설 속 인물들에 대해 쓴 에세이 《자기만의 방》에서 제인 오스틴에 대해 이렇게 말했다. "1800년 무렵에 증오도 고통도 두려움도 없이, 항의하는 법도 설교하는 법도 없이 글을 쓰던 한 여자가 여기 있다. 그것은 셰익스피어의 작법이기도 했다." 어떤 비평의 언어도 이만큼 강렬한 울림을 전해주진 못할 것이다.

곧 이 위대한 작가가 세상을 떠난 지 꼭 2백 년이 된다. 부디 이 책이 한국의 독자들에게 널리 사랑받아 다음 2백 년간도 여전히 유효한 고전으로 남게 되길 바란다.

2016년 10월
마틴 프라이어

이 소품은 1803년에 완성되어 즉시 출간될 예정이었다. 한 서적상에게 팔려서 광고까지 했지만 어째서인지 더 이상 일이 진척되지 않았고, 저자는 영영 그 이유를 알 수가 없었다. 대체 출간할 생각도 없는 작품을 구매할 가치가 있다고 생각한 서적상이 있다는 사실이 그저 놀라울 뿐이다. 하지만 이것은 저자나 독자가 더 이상 관심 둘 문제가 아니고, 주목해야 할 점은 13년이 지나는 동안 이 작품의 일부분이 비교적 시대에 뒤떨어졌다는 사실이다. 그러므로 독자들에게 이 작품이 완성된 지 13년이 지났고, 작품을 쓰기 시작했을 때는 그보다 더 오래전이었으며, 그동안 장소며 예법, 책, 의견 들이 상당히 변했음을 유념해주길 간청하는 바이다.

제인 오스틴

제1권

1

어릴 적 캐서린 몰랜드를 본 사람이라면 누구도 그녀가 여주인공이 될 운명이란 생각은 하지 않았으리라. 타고난 신분이며, 아버지와 어머니라는 인물들, 그녀 자신의 성격과 기질까지 모든 게 하나같이 소설 속 여주인공과는 정반대였다. 그녀의 아버지는 목사여서 남들에게 홀대받거나 가난하지도 않았고, 비록 이름은 리처드였지만* 매우 존경받는 인물이었다. 그리고 미남이었던 적은 한 번도 없었다. 그는 꽤 괜찮은 두 개의 목사 자리 이외에도 먹고살 만한 상당한 수입이 있었다. 딸들을 집 안에 가두어놓으려고 혈안이 된 사람도 아니었다.** 그녀의 어

---

*제인 오스틴은 '리처드'란 이름을 몹시 싫어해서, 대사가 있는 등장인물에게는 결코 그 이름을 붙이지 않을 정도였다. 당시 셰익스피어의 연극, 〈리처드 3세〉가 큰 인기를 끌었는데, 주인공 리처드가 몹시 사악한 악당이었기 때문이라고 설명하는 비평가도 있지만 정확한 이유는 알려지지 않았다.

머니는 현실적이고 평범한 상식을 지닌 여인으로 명랑했으며
무엇보다 튼튼한 체질이었다. 캐서린이 태어나기 전에 이미 아
들 셋을 낳았는데, 흔히 예상하듯이 캐서린을 낳다가 죽기는커
녕 멀쩡히 살아서 여섯 명을 더 낳았고, 여전히 자식들이 자라
는 걸 지켜보며 남다른 건강을 과시하고 있었다. 자식이 열 명
이나 되고 모두 사지가 멀쩡하다면 훌륭한 가정이란 소리를 듣
기 마련이지만, 몰랜드 가족은 딱히 그런 말을 들을 자격이 없
었다. 대체로 인물들이 별로였기 때문이었다. 캐서린도 여러
해 동안 다른 형제들과 매한가지였다. 볼품없이 비쩍 마른 몸
매에 창백하고 칙칙한 피부, 뻣뻣한 검은 머리카락, 그리고 여
자 아이로서는 지나치게 선이 굵은 이목구비를 지니고 있었다.
게다가 여주인공에게 썩 어울리는 성격도 아니었다. 남자 아이
들이 하는 놀이는 뭐든지 좋아했는데, 인형놀이뿐만 아니라 겨
울잠쥐를 돌보거나 카나리아에게 먹이 주기, 장미꽃에 물 주기
와 같이 어린 시절의 여주인공이 즐길 법한 그런 일들보다 크
리켓을 훨씬 더 좋아했다. 특히 정원 일에는 전혀 취미가 없었
다. 혹시라도 꽃을 꺾거나 한다면, 그건 순전히 장난치는 재미
때문이었다. 적어도 언제나 하지 말라는 짓만 더 기를 쓰고 하
는 걸 보면, 그런 짐작이 들 수밖에 없었다. 이러한 성향만큼
이나 배우는 것도 유별났다. 그녀는 누가 가르쳐주기 전에는 어

***딸, 혹은 아내를 학대하고 가두어놓는 아버지는 고딕소설들에 종종 등장하는 전
형적인 인물로, 오스틴은 이를 풍자하고 있다. 실제로는 18세기에 이미 자애로운
부모들이 점점 늘어나는 추세였다.

떤 것도 익히거나 깨우치지 못했다. 때로는 가르쳐줘도 소용이
없었다. 대개는 주의가 산만하거나, 더러는 멍청하기 때문이었
다. 어머니가 석 달 동안 주구장창 〈거지의 탄원〉* 하나만을 가
르쳤는데, 결국에는 여동생 샐리가 더 잘 외울 수 있었다. 그렇
다고 캐서린이 항상 멍청하기만 한 것은 아니었다. 〈산토끼와
많은 친구들〉**이란 우화는 어떤 영국 소녀 못지않게 빨리 외
우기도 했다. 어머니는 딸이 음악을 배웠으면 했다. 캐서린도
자기가 음악을 좋아할 거라고 확신했다. 낡아빠진 고물 스피
넷*** 건반을 두들기는 게 무척 재밌었기 때문이었다. 그래서
여덟 살에 음악을 시작했다. 하지만 1년을 배우고 나자, 더 이
상 견디지 못했다. 몰랜드 부인은 자기 딸들에게 재능이 부족
하고 취미가 없는데도 꼭 배워야 한다고 강요하는 사람이 아니
라서 캐서린이 그만두는 걸 허락했다. 음악 선생을 해고한 그
날이 캐서린의 인생에서 가장 행복한 날들 중 하나였다. 그림
에 대한 취향도 썩 뛰어나지 않았다. 어쩌다 어머니에게서 편
지 겉봉을 얻거나 뭐든 종이 쪼가리가 손에 들어올 때마다, 자

---

*성직자 토머스 모스가 1769년에 익명으로 발표한 시. 늙은 노인이 자신의 기구한
운명을 한탄하는 내용의 이 시를 외우는 것은 당시 중요한 교육 과정이었다. 아이
들에게 가난하고 어려운 사람들에 대한 동정심을 일깨워주기 위한 취지였다.
**시인인 존 게이가 쓴 《우화집》에 실려 있는 글. 모든 이들을 기쁘게 해주려고 노
력했지만 정작 깊은 관계는 맺지 못해서 위험에 빠졌을 때 외면당하는 토끼에 대
한 이야기로, 당시에 매우 유명했다.
***오랫동안 영국과 유럽 대륙에서 사용되었던 건반 악기의 일종. 하지만 이 당시
부터 피아노에 점점 밀려나기 시작했다. 피아노가 아닌, 시대에 뒤떨어진 스피넷
을 갖고 있었다는 것은 캐서린의 집안이 별로 음악에 관심이 없으며 상류 계층이
아님을 암시한다.

기 나름대로 집이며 나무, 암탉과 병아리 등을 그렸지만 전부 비슷비슷했다. 글쓰기와 산수는 아버지에게 배웠고, 프랑스어는 어머니에게 배웠다. 하지만 어느 쪽도 변변치 않았고, 틈만 나면 수업을 빠지려고 했다. 얼마나 엉뚱하고 유별난 성격인지! 열 살에 이런 품행 불량의 조짐을 다 드러냈음에도 불구하고, 캐서린은 마음씨가 나쁘거나 성질이 고약하지는 않았다. 좀처럼 고집을 피우지도, 싸우지도 않았다. 어린 동생들에게는 무척 다정해서 횡포를 부리는 일도 없었다. 하지만 시끄럽고 야단스러웠으며 집 안에 갇혀 있거나 깔끔한 걸 못 견디게 싫어하고, 집 뒤편 푸른 언덕에서 데굴데굴 굴러 내려오는 걸 세상에서 가장 좋아했다.

열 살 때까지 캐서린 몰랜드는 그러했다. 하지만 열다섯 살이 되자, 점차 인물이 좋아졌다. 캐서린은 머리를 곱슬곱슬하게 말고 무도회를 손꼽아 기다리기 시작했다. 안색도 밝아지고, 살이 통통히 오르고 혈색이 돌면서 인상도 부드러워졌다. 눈에는 생기가 돌고 몸매도 태가 났다. 흙장난을 좋아하던 성향은 점차 화려한 옷과 보석에 대한 관심으로 바뀌었다. 그리고 갈수록 영리해지면서 깔끔해졌다. 이제는 가끔 아버지와 어머니로부터 그녀의 변모에 대한 칭찬을 듣는 기쁨도 누리곤 했다. "캐서린이 자라면서 꽤 인물이 훤해졌어. 이젠 제법 예쁜 편인걸." 이따금 이런 말이 그녀의 귀에 들렸다. 그 소리가 얼마나 듣기 좋았는지! '제법 예쁜 편'이라는 말은 요람에서부터 예뻤던 사람에게보다는 인생의 15년을 평범한 외모로 살아온 아가씨에게 훨씬 더 커다란 즐거움을 안겨주는 법이다.

몰랜드 부인은 매우 선량한 여인이었고, 아이들이 모든 면에서 제대로 자라는 걸 보고 싶어 했다. 하지만 출산과 양육에 너무 매여 있다 보니, 큰 딸들은 스스로 앞가림을 하도록 내버려둘 수밖에 없었다. 그러니 여주인공다운 자질을 타고나지 못한 캐서린이 열네 살에도 책보다는 크리켓이나 야구, 말 타기, 들판 달리기 등을 더 좋아하는 건 별로 놀라운 일도 아니었다. 적어도 뭔가 정보가 담긴 책은 읽지 않았다. 유용한 지식 같은 것은 손톱만큼도 얻을 수 없는 책, 사색이라곤 전혀 없고 오직 이야기뿐인 책이라면 결코 마다하는 법이 없었다. 하지만 열다섯부터 열일곱 살까지는, 캐서린도 여주인공에 어울리는 소양을 쌓았다. 그리하여 여주인공이라면 다사다난한 인생의 우여곡절 속에서 도움이 되고 위안이 될 인용구들을 기억하기 위해서 마땅히 읽어야만 하는 그런 책들을 모두 읽었다.

가령 포프에게서는 "비애에 대한 조롱을 참고 넘기는" 사람은 비난해야 한다는 걸 배웠고, 그레이에게서는 "수많은 꽃들이 눈길 한 번 받지 못한 채 붉게 피어나고, 텅 빈 허공에 헛되이 향기를 날린"다는 걸 배웠다. 톰슨에게서는 "젊은 생각이 싹을 틔우도록 가르치는 것이 얼마나 즐거운 일인지"를 배웠다. 그리고 셰익스피어에게서는 엄청나게 많은 지식을 얻었는데,* 그중에서도 "공기처럼 가볍고 사소한 일들도, 질투하는 자들에게는

*여기 인용된 셰익스피어의 작품들이나 포프, 그레이, 톰슨 등의 유명한 시인들의 명구절을 모은 모음집이 숙녀용 교양서로 널리 읽히고 있었다.

성경 말씀처럼 강력한 증거가 된다"든가, 혹은 "우리가 짓밟는 하찮은 딱정벌레도 육체의 고통은 거인이 죽을 때만큼이나 크다", 그리고 사랑에 빠진 젊은 여인은 언제나 "기념비에 새겨진 인내처럼 슬픔에도 미소 짓는" 것처럼 보인다는 걸 배웠다.

이 정도면 캐서린의 변모는 만족할 만했다. 다른 여러 면에서도 큰 발전이 있었다. 비록 소네트를 쓰지는 못했지만 읽을 수는 있었고, 피아노로 직접 작곡한 서곡을 연주하여 온 좌중을 황홀경에 빠뜨릴 가능성은 전혀 없었지만 다른 사람의 연주를 피곤한 기색 없이 듣고 앉아 있을 수는 있었다. 그녀에게 제일 부족한 부분은 그림이었다. 그림에는 전혀 취미가 없었다. 연인의 옆모습을 스케치할 실력조차 안 될 정도였다. 이 점에서는 진정한 여주인공의 자격에 한참 못 미쳤다. 하지만 당장은 초상화를 그릴 연인도 없었기 때문에, 캐서린은 자신의 부족함을 알지 못했다. 그녀는 열일곱 살이 되도록, 진정한 열정을 불러일으키고 감수성을 자극할 만한 멋진 청년 한 명 보지 못했고, 그저 가볍게 지나가는 말로라도 가슴을 설레게 하는 찬사 한마디 듣지 못했다. 얼마나 이상한 일인가! 하지만 아무리 이상한 일들도 그 원인을 잘 살펴보면 대개 설명이 되는 법이다. 그녀의 이웃에 귀족이라고는 아예 없었다. 준남작*조차 없었다. 게다가 아는 사람들 중에 우연히 문 앞에서 발견한 남자 아이를 키우거나 입양한 가족도 없었다. 다시 말해서 출생

---

*기사와 함께 남작 아래의 가장 낮은 귀족 계급에 속했다.

의 비밀을 지닌 젊은 남자라고는 없었던 것이다. 아버지가 후견하는 청년도 없었고, 교구의 지주에게는 자식이 없었다.

하지만 젊은 아가씨가 여주인공이 되려고 할 때면, 이웃 40가구가 심통을 부려도 막을 수 없는 법이다. 반드시 무슨 일이든 일어나서 그녀 앞에 남자 주인공이 등장하기 마련인 것이다.

앨런 씨는 몰랜드 가족이 살고 있는 윌트셔* 지방의 한 마을인 풀러튼에서 가장 재산이 많았는데, 통풍 치료에 좋은 바스**에 가라는 의사의 권고를 받았다. 마음씨 좋은 앨런 부인은 몰랜드 양을 좋아했다. 그리고 젊은 아가씨가 자기 마을에서 모험을 해볼 기회가 없다면 외지로 나갈 수밖에 없다는 걸 알았는지, 함께 가자고 초대했다. 몰랜드 부부는 기꺼이 승낙했고 캐서린은 그저 행복할 뿐이었다.

2

앞으로 바스에서 6주 동안 겪게 될 온갖 어려움과 위험 속으로 뛰어들기 전에, 독자들에게 보다 확실한 정보를 제공하기 위해 캐서린 몰랜드의 성격과 지적 능력에 대해 앞서 이야기한 사실

---

*잉글랜드 남부의 한 주로, 제인 오스틴이 성장했고 평생 살았던 곳이다. 솔즈베리가 그곳의 중심 도시이며 바스와 가깝다. 한편 풀러튼은 실제 지명이 아니다.
**윌트셔 서쪽에 있는 휴양 도시로 18세기에는 온천으로 유명했다. 병을 치료하기 위해 이곳에 오랫동안 머무는 사람들을 위해 여러 가지 여흥이 발달한 덕분에, 당시 영국에서는 런던 다음가는 사교의 중심지였다.

에 몇 마디 덧붙이고자 한다. 그렇지 않으면 다음 페이지에서 그녀의 성격을 제대로 이해하지 못할 수도 있을 테니 말이다. 그녀는 마음이 따뜻했고, 기질은 명랑하고 솔직해서 어떤 식의 자만심이나 가식도 없었다. 태도는 수줍음 많고 어색해하는 소녀와는 전혀 거리가 멀었다. 성격은 싹싹했으며, 밝은 표정일 때면 꽤 예뻤다. 그리고 열일곱 살 먹은 아가씨들이 대개 그렇듯이 세상 물정에 어둡고 지식이 부족했다.

떠날 때가 가까워지면서 어머니인 몰랜드 부인의 걱정이 커져가는 건 당연했다. 이 두려운 이별로 인해 사랑하는 캐서린에게 닥칠지도 모르는 수천 가지 나쁜 일에 대한 불길한 예감이 부인의 마음을 짓누르고, 두 사람이 함께 보내는 마지막 하루 이틀 동안에는 눈물이 쏟아졌을 것이다. 부인의 내실에서 작별 인사를 나눌 때에는 어머니의 현명한 입에서 가장 중요하고 유용한 충고가 나와야 마땅했다. 그런 순간에, 젊은 아가씨들을 강제로 멀리 떨어진 농가로 끌고 가는 걸 즐기는 귀족과 준남작들의 폭력을 주의하라고 경고해준다면 걱정으로 가득했던 어머니의 마음이 한결 가벼워졌으리라. 누군들 그렇게 생각하지 않겠는가? 하지만 몰랜드 부인은 귀족이나 준남작을 잘 몰랐고, 그들이 저지르는 일반적인 악행은 생각조차 하지 못했으므로 그들의 계략으로 자기 딸이 위험에 빠질 거라는 의심은 아예 하지 않았다. 따라서 부인이 해준 충고는 그저 이것뿐이었다. "애야, 밤에 무도회장에서 돌아올 때면, 항상 목을 따뜻하게 잘 감싸고 다녀라. 그리고 네가 쓴 돈은 빠짐없이 기록하도록 하렴. 이 작은 수첩을 줄 테니까."

이런 상황이라면 샐리, 아니 새라(점잖은 집안의 젊은 아가씨치고 열여섯 살 전에 이름 한 번 안 바꿔본 사람이 있을까?)가 이때쯤에는 언니와 속을 털어놓는 친한 친구가 되었어야 했을 것이다. 그런데 놀랍게도 동생은 캐서린 언니에게 가는 곳마다 편지를 쓰라고 요구하지도 않고, 새로 만난 모든 사람들의 성격이나, 바스에서 나눈 모든 흥미로운 대화들을 전해주겠다는 약속도 받아내지 않았다. 몰랜드 가족은 이 중요한 여행에 관련된 모든 일들을 이렇게 침착하고 적당하게 끝냈다. 사실 평범한 생활을 하는 사람들의 평범한 감정에는, 소설 속 여주인공들이 언제나 처음 가족과 헤어질 때 분출하는 세련된 감수성과 섬세한 감정들보다는 차라리 이편이 더 어울리는 것처럼 보였다. 한편 아버지는 딸에게 거래 은행의 백지 어음을 주거나 100파운드 수표를 손에 쥐여주는 대신, 달랑 10기니를 주면서 필요하면 더 보내주겠다고 약속했다.

이렇듯 보잘것없는 후원하에, 작별이 이루어지고 여행이 시작되었다. 여행은 적당히 조용하고 아무 사고 없이 안전하게 진행되었다. 강도나 폭풍우를 만나지도 않았고, 그들을 남자 주인공에게로 이끄는 행운의 마차 전복도 일어나지 않았다. 딱 한 번 앨런 부인이 여관에 나막신을 두고 왔을까 봐 걱정한 것 이외에는 놀랄 일도 전혀 없었다. 그나마도 운 좋게 괜한 걱정으로 밝혀졌다.

그들은 바스에 도착했다. 캐서린은 진심으로 기뻤다. 멋지고 훌륭한 동네에 가까이 이르자, 캐서린의 눈은 이쪽저쪽으로 분주하게 움직였다. 잠시 후에 마차는 호텔로 가는 길을 달렸다. 캐서린은 행복을 찾아왔고, 이미 행복하다고 느꼈다.

그들은 곧 풀트니 거리에 있는 안락한 숙소에 자리를 잡았다.

이제 앨런 부인을 좀 더 자세히 소개하는 게 좋을 듯싶다. 그래야만 앞으로 부인의 행동이 어떤 식으로 작품에 전반적인 불행을 일으키는지, 그리하여 마지막에 이르러 부인이—경솔함 때문이든, 천박함 혹은 질투심 때문이든 간에—캐서린의 편지를 가로채거나 그녀의 평판을 망쳐놓거나 문밖으로 내쫓거나 해서, 가엾은 캐서린을 완전히 절망적인 비참함 속으로 빠뜨리는 데 어떻게 일조할는지 독자들이 판단할 수 있을 것이다.*

앨런 부인은 결혼을 할 만큼 자기를 좋아할 수 있는 남자가 이 세상에 있다는 사실에 놀라는 것 이외에 다른 감정이라고는 느낄 수 없는, 그런 숱한 여성 부류들 중 하나였다. 그녀는 미모도, 지성도, 명예도, 예의범절도 없었다. 오로지 숙녀 같은 풍채, 대단히 조용하고 고분고분한 기질, 그리고 약간의 변덕이, 그녀가 어떻게 앨런 씨처럼 분별 있고 지적인 남자의 선택을 받았는지 설명해줄 수 있는 전부였다. 어느 면에서 부인은 젊은 아가씨를 사교계에 소개하는 데 참으로 적합한 인물이었

---

*당시 소설의 여주인공들은 예외 없이 극도로 비참한 상황에 내몰리곤 했다. 그리고 많은 소설에서 여성 후견인은 여기서 묘사한 것과 같은 방식으로 여주인공의 불행에 일조했다. 하지만 이 작품 속의 앨런 부인은 그런 중대한 해를 끼칠 만한 인물은 아니다. 이 대목에서 오스틴은 당시 소설들을 풍자하고 있다.

다. 어느 젊은 아가씨들 못지않게 온 사방 다니면서 뭐든지 직접 보는 걸 좋아했기 때문이다. 드레스는 그녀의 최고 관심사였다. 그녀는 잘 차려입는 데 가장 큰 기쁨을 느꼈다. 그러므로 우리의 여주인공의 사교계 입문은 삼사 일 후에나 이루어질 수 있었다. 그동안 여주인공의 샤프롱*께서는 요즘 유행하는 옷이 무엇인지 알아보고, 최신 유행의 드레스를 장만했다. 캐서린도 옷을 몇 벌 샀다. 이런 모든 준비가 마무리되고, 마침내 어퍼 사교장**으로 진출하는 대망의 저녁이 찾아왔다. 최고의 미용사에게서 머리 손질을 받고 정성껏 옷을 차려입자, 앨런 부인과 하녀는 입을 모아 제법 제대로 차려입은 것처럼 보인다고 말했다. 이렇게 격려를 받은 캐서린은 적어도 사람들 사이를 지날 때 손가락질이나 받지 않기를 바랐다. 찬사를 받는다면 언제든 환영이겠지만, 그것까지 기대하지는 않았다.

앨런 부인이 드레스를 차려입는 데 너무 오래 걸려서, 그들은 늦게야 무도회장에 들어갈 수 있었다. 한창 관광객이 붐비는 철이라서 무도회장도 인파가 가득했다. 두 숙녀는 최대한 틈을 비집고 들어갔다. 한편 앨런 씨는 여자들끼리 군중을 즐기도록 내버려둔 채, 곧장 카드 방으로 가버렸다. 피후견인의 안녕보다는 자신의 새 드레스를 보호하는 데 더 신경 쓰는 앨

---

*사교계에 입문하는 젊은 여성의 보호자 역을 맡은 부인.
**바스에 실재했던 대표적인 사교장. 어퍼(upper)는 이 건물이 북쪽의 새로 지은 번화가에 위치했기 때문에 붙여진 이름이다. 네 개의 커다란 방으로 이루어졌는데, 무도회장과 카드놀이 방, 차 마시는 방, 그리고 팔각 모양의 옥타곤룸이다.

런 부인은 문 옆에 무리지어 서 있는 남자들 틈을, 조심스러운 태도로 가능한 한 재빨리 뚫고 지나갔다. 캐서린은 부인 옆에 딱 붙어서 어찌나 단단히 팔짱을 꼈는지, 서로 빠져나가려고 분투하는 군중들의 웬만한 노력으로는 떨어지지 않았다. 하지만 아무리 앞으로 나가도 사람들 틈에서 도저히 벗어날 수 없다는 걸 알고 캐서린은 기절초풍했다. 들어가면 갈수록 인파는 점점 늘어나는 것 같았다. 일단 문 안으로 들어가기만 하면, 쉽게 자리를 찾고 완전히 편하게 춤을 구경할 수 있을 것이라고 생각했지만, 현실은 정반대였다. 지치지 않고 끈질기게 나가서 무도회장의 제일 위층에 도달해도 상황은 똑같았다. 숙녀들의 머리에 달린 높은 깃털 장식 말고, 춤추는 사람들은 구경도 할 수 없었다. 그들은 좀 더 잘 보이는 곳을 찾아 계속해서 움직였다. 끈질기게 힘과 기지를 발휘한 끝에, 마침내 제일 높은 의자 뒤편 통로까지 왔다. 이곳은 아래쪽보다 좀 덜 붐볐다. 덕분에 몰랜드 양은 아래쪽에 있는 모든 무리를 제대로 볼 수 있었다. 그리고 그녀가 뚫고 지나온 길의 모든 위험도 잘 보였다. 정말 굉장한 광경이었다. 캐서린은 그날 저녁 처음으로 무도회장에 왔다는 기분이 들었다. 춤을 추고 싶었지만, 아는 사람이 하나도 없었다. 이런 경우에 앨런 부인이 할 수 있는 일이라고는 이따금 아주 태평하게 한마디씩 던지는 게 전부였다. "너도 춤을 춰야 하는데. 파트너가 있으면 얼마나 좋겠니." 부인의 젊은 말동무인 캐서린은 얼마 동안은 부인의 이런 말이 고마웠다. 하지만 아무 소용없는 말을 자꾸만 되풀이하니까 그만 질려서 고마운 마음이 싹 사라졌다.

힘들게 차지한 꼭대기에서의 휴식을 오래 즐길 수는 없었다. 모든 사람들이 곧 차를 마시러 이동했고, 그들도 다른 사람들 틈에 끼어 빠져나가야만 했다. 캐서린은 슬슬 실망하기 시작했다. 계속해서 이리저리 치이는 것도 지겨웠고, 흥미를 끄는 데라고는 전혀 없는 하나같이 평범한 얼굴들도 지겨웠다. 게다가 죄다 모르는 사람들뿐이라서, 함께 이곳에 갇혀버린 친구와 한마디 나누며 꼼짝달싹 못 하는 짜증을 해소할 수도 없었다. 마침내 차를 마시는 방에 도착했지만, 어디 낄 자리도 없고 이리 오라고 불러줄 지인도 없고 도와줄 신사도 없어서 더욱 난감할 뿐이었다. 앨런 씨는 코빼기도 보이지 않았다. 좀 더 적당한 자리를 찾으려고 헛되이 둘러보다가, 결국 한 무리의 일행이 이미 차지하고 있는 탁자 끄트머리에 앉았다. 그렇지만 서로 이외에는 말할 상대도 없고, 달리 할 일도 없었다.

앨런 부인은 자리에 앉자마자 옷을 버리지 않아서 다행이라고 기뻐했다. "찢어지기라도 했으면 기절했을 거야." 부인이 말했다. "안 그러니? 이렇게 고운 모슬린 천인데. 이 무도회장 전체를 둘러봐도 이보다 더 좋은 건 못 봤어."

"아는 사람이 하나도 없으니 정말 불편하네요!" 캐서린이 속삭였다.

"그렇구나." 앨런 부인이 태평스럽게 말했다. "정말 불편하구나."

"어떡하죠? 여기 신사 숙녀들이 우리가 왜 여기 앉아 있나

하는 표정으로 쳐다보는데요. 우리가 억지로 끼어든 것처럼 보일 거예요."

"그래, 그렇구나. 그거 참 난처한 일이네. 여기에 아는 사람이 많았으면 좋겠구나."

"누구라도 있으면 좋겠어요. 가서 말이라도 걸게요."

"맞아. 누구든 알면 당장 함께 어울릴 텐데 말이다. 작년에 스키너 가족이 여기 왔었는데, 지금도 있으면 얼마나 좋겠니."

"그만 가는 게 좋지 않을까요? 우리는 찻잔도 없잖아요."

"정말 그렇구나. 진짜 너무하네! 그래도 앉아 있는 게 좋을 것 같다. 이렇게 사람이 많은데 넘어질 거야! 내 머리 모양은 괜찮니, 얘야? 누가 날 밀었는데 머리가 망가졌을까 봐 걱정이다."

"괜찮아요. 아주 예뻐요. 그런데 앨런 부인, 정말 이 많은 사람들 중에 아무도 모르세요? 틀림없이 아는 사람이 있을 것 같은데요."

"맹세코 없어. 있으면 얼마나 좋겠니. 나도 진심으로 여기 아는 사람이 많았으면 좋겠어. 너한테 파트너도 구해주고. 네가 춤을 추면 정말 기쁠 텐데. 저기 이상하게 생긴 여자가 가는구나! 어쩜 저런 이상한 옷을 입었을까! 완전 옛날 패션이네! 뒷모습 좀 봐."

잠시 후 옆자리 앉은 사람이 그들에게 차를 권해서, 고맙게 받아들였다. 이 일로 차를 권한 신사와 가벼운 대화가 이어졌다. 춤이 끝나고 앨런 씨가 찾아와서 다시 만날 때까지, 그들이 그날 저녁 누군가와 말을 나눈 유일한 순간이었다.

"몰랜드 양, 부디 즐거운 무도회가 되었기를 바라네." 앨런 씨가 대뜸 말했다.

"무척 즐거웠어요." 대답은 이렇게 했지만, 하품이 나오는 걸 숨길 수가 없었다.

"캐서린이 춤을 췄으면 좋았으련만." 부인이 말했다. "우리가 파트너를 구해줄 수 있으면 얼마나 좋겠어요. 안 그래도 스키너 가족이 작년 겨울이 아니라 올해 여기 왔으면 정말 좋았을 거라고 계속 얘기했어요. 페리 가족이 오든지요. 언제 한 번 온다고 했는데. 조지 페리와 춤을 출 수도 있었을 텐데. 캐서린이 파트너가 없어서 진짜 속상하네요!"

"다음 저녁 무도회 때는 더 잘할 거요." 앨런 씨가 위로했다.

무도회가 끝나자 사람들이 흩어지기 시작했다. 이제 남아 있는 사람들이 편하게 돌아다닐 수 있을 만큼 여유가 생겼다. 그리고 드디어 여주인공을 위한 시간이 왔다. 아직은 이날 저녁 눈에 띄는 역할을 하지는 못했지만, 사람들의 시선을 끌고 찬사를 받을 때가 온 것이다. 시시각각 사람들이 줄어들면서, 여주인공의 매력이 드러날 자리가 점점 더 넓어졌다. 지금까지 근처에 오지 못했던 많은 젊은이들이 캐서린을 쳐다보았다. 비록 그녀를 보고 황홀경에 빠진 남자도 없었고, 저 아가씨가 누구냐고 수군거리는 소리가 무도회장 전체를 맴돌지도 않았고, 아무도 그녀를 여신이라 부르지도 않았지만, 그래도 캐서린은 무척 예뻤다. 만약 여기 있는 사람들이 3년 전에 그녀를 보았더라면, 지금은 굉장히 아름다워졌다고 생각했을 것이다.

어쨌거나 캐서린은 시선을 끌었고, 찬사도 받았다. 신사 두 명이 예쁜 아가씨라고 말하는 걸 직접 들었던 것이다. 그런 말은 응당 효과를 발휘했다. 즉시 캐서린은 아까와 달리 꽤 유쾌한 저녁이었다는 생각이 들었다. 그녀의 소박한 허영심은 충족되었다. 진정한 여주공인이라면 자신의 매력을 찬미하는 소네트를 열다섯 편쯤 받았을 때 느꼈을 기쁨보다 더 큰 기쁨을, 캐서린은 두 젊은 신사의 짧은 칭찬에서 느꼈다. 그리고 모든 사람들과 함께 기분 좋게 마차에 올랐다. 그녀는 자기에게 주어진 사람들의 관심에 충분히 만족했다.

3

이제 오전마다 규칙적으로 할 일이 생겼다. 상점에 들렀다가 마을의 새로운 곳을 구경하고 나서 펌프 사교장*에 가는 일과였다. 그곳에서 그들은 한 시간 동안 왔다 갔다 하면서 지나가는 모든 사람들을 구경했지만, 말 한마디 나누지 못했다. 바스에 아는 사람이 많았으면 좋겠다는 게 여전히 앨런 부인의 가장 커다란 소망이었고, 부인은 매일 아침 아는 사람이 하나도 없다는 사실을 새롭게 확인할 때마다 똑같은 소원을 되풀이했다.

두 사람은 로어 사교장**에도 진출했다. 이번에는 운명이 우

---

* 온천장의 광천수를 맛볼 수 있고 악단 연주를 들을 수도 있는 장소.

리의 여주인공에게 좀 더 호의적이었다. 무도회의 총지배인이 그녀에게 매우 신사처럼 보이는 젊은이를 소개해주었던 것이다. 그의 이름은 틸니였다. 스물네다섯 살쯤으로 보이는, 다소 큰 키에 호감 가는 외모와 매우 지적이고 생기 넘치는 눈빛을 지닌 남자였다. 그렇게 잘생긴 편은 아니었지만, 미남에 가까웠다. 말하는 태도도 상냥해서 캐서린은 무척 운이 좋다고 생각했다. 춤을 추는 동안은 거의 이야기할 틈이 없었지만 자리에 앉아서 차를 마시다 보니, 생각했던 대로 호감 가는 신사였다. 그는 막힘없이 활기차게 떠들었다. 캐서린은 거의 알아채지 못했지만, 그의 태도에서는 사람들의 흥미를 끄는 장난기와 익살이 엿보였다. 한동안 주변을 보고 자연스럽게 떠오르는 대로 이런저런 이야기를 나누더니, 그가 갑자기 본격적으로 대화를 시작했다. "제가 지금까지 파트너에게 제대로 관심을 보이지 않고 너무 태만했군요. 바스에 오신 지 얼마나 됐는지, 전에도 여기 오신 적이 있는지, 어퍼 사교장이나 극장, 음악회에는 가보셨는지, 그곳이 마음에 들었는지도 아직 묻지 않고 말이죠. 제가 무척 소홀했습니다. 그런데 지금 이런 자세한 이야기를 나누실 시간이 있으신지요? 괜찮으시면 당장 시작하겠습니다."

"그렇게 고생하실 필요 없으세요."

"고생이라니요. 절대 아닙니다." 그는 한껏 웃는 표정을 짓더니 일부러 부드럽게 꾸민 목소리로 장난치듯 말했다.

**어퍼 사교장과는 반대로 바스의 북쪽 구시가지에 세워진 건물로. 역시 실재했던 유명한 사교장이다. 두 곳이 요일별로 따로 개장했다.

"바스에 오신 지는 얼마나 되셨습니까, 마담*?"

"일주일쯤 됐답니다." 캐서린이 애써 웃음을 참으며 대답했다.

"그러시군요!" 그는 짐짓 놀라는 척했다.

"왜 그렇게 놀라시나요, 선생님?"

"이런, 그렇군요!" 그가 다시 자연스러운 목소리로 말했다. "당신의 대답에 어떤 식으로든 반응을 보여야 하는데, 깜짝 놀라는 척하는 게 가장 쉽거든요. 다른 감정보다 적절하기도 하고요. 그럼 이제 계속해볼까요. 여기 처음 오셨습니까, 마담?"

"네, 처음이랍니다. 선생님."

"그렇군요! 혹시 어퍼 사교장에는 가보셨습니까?"

"네, 지난 월요일에 갔었답니다."

"극장에는 가보셨나요?"

"네, 화요일에 연극을 보았어요."

"음악회도 가보시고요?"

"네, 수요일에 갔었어요."

"그럼 바스가 마음에 드시는지요?"

"네, 전 이곳이 정말 좋아요."

"이제 제가 한 번 어색한 미소를 짓겠습니다. 그러고 나면 다시 제정신인 상태로 돌아갑니다."

캐서린은 대놓고 웃어도 되는지 잘 몰라서, 얼른 고개를 돌렸다.

---

* '마담'이란 호칭은 대개 결혼한 부인에게 쓰는 말이지만, 틸니는 일부러 말끝마다 붙임으로써 당시의 일반적인 자기소개 방식을 풍자하고 있다.

"저를 어떻게 생각하시는지 알겠습니다." 그가 진지하게 말했다. "내일이면 당신 일기장에 한심한 사람으로 기록되겠군요."

"일기라고요!"

"그래요, 당신이 뭐라고 쓸지도 정확히 알고 있답니다. 금요일. 로어 사교장에 갔다. 검은 구두를 신고 푸른색 허리띠에 잔가지무늬가 수놓인 모슬린 드레스를 입었다. 상당히 근사해 보였다. 그런데 반쯤 정신 나간 괴짜에게 괴롭힘을 당했다. 그 남자는 춤을 추자고 하면서 말도 안 되는 헛소리로 나를 괴롭혔다."

"저는 절대 그런 말을 쓰지 않을 거예요."

"그럼 당신이 어떻게 써야 할지 제가 알려드릴까요?"

"원하신다면."

"킹 씨*의 소개로 매우 매력적인 젊은 남자와 춤을 추었다. 이야기도 많이 나누었다. 특별히 똑똑한 사람 같지는 않았지만, 좀 더 자세히 알고 싶다. 저는 당신이 이렇게 쓰면 좋겠습니다."

"하지만 어쩌면 제가 일기를 쓰지 않을 수도 있죠."

"어쩌면 당신은 이 방에 앉아 있지 않고, 저는 당신 곁에 앉아 있지 않을 수도 있지요. 여기서 요점은 둘 다 똑같이 의심이 가능하다는 것입니다. 일기를 쓰지 않는다고요! 그렇다면 여기 오지 못한 당신의 사촌들이 어떻게 바스 생활을 이해할 수 있

*1785년 로어 사교장의 예식담당 지배인으로 임명된 제임스 킹을 말한다. 킹은 새로이 합류한 고객들과 기존 고객들이 잘 섞일 수 있도록 방명록 기입을 도입했는데, 5장에서 캐서린이 이 방명록에서 헨리 틸니를 찾아보는 장면이 등장한다.

겠어요? 매일 저녁 일기장에 적어놓지 않으면, 날마다 오간 인사와 칭찬을 어떻게 제대로 이야기해주겠습니까? 계속 일기를 들춰보지 않고서, 그 다양한 드레스들을 어떻게 기억하고, 그날 화장은 어땠는지 머리는 어떤 식으로 말았는지 그런 차이점들을 어떻게 전부 묘사할 수 있을까요? 친애하는 마담, 저는 생각하시는 것만큼 그렇게 숙녀분들의 방식에 대해 무지하지 않답니다. 주로 숙녀분들이 잘 쓴다고 칭찬받는, 평이한 문체를 만들어내는 데 커다란 기여를 한 게 바로 일기 쓰기라는 즐거운 습관 아닙니까. 여성들이 가벼운 편지 쓰기에 특별한 재능이 있다는 사실은 모든 사람들이 인정하는 바입니다. 자연이 그렇게 만들기도 했겠지만, 저는 본질적으로 일기 쓰기의 연습 덕분이라고 확신합니다."

"그런데 저는 가끔 이런 생각이 들어요." 캐서린이 의심스러운 어조로 말했다. "정말 여자들이 남자들보다 편지를 더 잘 쓸까 하고 말이죠. 항상 여자들이 더 뛰어난 건 아닌 것 같아요."

"제가 판단하기로, 여성들이 쓰는 일반적인 편지 문체는 단 세 가지 경우를 제외하고 별로 흠잡을 데 없는 것 같습니다."

"그게 뭐죠?"

"일반적인 주제의 결핍, 문장부호에 대한 철저한 무관심, 그리고 아주 빈번하게 나타나는 문법의 오류."

"세상에! 그런 칭찬은 거절하는 게 맞겠네요. 당신은 그런 점에서 우리 여자들을 높이 평가하지 않는군요."

"저는 여자가 남자보다 편지를 잘 쓴다는 게 일반 법칙임을 강조했을 뿐입니다. 여자들이 듀엣을 더 잘 부르고 풍경화를 더 잘 그리는 게 일반 법칙이듯 말입니다. 취향이 바탕을 이루는 모든 재능들의 경우, 어느 쪽이 탁월한가는 남녀 사이에 꽤 분명하게 나누어져 있습니다."

이때 앨런 부인이 두 사람의 대화를 방해했다. "캐서린, 내 소매에서 이 핀 좀 뽑아주렴. 벌써 옷에 구멍이 났을까 봐 걱정이구나. 그렇다면 무척 속상할 거야. 내가 제일 좋아하는 옷이거든. 1야드에 9실링밖에 안 하는 옷감이지만 말이다."

"이건 제가 짐작했던 바로 그 천이군요, 부인." 틸니 씨가 모슬린을 살펴며 말했다.

"모슬린에 대해 잘 아시나 봐요?"

"아주 잘 알지요. 저는 항상 제 넥타이를 직접 사거든요. 게다가 꽤 훌륭한 안목을 지녔답니다. 제 여동생은 옷을 고를 때 종종 제 조언에 따르곤 하죠. 얼마 전에는 여동생에게 옷을 한 벌 사주었는데, 만나는 숙녀분들마다 믿을 수 없을 만큼 싸게 잘 샀다고 감탄하더군요. 1야드에 5실링밖에 안 주었답니다. 진짜 인도산 모슬린이었는데 말이죠."

앨런 부인은 그의 탁월한 안목에 깊은 감동을 받았다. "남자들은 보통 이런 일에는 아무 관심도 없는 법인데. 우리 남편인 앨런 씨는 자기 부인 옷도 구별하지 못한다니까요. 그런데 이런 오빠가 있으니 동생분은 얼마나 마음 든든하겠어요."

"저도 그러길 바랍니다, 부인."

"한 말씀만 해주세요. 몰랜드 양의 옷은 어찌 생각하세요?"

"무척 예쁘군요." 그는 진지하게 옷을 살펴보며 말했다. "하지만 아마 세탁하기가 쉽지 않을 겁니다. 보푸라기가 일어날 것 같군요."

"어쩌면 그렇게……." 캐서린이 웃음을 터트리며 말끝을 흐렸다. 하마터면 '유별나다'고 말할 뻔했다.

"저도 똑같은 생각이랍니다." 앨런 부인이 맞장구를 쳤다. "그래서 이 옷을 살 때 몰랜드 양에게 그렇게 말했었죠."

"하지만 부인도 아실 겁니다. 모슬린은 언제나 제 값어치를 하지요. 다른 것으로 바꿀 수도 있고요. 몰랜드 양은 이 옷으로 충분히 손수건이나 모자 혹은 망토를 만들어낼 수 있을 겁니다. 모슬린은 절대 그냥 버리는 법이 없어요. 제 여동생이 한창 돈을 펑펑 쓰며 필요 없는 옷을 사들이고 함부로 천을 잘라내고 할 때, 그녀에게서 그런 말을 수없이 들었답니다."

"바스는 참 매력적인 곳이에요. 근사한 상점들이 즐비하잖아요. 안타깝게도 우리는 멀리 시골에 산답니다. 솔즈베리에도 꽤 좋은 가게들이 있지만, 너무 멀어요. 8마일이면 상당히 먼 거리죠. 저희 남편 말로는 9마일, 정확히 9마일이라고 하지만, 내 생각에는 8마일보다 더 멀지는 않아요. 어쨌든 어찌나 고생스러운지 돌아올 때면 피곤해서 죽을 지경이지요. 그런데 여기서는 문밖만 나가면 5분 안에 물건을 살 수 있잖아요."

예의 바른 틸니 씨는 부인이 하는 말을 관심 있게 들어주었다. 부인은 춤이 다시 시작될 때까지 그를 붙잡고 계속 모슬린 이야기를 했다. 두 사람의 대화를 듣고 있던 캐서린은 이 남자가 다른 사람들의 약점을 다소 지나치게 즐기는 것은 아닐까 불안해졌다.

"무슨 생각을 그렇게 골똘히 하시나요?" 댄스룸으로 함께 돌아가는 길에 그가 물었다. "부디 당신의 파트너에 대한 생각은 아니길 바랍니다. 고개를 젓는 걸 보니, 뭔가 마음에 들지 않는 모양이신데."

캐서린이 얼굴을 붉히며 말했다. "아니에요, 아무 생각도 안 했어요."

"그거 참 사려 깊고 영리한 대답이로군요. 하지만 차라리 그냥 대답하지 않겠다고 말해주셨다면 더 좋았을 텐데요."

"좋아요. 그렇다면 무슨 생각을 했는지 대답하지 않겠어요."

"감사합니다. 이제 우리는 곧 가까워질 겁니다. 왜냐하면 만날 때마다 이 이야기로 당신을 놀릴 수 있는 자격을 얻었으니까요. 세상에 이보다 더 빨리 친해지게 만드는 건 없지요."

그들은 다시 춤을 췄다.* 무도회가 끝나고 두 사람이 헤어졌을 때, 적어도 여자 쪽에서는 이 친분을 계속 이어가고 싶은 마음이 강하게 들었다. 그녀가 따뜻한 포도주와 물을 마시며 잠자리에 들 준비를 하는 동안, 밤새 틸니 씨의 꿈을 꿀 만큼 생각을 많이 했는지는 잘 모르겠다. 하지만 나는 기껏해야 선잠이거나 아침나절의 겉잠이기를 바란다. 어느 유명 작가가 주장한 것처럼, 신사가 사랑을 고백하기 전에 젊은 숙녀가 먼저 사

---

* 무도회에서 짝이 되면 연달아 두 번 춤을 추는 것이 관행이었다.

랑에 빠지는 것은 절대 용납될 수 없다는 게 사실이라면,* 신사가 먼저 자신에 대한 꿈을 꾸었는지 알기도 전에 젊은 숙녀가 신사 꿈을 꾼다는 것은 매우 부적절한 일이니까. 틸니 씨가 꿈속의 남자 혹은 연인으로 과연 적합한가 하는 생각까지는 아마 앨런 씨 머리에 떠오르지 않았을 것이다. 하지만 틸니 씨가 그의 젊은 피후견인의 평범한 지인으로서 하자가 없는지 조사해 보고는 흡족해했다. 초저녁부터 캐서린의 파트너가 누구인지 사방팔방 알아본 결과, 그가 목사이며 글로스터셔의 매우 명망 높은 집안 출신임을 확인했기 때문이었다.

4

다음 날 캐서린은 평소보다 부지런히 펌프 사교장으로 서둘러 나갔다. 오전 중에 틸니 씨를 만날 거라는 확신을 가지고 미소로 그를 맞이할 마음의 준비까지 했지만, 그럴 필요는 없었다. 틸니 씨가 끝내 나타나지 않았기 때문이었다. 가장 인기 있는 그 시간대에 사교장에는 틸니 씨를 제외한 바스의 모든 사람들이 시시각각 모습을 드러내고 있었다. 한 무리의 사람들이 쉴 새 없이 문을 들락날락하고 계단을 오르락내리락했다. 누구 하나 신경 쓰지 않고 아무도 보고 싶어 하지 않는 사람들. 오직

* '어느 유명 작가'는 새뮤얼 리처드슨을 말한다. 그는 당대의 유명 잡지 《램블러》 97호에 도덕주의적 관점에서 여성의 수동성을 강조하는 글을 실었다.

그 남자만 없었다. "바스는 정말 즐거운 곳이야." 지칠 때까지 사교장 안을 돌아다닌 앨런 부인이 대형 시계* 옆에 털썩 주저앉으며 말했다. "여기에 아는 사람만 있다면 얼마나 좋을까."

이런 말을 입버릇처럼 되뇌어봤자 아무 소용도 없었기 때문에, 앨런 부인이 이제 와서 딱히 더 기대를 가질 이유는 없었다. 하지만 우리는 "어떤 일에도 절망하지 않으면 얻으리라", 혹은 "지치지 않고 노력하면 얻으리라"라는 말을 듣지 않았는가.** 마침내 지칠 줄 모르고 날마다 똑같은 소원을 빌어왔던 앨런 부인의 노력이 보상을 받는 순간이 찾아왔다. 그녀가 자리에 주저앉은 지 10분도 되지 않아서, 연배가 비슷한 한 부인이 옆에 앉더니 몇 분 동안 유심히 그녀를 쳐다보았다. 그리고 무척이나 사근사근한 목소리로 말을 건넸다. "부인, 제가 잘못 본 건 아닌 것 같은데, 워낙 오래전에 만났던지라. 혹시 성함이 앨런 아니신가요?" 이 질문에 즉시 맞는다는 대답이 나오자, 낯선 부인은 자신의 이름이 소프라고 밝혔다. 앨런 부인은 당장 옛 동창생이자 절친했던 친구의 얼굴을 알아보았다. 각자 결혼을 한 이후로는 몇 년 전에 딱 한 번밖에 만나지 못했다. 지난 15년 동안 서로에 대해 아무 소식을 모르고도 잘 지내다가 이렇게 만난 두 사람의 기쁨은 이만저만 크지 않았다. 일단 외모에 대한 칭찬을 주고받고, 그들이 마지막으로 만난 이후에

---

*1709년에 토머스 톰피언이라는 시계공이 만들어서 기증한 9피트 높이의 이 대형 시계는 펌프 사교장의 오랜 명물로 아직까지 남아 있다.
**당시에 널리 사용된 교과서였던 토머스 디시의 《영어 입문서》에 나오는 구절이다.

얼마나 많은 세월이 흘렀는지 돌이켜본 다음, 이렇게 바스에서 만날 줄은 꿈에도 몰랐다느니, 옛 친구를 만나니 얼마나 반가운지 모른다느니 말했다. 그리고 계속해서 그들의 가족들, 자매들, 사촌들에 대한 안부를 묻고 소식을 전했다. 하지만 소식을 듣기보다는 전하는 데 훨씬 더 바빠서, 서로 상대방의 이야기는 거의 듣지도 않았다. 하지만 자식이 있는 소프 부인이 수다를 떠는 데에는 앨런 부인보다 훨씬 유리했다. 소프 부인은 아들들의 재능과 딸들의 미모에 대해 시시콜콜 떠들었다. 부인이 자식들의 다양한 처지와 전망을 이야기할 때, 그러니까 존은 옥스퍼드에, 에드워드는 머천트 테일러 상업학교*에, 윌리엄은 해군에 있는데, 다들 그 분야에서 어느 집 삼형제보다 많은 사랑과 존경을 받고 있노라고 자랑할 때, 별로 듣고 싶지도 믿고 싶지도 않은 친구의 귀에 쑤셔 넣을 비슷한 자랑거리도, 비슷한 이야깃거리도 없는 앨런 부인은 그저 앉아서 모성 넘치는 이 열변을 듣고 있을 수밖에 없었다. 하지만 곧 날카로운 매의 눈으로, 소프 부인의 펠리스**에 달린 레이스가 자기 것의 절반도 못 따라온다는 사실을 발견하고 위안을 삼았다.

"저기 우리 딸들이 오는군요." 소프 부인이 나란히 팔짱을 낀 채 이쪽으로 다가오고 있는 예쁘장한 세 명의 아가씨를 가리키며 소리쳤다. "친애하는 앨런 부인, 우리 딸들을 소개해주

---

*머천트 테일러사가 설립한 학교로 옥스퍼드 진학생에 대한 장학금 제도가 있어 성공을 꿈꾸는 중산층 학생들이 많이 진학했다.
**여자들이 입는 긴 망토. 주로 실크나 벨벳으로 만들었다.

고 싶어요. 부인을 만나면 무척 좋아할 거예요. 저기 제일 키가 큰 아이가 큰딸, 이사벨라랍니다. 정말 예쁘지 않나요? 다른 아이들도 예쁘다는 칭찬을 많이 듣지만, 이사벨라가 제일 아름다운 것 같아요."

소프 집안의 딸들이 소개되었다. 잠시 잊고 있었던 몰랜드 양도 소개되었다. 그녀의 이름을 듣자, 그들 모두 깜짝 놀라는 것 같았다. 맏딸인 아가씨는 정중하게 몰랜드 양과 이야기를 나누더니, 다른 가족들에게 큰 소리로 말했다. "몰랜드 양은 오빠를 쏙 빼닮았네요!"

"정말이지 오빠의 판박이군요!" 어머니도 감탄했다. "어디서 만났더라도 그분의 동생인지 단박에 알아봤을 거예요!" 다들 이런 말을 두세 번씩 되풀이했다. 잠깐 동안 캐서린은 어리둥절했다. 하지만 소프 부인과 딸들이 제임스 몰랜드 씨와의 친분에 대해 이야기를 시작하자마자, 캐서린은 오빠가 최근에 같은 대학의 한 친구와 가까워졌는데 그 이름이 소프였다는 사실을 기억했다. 오빠는 크리스마스 휴가의 마지막 주를 런던 근처에서 그의 가족들과 함께 보냈던 것이다.

모든 사정이 밝혀지고, 소프 자매들은 그들의 오빠들이 친구 사이이니까 이미 친구나 다름없다느니, 캐서린과 좀 더 친해지고 싶다느니 하며 온갖 호의에 찬 말들을 늘어놓았다. 캐서린은 그 말을 기쁘게 받아들였다. 그리고 자신이 구사할 수 있는 모든 미사여구를 동원해서 응답했다. 첫 번째 우정의 표시로, 캐서린은 곧 맏딸인 소프 양과 팔짱을 끼자는 제안을 받았고 함께 무도회장을 한 바퀴 돌았다. 캐서린은 바스에서 이런 친분을 맺게 된 것이 어찌나 기뻤는지, 소프 양과 이야기를 나누는 동안에 틸니 씨를 거의 잊어버렸다. 확실히 우정은 실연의 아픔을 달래는 데 최고의 치유제다.

그들의 대화는 드레스라든가 무도회, 연애, 재치 있는 농담 같은 주제로 넘어갔다. 이런 자유로운 대화는 보통 두 젊은 숙녀 사이에 갑자기 싹튼 친분을 완성해주는 데 지대한 역할을 하는 법이다. 몰랜드 양보다 네 살이 더 많은 소프 양은 최소한 4년은 더 많이 세상을 배워서, 그런 문제를 의논하는 데 확실히 유리했다. 그녀는 바스와 턴브리지*의 무도회를, 이곳과 런던의 패션을 비교할 수 있었다. 또한 수많은 멋진 의상 품목에 대해 새로 사귄 친구의 시각을 교정해줄 수 있었고, 단지 서로 미소만 주고받은 신사와 숙녀 사이의 미묘한 낌새를 단박에 알아차릴 수 있었고, 빽빽한 군중 속에서도 조롱의 대상을 꼭 집어낼 수 있었다. 캐서린에게 이런 능력은 완전히 새로운 것이었고 당연히 탄복했다. 자연스럽게 솟구친 존경심이 어찌나 컸는지, 소프 양의 편안하고 즐거운 태도가 아니었다면 어쩌면 두 사람은 가까워질 수 없었을 것이다. 소프 양이 캐서린과 친해진 것에 대한 기쁨을 틈날 때마다 표현한 덕분에, 경외감은 점점 수그러들고 부드러운 애정만 남았다. 펌프 사교장을 여섯 바퀴나 돌아도 점점 커지는 두 사람의 우정은 만족할 줄을 몰랐

*런던 동쪽에 자리한 광천수 도시로 바스와 더불어 상류층의 휴양 도시로 각광을 받았다.

다. 결국 모든 일행이 사교장을 떠날 때, 소프 양은 몰랜드 양과 함께 앨런 부인의 집 앞까지 가야만 했다. 그리고 다행스럽게도 밤에는 극장에서 다시 만나고 다음 날 아침에는 같은 교회에서 예배를 드린다는 사실을 알고 난 후에야, 기나긴 악수를 나누고 애정 어린 작별을 고했다. 캐서린은 곧장 계단을 뛰어 올라가서 거실 창문을 통해 길을 걸어가는 소프 양을 지켜보았다. 그리고 그녀의 우아한 걸음걸이와 유행에 딱 맞는 드레스와 자태를 경탄하면서, 저런 친구를 사귀게 된 행운에 그저 감사했다.

소프 부인은 과부였고 썩 부자는 아니었지만, 성품이 좋고 선량한 사람이었다. 게다가 매우 억척스러운 어머니였다. 부인의 맏딸은 대단한 미인이었고, 동생들도 언니의 태도를 흉내 내고 옷을 따라 입으면서 언니만큼 예쁜 척을 했기 때문에 꽤 괜찮았다.

소프 가족에 대한 짧은 설명으로 소프 부인에 관한 길고 상세한 소개를 대신하려고 한다. 모질고 기구한 부인의 과거 이야기가 나오면, 앞으로 서너 장은 족히 차지할 것이기 때문이다. 쓸데없는 귀족이나 변호사가 줄줄이 등장하고, 20년도 더 지난 대화들이 시시콜콜 되풀이될 테니까 말이다.

5

그날 저녁 캐서린은 소프 양의 미소와 눈짓에 연신 답하느라 극장 공연에 집중하지 못했다. 하지만 눈에 보이는 모든 관람석 발코니에서 탐문하는 눈으로 틸니 씨를 찾아보는 것까지 잊어버릴 정도로 정신을 빼앗기지는 않았다. 그러나 아무 소용이 없었다. 틸니 씨는 펌프 사교장만큼이나 연극도 좋아하지 않는 모양이었다. 그녀는 내일은 좀 더 행운이 따라주길 바랐다. 그녀의 소망대로 눈부신 아침이 찾아왔을 때, 캐서린은 자신의 행운을 믿어 의심치 않았다. 왜냐하면 바스에서는 화창한 일요일이면 모든 주민들이 집 밖으로 쏟아져 나오기 때문에, 마치 세상 사람들 모두 산책을 하며 지인들과 얼마나 날씨가 좋은지 이야기를 나누는 것 같았던 것이다.

예배가 끝나자마자, 소프 가족과 앨런 가족은 반갑게 함께 어울렸다. 그리고 펌프 사교장에서 실컷 시간을 보낸 끝에 여기에는 죄다 별 볼일 없는 사람들만 모여 있고 점잖은 인물은 구경조차 할 수 없다고 결론을 내리고서, 좀 더 괜찮은 사람들과 기분 전환을 하기 위해 서둘러 크레센트*로 갔다. 이곳에서 캐서린과 이사벨라는 팔짱을 꼭 낀 채, 허물없는 대화를 나누며 다시 한 번 달콤한 우정을 맛보았다. 두 사람은 많은 이야기를 나누었고, 무척 즐거웠다. 하지만 틸니 씨를 볼 수 있을 거란 캐서린의 희망은 또다시 무너지고 말았다. 어디에서도 그를 만날 수 없었다. 그를 찾으려는 노력은 번번이 헛수고로 돌

---

*건축가 존 우드가 1775년에 완공한 바스에서 가장 유명한 건물. 가장 인기 있는 야외 사교장이기도 했다. 사방이 탁 트인 언덕 위에 웅장한 고전 양식의 똑같은 집들이 초승달 모양으로 길게 늘어서 있어서 '크레센트(초승달)'라고 부른다.

아갔다. 조찬 모임이나 저녁 무도회에도, 어퍼 사교장이나 로어 사교장에도, 정장을 차려입는 무도회나 격식 없는 무도회에도 그의 모습은 보이지 않았다. 산책하는 사람들이나 말을 타는 사람들, 혹은 오전에 이륜마차를 타고 다니는 사람들 속에도 그는 없었다. 펌프 사교장의 출입명부에도 그의 이름은 적혀 있지 않았고, 이제 더 이상 찾아볼 데도 없었다. 바스를 떠난 것이 분명했다. 그렇게 금방 떠난다는 말은 없었는데! 이런 수수께끼 같은 행적(언제나 소설의 주인공들이 그렇듯이)은 그의 인품과 행실에 대한 캐서린의 호기심을 새롭게 자극했고, 그를 좀 더 자세히 알고 싶은 열망은 날로 커져갔다. 소프가의 사람들에게서는 아무 얘기도 들을 수 없었다. 앨런 부인을 만났을 때, 그들은 바스에 온 지 불과 이틀밖에 되지 않았기 때문이었다. 하지만 캐서린은 그녀의 아름다운 친구와 종종 틸니 씨에 대한 이야기에 몰두했고, 그 대화를 통해 그를 계속 생각할 수 있는 모든 구실과 용기를 얻었다. 그러므로 틸니 씨에 대한 호감은 쉽게 식지 않았다. 이사벨라는 틸니 씨가 틀림없이 매력적인 젊은 남자일 거라고 확신했다. 또한 그녀의 소중한 친구 캐서린을 좋아하는 게 분명하고, 그러니까 곧 돌아올 거라고 장담했다. 이사벨라는 틸니 씨가 목사라서 더욱 좋아했다. 자신이 "목사란 직업에 대해 특별한 호감을 갖고 있음을 고백하지 않을 수 없다"는 것이었다. 이렇게 말하고, 그녀는 한숨 비슷한 것을 내쉬었다. 왜 그런지 이유를 캐묻지 않은 것은 캐서린의 잘못이었을지 모른다. 하지만 그녀는 복잡 미묘한 사랑이나 우정의 의무를 경험해본 적이 없었기에, 언제 아리송한 농담을 적절히 던져야 하는지, 언제 속내를 털어놓으라고 압박해야 하는지 몰랐다.

이제 앨런 부인은 바스에서 아쉬울 게 없었고, 무척 행복했다. 마침내 아는 사람을 만났을 뿐만 아니라, 운 좋게도 소중한 옛 친구의 가족을 만난 것이다. 게다가 친구 가족이 결코 자신만큼 값비싼 옷을 입을 처지가 못 된다는 사실이 이 행운에 정점을 찍었다. 날마다 되풀이되던 부인의 푸념은 쏙 들어갔다. 대신 "바스에 아는 사람이 있다면 좋으련만!"이란 말이 "소프 부인을 만나서 얼마나 좋은지!"로 바뀌었다. 앨런 부인은 그녀의 피후견인과 이사벨라만큼이나 두 가족의 교류를 활발히 하는 데 열심이었다. 그리고 하루의 대부분을 소프 부인과 함께 지내지 않으면 결코 성에 차지 않았다. 두 사람은 그것을 소위 '대화'라고 불렀지만, 사실 그들은 어떤 의견도 주고받은 적이 없었고 심지어 화제 비슷한 것도 나눈 적이 없었다. 소프 부인은 주로 자기 자식들에 대해서, 앨런 부인은 자신의 옷에 대해서 각기 떠들었기 때문이다.

캐서린과 이사벨라의 우정은 시작부터 뜨거웠던 만큼 빠르게 진전했다. 점차 커지는 우정의 각 단계들을 어찌나 후딱 지나가버렸던지, 곧 다른 친구들에게나 자기 자신들에게나 새로운 우정의 증거를 보여줄 게 없었다. 그들은 서로 성을 붙이지 않고 이름을 부르고, 항상 팔짱을 끼고 다녔으며, 춤을 출 때도 헤어지지 않으려고 반드시 서로 다른 줄의 제일 끝에 가서 섰다. 아침에 비가 와서 다른 즐거움을 빼앗아 가면, 두 사람은 비와 진창에도 아랑곳하지 않고 만나서 방에 틀어박혀 함께 소설책을 읽었다. 그렇다, 소설책이다! 나는 소설가들이 흔히 따르는 쩨쩨하고 졸렬한 관습을 따르지 않을 것이다. 모욕적인 비난으로 자신이 하는 작업을 깎아내리고 스스로 적의 무리에 합세하는, 그러니까 소설 작품들에 가장 신랄한 형용사를 붙이고 자신의 여주인공에게는 절대 읽는 것을 허락하지 않음으로써 최고의 적들과 연합하는 짓은 하지 않을 것이다. 그들의 여주인공은 우연히 소설을 집어 들었다가도 시시한 내용에 넌더리를 내며 던져버릴 게 틀림없다. 슬픈 일이로다! 소설의 여주인공이 다른 소설의 여주인공에게서 후원을 받지 못한다면, 대체 어디서 지지와 보호를 받을 수 있을까? 나는 이걸 인정할 수 없다. 한가하게 공상이나 늘어놓는다는 비난은 평론가들에게 맡기도록 하자. 이제는 신문들조차 불평하는, 닳아빠진 쓰레기 같은 문장으로 새로 나온 소설들마다 찧고 까부는 것도 내버려두자. 우리 소설가들은 서로를 저버리지 말자. 우리는 이미 상처받은 몸이다. 우리가 생산하는 작품은 세상의 어떤 문예 활동보다 더 폭넓고 진솔한 기쁨을 제공해주지만, 어떤 종류의 글쓰기도 이렇게 비난받은 적이 없었다. 자만심 때문인지, 무지, 혹은 유행 때문인지 우리의 적은 우리 독자들만큼이나 많다. 《영국사》*를 9백 번째 요약한 사람이나, 밀턴, 포프,

*올리버 골드스미스의 네 권짜리 역사책.

프라이어의 시 몇 줄과 《스펙테이터》*에서 뽑은 논문 한 편, 그리고 스턴의 소설 일부분을 함께 묶어 출판한 사람의 재능은 수천 개의 펜이 찬미하는 반면, 소설가들의 노고와 능력은 깎아내리고 비난하고 싶은 보편적인 욕망이 존재하는 듯 보인다. 그리고 오직 재능과 재치와 권장할 만한 취향만 지닌 작품을 무시하려고 한다. "전 소설 독자가 아니에요." "소설 따위는 읽지 않아요." "제가 소설을 자주 읽는다고는 생각하지 마세요." "소설치고는 괜찮군요." 이게 흔히 듣는 위선적인 말들이다. "뭘 읽고 있나요, 아가씨?" 물으면, 젊은 아가씨들은 "오! 그냥 소설책이에요!"라고 대답하고는 무관심한 척하거나 순간 부끄러워하며 슬그머니 책을 내려놓는다. "《세실리아》, 아니 《카밀라》든가, 《벨린다》든가 뭐 그런 책이에요.**" 한마디로 가장 위대한 정신력을 드러내고, 인간 본성에 대한 가장 철저한 지식과 그 다양성에 대한 가장 훌륭한 묘사, 그리고 재치와 유머의 가장 생생한 발산을 최고의 엄선된 언어로 세상에 전달하는 책들인 것이다. 그런데 만약 같은 아가씨가 소설 대신 《스펙테이터》를 읽고 있었다면, 얼마나 자랑스럽게 책을 내보이며 그 이름을 말했을 것인가. 비록 젊은 아가씨가 그 두꺼운 책의 단 한

---

*1828년 창간된 영국의 시사주간지. 국내외 정치·문학·경제 분야 제문제에 대한 정확한 해설과 논평으로 유명하며 지식인들 사이에서 큰 영향력을 가지고 있었다.
**《세실리아》와 《카밀라》는 프랜시스 버니의 소설들이고 《벨린다》는 마리아 에지워스의 작품이다. 특히 프랜시스 버니는 18세기 후반에 가장 칭송받던 소설가이고 제인 오스틴에게도 많은 영향을 미쳤다. 세 작품 모두 여주인공의 시련과 낭만적 사랑을 다루고 있다.

부분이라도 열중해서 읽었을 리가 없지만 말이다. 그 책의 주제나 문체가 아가씨의 취향에 맞았을 리도 없다. 그런 문학잡지에 실린 글들이란 종종 개연성 없는 상황 묘사와 부자연스러운 등장인물, 실제 삶과는 더 이상 아무 관련 없는 화제들로 가득 채워져 있기 마련이다. 그 언어 또한 너무 조악해서 그런 걸 용납할 수 있는 세대에 대해 결코 호감을 가질 수가 없게 만든다.

6

두 사람이 알게 된 지 팔구 일쯤 되는 어느 날 아침, 펌프 사교장에서 두 친구 사이에 오간 다음과 같은 대화는 그들의 돈독한 우정과 섬세하고 분별력 있고 독창적인 사고, 그리고 이 우정의 합당함을 특징짓는 문학적 취향을 잘 보여주는 사례다.

두 사람은 약속을 하고 만났다. 친구보다 5분 가까이 일찍 와서 기다리고 있던 이사벨라는 캐서린을 보자마자 자연스럽게 이렇게 첫 인사말을 던졌다. "세상에서 제일 소중한 내 친구! 어떻게 이렇게 늦을 수가 있어? 널 기다린 지 억만 년은 된 것 같아!"

"어머, 그랬구나! 늦어서 정말 미안해. 난 정말로 제시간에 도착한 줄 알았어. 하지만 이번 한 번뿐이잖아. 오래 기다린 건 아니지?"

"족히 백만 년은 됐을 거야. 30분 전부터 여기 와 있었다니까. 어쨌든 저쪽 끝으로 가서 좀 앉자. 그리고 우리끼리 재밌게 즐겨야지. 너한테 할 말이 엄청 많아. 무엇보다 오늘 아침에 비가 올까 봐 얼마나 걱정했는지 몰라. 막 떠나려고 하는데, 꼭 소나기가 올 것 같지 뭐니. 정말 괴로워 미칠 뻔했어! 근데 말이야, 너 그거 아니? 내가 방금 밀섬 거리의 한 상점에서 꿈에 그리던 예쁜 모자를 봤거든. 연두색 리본 대신 진홍색 리본이 달린 것만 빼고 네 모자랑 똑같았어. 어찌나 사고 싶던지. 그런데 소중한 친구 캐서린, 넌 오늘 아침 내내 뭐 했니? 계속《우돌포》*를 읽었니?"

"응, 잠에서 깬 후로 계속《우돌포》만 읽었어. 검은 장막 장면**까지 갔다니까."

"그래? 잘됐다! 검은 장막 뒤에 뭐가 있는지 난 절대 말해주지 않을 거야! 궁금해서 미치겠지?"

"맞아! 대체 뭐가 있을까? 하지만 말해주지 마. 아무 말도 듣지 않겠어. 틀림없이 해골일 거야. 로렌티나***의 해골이 분명해. 이 책이 얼마나 재밌는지 몰라. 평생 동안 이 책만 읽으며 살고 싶어. 너를 만나는 약속만 아니었다면, 무슨 일이 있어도 이 책을 손에서 놓지 않았을 거야."

---

*1794년에 출간된 앤 래드클리프의 소설《우돌포의 수수께끼》. 당시 유행했던 고딕 소설의 대표작이다.
**《우돌포》의 주인공 에밀리는 악당 몬토니의 우돌포 성에 갇히는데, 어느 날 성 안을 조사하고 다니다가 그림으로 가득 찬 방에 들어간다. 그 그림들 중 하나가 검은 장막으로 가리워져 있었고, 에밀리는 그 장막을 걷어 올리는 순간 기절을 해버린다.
***알 수 없는 이유로 사라져버린 성의 전 주인, 로렌티니 부인을 말하는 듯하다. 이름을 잘못 안 것이 캐서린인지 혹은 오스틴 자신인지는 분명치 않다.

"다정한 친구! 고맙기도 하지.《우돌포》를 끝내면《이탈리아인》*을 같이 읽자. 너를 위해 비슷한 책 목록을 열두어 권쯤 뽑아놓았어."

"그랬구나. 정말 신난다! 전부 무슨 책이야?"

"책 제목을 바로 읽어줄게. 여기 내 수첩에 목록이 있거든.《울펜바흐의 성》,《클레르몽》,《불가사의한 경고》,《검은 숲의 마법사》,《자정의 종소리》,《라인의 고아》,《끔찍한 수수께끼》.**이정도면 한동안 읽을 수 있을 거야."

"그래, 잘됐다. 그런데 전부 무시무시한 거 맞지? 전부 무시무시한 얘기가 확실해?"

"맞아, 확실해. 내 특별한 친구이자 세상에서 가장 다정한 사람인 앤드류스 양이 하나도 빼놓지 않고 읽어봤거든. 너도 앤드류스 양을 만나봤으면 좋았을 텐데. 아마 무척 좋아했을 거야. 세상에서 가장 예쁜 망토를 직접 뜨고 있단다. 게다가 천사처럼 아름다운데, 남자들은 왜 그녀를 흠모하지 않는지 괘씸해 죽겠어. 죄다 정신이 번쩍 들게 혼을 내야 해!"

"혼을 낸다고! 그녀를 흠모하지 않는다고 혼낸단 말이야?"

"그럼, 난 그럴 거야. 진정한 내 친구들을 위해서라면 못 할게 없어. 누군가를 '적당히 사랑한다'는 내 사전에 없어. 그건 내 성격과 안 맞아. 내 애정은 언제나 차고 넘칠 만큼 강렬하거

---

*앤 래드클리프의 또 다른 소설.《우돌포》다음 작품이다.
**1793년에서 1798년 사이에 출간된 공포소설들로《클레르몽》을 제외하면 모두 독일 소설을 번역했거나 독일에 사는 영국 작가들이 썼다.

든. 이번 겨울 무도회에서도 헌트 대령에게 이렇게 말했어. 밤새도록 나를 쫓아다녀도, 앤드류스 양이 천사처럼 아름답다는 사실을 인정하지 않는다면, 절대 같이 춤을 추지 않을 거라고 말이야. 너도 알다시피 남자들은 우리 여자들이 진정한 우정을 나눌 수 없다고 생각하잖아. 그래서 나는 다르다는 걸 보여주겠다고 굳게 결심했어. 이제부터 누구라도 너를 험담하는 말을 한다면, 당장 불처럼 화를 낼 거야. 물론 그럴 일은 없겠지만. 너야말로 이 세상 모든 남자들이 좋아할 만한 아가씨니까."

"어머, 세상에!" 캐서린이 얼굴을 붉히며 소리쳤다. "어떻게 그런 말을 하니?"

"난 너를 아주 잘 아니까. 너는 생기가 넘치는데, 앤드류스 양에게 부족한 게 바로 그 점이거든. 솔직히 그녀는 어떤 면에서 굉장히 지루하긴 해. 참, 이 얘기는 꼭 해야겠다! 어제 너랑 헤어질 때 말이야, 어떤 젊은 남자가 널 뚫어져라 쳐다보고 있더라. 너한테 홀딱 반한 게 분명했어." 캐서린은 얼굴이 빨개지며 또다시 부인했다. 이사벨라는 깔깔거리며 웃었다. "내 명예를 걸고 말하는데, 사실이라니까. 하지만 이해해. 넌 단 한 사람, 이름 없는 그 신사분만 빼놓고는 이 세상 어느 누구의 찬사에도 무관심한 거야. 그래, 널 비난할 수는 없어. (좀 더 진지한 목소리로) 네 감정을 잘 아니까. 진정한 사랑에 빠지면, 다른 사람의 관심은 전혀 달갑지 않은 법이지. 사랑하는 사람과 관련된 게 아니면, 뭐든 죄다 시시하고 재미없잖아. 네 심정을 완벽하게 이해해!"

"그렇게 틸니 씨를 자꾸 생각하게 만들지 마. 어쩌면 두 번 다시 못 볼지도 모르는데."

"두 번 다시 못 본다니! 내 소중한 친구, 그런 말은 하지 마. 그런 생각을 하면, 불행해지잖아."

"아니야, 그렇지 않아. 물론 그 사람 때문에 즐겁지 않았다고는 말하지 않겠어. 하지만 아직 읽을 《우돌포》가 있는 한, 아무도 날 불행하게 만들지는 못해. 오! 무시무시한 검은 장막이라니! 틀림없이 그 뒤에는 로렌티나의 해골이 있을 거야."

"네가 지금까지 《우돌포》를 읽지 않았다니 참 이상한 일이야. 아마 몰랜드 부인께서 소설책을 싫어하시나 보다."

"아니야, 그렇지 않아. 틈날 때마다 《찰스 그랜디슨 경》*을 읽으시는걸. 단지 새 책을 만날 기회가 없었어."

"《찰스 그랜디슨 경》을 읽는다고! 그거 엄청나게 끔찍한 책 아니니? 앤드류스 양도 1권을 끝까지 읽지 못했던 것 같은데."

"《우돌포》 같지는 않지만, 내 생각에는 꽤 재밌어."

"그렇구나! 정말 놀랍다. 도저히 읽을 수 없는 책이라고 생각했거든. 그건 그렇고, 내 소중한 친구야, 너는 오늘 밤 어떤 모자를 쓸지 정했니? 나는 어떤 행사에서든 너랑 똑같이 차려 입기로 했어. 그러면 남자들이 가끔은 알아채더라."

"그런다 해도 아무 의미 없잖아." 캐서린이 천진무구하게

---

*18세기 영국 작가인 새뮤얼 리처드슨의 소설로 앞서 언급된 고딕소설들과는 전혀 다르게, 평범하고 일상적인 가정생활에 초점을 맞추고 등장인물의 성격을 세세히 묘사한다.

말했다.

"의미? 세상에! 난 남자들이 뭐라고 하든 전혀 신경 쓰지 않기로 했어. 거리를 두고 단호하게 대하지 않으면, 남자들은 툭하면 깜짝 놀랄 만큼 뻔뻔스러워진다니까."

"그러니? 난 한 번도 그런 모습을 못 봤어. 나한테는 항상 예의 바르게 굴던데."

"오! 그냥 그런 척하는 거야. 남자들은 세상에서 가장 위선적인 동물이라고. 자기들이 꽤나 대단한 줄 알지! 그건 그렇고, 수백 번 생각만 하고 줄곧 너에게 물어보는 걸 까먹었는데, 너는 어떻게 생긴 남자가 제일 좋니? 얼굴이 검은 남자가 좋아, 하얀 남자가 좋아?"

"잘 모르겠어. 깊이 생각해본 적이 한 번도 없어서. 그 둘 사이 중간쯤인 것 같은데? 갈색 말이야. 새하얗지도 않고 아주 새카맣지도 않은."

"잘 알겠다, 캐서린. 바로 그 사람 말이구나. 네가 틸니 씨의 생김새를 뭐라고 했는지 기억하고 있어. '검은 눈동자에 갈색 피부, 그리고 검은 머리카락.' 하지만 내 취향은 달라. 나는 밝은 색 눈동자가 더 좋아. 피부색으로 말하자면, 여느 사람들보다 좀 더 창백한 게 좋고. 만약 네가 아는 사람들 중에서 그런 남자를 만나거든 절대 나를 배신하면 안 된다."

"널 배신한다니! 그게 무슨 말이야?"

"아휴, 나 좀 힘들게 하지 마. 아무래도 너무 많이 떠들었나 봐. 이제 그 이야기는 그만하자."

캐서린은 살짝 어리둥절했지만 친구 말에 따랐다. 그래서 잠시 입을 다물고 있다가, 지금 그녀에게 세상 무엇보다 흥미로운 주제인 로렌티나의 해골로 화제를 다시 돌리려고 할 때, 이사벨라가 그녀의 말문을 막았다. "맙소사! 우리 어서 떠나자. 30분 전부터 웬 징글맞은 젊은 남자 둘이 계속 나를 쳐다보고 있어. 저 사람들 때문에 불편해 죽겠네. 우리 가서 누가 새로 왔는지 방명록이나 살펴보자. 설마 거기까지 따라오지는 않겠지."

두 사람은 방명록이 있는 곳으로 걸어갔다. 이사벨라가 이름을 살펴보는 동안, 캐서린은 그 수상한 젊은 남자들이 다가오는지 지켜보는 역할을 맡았다.

"이쪽으로 오지는 않지, 그렇지? 설마 우리를 따라올 만큼 뻔뻔스럽지는 않겠지. 혹시 그자들이 다가오면 나한테 꼭 알려 줘. 절대 고개를 들지 않을 테니까."

잠시 후에 캐서린은 진심으로 기뻐하며 친구에게 더 이상 불안해할 필요가 없다고 알려주었다. 그 신사들이 방금 전에 펌프 사교장을 떠났던 것이다.

"어느 쪽으로 갔어?" 이사벨라가 황급히 몸을 돌리며 물었다. "그중 한 남자는 상당히 잘생겼던데."

"교회 마당 쪽으로 갔어."

"뭐, 남자들에게서 벗어나서 얼마나 좋은지 모르겠다! 이제 나랑 같이 에드거 빌딩스*로 가서 내 새 모자 구경하지 않을

---

*이사벨라 가족이 살고 있는 거리 이름. 상가 및 주거용 건물들이 밀집된 형태로 개발되었던 당시 바스에는 이즘에 '빌딩스'라는 단어가 들어가 있는 거리들이 많았다.

래? 너도 보고 싶다고 했잖아."

캐서린은 선뜻 동의하며 한마디 덧붙였다. "그런데 잘못하면 그 젊은 남자들과 마주칠지도 몰라."

"흥! 신경 쓰지 마! 서둘러 가면 그 사람들을 지나칠 수 있을 거야. 내 모자를 얼른 보여주고 싶어."

"하지만 몇 분만 기다리면, 그 사람들과 마주칠 염려는 전혀 없을 텐데."

"분명히 말하지만, 나는 그 작자들 때문에 괜한 신경을 쓰지 않겠어. 그런 식으로 관심을 보여주고 싶지 않아. 그래서 남자들 버릇이 나빠진다니까."

캐서린은 이런 논리에 딱히 반대할 말이 없었다. 그러므로 소프 양의 독립심과 남성들의 자만심을 꺾겠다는 의지를 보여주고자 즉시 사교장을 떠났다. 그리고 두 젊은 남자들을 쫓아 최대한 빨리 걸어갔다.

7

두 사람은 1분도 안 돼서 펌프 사교장 마당을 지나 유니언 골목길 맞은편, 아치문*으로 향했다. 하지만 여기서 그만 걸음을 멈춰야만 했다. 바스에 익숙한 사람이라면 누구나 이 지점에서

---

*치프 거리와 펌프 사교장 마당 사이에 세워진 벽을 통과하는 아치형의 통로.

치프 거리를 건너가는 것이 얼마나 어려운지 기억할 것이다. 이 거리는 말도 못하게 복잡하고, 공교롭게도 런던과 옥스퍼드로 이어지는 도로와 바스의 주요한 여관들과도 연결되어 있어서 단 하루도 지나치지 않을 수가 없었다. 그러므로 아가씨들은 빵집을 가든 모자 가게를 가든 심지어 (지금처럼) 젊은 남자를 쫓든 어떤 볼일이 있든 간에, 마차와 마부, 수레에 밀려나서 양쪽 길가에 한참 붙들려 서 있어야 했다. 이사벨라는 바스에 온 이후로 적어도 하루에 세 번은 이런 낭패를 당하고 통탄하곤 했다. 오늘 그녀는 또다시 통탄해야 할 운명에 처했다. 바로 유니언 골목길 맞은편에 도착했을 때, 군중을 비집고 흥미로운 골목길의 배수로를 요리조리 헤치면서 나가고 있는 두 신사가 눈에 들어온 순간, 이륜마차 한 대가 달려와서 건널목을 막았기 때문이었다. 세상에서 가장 교활하게 생긴 마부가 자신의 목숨은 물론, 일행과 말까지도 위험에 빠뜨릴 기세로 울퉁불퉁한 도로 위를 질주하고 있었다.

"오, 지긋지긋한 이륜마차들!" 이사벨라가 마차를 쳐다보며 말했다. "꼴 보기 싫어 죽겠어." 하지만 이 미움은 얼마 가지 않았다. 다시 고개를 든 이사벨라가 탄성을 질렀던 것이다. "어머, 이렇게 반가울 수가! 몰랜드 씨와 오빠잖아!"

"세상에! 제임스 오빠!" 동시에 캐서린도 외쳤다. 젊은 남자들과 눈이 마주치는 순간, 어찌나 말이 급하게 멈춰 섰는지 거의 엉덩방아를 찧다시피 했다. 두 신사가 마차에서 뛰어내렸고, 하인은 재빠르게 뛰어다니면서 마차를 돌보았다.

이런 만남은 전혀 생각지도 못했던 캐서린은 뛸 듯이 기뻐하며 오빠를 맞이했다. 원체 다정한 성품에다 진심으로 동생을 좋아하는 오빠 역시 반가운 마음을 한껏 표현했다. 한편 소프 양은 두 눈을 반짝이며 그의 주의를 끌려고 호시탐탐 기회를 노렸다. 오빠도 당황스러움과 기쁨이 뒤섞인 표정으로 그녀에게 재빨리 예의를 표했다. 만약 캐서린이 다른 사람들의 심리에 좀 더 밝았거나 자신의 기쁨에 취해 있지 않았더라면, 그 모습을 보고 오빠가 자신의 친구를 상당한 미인이라고 생각한다는 걸 알아차렸을 것이다.

그동안 존 소프는 말에 관해 이런저런 지시를 내린 다음, 곧 그들 곁으로 왔다. 그리고 캐서린은 곧바로 그에게서 합당한 보상을 받았다. 왜냐하면 이사벨라와는 대충 악수를 하는 둥 마는 둥 하고서, 그녀에게는 오른발을 뒤로 빼며 깍듯이 절을 하고 다시 살짝 허리를 숙여 인사를 했던 것이다. 존은 보통 키에 다소 뚱뚱한 청년이었다. 평범한 얼굴에 볼품없는 몸매를 지녀서, 마치 너무 잘생겨 보일까 봐 두려워서 말구종 옷을 입고 있는 사람처럼 보였다. 혹은 지나치게 신사처럼 보일까 봐 예의를 갖춰야 하는 곳에서는 껄렁껄렁 행동하고, 편한 자리에서는 시건방지게 구는 사람처럼 보이기도 했다. 그는 시계를 꺼내 들었다. "저희가 테트베리에서 여기까지 달려오는 데 얼마나 걸렸을까요, 몰랜드 양?"

"전 그 거리를 몰라요." 오빠가 23마일이라고 알려주었다.

"23마일이라니!" 소프가 큰 소리로 말했다. "정확히는 25마일이지." 몰랜드는 지도책과 여관 주인들과 이정표 등을 증거로 내세우며 그의 말에 반대했다. 하지만 그의 친구는 모든 증거를 묵살했다. 그에게는 좀 더 확실한 거리 측정법이 있었다. "25마일이 틀림없어." 그가 단언했다. "우리가 지나온 시간을 따져보면 알 수 있지. 지금이 1시 반이잖아. 그런데 우리가 마차를 몰고 테트베리의 여관 마당을 나설 때, 마을 시계가 11시를 알렸어. 그리고 내가 장담하는데, 내 말은 마구를 매고 시속 10마일 이상을 달린단 말이야. 그러니까 정확히 25마일이지."

"자네는 한 시간을 빼먹었어." 몰랜드가 말했다. "우리가 테트베리를 떠날 때 10시밖에 안 됐거든."

"10시라고! 내 목을 걸고 맹세하는데 11시였어! 종이 울릴 때마다 셌다니까! 당신의 오라버니께서 자꾸 나더러 미쳤다고 하는군요. 몰랜드 양, 제 말들을 좀 보십시오. 평생 이렇게 달리기에 적합한 동물을 보신 적이 있나요? (그 순간 시종이 마차에 올라타더니 말을 몰고 가버렸다) 순수한 혈통! 그런데 세 시간 반 동안 겨우 23마일을 달려왔다니! 저 말을 좀 보십시오. 그게 가당키나 한가요?"

"몸이 무척 뜨거워 보이는 건 분명하네요."

"뜨겁다니요! 월콧 교회에 올 때까지 털끝 하나 흐트러지지 않았답니다! 저 앞머리를 좀 보세요. 저 허리도요. 걸음걸이만 봐도 알지요. 저런 말은 시속 10마일 이하로 달릴 수가 없어요. 다리를 묶어도 달릴 겁니다. 그런데 제 이륜마차는 어떻게 생각하시나요, 몰랜드 양? 아주 멋지죠, 그렇지 않습니까? 잘 꾸미고 세련됐죠. 이 마차를 산 지 한 달도 안 됐답니다. 원래 크라이스트처치*에 다니는 꽤 괜찮은 녀석인 제 친구를 위해 제작된 건데, 몇 주 몰아보더니 처분하는 게 좋겠다고 생각한 모양이에요. 그런데 때마침 제가 이런 종류의 소형 마차를 찾고 있었지요. 사실 쌍두 이륜마차를 사기로 이미 결정한 상태였는데, 지난 학기에 우연히 모들린 다리에서 마차를 몰고 옥스퍼드로 가는 그 친구를 만났지 뭡니까. '이봐, 소프! 혹시 이런 소형 마차 필요 없나? 이런 종류 중에서는 최고급품인데, 난 그만 싫증이 나버렸어.' 그 친구가 대뜸 이렇게 말하더군요. 그래서 제가 말했죠. '이런! 아주 제대로 찾아왔어. 얼마면 되겠나?' 그 친구가 얼마를 불렀을 것 같습니까, 몰랜드 양?"

"전 짐작도 못 하겠어요."

"저 마차에 달린 부속품들 좀 보세요. 의자며 트렁크, 칼집, 흙받이, 등잔, 은제 장식 테두리, 모든 게 완벽하지요. 철제 부품도 새것처럼 멀쩡하고요. 아니, 더 낫지요. 그런데 이 친구가 50기니를 부르지 뭡니까. 저는 그 자리에서 돈을 던져주고 거래를 끝냈답니다. 그래서 저 마차는 제 소유가 되었지요."

"그렇군요." 캐서린이 말했다. "저는 그런 일에 대해 아는 게 없어서 싼지 비싼지도 모르겠어요."

"싸지도 비싸지도 않은 가격이지만, 솔직히 좀 더 싸게 살

*옥스퍼드 칼리지들 중의 하나. 옥스퍼드 대학은 여러 칼리지로 이루어져 있는데, 크라이스트처치는 높은 귀족 계층의 학생들이 주로 다녔다. 소프는 일부러 그 점을 강조하고 있는 것이다.

수도 있었을 겁니다. 제가 워낙 옥신각신 흥정하는 걸 싫어해서 그랬지만, 가엾은 프리먼 녀석은 현금이 급했거든요."

"무척 마음씨가 좋으시군요." 캐서린이 기뻐하며 말했다.

"오, 젠장! 친구로서 친절을 베풀 수 있을 때 치사하게 구는 건 딱 질색이니까요."

이제 두 젊은 숙녀들이 어디를 가고 있었는지를 물었다. 그들의 목적지가 밝혀지자, 신사들도 에드거 빌딩스까지 함께 가서 소프 부인에게 인사를 드리기로 결정했다. 제임스와 이사벨라가 앞장섰다. 자신의 행운에 몹시 만족한 이사벨라는 오빠의 친구이자 자기 친구의 오빠이기도 한 제임스에게 즐거운 산책을 선물하기 위해서 기꺼이 애를 쓰고 있었다. 그녀의 감정이 어찌나 순수하고 교태라고는 없었는지, 비록 밀섬 거리에서 문제의 두 신사를 만나 지나쳤지만, 캐서린은 딱 세 번만 돌아봤을 뿐, 그들의 시선을 끌려는 노력조차 하지 않았다.

물론 존 소프는 캐서린과 함께 걸었다. 몇 분 동안 침묵이 흐른 후에, 다시 그의 이륜마차가 화제로 올랐다. "제가 다음 날 당장 10기니나 더 받고 그 마차를 팔 수 있었던 걸 보면, 몰랜드 양께서도 꽤 싸게 샀다는 걸 아시겠죠? 오리엘*의 잭슨이 당장 60기니를 불렀거든요. 오빠도 그때 같이 있었답니다."

"맞아." 이 대화를 들은 몰랜드가 말했다. "하지만 자네 말까지 포함된 금액이었다는 걸 잊었군."

*옥스퍼드 칼리지들 중의 하나.

"내 말까지! 이런 제기랄! 1백 기니를 준다 해도 내 말은 절대 팔지 않아. 그런데 몰랜드 양은 덮개 없는 무개마차를 좋아하시나요?"

"네, 무척 좋아해요. 좀처럼 타볼 기회는 없었지만, 진짜 좋아해요."

"잘됐군요. 제가 날마다 제 마차에 태워드리겠습니다."

"감사합니다." 캐서린이 약간 어색한 표정으로 대답했다. 그런 제안을 받아들이는 것이 적절한 일인지 의심스러웠던 것이다.

"내일 마차를 타고 랜스다운 힐로 모시겠습니다."

"감사합니다. 그런데 말이 좀 쉬어야 하지 않을까요?"

"쉰다니요! 오늘 겨우 23마일을 달렸을 뿐인데요, 말도 안 되죠. 휴식처럼 말에게 해로운 것도 없어요. 제일 빨리 말을 쓰러뜨릴걸요. 절대 아닙니다. 저는 여기 있는 동안 제 말을 날마다 평균 네 시간씩 훈련시킬 겁니다."

"정말이세요!" 캐서린이 매우 진지하게 말했다. "그럼 하루에 40마일은 달릴 텐데요."

"40마일이라니요! 50마일은 달려야지요. 어쨌든 내일 랜스다운까지 태워드리겠습니다. 잊지 마십시오, 약속한 겁니다."

"어머, 얼마나 재밌을까!" 이사벨라가 뒤를 돌아보며 소리쳤다. "캐서린, 정말 부럽다. 그런데 오빠, 한 사람 더 탈 자리는 없겠지?"

"한 사람 더 탄다고! 없다, 없어. 내가 여동생이나 태우자고 바스까지 온 건 아니야. 그렇다면 정말 웃기는 일이지! 너는 몰랜드 군이 돌봐줄 거다."

그러자 이사벨라와 몰랜드 사이에 정중한 대화가 오갔다. 하지만 캐서린은 자세한 내용이나 결정을 들을 수가 없었다. 지금까지 활기차게 떠들던 그녀의 동반자는 이제 기분이 가라앉아, 마주치는 여자들마다 얼굴이 예쁘니 못생겼다느니 평가하는 한마디를 던질 뿐, 아무 말도 하지 않았다. 한편 캐서린은 이토록 자신만만한 남자의 의견, 특히 같은 여성의 아름다움에 관한 의견에 감히 맞서기를 두려워하는 젊은 여성답게, 최대한 공손함과 순종하는 마음을 발휘하여 끝까지 참고 들어주다가, 마침내 화제를 바꿔보려고 용기를 내어 줄곧 그녀의 머릿속을 맴돌던 질문을 던졌다. "혹시《우돌포》를 읽어보셨나요, 소프 씨?"

"《우돌포》요! 맙소사! 저는 절대 소설 따위는 읽지 않습니다. 다른 할 일도 많으니까요."

창피하고 민망해진 캐서린은 변명을 늘어놓으려고 했다. 하지만 소프 씨가 말문을 막았다. "소설이란 게 온갖 터무니없는 말과 내용뿐이잖습니까.《톰 존스》* 이후로 그럭저럭 봐줄 만한 소설은 한 편도 없습니다,《수도사》** 하나만 빼고 말이죠. 그 책은 일전에 읽어봤죠. 나머지 소설들은 정말이지 한심하기

*사생아로 태어난 주인공의 파란만장한 일대기를 다룬 헨리 필딩의 장편소설.
**1796년 출간된 매슈 루이스의 소설로 악령에 사로잡힌 수도사가 살인과 근친상간의 범죄를 저지른 후 고통스러운 죽음을 맞이하는 내용이다.《톰 존스》와《수도사》모두 자극적인 성적 묘사를 담고 있어 화제가 된 작품들로 소프가 말하는 책에 대한 견해와 어울리지 않는다.

짝이 없어요.”

“그래도 한번 읽어보면, 《우돌포》는 좋아하실 것 같아요. 무척 흥미롭거든요.”

“절대 아닙니다! 혹시 뭔가 읽는다면, 래드클리프 부인 소설을 읽겠죠. 그래도 그 사람 소설은 꽤 재밌으니까 한번 읽어볼 만합니다. 재미도 있고 박진감도 있어요.”

“《우돌포》가 바로 그 래드클리프 부인이 쓴 거예요.” 캐서린이 혹시 그에게 창피를 주는 건 아닐까 걱정하며 조심스럽게 말했다.

“정말입니까? 이런, 이제 기억나는군요. 맞아요, 다른 한심한 소설로 착각했습니다. 사람들이 좋다고 난리를 치는 여자가 쓴 건데, 그 여자는 프랑스 이민자랑 결혼을 했다더군요.”

“《카밀라》 말씀인가요?”

“맞아요, 그 책입니다. 그런 말도 안 되는 헛소리라니! 늙은 남자가 시소를 타고 논다지 뭡니까! 언젠가 한번 1권을 집어 들었다가 쓱 살펴보았는데, 곧 아니다 싶었죠. 사실 읽어보기도 전에 어떤 내용인지 다 알겠더라고요. 게다가 그 여자가 이민자와 결혼했다는 말을 듣는 순간, 절대 끝까지 못 읽겠구나 확신이 들더군요.”

“저는 아직 읽어본 적이 없어요.”

“그래도 아쉬워할 거 하나도 없습니다. 최악의 끔찍한 쓰레기니까요. 세상에 시소를 타고 놀며 라틴어를 공부하는 노인이 어디 있답니까? 맹세코 그런 건 없어요.”

불행하게도 가엾은 캐서린의 귀에는 전혀 타당하게 들리지 않는 이 비평이 끝나는 순간, 그들은 소프 부인의 숙소 문 앞에 당도했다. 그들이 소프 부인을 만나는 순간, 냉철하고 편견 없는 《카밀라》의 독자는 다정하고 의무를 다하는 아들로 변했다. "어머니! 어떻게 지내셨어요?" 소프 씨는 어머니와 애정 어린 악수를 나누며 말했다. "대체 그 괴상한 모자는 어디서 나셨어요? 꼭 늙은 마녀처럼 보이는군요. 이쪽은 몰랜드 군이에요. 어머니와 함께 며칠 지내러 왔어요. 그러니 근처에 괜찮은 2인실 좀 알아봐주세요." 이런 인사말이 어머니의 가장 소중한 소망을 모두 만족시켜주는 것 같았다. 소프 부인은 더할 나위 없는 기쁨과 넘치는 애정으로 아들을 맞이했기 때문이다. 소프 씨는 두 여동생들에게도 공평한 애정을 보여주었다. 왜냐하면 두 동생의 안부를 제각기 묻고 나서 둘 다 정말 못생겼다고 말해주었기 때문이다.

캐서린은 이런 태도가 마음에 들지 않았다. 하지만 그는 제임스 오빠의 친구이자, 이사벨라의 오빠였다. 게다가 이사벨라와 둘이서 새 모자를 보러 갔을 때, 존 오빠가 너를 세상에서 제일 매력적인 아가씨로 생각한다며 그날 저녁 춤추러 가기 전에 파트너 신청을 할 거라는 말을 듣고 나자, 캐서린의 판단력은 더욱 흐려졌다. 만약 그녀가 좀 더 나이가 들었거나 허영심이 있다면, 그런 공격에도 흔들리지 않았을 것이다. 하지만 젊은 데다 소심한 사람인 경우, 제일 매력적인 아가씨라는 말과 무도회 전에 일찌감치 파트너로 낙점되는 것의 매력에 넘어가지 않으려면 특별히 강인한 이성이 필요한 법이다. 몰랜드 남매는 소프 가족과 한 시간쯤 앉아 있다가 앨런 씨 숙소까지 걸어가려고 길을 나섰다. 현관문이 닫히자마자 제임스가 물었다. "캐서린, 내 친구 소프가 마음에 드니?" 아마 우정도, 칭찬도 없었다면 당장 "전혀 마음에 들지 않아"라고 대답했을 것이다. 하지만 캐서린은 대신 이렇게 대답했다. "아주 마음에 들어. 매우 유쾌한 사람 같아."

"최고로 괜찮은 녀석이야. 다소 시끄럽긴 하지만, 여자들은 그런 걸 더 좋아하잖아. 그럼, 다른 가족들은 마음에 들어?"

"정말 무지무지 좋아. 특히 이사벨라."

"네가 그렇게 말하니 기쁘구나. 이사벨라야말로 네가 친하게 지냈으면 싶은 바로 그런 사람이거든. 무척이나 사려 깊으면서 전혀 꾸밈이 없고 사랑스러워. 나는 항상 네가 그녀와 친해지기를 바랐어. 이사벨라도 널 무척 좋아하는 것 같더라. 침이 마르도록 널 칭찬하던데. 소프 양 같은 아가씨가 한 칭찬이니까 캐서린, 너도 자랑스러울 거야."

"정말 그래." 캐서린이 대답했다. "난 이사벨라가 진짜 좋아. 오빠도 그녀를 좋아한다니 기뻐. 그런데 오빠가 그 집을 방문한 뒤 쓴 편지에서는 이사벨라 얘기가 한마디도 없었잖아."

"너를 곧 만날 거라고 생각했거든. 바스에 있을 동안 둘이 자주 만나렴. 세상에 그렇게 상냥한 아가씨는 없을 거야. 얼마나 이해력도 뛰어난지! 가족들의 총애를 한 몸에 받고 있더라. 사실 누구든 다 좋아할 사람이지. 바스 같은 이런 곳에서도 틀림없이 인기를 끌고 있을걸, 안 그래?"

"맞아, 굉장히 인기가 높은 것 같아. 앨런 씨는 이사벨라가 바스에서 제일 예쁘다고 생각하신대."

"당연히 그러실 거야. 앨런 씨만큼 미적 안목이 뛰어난 분은 못 봤어. 캐서린, 너한테는 여기서 잘 지내느냐고 물을 필요조차 없겠구나. 이사벨라 소프 같은 친구가 옆에 있는데, 어떻게 안 좋을 수가 있겠니. 앨런 부부도 너한테 진짜 잘해주시지?"

"그럼, 무척 친절하게 대해주셔. 이렇게 행복했던 적이 없었어. 이제 오빠까지 왔으니 더할 나위가 없지. 오빠가 나를 보러이 먼 길을 와주다니 얼마나 고마운지."

제임스는 여동생의 감사 인사를 순순히 받아들였다. 그러고는 양심의 가책을 덜기 위해 진심이 가득한 목소리로 말했다. "내 동생, 오빠가 널 얼마나 사랑하는데."

이제 두 사람은 몇몇 형제자매들의 근황과 나머지 형제자매들의 성장, 그리고 여러 집안 문제에 관해 질문과 대화를 주고받았다. 하지만 제임스가 살짝 대화의 방향을 틀자마자, 풀트니 거리에 도착할 때까지 소프 양의 미모에 대한 칭찬을 쉬지않고 이어갔다. 제임스는 앨런 부부에게 열렬한 환영을 받았다. 앨런 씨는 그를 만찬에 초대했고, 앨런 부인은 새로 산 털토시와 스카프의 무게를 느껴보고 가격을 맞혀보라고 했다. 하지만 제임스는 에드거 빌딩스에서의 선약 때문에 앨런 씨의 초대를 받아들일 수 없었다. 부인의 요청을 만족시켜드리자마자 서둘러 떠나야만 했다. 옥타곤룸*에서 두 일행이 만날 시간을 정확히 정한 다음, 캐서린은 혼자 남아 《우돌포》를 넘기며 흥분되고 짜릿하고 손에 땀을 쥐게 하는 상상력의 사치를 한껏 누렸다. 그 바람에 드레스며 정찬에 관한 세속적인 걱정을 말끔히 잊어버리고, 약속했던 재단사가 늦어서 걱정하는 앨런 부인을 위로해주지도 못했다. 심지어 저녁 무도회 전에 이미 춤출 약속을 잡아놓은 행복을 만끽할 틈조차 별로 없었다.

8

《우돌포》와 재단사에도 불구하고, 풀트니 거리를 떠난 일행은 제시간에 어퍼 사교장에 도착했다. 소프 남매와 제임스 몰랜드는 2분 전에 미리 도착해 있었다. 이사벨라는 환한 미소와 함께 애정이 철철 넘치는 수선을 떨며, 친구의 곱슬머리에 대한 부러움과 드레스에 대한 칭찬을 한바탕 늘어놓는 것으로써 친구와의 의례적인 환영 예식을 끝마쳤다. 두 사람은 다정히 팔짱을 긴 채, 동반자들의 뒤를 따라 무도회장으로 들어가면서도 뭔가 생각날 때마다 연신 귓속말을 속삭이고, 손을 꼭 잡거나 미소를 주고받았다.

그들이 자리에 앉자마자 춤이 시작되었다. 여동생만큼이나

*어퍼 사교장에 있는 팔각 모양의 방. 본래는 카드놀이를 위한 방이었지만, 새로 카드놀이 방이 생긴 후로는 만남의 장소로 애용되고 있었다.

일찍 춤 약속을 받아낸 제임스는 이사벨라를 자리에서 일어나게 하려고 안달이었다. 하지만 존이 친구와 얘기하러 카드놀이 방으로 가버렸기 때문에, 이사벨라는 세상 어떤 일이 있어도 사랑하는 캐서린이 함께 춤을 출 수 있기 전까지는 절대 춤을 추지 않겠다고 선언했다. "분명히 말하지만, 온 세상을 다준다 해도 당신의 사랑하는 여동생을 혼자 두고 자리에서 일어나지는 않을 거예요. 자칫하면 저녁 내내 떨어져 지낼 테니까요." 캐서린은 이런 친절을 고맙게 받아들였다. 그래서 세 사람은 3분 정도 더 앉아 있었다. 이윽고 이사벨라가 옆에 앉아 있는 제임스와 잠깐 이야기를 나누더니, 캐서린에게 고개를 돌리고 속삭였다. "사랑하는 캐서린, 미안하지만 잠시 네 곁을 떠나야겠어. 네 오빠가 춤을 추고 싶어서 도저히 못 견디겠나봐. 내가 옆에 없어도 괜찮지? 틀림없이 존 오빠가 금방 돌아올 거야. 그럼 나를 쉽게 찾을 수 있어." 마음씨가 고운 캐서린은 살짝 실망했지만, 아무 내색도 하지 않았다. 두 사람은 자리에서 일어났고, 이사벨라는 친구의 손을 살짝 잡으며 "잘 있어, 사랑하는 친구"라고 한마디만 남기고 총총히 사라졌다. 이사벨라의 여동생들도 춤을 추고 있었으므로, 캐서린은 소프 부인과 앨런 부인 사이에 홀로 남겨졌다. 그녀는 좀처럼 나타나지 않는 소프 씨에게 슬슬 짜증이 났다. 꼭 춤을 추고 싶어서가 아니라, 실제 자신의 상황이 얼마나 명예로운 것인지 알리지도 못한 채, 파트너가 없어 치욕 속에 가만히 앉아 있는 수십 명의 다른 아가씨들과 똑같은 대접을 받고 있다는 걸 깨달았기 때문이었다. 마음은 더할 나위 없이 순수하고 행동은 순결하기 짝이 없지만 세상 사람들의 눈에는 수치스럽고 겉으로 보기에 불명예스러워지는 것이야말로, 게다가 타인의 잘못 때문에 비참해지는 이런 상황이야말로 여주인공의 일생에서 꼭 있는 일이다. 그리고 그럴 때 강인한 모습은 여주인공에게 특별한 위엄을 안겨주는 법이다. 캐서린 역시 강인했다. 그녀는 고통스러웠지만, 결코 불평이 입 밖으로 새어 나오지 않았다.

10분쯤 흘렀을 때, 캐서린은 이 굴욕적인 상태에서 깨어나 뛸 듯이 기뻤다. 소프 씨가 아니라, 틸니 씨를 보았던 것이다. 그는 그들이 앉아 있는 곳에서 3야드쯤 떨어져 있었는데, 캐서린을 보지 못한 채 저쪽 방향으로 걸어가고 있는 것 같았다. 덕분에 틸니 씨의 갑작스러운 등장으로 캐서린의 얼굴에 활짝 피어올랐던 미소와 홍조는 그녀의 자존심을 손상시키지 않은 채 슬그머니 사라졌다. 틸니 씨는 여전히 잘생기고 씩씩해 보였다. 그리고 세련되고 매력적인 젊은 여성과 흥미롭게 이야기를 나누고 있었다. 그녀는 틸니 씨의 팔에 몸을 기대고 있었는데, 캐서린은 즉시 여동생일 거라고 짐작해버렸다. 그러고는 그가 이미 결혼을 했고 영원히 그를 놓쳐버렸을 가능성은 고려해볼 생각조차 하지 않았다. 단순하고 개연성 있는 사실에만 이끌리는 캐서린은 틸니 씨가 결혼했을 수 있다는 생각을 한 번도 하지 못했다. 그는 행동이나 말이나 여러 면에서 캐서린이 익히 알고 있던 유부남들과는 달랐고, 부인 얘기는 꺼낸 적도 없었다. 게다가 여동생이 있다고 말했다. 이런 모든 정황을 통해 지금 그의 옆에 있는 여자는 여동생이라는 결론이 즉시 내려진 것이다. 그러므로 송장처럼 새하얗게 질려서 앨런 부인의 품으로 쓰러지는 대신, 캐서린은 온몸의 신경을 곤두세운 채 평소보다 약간 더 붉어진 얼굴로 자리에 꼿꼿이 앉아 있었다.

틸니 씨와 동반자는 천천히, 그러나 계속해서 다가왔다. 이때 한 부인이 먼저 다가왔다. 소프 부인의 친구인 그 부인은 그녀에게 말을 걸기 위해 걸음을 멈추었다. 부인의 일행이었던 틸니 남매도 함께 걸음을 멈췄다. 순간 캐서린과 눈이 마주친 틸니 씨는, 즉시 미소를 지으며 아는 척을 했다. 캐서린은 환한 미소로 응답했다. 그러자 틸니 씨는 더 가까이 다가와서 그녀와 앨런 부인에게 인사했다. 부인은 그를 매우 예의 바른 사람으로 인정하고 있었다. "이렇게 다시 보니 정말 기뻐요. 바스를 떠나신 줄 알고 섭섭했답니다." 부인의 말에 틸니 씨는 감사를 표했다. 그리고 일주일 동안 떠났다가 돌아온 그날 아침에 부인을 뵙는 기쁨을 누리게 되었다고 말했다.

"틀림없이 다시 돌아온 걸 후회하지는 않을 거예요. 여기야말로 젊은 사람들을 위한 곳이니까요. 물론 모든 사람들을 위한 곳이기도 하죠. 안 그래도 우리 남편이 바스가 지겨워졌다고 말하기에, 제가 아무 불평 말라고 했답니다. 얼마나 유쾌한 곳인데, 이런 지루한 계절에 고향에 있는 것보다는 백 배 더 낫죠. 당신 건강 때문에 바스에 오게 된 건 정말 행운이라고 했어요."

"부디 앨런 씨께서도 이곳을 좋아하시게 되길 바랍니다. 건강에 도움이 되셔서 말이죠."

"고마워요. 틀림없이 그렇게 될 거예요. 우리 이웃인 스키너 박사도 작년 겨울에 치료차 여기 와서 건강해져서 떠났답니다."

"그런 얘기를 들으면 무척 기운이 나시겠습니다."

"그럼요, 스키너 박사와 가족들은 여기 석 달이나 있었어요. 그래서 저도 남편에게 서둘러 떠나면 안 된다고 말한답니다."

그때 소프 부인이 앨런 부인에게 휴즈 부인과 틸니 양이 자리에 앉을 수 있도록 조금 옆으로 옮겨달라는 부탁을 하는 바람에 대화는 중단되었다. 두 사람도 이 일행에 합류하기로 했던 것이다. 자리가 정리된 후에도 틸니 씨는 여전히 여자들 앞에 서 있었다. 그리고 잠시 고민하더니, 캐서린에게 춤을 청했다. 이런 호의의 표시가 기쁘면서도 숙녀에게는 쓰라린 수치심을 안겨주었다. 캐서린은 춤 신청을 거절하면서 정말로 안타까운 듯이 어찌나 노골적으로 아쉬움을 표현했는지, 만약 잠시 후에 돌아온 소프가 30초만 더 일찍 왔다면 그녀의 상심이 너무 지나치다고 생각했을지 모른다. 느긋한 얼굴로 기다리게 해서 미안하다고 말하는 소프 씨의 태도는 그녀에게 전혀 위로가 되지 못했다. 두 사람이 서 있는 동안, 소프 씨는 방금 헤어진 친구가 기르는 말과 개에 대해서 시시콜콜 떠들면서 친구와 테리어를 교환하기로 했다고 말했지만, 전혀 흥미를 끌지 못했다. 캐서린은 자꾸 틸니 씨가 서 있던 곳을 돌아보았다. 특히 친구 이사벨라에게 그를 가리켜 보여주고 싶었지만, 그녀는 어디에도 보이지 않았다. 그들은 다른 춤 대열에 속해 있었던 것이다. 캐서린은 일행과 완전히 헤어져서 아는 사람이 하나도 없었다. 속상한 일만 계속 생겼다. 이번 일로 캐서린은 유용한 교훈을 얻었다. 미리 춤 신청을 받고 무도회장에 갔다 해서 젊은 숙녀의 긍지가 더 높아지고 즐거움이 더 커진다는 보장은 없다는 것이다. 이렇게 교훈을 곱씹고 있을 때, 갑자기 누군가 어깨를 쳐서 정신을 차렸다. 고개를 돌려보니, 휴즈 부인이 틸니 양과 신사 한 명과 함께 바로 등 뒤에 서 있었다. "이런 무례한 행동을 용서해주길 바라요, 몰랜드 양." 휴즈 부인이 말했다. "소프 양은 도통 찾을 길이 없는데, 소프 부인 말씀이 몰랜드 양이라면 이 젊은 숙녀분이 옆에 앉는 걸 전혀 싫어하지 않을 거라고 해서요." 이 방 안에 있는 어느 누구도 캐서린만큼 기쁜 마음으로 휴즈 부인의 부탁을 받아들이지 않았을 것이다. 젊은 숙녀들은 서로 인사를 나누었다. 틸니 양은 이런 호의에 합당한 감사를 표현했고, 몰랜드 양은 너그러운 마음에서 우러나오는 진심 어린 배려로 상대의 부담감을 덜어주었다. 휴즈 부인은 자신이 맡은 아가씨를 제대로 처리했다는 사실에 만족하며 자기 일행에게로 돌아갔다.

틸니 양은 날씬한 몸매에 예쁜 얼굴, 매우 호감 가는 외모를 지녔다. 소프 양처럼 노골적으로 멋을 부리지도 눈에 띄게 꾸미지도 않았지만, 훨씬 우아한 분위기를 풍겼다. 수줍어하지도, 일부러 활달하게 굴지도 않는 그녀의 태도는 양식과 교양을 드러냈다. 무도회에서 주변 남자들의 관심을 끌려고 하지 않아도 충분히 젊고 매력적이었으며, 사소한 일이 있을 때마다 과장되게 기뻐하거나 지나치게 짜증을 내지도 않았다. 그녀의 외모와 틸니 씨와의 관계 때문에 첫눈에 마음이 끌린 캐서린은 어떻게든 그녀와 친해지고 싶었다. 그러므로 뭐든 화제만 떠오르면 말을 걸었고, 여유와 용기를 가지고 이야기를 나누었다. 하지만 늘 그렇듯이 한두 가지 필수 요소들의 부족 때문에 급속도로 친해지는 데에는 장애가 있었다. 그러므로 처음 만나서 친해지는 기초 단계 이상으로 나가지는 못하고, 그저 바스가 마음에 드는지, 이곳의 건물들과 주변 시골을 얼마나 좋아하는지, 그림을 그리는지, 연주나 노래를 하는지, 말 타는 걸 좋아하는지 등 서로 알아보기만 했다.

두 번째 춤이 막 끝났을 때, 그녀의 충실한 친구 이사벨라가 캐서린의 팔을 부드럽게 잡으며, 잔뜩 흥분해서 큰 소리로 떠들었다. "드디어 찾았네. 사랑하는 캐서린, 지금까지 계속 찾아다녔잖아. 내가 반대편에 있다는 걸 알면서 어째서 이쪽으로 옮겨 왔니? 네가 없어서 내 마음이 얼마나 외롭고 쓸쓸했는지 몰라."

"이사벨라, 내가 무슨 수로 널 찾겠니? 어디 있는지 보이지도 않는데."

"안 그래도 너희 오빠에게 계속 그렇게 말했는데, 내 말을 믿으려 하지 않더라. '몰랜드 씨, 어서 가서 캐서린 좀 찾아봐요'라고 아무리 말해도 소용없었어. 꼼짝도 안 하더라고. 안 그래요, 몰랜드 씨? 당신네 남자들은 하나같이 정말 게을러요! 내가 너희 오빠를 막 그렇게 야단쳤어! 캐서린, 넌 좀 놀라겠지만, 난 그런 사람들에게는 절대 예의를 차리지 않아."

"저기 머리에 하얀 구슬 장식을 두른 젊은 숙녀 보이지?" 캐서린이 오빠에게서 친구를 떼어내며 속삭였다. "틸니 씨의 여동생이야."

"어머, 세상에! 어떻게 그럴 수가! 어디 좀 보자. 어쩜 저렇게 예쁘니! 다른 아가씨들은 저 미모의 절반도 못 따라갈 거야. 그런데 사방을 정복하고 다니시는 오빠분은 어디 계신 거야? 이 무도회장에 있니? 어서 좀 가리켜봐. 누군지 보고 싶어 죽겠어. 몰랜드 씨, 당신은 듣지 마세요. 당신 얘기가 아니에요."

"그런데 왜 그렇게 속닥거리고 있는 거죠? 대체 무슨 일인가요?"

"아휴, 정말 남자들의 호기심은 못 말린다니까! 그러면서도 여자들의 호기심이 어쩌고 하며 떠들지! 아무 일도 아니에요. 당신이 알아야 할 얘기는 하나도 없으니까 안심하세요."

"그럼 제가 안심할 것 같습니까, 그래요?"

"정말이지 당신 같은 사람은 처음 봐요. 우리 여자들끼리 떠드는 말이 당신에게 뭐 중요하겠어요? 또 모르죠, 당신 얘기를 하고 있을지. 그러니까 듣지 말라고 조언을 드리는 거예요. 불쾌한 말을 듣게 될지 모르잖아요."

이런 시시한 잡담이 한동안 이어졌고, 원래 화제는 완전히 잊힌 것 같았다. 캐서린은 잠시 그 화제를 접어두는 것이 무척 다행스럽기는 했지만, 틸니 씨를 보고 싶어 죽겠다던 이사벨라의 진심에 대해 약간의 의구심을 떨쳐버릴 수는 없었다. 그때 오케스트라가 새로운 춤의 시작을 알리자, 제임스는 아름다운 파트너를 데려가고 싶어 했다. 하지만 이사벨라는 거절했다. "분명히 말씀드리지만, 몰랜드 씨." 그녀가 큰 소리로 말했다. "세상 어떤 일이 있어도 절대 그럴 수는 없어요. 어쩜 그렇게 끈질기신지. 캐서린, 생각 좀 해봐. 네 오빠가 나더러 또 춤을 추자고 하는구나. 세상에 이보다 더 부적절하고 예법에 어긋나는 일은 없다고 그토록 타일렀는데. 파트너를 바꾸지 않으면, 우리는 여기서 추문거리가 될 거야."

"맹세코, 이런 대중 무도회장에서는 종종 있는 일입니다."

"말도 안 돼요. 어떻게 그런 말씀을 하세요? 남자들은 목표가 생기면 어떤 일에도 단념하지 않는다니까. 사랑하는 캐서린, 나 좀 도와줘. 절대 안 된다고 오빠 좀 설득해봐. 내가 그런 행동을 하면 얼마나 충격적일지 말 좀 해주렴, 어서."

"아니야, 전혀 그렇지 않아. 하지만 네가 정 싫다면, 파트너를 바꾸는 게 좋겠어."

"보세요." 이사벨라가 외쳤다. "동생이 하는 말을 듣고도 신경도 안 쓸 작정이군요. 뭐, 이것만은 기억하세요. 바스에 있는 노부인들*이 난리법석을 떨어도 내 잘못은 아니라는 걸. 사랑하는 캐서린, 제발 같이 가자. 내 옆에 있어줘."

그들은 걸음을 옮겨 원래 있던 자리로 되돌아갔다. 그동안 존 소프는 떠나고 없었다. 캐서린은 틸니 씨에게 이미 한 번 그녀를 기쁘게 해주었던 즐거운 제안을 다시 할 수 있는 기회를

---

*무도회를 구경하면서 부적절한 행동을 감시하는 후견인 부인들을 말한다.

주고 싶은 마음에, 최대한 서둘러 앨런 부인과 소프 부인에게
로 다가갔다. 그가 여전히 부인들과 함께 있을 거란 희망—결
국 헛된 일로 드러났을 때 비로소 정말 터무니없는 희망이었음
을 깨달았지만—을 안고서. "캐서린, 부디 네 파트너가 마음에
들었으면 좋겠구나." 아들 자랑이 하고 싶어 안달이 난 소프 부
인이 말했다.

"무척 마음에 들어요, 부인."

"그렇다니 나도 기쁘구나. 존은 매력적인 성품을 지녔지, 안
그래?"

"그런데 애야, 틸니 씨는 만났니?" 앨런 부인이 말했다.

"아니요, 어디 있나요?"

"방금 전까지 우리와 함께 있었는데 어슬렁거리더니 지겹다
고, 춤을 추러 간다고 하더구나. 그래서 널 만났다면 춤을 신청
했을 거라고 생각했지."

"대체 어디 있을까요?" 캐서린이 주위를 두리번거렸다. 하
지만 곧 어떤 젊은 숙녀와 춤을 추러 가는 틸니 씨를 발견했다.

"이런! 파트너를 구했구나. 너한테 신청했으면 좋았을걸."
앨런 부인은 잠시 침묵하더니 한마디 덧붙였다. "무척 호감 가
는 청년인데."

"그럼, 그렇고말고." 소프 부인이 득의에 찬 미소를 지으며
말했다. "내 아들이긴 하지만, 정말 세상에 그렇게 호감 가는
청년은 없다니까."

이런 엉뚱한 대답을 알아들을 사람은 흔치 않을 것이다. 하지

만 앨런 부인은 전혀 어리둥절하지 않고, 잠깐 생각하더니 캐서린에게 속삭였다. "내가 자기 아들 얘기를 한 줄 아나 보다."

캐서린은 몹시 실망하고 낙담했다. 간발의 차로 바로 눈앞에 있던 목표물을 놓친 느낌이었다. 그러므로 잠시 후에 존 소프가 다가와서 "몰랜드 양, 함께 나가서 다시 춤을 춥시다"라고 말했을 때, 캐서린은 별로 상냥하게 대답할 기분이 아니었다.

"오, 아니에요. 감사하지만, 우리는 이미 두 번 췄잖아요. 게다가 지쳐서 더 이상 춤출 생각이 없어요."

"그래요? 그럼 돌아다니면서 사람들 구경이나 합시다. 어서 와요. 이 무도회장에서 제일 웃기는 두 쌍을 보여줄게요. 내 여동생들과 그 파트너들인데, 30분 전부터 걔들을 보고 웃느라 정신이 없었다니까요."

캐서린은 다시 사양했다. 결국 소프 씨는 혼자 여동생들을 놀리러 갔다. 남은 저녁 시간은 무척 지루했다. 틸니 씨는 차를 마시는 그들 일행과는 멀리 떨어져서, 자신의 파트너를 상대하고 있었다. 틸니 양은 그들과 함께 있었지만, 캐서린 옆에 앉지는 않았다. 이사벨라는 제임스와 얘기하는 데 푹 빠져서, 친구에게는 관심을 보일 틈조차 없었다. 그저 이름 한 번 부르고, 손을 꼭 잡으며 미소 한 번 지은 것이 전부였다.

9

그날 저녁 사건에서 비롯된 불행은 캐서린의 마음을 수시로 바꿔놓았다. 무도회장에 있을 때에는, 처음에는 주변 사람들이 죄다 못마땅하게 느껴지다가 갑자기 심한 피로와 집에 가고 싶은 강렬한 욕구에 사로잡혔다. 풀트니 거리의 숙소에 도착했을 때에는 이 욕구가 극도의 허기로 변했고, 허기가 채워지자 얼른 자고 싶은 간절한 소망으로 바뀌었다. 이때가 그녀의 비참함이 극에 달했을 때였다. 캐서린은 즉시 깊은 잠에 빠져들었고, 아홉 시간이나 내처 잤다. 그리고 잠에서 깨어났을 때에는 완벽하게 되살아나서, 새로운 희망과 계획을 가지고 활기에 가득 차 있었다. 맨 처음 떠오른 소망은 틸니 양과 더 친해지고 싶다는 것이었다. 그래서 첫 번째로 정오에 펌프 사교장에 가서 그녀를 찾아보겠다고 결정을 내렸다. 펌프 사교장에서는 바스에 새로 온 사람들을 다 만날 수 있었다. 게다가 그 건물은 은밀하게 이야기를 나누고 숨김없이 속을 터놓기에도 딱 좋아서, 여성의 미덕을 발견하고 여자들끼리 우정을 완성하는데 가장 적합한 곳임을 이미 알고 있었다. 그러므로 캐서린이 그곳에서 친구를 만날 거라고 기대하는 것도 당연한 일이었다. 오전 일과 계획이 세워지자, 그녀는 조찬 후에 조용히 앉아서 책을 읽었다. 시계가 1시를* 칠 때까지 꼼짝 않고 책만 읽을 작

*이것은 앞서 정오에 사교장에 가겠다는 결정과는 모순된 내용이다. 그래서 연구가들은 앞선 '정오(noon)'가 '오후(afternoon)'의 오기가 아닐까 추측하고 있다.

정이었다. 앨런 부인이 뜬금없이 탄성을 지르고 떠들어도 워낙
습관이 돼서 아무렇지도 않았다. 평소 머리가 텅 비어 있고 사
고력이 없는 앨런 부인은 절대 오래 떠드는 법도 없지만, 완전
히 침묵을 지키지도 못했다. 가만히 앉아서 일을 하면서도 바
늘을 잃어버렸다든가 실이 끊어지면, 혹은 마차 오는 소리를
듣거나 옷에 얼룩을 발견하면, 옆에 대꾸해줄 사람이 있든 없
든 큰 소리로 떠들어야 직성이 풀렸다. 12시 반쯤 되었을 때,
요란하게 문을 두드리는 소리에 부인은 황급히 창문으로 달
려갔다. 그리고 캐서린에게 무개마차 두 대가 문 앞에 와 있다
고—하나는 하인 혼자 몰고, 다른 하나는 캐서린의 오빠가 소
프 양을 태우고 왔다고—알려줄 틈도 없이, 존 소프가 큰 소리
를 지르며 계단을 달려 올라왔다. "몰랜드 양, 제가 왔습니다.
오래 기다렸나요? 빨리 올 수가 없었어요. 빌어먹을 늙은 마차
꾼이 제대로 맞는 마차 하나 고르는 데 천년만년 걸리지 뭡니
까. 그리고 겨우 골랐는데, 길을 벗어나기도 전에 고장이 나버
렸어요. 안녕하세요, 앨런 부인? 어젯밤은 정말 굉장한 무도회
였죠, 안 그런가요? 어서요, 몰랜드 양, 서둘러요. 다른 사람들
은 얼른 떠나고 싶어 안달이거든요. 달리다가 나뒹굴고 싶은
모양입니다."

"무슨 말씀이세요?" 캐서린이 물었다. "다들 어디를 간다는
거죠?"

"어디를 가느냐고요? 이런, 약속을 잊은 건 아니겠죠! 오늘
오전에 함께 마차를 타고 야외에 나가기로 하지 않았습니까?

대체 정신이 있는 건지! 우린 클래버턴 다운으로 갈 겁니다."

"그런 말을 했던 것 같군요. 기억나요." 캐서린이 의견을 구하는 눈빛으로 앨런 부인을 바라보았다. "하지만 정말 오실 줄은 몰랐어요."

"몰랐다고요! 참 그럴듯한 말이네요! 그러고는 정작 내가 안 왔다면 어떤 난리를 피웠을까."

부인에게 향한 캐서린의 말없는 호소는 완전히 무시당했다. 표정으로 의사를 전달해본 적이 없는 앨런 부인이니 다른 사람이 무슨 말을 하려는 건지 알아챌 턱이 없었다. 결국 틸니 양을 다시 보고 싶은 소망은 나들이를 위해 잠시 연기할 수 있고, 이사벨라가 제임스와 함께 가는 마당에 그녀가 소프 씨와 간다고 해서 부적절한 일은 아니라는 생각이 든 캐서린은 좀 더 직설적으로 물었다. "저, 부인, 어떻게 생각하세요? 제가 한두 시간쯤 나갔다 와도 될까요?"

"좋을 대로 하렴." 앨런 부인은 아무렇지도 않게 대답했다. 그 조언을 받아들인 캐서린은 외출 준비를 하려고 달려갔다. 그리고 소프 씨가 앨런 부인에게서 자기 마차에 대한 칭찬을 억지로 끌어낸 후에 몇 마디 칭찬의 말을 끝낼 틈도 없이, 몇 분 만에 다시 나타났다. 부인과 작별 인사를 나눈 두 사람은 서둘러 계단을 내려갔다. "내 소중한 친구!" 이사벨라가 소리쳤다. 캐서린이 마차에 오르기 전에 친구로서의 의무를 당장 이행하기 위해서였다. "준비하는 데 적어도 세 시간은 걸렸겠다. 그러다 병날까 걱정이네. 어젯밤 무도회는 정말 즐거웠어. 너한테 할 말이 무척 많아. 어서 마차에 타. 빨리 출발하고 싶으니까."

캐서린은 친구의 명령에 따라 얼른 돌아섰다. 하지만 친구가 제임스에게 큰 소리로 떠드는 말은 들을 수 있었다. "어쩜 저렇게 사랑스러운지 몰라요! 캐서린에게 홀딱 반했다니까요."

"처음 출발할 때 말이 좀 날뛰어도 겁낼 거 없어요, 몰랜드 양." 소프가 손을 잡아주며 말했다. "한두 번 펄쩍 뛰거나, 어쩌면 잠시 꼼짝하지 않을지도 몰라요. 하지만 곧 자기 주인을 알아볼 겁니다. 말이 혈기 왕성하고 장난기는 있어도 악의는 없으니까요."

캐서린은 이 설명이 썩 유쾌하게 들리지 않았다. 하지만 돌이키기에는 이미 늦은 데다가, 자신이 겁먹었다고 인정하기에는 너무 젊은 나이였다. 그래서 운명에 모든 걸 맡기고, 주인을 알아본다고 그토록 자랑했던 말의 지력을 믿어보기로 했다. 캐서린은 편안하게 자리에 앉아서 자기 옆에 앉는 소프를 보았다. 모든 준비가 끝나자, 말머리 옆에 서 있던 하인에게 근엄한 목소리로 명령이 떨어졌다. "출발." 그들은 펄쩍 뛰거나 껑충껑충 날뛰지도 않고 더할 나위 없이 평온하게 출발했다. 캐서린은 이토록 순조롭게 위험에서 벗어난 것에 안도한 나머지, 감사의 탄성을 지르며 큰 소리로 기뻐했다. 그러자 옆자리에 앉은 소프는 이 모든 게 자신의 특별히 섬세한 고삐 잡는 방식과 명민하고 빈틈없는 채찍질 덕분이라며 단박에 상황을 정리해버렸다. 캐서린은 그가 이렇게 완벽하게 말을 다룰 수 있는

데, 괜히 말이 장난을 칠 거라는 말을 해서 겁을 줄 필요가 있었을까 의아해하지 않을 수 없었지만, 어쨌든 이렇게 훌륭한 마부의 보호 아래 있다는 사실에 진심으로 기뻐했다. 말은 불쾌하게 까불려는 기색은 전혀 보이지 않고, 변함없이 평온한 걸음으로 계속 달려갔다. 그리고 (시속 10마일의 속도로 꼭 가야 한다는 걸 감안하면) 결코 놀랄 만큼 빠른 속도도 아니었기 때문에, 캐서린은 마음 놓고 2월의 따뜻한 날씨 속에서 기운을 북돋아주는 바람과 나들이를 한껏 즐겼다. 처음에 짧은 대화가 오간 후로 한동안 침묵이 이어졌다. 소프가 침묵을 깨며 불쑥 말을 던졌다. "그 늙은이 앨런은 유대인처럼 부자죠, 그렇죠?" 캐서린이 무슨 말인지 이해하지 못하자, 그가 설명을 덧붙이며 다시 물었다. "앨런 말이에요, 당신이 함께 사는 노친네."

"오! 앨런 씨 말씀이군요. 그래요, 매우 부자인 것 같아요."

"자식은 한 명도 없고요?"

"없어요. 한 명도."

"다음 상속자에게는 아주 잘된 일이네요. 그 사람이 당신 대부 맞지요?"

"대부라니요! 아니에요."

"하지만 언제나 그 사람들과 많은 시간을 보내잖아요."

"그건 그렇죠."

"제 말이 바로 그겁니다. 늙은이치고는 괜찮은 양반 같더군요. 틀림없이 그 나이에 비해서 무척 건강하겠죠. 통풍 따위는 걸리지도 않았을 테고. 지금도 하루에 한 병씩 마시나요?"

"하루에 한 병이라니요! 아니에요. 왜 그런 생각을 하세요? 앨런 씨는 술을 무척 절제하는 분이에요. 어젯밤 술 취한 그분 모습을 상상이나 할 수 있겠어요?"

"이런 맙소사! 당신네 여자들은 항상 술 취한 남자들만 생각 하는군요. 어째서 남자가 술 한 병에 정신을 잃을 거라고 단정 하는 거죠? 분명히 말하지만, 모든 남자들이 하루에 한 병씩만 술을 마신다면, 세상은 지금보다 훨씬 더 질서 있는 곳이 될 겁 니다. 우리 모두에게 굉장히 좋은 일이 될 거란 말입니다."

"믿을 수 없군요."

"세상에! 그랬다면 수천 병을 절약했을걸요. 그래봤자 이 왕 국에서는 마땅히 소비되어야 하는 포도주의 100분의 1도 소비 하지 않겠지만, 늘 안개가 끼는 영국 날씨에는 술의 도움이 필 요하죠."

"하지만 옥스퍼드에선 포도주를 많이 마신다고 들었어요."

"옥스퍼드라고요! 장담하지만 요즘 옥스퍼드에는 술 마시는 친구가 없어요. 거기서는 아무도 술을 마시지 않는다고요. 기 껏해야 4파인트 이상 마시는 사람을 거의 만날 수가 없단 말입 니다. 예를 들어, 지난번 내 방에서 열린 파티에서 우리가 1인 당 평균 5파인트를 마셨다고 유명해졌죠. 상당히 예외적인 일 로 여겨졌다니까요. 제 술이 꽤 이름난 좋은 물건이긴 하죠. 옥 스퍼드에서 그런 술은 자주 만날 수 없답니다. 어쨌든 이제 옥 스퍼드에서 일반적으로 술을 얼마나 먹는지 감이 잡힐 겁니다."

"네, 감이 잡히는군요." 캐서린이 발끈해서 말했다. "그러니까 당신들 모두 제가 생각한 것보다 훨씬 더 많이 마신다는 걸 알겠어요. 하지만 제임스 오빠는 많이 마실 리가 없어요."

이 확고한 선언에 당장 잡아먹을 듯이 기세등등한 대답이 돌아왔다. 하지만 종종 튀어나오는 거의 욕설에 가까운 감탄사 이외에는, 어느 한 대목도 알아들을 수가 없었다. 그의 말이 끝났을 때, 캐서린은 오히려 옥스퍼드에서는 술을 엄청나게 마시는 게 확실하다는 생각이 들면서, 동시에 오빠는 비교적 덜 마시는 편이라는 다행스러운 확신이 들었다.

이제 소프의 생각은 자기 말과 마차의 장점 쪽으로 쏠렸다. 그는 캐서린에게 그의 말이 얼마나 활기차고 자유롭게 움직이는지, 스프링이 뛰어날 뿐만 아니라 말의 발걸음이 얼마나 마차를 편안하게 움직이는지 칭찬할 것을 요구했다. 캐서린은 최선을 다해 그가 늘어놓는 칭찬을 모두 맞춰주었다. 그보다 앞서가거나 넘어서는 것은 불가능했다. 그 주제에 관한 소프의 해박함과 그녀의 무지함, 그의 빠른 말솜씨, 그리고 그녀 자신의 소심함 때문에, 어떻게 할 수가 없었다. 심지어 그 칭찬에 새롭게 덧붙일 말 한마디 생각해낼 수가 없어서, 그가 주장하는 말은 무엇이든 그대로 따라 할 뿐이었다. 결국 두 사람은 아무런 어려움도 없이, 그의 말과 마차는 영국에서 가장 완벽하며 그의 마차는 가장 멋지고 그의 말은 최고이고 소프 자신은 최고의 마부라는 합의에 이르렀다. 이제 이 문제는 완전히 결론이 났다고 생각한 캐서린이 잠시 후에 용기를 내어 화제를 약간 바꾸려고 시도했다. "그런데 소프 씨, 제임스 오빠의 이륜마차가 정말 부서질 거라고 생각하는 건 아니죠?"

"부서진다고요! 오, 맙소사! 평생 저렇게 조그맣고 덜컹거리는 물건을 본 적 있나요? 멀쩡한 금속 부품이라고는 하나도 없는걸요. 저 닳아빠진 바퀴는 최소한 10년쯤 됐을 겁니다. 게다가 저 몸체 좀 보세요! 맹세코, 당신이 톡 건드리기만 해도 산산이 부서질걸요. 내 평생 저렇게 당장이라도 망가질 듯 형편없는 물건은 처음 봅니다. 우리는 더 좋은 마차를 타서 얼마나 감사한지! 나라면 5만 파운드를 준다 해도 저걸 타고 2마일도 안 갈 겁니다."

"하느님 맙소사!" 캐서린이 겁에 질려 부르짖었다. "그럼 제발 돌아가도록 해요. 계속 가다가는 분명히 사고가 날 거예요. 돌아가요, 소프 씨. 마차를 세우고 오빠에게 얘기하세요. 얼마나 위험한지 말해주세요."

"위험하다고요! 어이쿠 하느님! 무슨 위험이 있다는 겁니까? 마차가 부서진들 고작해야 굴러떨어지는 게 전부라고요. 진흙탕이라도 만나면, 굉장한 추락이 되겠죠. 오, 빌어먹을! 말 모는 방법만 잘 알면, 마차는 충분히 안전해요. 솜씨 좋은 마부라면 완전히 닳아빠진 마차라도 20년을 더 몰 수 있죠. 신의 가호가 있기를! 요크까지 갔다 와도 못 하나 빠지지 않을 거라는데 5파운드를 걸죠."

캐서린은 이 말을 듣고 경악을 금치 못했다. 어떻게 같은 일을 두고 그렇게 서로 다른 설명을 할 수 있는지 알 수가 없었다. 그녀가 자라면서 받은 교육으로는 마구 떠벌리는 성향을 이해할 수도 없고, 과도한 허영이 얼마나 수많은 허풍과 뻔뻔스러운 거짓말을 낳는지 알 수도 없었다. 그녀의 가족들은 솔직하고 단순한 사람들이어서, 어떤 종류의 재치도 발휘하려고 하지 않았다. 기껏해야 아버지는 말장난 정도였고, 어머니는 속담을 인용하는 게 전부였다. 그러므로 중요한 사람처럼 보이려고 거짓말을 하거나, 한자리에서 앞뒤가 안 맞는 소리를 하는 버릇 따위는 없었다. 캐서린은 몹시 당혹스러워하며 한동안 이 사건을 곰곰이 생각했다. 그리고 소프 씨에게 이 문제에 대한 솔직한 의견을 더 확실하게 밝혀달라고 몇 번이나 요구하려고 했다. 하지만 참았다. 왜냐하면 소프 씨가 확실한 견해를 밝히거나, 혹은 이전에 모호하게 했던 것을 단순하게 만드는 데에는 재주가 없는 것 같았기 때문이었다. 게다가 설마 쉽게 방지할 수 있는 위험에 자기 여동생과 친구를 그냥 방치하지는 않을 거란 생각이 들자, 결국 소프 씨는 마차가 안전하다는 걸 알고 있다는 결론에 이르렀다. 그리고 더 이상 놀라지 않기로 했다. 소프 씨는 모든 걸 완전히 까먹은 것처럼 보였다. 그 이후로 모든 대화는, 아니 일방적인 수다는 자기 자신과 자신의 관심사로 시작해서 그것으로 끝났다. 그는 말을 싸게 사서 믿을 수 없는 높은 금액으로 되팔았다는 둥, 경마에서 그의 예측이 어긋난 적이 없다는 둥, 사냥 모임에서 모든 참가자들 중에 제일 많은 새를 쏘아 죽였다는 둥(비록 한 방에 명중한 적은 없었지만) 하고 떠들었다. 또한 여우 사냥개를 동반하는 당시의 가장 인기 있는 스포츠에 대해 설명해주면서, 사냥개에게 방향을 지시하는 자신의 통찰력과 기술이 가장 노련한 사냥꾼의 실수조차 막아주었고, 그의 대담한 말 타기 실력 때문에 자신의 목숨은 단 한 순간도 위험에 처한 적이 없었지만 다른 사람들은 끊임없이 곤경에 빠졌노라고 떠벌렸다. 그러고는 수많은 사람들의 목이 부러졌다고 태연하게 말을 맺었다.

캐서린은 스스로 판단하는 습관을 갖지 못했고, 남자는 어때야만 한다는 일반적인 개념도 세우지 못했다. 하지만 끝없이 쏟아지는 그의 자기 자랑을 참고 있자니, 그가 정말 괜찮은 사람인가 하는 의심을 억누를 수가 없었다. 그것은 참으로 대담한 추측이었다. 그는 이사벨라의 오빠였고, 제임스 오빠는 모든 여자들이 그의 그런 태도를 좋아할 거라고 말했기 때문이었다. 그럼에도 불구하고 밖에 나온 지 한 시간도 안 돼서 그와 함께 있는 것이 끔찍하게 지겹다는 생각이 슬금슬금 피어오르다가, 마침내 풀트니 거리에 다시 마차를 세울 때까지 멈추지 않고 계속해서 커져만 갔다. 이제 캐서린은 어느 정도 그런 높은 권위에 반발하고, 보편적인 기쁨을 줄 수 있다는 그의 능력을 불신하게 되었다.

앨런 부인의 숙소 앞에 당도했을 때, 친구와 함께 집에 들어가기에는 너무 시간이 늦었다는 사실을 알게 된 이사벨라의 놀라움은 이루 말할 수 없었다. "3시가 지났다니! 이건 도저히 있을 수도, 생각할 수도, 믿을 수도 없는 일이야." 이사벨라는 자신의 시계뿐만 아니라, 오빠의 시계나 하인의 시계도 믿으려 하지 않았다. 어떤 타당한 근거나 사실도 믿으려 하지 않았기 때문에, 결국 몰랜드가 시계를 꺼내어 확인을 해줘야만 했다. 더 이상 시간을 의심하는 것은 있을 수도, 생각할 수도, 믿을 수도 없는 일이었기에, 이사벨라는 두 시간 반이 이렇게 빨리 지나간 적이 없었다고 거듭 불평을 늘어놓으면서 캐서린에게 또 확인을 해달라고 요구했다. 캐서린은 이사벨라를 기쁘게 해 주려고 거짓말을 할 수는 없었다. 하지만 이사벨라는 다른 의견을 말해야 하는 친구를 슬픔에서 구해주었다. 친구의 대답을 아예 기다리지도 않았기 때문이다. 그녀는 자신의 감정에 완전히 빠져 있었다. 곧장 숙소로 들어가야만 하는 자신의 처지를 생각하자, 서글픔은 극에 달했다. 사랑하는 친구 캐서린과 이야기를 나눈 지 백 년은 된 것 같았다. 할 말이 그토록 많았지만, 두 사람은 두 번 다시 둘만의 시간을 갖지 못할 듯싶었다. 참으로 절절한 슬픔이 깃든 미소와 완전히 낙심에 잠긴 눈웃음을 지으며, 그녀는 친구에게 작별 인사를 하고 떠나갔다.

앨런 부인은 바쁘게 빈둥거리는 오전을 보내고 방금 돌아오는 길이었다. 부인은 보자마자 인사를 했다. "그래, 얘야, 돌아왔구나." 캐서린이 반박할 기운도, 그럴 의향도 없는 진실이었다. "소풍은 즐거웠니?"

"네, 부인, 감사합니다. 더할 나위 없이 즐거웠어요."

"소프 부인이 그러더구나. 너희들이 다 같이 나들이를 나가서 무척 기쁘다고."

"소프 부인을 만나셨어요?"

"그래. 네가 떠나자마자 나는 펌프 사교장으로 갔단다. 거기서 부인을 만나 실컷 수다를 떨었지. 부인 말로는 오늘 아침 시장에 송아지 고기가 동이 났다던데, 그거 참 희한한 일이야."

"혹시 다른 사람은 못 만나셨어요?"

"만났지. 둘이서 크레센트를 한 바퀴 돌기로 했는데, 휴즈 부인을 만났단다. 틸니 씨와 틸니 양도 함께 있었어."

"정말요? 얘기도 나누셨나요?"

"그럼. 30분 정도 크레센트를 함께 걸었는걸. 무척 좋은 사람들이야. 틸니 양은 점무늬가 찍힌 아주 예쁜 모슬린 드레스를 입고 있더구나. 내가 알기로, 그 아가씨는 항상 옷을 멋지게 잘 입는 것 같아. 그리고 휴즈 부인이 내게 그 집안 이야기를 많이 해주었단다."

"무슨 얘기를 해주셨는데요?"

"오! 아주 많은 얘기를 했지. 다른 얘기는 거의 안 했으니까."

"틸니 씨 남매가 글로스터셔 지방 어디 출신인지도 이야기 하던가요?"

"그럼, 그랬지. 그런데 지금은 기억이 안 나는구나. 하지만 출신이 좋고 부자였어. 틸니 씨 어머니는 드루먼드 양이었는데, 휴즈 부인과 동창이었다. 드루먼드 양은 재산이 무척 많았다고 하더라. 아버지가 결혼할 때 20만 파운드를 주고, 결혼식 예복들을 사는 데 500파운드나 썼다는구나. 그들이 가게에 다녀온 후에 휴즈 부인이 그 예복들을 전부 구경했다고 했어."

"그럼 틸니 씨의 아버님과 어머님도 바스에 계신 건가요?"

"그래, 그렇지 않겠니? 그런데 잘 모르겠다. 기억을 더듬어

보니, 두 분 다 돌아가신 것 같구나. 적어도 어머니는 그런 것 같다. 그래, 틸니 부인은 돌아가신 게 확실해. 왜냐하면 드루먼 드 씨가 결혼식 날 딸에게 어마어마하게 아름다운 진주 장신구 세트를 주었는데, 지금은 틸니 양이 갖고 있다고 휴즈 부인이 말했거든. 어머니가 돌아가실 때 딸에게 주었다더라."

"그럼 제 파트너였던 틸니 씨는 외아들이군요?"

"그건 확실히 대답할 수가 없구나. 그런 것 같기는 한데. 어쨌든 매우 훌륭한 청년이라고 휴즈 부인이 그러더라. 처신도 잘할 거라고."

캐서린은 더 이상 묻지 않았다. 들으면 들을수록 앨런 부인은 쓸데없는 정보밖에 모른다는 생각이 들었고, 틸니 씨와 여동생을 모두 만날 수 있는 기회를 놓쳐버린 자신이 말할 수 없이 불행하게 느껴졌기 때문이었다. 이럴 줄 알았더라면, 어떤 일이 있어도 다른 사람들과 외출을 나가지 않았을 것이다. 캐서린은 그저 자신의 불운을 한탄할 뿐이었다. 그리고 자신이 오늘 놓쳐버린 것을 곰곰이 생각하다 보니, 마차 나들이가 전혀 즐겁지 않았으며 존 소프도 몹시 불쾌한 사람이라는 사실을 분명하게 깨달았다.

10

앨런 부부와 소프 가족, 그리고 몰랜드 남매는 저녁때 극장에서 다 함께 만났다. 캐서린과 이사벨라가 나란히 앉았기 때문에, 이사벨라는 둘이 떨어져 지내던 긴 시간 동안 친구에게 들려주기 위해 마음속에 차곡차곡 담아두었던 수천 가지 이야기들 중 일부를 털어놓을 수 있는 기회를 잡았다. "오, 세상에! 사랑하는 캐서린, 마침내 만난 거니?" 캐서린이 관람석에 들어가서 옆에 앉자마자, 이사벨라가 야단스럽게 인사를 했다. "자, 몰랜드 씨." 이사벨라의 다른 편에는 그가 바싹 붙어 앉아 있었다. "이제부터 저녁 내내 당신과는 한마디도 하지 않을 거예요. 그러니 기대도 하지 마세요. 사랑하는 캐서린, 이렇게 오랫동안 어떻게 지냈니? 그런데 굳이 물어볼 필요도 없구나. 무척 좋아 보이니까 말이야. 정말 어느 때보다 더 근사하게 머리 손질을 했네. 이런 짓궂은 아가씨, 사람들 마음을 죄다 빼앗을 작정이야? 장담하는데, 우리 오빠는 벌써 너한테 홀딱 반했어. 틸니 씨로 말하자면, 뭐 이미 답이 나왔지. 네가 아무리 겸손을 떨어도 틸니 씨의 애정을 의심할 수는 없어. 바스로 다시 돌아온 걸 보면 분명하잖아. 오, 그를 한 번 볼 수만 있다면! 정말 빨리 보고 싶어 미치겠어. 우리 어머니가 세상에서 제일 유쾌한 청년이라고 하시더라. 오늘 아침에 만나셨거든. 나한테도 꼭 소개해줘야 해. 지금 이 안에 있을까? 제발 좀 찾아봐! 정말이지 틸니 씨를 보고 싶어 죽겠어."

"아니, 그 사람은 여기 없어." 캐서린이 말했다. "어디에도 안 보여."

"오, 그럴 수가! 나는 틸니 씨를 영영 만날 수 없는 걸까? 내

옷 어떠니? 그렇게 나쁘지는 않지? 소매는 완벽하게 내가 생각했던 그대로야. 그런데 그거 아니? 나는 바스에 완전히 싫증 났어. 오늘 아침에 너희 오빠와 나는 백만 파운드를 줘도 여기서는 살고 싶지 않다는 데 의견을 일치했단다. 물론 몇 주일 정도 지내는 건 좋지만 말이야. 우리는 어느 곳보다 시골을 좋아한다는 점에서 서로 취향이 정확히 일치한다는 사실을 알았어. 우리 생각이 그렇게 똑같다니 정말 웃겼어! 서로 다른 점이 하나도 없다니까. 하지만 무슨 일이 있어도 너한테 이런 말은 하지 말았어야 했는데. 넌 정말 앙큼해! 이걸 갖고 틀림없이 놀리거나 뭐 그럴 거야."

"아니야, 절대 그러지 않아."

"오, 아니야. 넌 분명히 그럴 거야. 너보다 내가 널 더 잘 알아. 우리 두 사람이 서로를 위해 태어난 사람들 같다느니, 뭐 그런 말도 안 되는 소리를 할 거라고. 그래서 날 엄청 난처하게 만들겠지. 내 뺨은 장미처럼 빨개질 테고 말이야. 무슨 일이 있어도 너한테 말하지 말았어야 했는데."

"정말로 넌 날 잘못 생각하고 있어. 나는 어떤 이유로든 그렇게 부적절한 말을 하지 않을 거야. 그런 생각조차 하지 못할 거라고."

이사벨라는 믿을 수 없다는 듯이 씽긋 웃더니, 저녁 내내 제임스와 이야기를 나누었다.

틸니 양을 다시 만나겠다는 캐서린의 결심은 다음 날 아침에도 여전히 굳건했다. 평소처럼 펌프 사교장으로 가는 순간까지, 캐서린은 또 다른 훼방꾼이 찾아올까 두려워서 조마조마했다. 하지만 그런 일은 일어나지 않았다. 그들을 지체시키는 손님도 찾아오지 않았다. 세 사람은 제때에 펌프 사교장에 도착했고, 일상적인 대화와 사건들이 이어졌다. 앨런 씨는 광천수를 한 잔 마신 후에, 신사들과 어울려 오늘의 정치 뉴스에 대해 이야기하고, 신문 사설을 비교했다. 한편 숙녀들은 돌아다니면서 사교장 안의 새로운 얼굴들을 빠짐없이 살피고, 새 모자들을 거의 빼놓지 않고 눈여겨보았다. 15분도 안 돼서 소프 집안의 여자들이 제임스 몰랜드를 동반하고 군중 속에 나타났다. 캐서린은 즉시 평소처럼 친구 옆자리를 차지했다. 이제 줄곧 이사벨라를 따라다니는 제임스 역시 옆을 지켰다. 세 사람은 다른 일행과는 떨어져서 한동안 그런 상태로 걸어 다녔다. 문득 캐서린은 오빠와 친구하고만 딱 붙어 있으면서 두 사람 사이에 거의 끼지도 못하는 이런 상황이 과연 행복한 것인지 의심이 들기 시작했다. 두 사람은 줄곧 달콤한 논의를 나누거나 활기찬 토론에 빠져 있었다. 하지만 달콤한 논의는 거의 속삭이다시피 했고, 활기찬 토론은 종종 커다란 웃음소리에 묻히곤 했다. 그래서 이따금 이사벨라나 오빠가 그녀의 동의를 구해도, 캐서린은 무슨 내용인지 한마디도 듣지 못했기 때문에 아무 말도 할 수가 없었다. 하지만 마침내 캐서린은 틸니 양과 이야기를 나눈다는, 정당한 사유로 친구 곁을 떠날 수 있었다. 참으로 기쁘게도 휴즈 부인과 함께 막 사교장으로 들어서는 틸니 양을 발견했던 것이다. 캐서린은 전날의 실망감에 자극받지 않았더라면 감히 발휘하지도 못할 용기를 내며 반드시 인사를 나누겠다는 확고한 결심을 했다. 그리고 즉시 부인 일행에게 다가갔다. 틸니 양은 매우 공손하게 그녀를 응대하며, 똑같은 호의를 보여주었다. 두 사람은 양쪽 일행이 사교장을 떠날 때까지 계속 대화를 나누었다. 양쪽 모두, 바스의 성수기 때마다 이 지붕 아래에서 남들이 수천 번쯤 입에 올리지 않은 발언을 단 하나라도 했을 리 만무하고, 사용하지 않은 표현을 단 하나라도 썼을 리 만무하지만, 어쨌든 자만하지 않고 소박하고 진실하게 이야기하는 두 사람의 장점은 참으로 보기 드문 것이었다.

"오빠께서 어찌나 춤을 잘 추시던지!" 두 사람의 대화가 끝날 무렵, 캐서린의 입에서 꾸밈없이 감탄이 흘러나왔다. 이 말에 틸니 양은 깜짝 놀라면서 동시에 기뻐했다.

"헨리 오빠 말이죠!" 그녀가 미소를 지으며 대답했다. "맞아요. 춤을 참 잘 추죠."

"지난 저녁에 제가 이미 선약이 있다고 말하면서 가만히 앉아 있는 걸 보고 오빠가 틀림없이 무척 이상하게 생각했을 거예요. 하지만 정말로 소프 씨와 하루 종일 춤을 추기로 되어 있었어요." 틸니 양은 그저 고개만 끄덕였다. "틸니 씨를 다시 보고 제가 얼마나 놀랐는지 모르실 거예요." 캐서린이 잠시 머뭇거리다가 덧붙여 말했다. "완전히 떠나신 줄 알았거든요."

"헨리 오빠가 당신을 처음 만났을 때에는 이틀 동안만 바스에 있을 예정이었어요. 그냥 우리를 위해서 숙소를 예약해주러 왔었거든요."

"그런 생각은 전혀 못 했어요. 어디에서도 안 보이니까 당연히 떠나신 줄 알았죠. 틸니 씨가 월요일에 함께 춤추던 아가씨는 스미스 양인가요?"

"그래요. 휴즈 부인의 지인이랍니다."

"그 아가씨는 춤을 춰서 정말 좋았을 거예요. 참 예쁘죠?"

"글쎄요."

"틸니 씨는 펌프 사교장에는 한 번도 안 나오시나 봐요?"

"가끔 와요. 오늘 아침에는 아버지와 말을 타러 나갔어요."

그때 휴즈 부인이 다가와서 틸니 양에게 그만 가겠느냐고 물었다. "곧 다시 만날 수 있으면 좋겠어요." 캐서린이 말했다. "내일 열릴 코티용* 무도회에 오실 건가요?"

"어쩌면……. 그래요, 틀림없이 갈 거예요."

"참 잘됐네요. 저희도 갈 거거든요." 이 예의 바른 인사에 어울리는 대답을 하고서, 두 사람은 헤어졌다. 틸니 양 입장에서는 새로 사귄 친구의 감정을 어느 정도 알게 된 반면, 캐서린은 감정을 드러냈다는 걸 전혀 의식하지 못했다.

캐서린은 그저 행복한 마음으로 숙소로 돌아왔다. 오전에는 모든 소원이 이루어졌고, 내일 저녁은 행복한 미래에 대한 기대로 가득 차 있었다. 지금은 무슨 옷을 입고 어떤 머리 모양을 할까 하는 것이 주된 관심사였다. 이런 점에서 캐서린이 온당하다고 할 수는 없다. 옷이란 아무리 튀어봤자 별 볼일 없는 데

*넷 또는 여덟이 한 조가 되어 추는 활기찬 춤. 프랑스 궁정 무용에서 시작되어 18세기 유럽 전역에서 인기를 끌었다.

다가, 과도하게 신경 쓰다 보면 종종 원래 목적을 망치곤 한다. 캐서린도 이 사실을 매우 잘 알고 있었다. 바로 지난 크리스마스에 고모할머니가 이 주제로 설교를 읽어주셨다. 하지만 캐서린은 수요일 밤에 자지 않고 누워서 10분 동안이나 물방울무늬 모슬린 드레스와 자수 놓인 모슬린 드레스 사이에서 고민했다. 시간만 있었더라면, 내일 저녁을 위해서 새 드레스를 사고 말았을 것이다. 하지만 그것은 커다란, 흔히 있는 판단 실수가 되었을 것이다. 그리고 여성이 아닌, 그 반대의 성을 지닌 사람, 그러니까 고모할머니가 아닌 오빠라면 분명히 타일렀을 것이다. 오직 남자만이 사실 남자들은 새 옷 따위에 무관심하다는 걸 알기 때문이다. 여자들이 비싼 옷을 입든 새 옷을 입든, 남자들은 전혀 무관심하다는 사실을 알면, 많은 숙녀들이 기분 상해할지 모른다. 남자들은 모슬린 천의 결 때문에 판단이 달라지지도 않으며, 물방울무늬와 나뭇잎무늬, 얇은 무명천이나 두툼한 천에 대한 별난 애정에 대해서도 둔감하다. 그저 여자들의 자기만족일 뿐이다. 옷 때문에 여자를 더 사랑하게 되는 남자는 없고 같은 여자들도 마찬가지다. 남자들에게는 깔끔하고 유행에 맞는 옷이면 충분하고, 여자들에게는 추레하고 부적절한 옷차림이야말로 최고의 사랑을 받을 테니까. 하지만 물론 이런 심각한 성찰들은 캐서린의 평온한 마음을 조금도 흔들지 못했다.

화요일 저녁에 캐서린은 지난 월요일과는 전혀 다른 기분으로 무도회장에 들어섰다. 그때는 소프 씨와 춤 약속이 되어 있다는 사실에 몹시 신이 나 있었지만, 지금은 그가 다시 춤을 신청할까 봐 두려워서 그의 눈을 피하기에 바빴다. 비록 틸니 씨가 세 번째로 그녀에게 춤을 청해주기를 감히 기대할 수도 없고 기대해서도 안 되겠지만, 그녀의 모든 소망과 희망과 계획이 오직 거기에 쏠려 있었다. 젊은 아가씨라면 누구나 이런 결정적인 순간에 처한 우리의 여주인공을 불쌍히 여길 것이다. 모든 아가씨들이 한두 번쯤 똑같이 애타는 마음을 경험해본 적이 있을 테니까. 누구나 피하고 싶은 사람에게 쫓기는 위험에 처한 적이 실제로 있거나, 혹은 적어도 그렇다고 생각한 적이 있을 것이다. 또한 마음에 들고 싶은 사람의 관심을 받고 싶어 안달한 적이 있을 것이다. 소프 가족과 합류하자마자, 캐서린의 고통이 시작되었다. 그녀는 존 소프가 다가올까 봐 안절부절못하면서, 가능한 한 그의 눈에 띄지 않게 몸을 숨겼다. 그리고 그가 말이라도 걸어오면 못 들은 척했다. 코티용이 끝나고, 컨트리댄스가 시작되었다. 틸니 남매는 그림자도 보이지 않았다. "너무 놀라지 마, 캐서린." 이사벨라가 속삭였다. "나는 너희 오빠와 또다시 춤추러 나가기로 마음먹었어. 물론 큰 충격을 일으키겠지. 안 그래도 제임스에게 부끄러운 줄 알라고 했어. 하지만 너와 존 오빠가 우리 낯을 세워줘야 할 거야. 그러니까 캐서린, 서둘러서 우리 쪽으로 와. 이런, 존이 밖으로 나가버렸네. 곧 돌아올 거야."

하지만 캐서린은 대꾸할 경황도, 의욕도 없었다. 다른 사람들은 떠나버리고 존 소프는 아직도 눈앞에 있었다. 캐서린은 자포자기했다. 하지만 그를 지켜보거나 기다리고 있는 것처럼 보이지 않으려고, 부채만 뚫어져라 바라보았다. 그러고는 이렇게 사람들이 붐비는 곳에서 편리할 때 틸니 남매를 만날 수 있을 거라고 생각하다니 정말 멍청하다고 자신을 막 꾸짖고 있을 때, 불현듯 바로 틸니 씨가 그녀에게 인사를 건네며 다시 춤을 청하고 있음을 깨달았다. 캐서린이 얼마나 두 눈을 반짝이며 선뜻 그의 청을 받아들였을지, 또 얼마나 기쁨으로 가슴을 두근거리며 그와 함께 무대 쪽으로 걸어갔을지 쉽게 상상할 수 있으리라. 그토록 아슬아슬하게 존 소프로부터 벗어나고, 곧이어 틸니 씨의 춤 신청까지 받게 되다니! 마치 그가 일부러 그녀를 찾아다니기라도 한 듯이! 캐서린은 평생 이보다 더 큰 행운은 없을 것만 같았다.

하지만 두 사람이 조용히 자리를 잡기도 전에, 존 소프가 캐서린을 불러 세웠다. 그는 어느새 뒤에 와서 서 있었다. "이봐요, 몰랜드 양!" 그가 말했다. "이게 무슨 짓입니까? 당신은 나랑 춤을 추는 줄 알았는데."

"왜 그런 생각을 하셨는지 모르겠네요. 제게 춤을 청한 적도 없는데."

"거짓말 마요. 무도회장에 들어오자마자 당신에게 춤을 청했잖습니까. 그리고 이제 다시 춤을 청하려고 했는데, 뒤돌아보니 당신이 사라지고 없더군요! 이건 더럽고 비열한 속임수예요! 나는 오직 당신과 춤을 추기 위해서 여기까지 왔는데. 월요일 이후로 당신은 나와 약속이 되어 있다고 굳게 믿었단 말이에요. 그래, 기억나는군. 당신이 현관에서 외투가 오기를 기다리고 있을 때, 내가 당신에게 춤을 신청했었지. 그리고 여기 와서는 모든 친구들에게 이 무도회장에서 제일 예쁜 아가씨와 춤을 출 거라고 내내 자랑했단 말입니다. 그런데 당신이 다른 사람과 서 있는 걸 보면, 나를 엄청 놀려댈 거예요."

"오, 아니에요. 제일 예쁜 아가씨라고 했다니, 친구분들은 절대 저라고 생각하지 못할 거예요."

"그렇다면, 맹세코 그런 멍청한 놈은 내가 발로 차서 내쫓아버릴 겁니다. 그런데 저 녀석은 누굽니까?" 캐서린은 그의 호기심을 만족시켜주었다. "틸니." 그가 이름을 되새겼다. "흠…… 누군지 모르겠군. 생긴 건 잘생겼네. 허우대도 좋고. 혹시 말은 안 필요하답니까? 내 친구 샘 플레처가 누구나 탈 수 있는 말 한 마리를 판다더군요. 길에서는 영리하기 짝이 없는 놈인데 40기니밖에 안 해요. 사실 나라면 50기니라도 주고 살 마음이 있어요. 좋은 말을 만나면 언제든 산다는 게 제 신조니까요. 그런데 이 말은 제 목적에 안 맞아요. 경기 출장마가 아니거든요. 진짜 좋은 사냥마라면 얼마를 줘도 안 아까울 텐데요. 지금은 세 마리를 갖고 있는데, 제일 좋은 놈은 8백 기니를 줘도 팔지 않을 겁니다. 플레처와 나는 다음 경마 시즌을 대비해서 레스터셔에 집을 마련할 생각이에요. 여관에서 지내는 건 정말이지 더럽게 불편하단 말이죠."

이 말을 마지막으로 소프는 더 이상 캐서린을 괴롭힐 수 없었다. 길게 줄지어 지나가는 아가씨들의 저항할 수 없는 압력에 밀려났기 때문이었다. 이때 그녀의 파트너가 가까이 다가와서 말했다. "저 신사가 조금만 더 당신을 붙잡았다면, 내 인내력이 바닥났을 겁니다. 저 남자는 내 파트너의 관심을 빼앗아 갈 이유가 없어요. 우리는 오늘 저녁 서로 상냥하게 대하기로 계약을 맺은 겁니다. 그러니 그동안 우리의 상냥함은 오직 서로에게만 속한 것이죠. 상대방의 권리를 침해하지 않고서는 어느 누구도 다른 사람들의 시선을 끌 수 없어요. 저는 컨트리댄스가 결혼의 상징이라고 생각합니다. 정절과 순종이 두 사람의 중요한 의무입니다. 춤을 추거나 결혼을 하지 않기로 한 사람들은 이웃사람의 파트너나 아내에게 아무 볼일도 없는 거죠."

"하지만 그건 전혀 달라요!"

"서로 비교할 수 없다고 생각하나요?"

"당연히 그렇죠. 결혼한 사람들은 헤어질 수 없고, 함께 집으로 돌아가서 지내야 해요. 춤을 추는 사람들은 단지 30분 정도만 긴 무도회장에 서로 마주 보고 서 있을 뿐이고요."

"그것이 결혼 생활과 춤에 대한 당신의 정의로군요. 그렇게 보면, 둘 사이의 유사점은 별로 없죠. 하지만 이렇게도 볼 수 있다고 생각해요. 춤과 결혼 모두, 남자는 선택할 수 있는 권리가 있는 반면, 여자는 오직 거절할 권리만 있습니다. 그리고 둘 다 상호간의 이익을 위한 남자와 여자 사이의 약속입니다. 또한 일단 그 관계에 들어가면, 두 사람은 계약이 해제될 때까지 오직 서로에게만 속해 있습니다. 그것이 그들의 의무죠. 각자 상대방이 어디 다른 곳에 가고 싶은 마음이 들지 않도록 노력해야 하며, 완벽한 이웃 주위를 어슬렁거리거나 다른 누군가와 더 행복할지도 모른다는 공상을 하지 않도록 자신의 상상력을 단속하는 데 모든 관심을 쏟아야 합니다. 모두 인정하나요?"

"그럼요, 말씀하신 대로 분명히 그렇죠. 전부 옳은 말씀 같네요. 그래도 여전히 춤과 결혼은 전혀 달라요. 저는 그 두 가지를 같은 관점에서 볼 수 없어요. 똑같은 의무가 있다고 생각할 수도 없고요."

"한 가지 면에서 분명한 차이점이 있습니다. 결혼에서는 남자가 여자를 부양할 의무가 있지요. 여자는 남자에게 즐거운 가정을 만들어주고요. 남자는 생계를 유지하고 여자는 미소를 지어야 하죠. 하지만 춤을 출 때는 두 사람의 의무가 완전히 반대입니다. 남자들에게는 다정함과 고분고분함이 기대되고, 여자들은 부채와 라벤더 향수를 장만하죠. 당신이 둘을 비교할 수 없다고 생각한 까닭은, 아마 이런 의무의 차이가 떠올랐기 때문일 겁니다."

"아니에요, 정말로 그런 생각은 하지 않았어요."

"그렇다면 당황스럽군요. 하지만 한 가지는 말해야겠습니다. 당신의 이런 성향은 다소 놀랍군요. 당신은 의무에 있어서 유사성을 완전히 부인했어요. 그렇다면 당신이 생각하는 춤출 때의 의무들이 제가 바라는 것만큼 그렇게 엄격하지는 않다고 추론해도 되는 겁니까? 방금 당신과 이야기한 신사가 다시 돌아온다면, 혹은 다른 신사가 당신에게 말을 건다면, 당신이 선택할 수 있는 한, 그 무엇도 당신이 그 사람과 이야기하는 걸

막을 수 없을 거란 생각이 드는데, 제 걱정이 괜한 것인가요?"

"소프 씨는 제 오빠와 매우 각별한 친구예요. 그러니 말을 걸면, 다시 얘기를 나눠야겠죠. 하지만 그 외에 이 무도회장에서 제가 아는 젊은 남자라고는 세 손가락을 꼽을 정도예요."

"그게 제가 안심할 수 있는 유일한 보장입니까? 슬프군요, 슬퍼요!"

"아니죠, 저는 그보다 더 좋은 보장은 없다고 생각해요. 아무도 모르니, 아예 다른 사람과 이야기를 나눌 수가 없잖아요. 게다가 저는 어느 누구와도 얘기하고 싶지 않아요."

"이제야 좀 안심할 만한 보장을 해주시는군요. 그럼 저는 용기를 가지고 계속하겠습니다. 제가 지난번에 여쭤보았을 때처럼 지금도 여전히 바스가 즐거운 곳이라고 생각하시나요?"

"그럼요, 굉장히요. 사실은 더 좋아졌어요."

"더 좋아졌다고요! 조심하세요, 아니면 적당한 때에 여기가 지겨워지는 걸 잊어버릴 수도 있어요. 6주 후에는 지겨워져야 하니까요."

"저는 여섯 달을 지내도 지겨워질 것 같지 않은데요."

"사실 런던에 비하면 바스는 단조로워요. 그래서 모든 사람들이 해마다 '바스에서 즐겁게 지내는 건 6주면 충분해, 그보다 오래되면 세상에 이렇게 지겨운 곳이 또 없어'라고 말한답니다. 아마 당신도 들었을 겁니다. 해마다 이곳을 찾아오는 사람들이 한결같이 6주의 체류기간을 10주나 한두 주로 연장하고 나면 결국은 더 이상 견딜 수가 없어서 도망치듯 떠난다고 말하는 걸 말이죠."

"글쎄요, 다른 사람들은 나름대로 판단을 내리겠죠. 런던에 가본 사람들은 버스를 시시하게 생각할 수도 있고요. 하지만 작은 시골 마을 출신인 저는 버스 같은 이런 곳이 제 고향 마을 보다 더 단조롭다고는 절대 생각할 수 없어요. 여기에는 즐길 거리가 다양하잖아요. 하루 종일 볼 것도, 할 것도 많고. 시골 에서는 그런 걸 전혀 몰랐어요."

"당신은 시골을 좋아하지 않는군요."

"아니에요, 좋아해요. 저는 줄곧 시골에서 살았고, 언제나 무척 행복했으니까요. 하지만 버스보다는 시골 생활이 훨씬 단 조로운 건 분명해요. 시골에선 어제나 오늘이나 똑같거든요."

"하지만 훨씬 더 합리적으로 시간을 보내지 않나요?"

"그런가요?"

"아닌가요?"

"큰 차이가 없는 것 같은데요."

"여기서는 하루 종일 재밌는 일만 찾아다니잖아요."

"고향에서도 그래요. 다만 찾지 못할 뿐이죠. 여기서도 산 책을 하고, 고향에서도 산책을 해요. 다만 여기서는 어느 길에 서나 다양한 사람들을 만나지만, 고향에서는 앨런 부인 댁밖에 갈 데가 없지요."

틸니 씨는 무척 즐거워했다. "앨런 부인 댁밖에 갈 데가 없 다고요!" 그가 되풀이했다. "지적 빈곤함 그 자체로군요! 하지 만 그 심연에 다시 빠져들 때면, 할 말은 무척 많겠어요. 여기서 한 모든 일들과 바스에 대해서 이야기할 수 있을 테니까요."

"오, 그래요! 앨런 부인이나 어느 누구와도 다시는 얘깃거리가 부족하지 않을 거예요. 다시 고향에 가면, 항상 바스 얘기만 할 것 같아요. 저는 여기가 정말 좋거든요. 엄마와 아빠, 나머지 가족들만 여기 있다면, 너무 행복할 텐데! 큰오빠인 제임스가 와서 무척 기뻐요. 특히 우리가 바로 얼마 전에 친해진 가족이, 알고 보니 이미 오빠의 친구들이라서 더욱 기쁘고요. 그런데 어떻게 바스가 지겨워질 수 있겠어요?"

"당신처럼 모든 일에 그렇게 신선한 감정을 느끼는 사람이라면 그럴 수가 없겠죠. 하지만 바스를 자주 방문하는 사람들 대부분은 엄마와 아빠, 형제들과 친구들이 수없이 지나갔죠. 그와 더불어 무도회와 연극, 일상의 볼거리에 대한 순수한 기쁨도 지나가버렸고요."

여기서 두 사람의 대화는 중단되었다. 이제 춤의 압박이 너무 심해져서 딴 데 정신을 팔 수 없었다.

춤추는 대열의 끄트머리에 이르렀을 때, 캐서린은 한 신사가 자신의 파트너 바로 뒤에서 구경꾼들 사이로 그녀를 뚫어지게 쳐다보고 있다는 걸 알아차렸다. 그는 위풍당당하고 매우 잘생긴 남자로 한창 나이는 지났지만 여전히 활력이 넘쳤다. 캐서린은 그 남자가 눈길은 곧장 그녀에게 향한 채, 틸니 씨에게 친밀하게 귓속말로 속삭이는 걸 보았다. 그의 시선이 당혹스럽기도 하고 자기 모습이 어딘가 이상한 것일까 두려워진 캐서린은 얼굴을 붉히며 얼른 돌아섰다. 그사이에 노신사는 물러

가고, 틸니 씨가 가까이 다가와서 말했다. "제가 방금 무슨 말을 들었는지 궁금하지요? 저 신사분은 이미 당신 이름을 알고 있으니, 당신도 저분 이름을 알 권리가 있죠. 제 아버지이신 틸니 장군입니다."

캐서린의 대답은 겨우 "오!" 한마디뿐이었다. 하지만 거기에는 필요한 모든 게 담겨 있었다. 그의 말에 대한 경청과 완벽한 신뢰가. 캐서린은 진정한 관심과 감탄 어린 눈길로 장군의 뒤를 좇았다. 장군은 사람들 사이를 걸어가고 있었다. '가족들이 다들 인물이 훤하네!' 그녀는 속으로 감탄했다.

저녁이 저물기 전 틸니 양과 이야기를 나누던 중, 새로운 행복에 대한 기대가 생겼다. 캐서린은 바스에 와서 야외로 산책을 나간 적이 한 번도 없었다. 그런데 사람들이 자주 가는 근방의 모든 장소들을 잘 알고 있는 틸니 양에게서 이야기를 듣다 보니, 꼭 가보고 싶은 열망이 솟구쳤다. 하지만 같이 갈 사람이 없을 것 같다고 솔직하게 걱정을 털어놓자, 틸니 남매는 언젠가 오전에 함께 산책을 가자고 제안했다. "세상에 이렇게 신나는 일은 없을 거예요." 캐서린이 소리쳤다. "미루지 말고 내일 당장 가요." 남매도 선뜻 동의했다. 다만 틸니 양이 비가 오지 않으면 가자고 단서를 달았지만, 캐서린은 그럴 리가 없다고 확신했다. 그리고 틸니 남매가 12시에 풀트니 거리로 찾아오기로 했다. "잊지 말아요. 12시예요." 캐서린은 새로 사귄 친구와 작별하며 이렇게 말했다. 그녀의 또 다른 친구, 더 나이도 많고 사귄 지도 오래된 친구, 지난 보름 동안 충실하고 소중한 우정을 경험하게 해주었던 이사벨라는 저녁 동안 코빼기도 보이지 않았다. 캐서린은 행복한 소식을 친구에게 알려주고 싶은 마음이 굴뚝같았지만, 좀 일찍 가자는 앨런 씨의 말을 기쁜 마음으로 따랐다. 집으로 돌아가는 길 내내, 흔들리는 마차 의자 위에서 캐서린은 몸도 마음도 춤을 추었다.

11

다음 날 아침은 몹시 찌뿌듯했다. 태양은 좀처럼 모습을 나타내려고 하지 않았다. 캐서린은 이걸 보고 모든 게 원하는 대로 흘러갈 거라고 점쳤다. 이런 계절에는 아침 일찍부터 햇살이 빛나면 대개 비가 쏟아지지만, 구름이 끼면 점차 날씨가 좋아질 전조라는 것이었다. 캐서린은 앨런 씨에게서 이런 희망을 확인받고 싶었지만, 앨런 씨라고 해서 별다른 날씨 예보나 기압계를 갖고 있는 것도 아니어서, 반드시 날이 맑을 거라는 장담은 하지 않았다. 캐서린이 앨런 부인에게 묻자, 부인의 생각은 좀 더 긍정적이었다. "구름이 걷히고 해가 계속 나오기만 한다면, 분명히 아주 화창한 날이 될 거야."

하지만 11시쯤, 열심히 지켜보던 캐서린의 눈에 작은 빗방울이 유리창에 점점이 떨어지는 게 포착되었다. "이런! 비가 오겠네." 그녀는 몹시 낙담한 어조로 탄식을 내뱉었다.

"그럴 거라고 생각했다." 앨런 부인이 말했다.

"오늘 산책은 못 하겠네요." 캐서린이 한숨을 쉬었다. "하지만 그냥 지나갈 수도 있고, 12시 전에 비가 그칠 수도 있어요."

"그럴지도 모르지. 그래도 길이 매우 더러울 거야."

"오! 그건 괜찮아요. 저는 더러워져도 전혀 상관없어요."

"그래." 부인이 태평스럽게 대답했다. "너는 그렇겠지."

잠시 침묵이 흐른 후에, 창밖을 지켜보고 서 있던 캐서린이 말했다. "빗줄기가 점점 더 빨라지고 있어요."

"그렇구나. 비가 계속 내리면 거리가 물바다가 될 텐데."

"벌써 우산 쓴 사람이 네 명이나 있네요. 우산은 정말 꼴 보기 싫어요!"

"들고 다니기 성가신 물건이긴 하지. 나 같으면 차라리 어느 때든 앉아 있겠어."

"아침에는 날씨가 그렇게 좋았는데! 틀림없이 맑을 거라고 생각했는데!"

"누구든 그렇게 생각했을 게다. 오전 내내 비가 오면, 펌프 사교장에는 사람이 별로 없겠구나. 남편이 외출할 때 큰 외투를 입으면 좋겠는데, 절대 안 입을 거야. 그 사람은 큰 외투를 입고 나가는 걸 세상에서 제일 싫어하니까. 왜 그런지 모르겠어. 무척 편할 텐데 말이야."

비는 계속 내렸다. 퍼붓지는 않아도 빗방울이 빠르게 떨어졌다. 캐서린은 5분마다 시계를 보러 갔다가, 매번 5분 후에도 여전히 비가 내리면 희망을 포기하겠다고 다짐하며 돌아왔다. 마침내 시계가 12시를 알렸고, 비는 멈추지 않았다. "얘야, 외출은 못 하겠구나."

"아직 완전히 포기하지는 않았어요. 12시 15분까지 기다려볼래요. 딱 그 시간쯤 날씨가 개곤 하잖아요. 하늘이 좀 밝아진 것 같아요. 12시 20분이 됐군요. 이제는 완전히 포기하겠어요. 오! 여기도 《우돌포》 같은 날씨라면, 아니면 최소한 투스카니나 프랑스 남부 같은 날씨라면 얼마나 좋을까! 가엾은 세인트 오빈*이 죽은 그날 밤처럼 그렇게 아름다운 날씨라면!"

12시 20분이 되니, 초조하게 날씨를 살피던 캐서린도 잠잠해졌다. 그녀가 더 이상 날씨가 좋아질 거라고 주장하지 않자, 하늘이 저절로 맑아지기 시작했다. 햇살이 서서히 비추자 캐서린은 깜짝 놀라며 하늘을 살펴보았다. 구름이 걷히고 있었다. 캐서린은 당장 창가로 달려가서 밖을 살펴보았고, 행복한 기대에 부풀었다. 10분이 지나자, 화창한 오후가 이어질 것임이 확실해졌다. '언제든 날씨가 좋아질 거라고 생각한다'던 앨런 부인의 말이 맞았다. 하지만 아직도 친구들을 만날 수 있을지, 틸니 양이 용감하게 길을 떠나기에는 비가 너무 많이 온 게 아닌지는 여전히 의문이었다.

앨런 부인이 남편과 함께 펌프 사교장에 가기에는 길이 너무 엉망이었기 때문에 앨런 씨 혼자 집을 나섰다. 거리로 나선 앨런 씨의 모습이 보이자마자, 며칠 전 아침과 똑같이 무개마차 두 대가 세 사람을 싣고 다가오는 광경이 캐서린의 눈에 들

*《우돌포의 수수께끼》에 등장하는 여주인공의 아버지.

어왔다. 캐서린은 그때와 똑같이 화들짝 놀랐다.

"이사벨라, 오빠, 그리고 소프 씨예요! 나를 데리러 오나 봐요. 하지만 저는 안 갈래요. 정말 갈 수 없어요. 아직도 틸니 양이 올지 모르잖아요." 앨런 부인도 동의했다. 곧 존 소프가 다른 일행과 함께 도착했다. 하지만 그의 목소리가 먼저 들렸다. 계단 위에서부터 몰랜드 양에게 빨리 서두르라고 소리를 질러 댔기 때문이다. "서둘러요! 서둘러!" 그가 문을 박차고 들어왔다. "당장 모자를 써요. 낭비할 시간이 없어요. 브리스톨에 갈 거라고요. 안녕하신가요, 앨런 부인?"

"브리스톨! 너무 멀지 않나요? 하지만 오늘은 같이 갈 수 없어요. 약속이 있거든요. 줄곧 친구들을 기다리고 있는 중이에요." 물론 이 말은 완전히 터무니없는 소리로 묵살되었다. 소프 씨는 또다시 앨런 부인에게 도움을 청했다. 그때 다른 두 사람도 따라 들어와서 거들기 시작했다. "세상에서 제일 예쁜 캐서린, 재밌지 않니? 정말 환상적인 나들이가 될 거야. 이런 계획을 세운 나랑 오빠에게 감사해. 조찬 때 이 생각이 번쩍 떠올랐지 뭐야. 그것도 우리 둘이 거의 동시에 말이야. 지긋지긋한 비만 아니었다면 벌써 두 시간 전에 떠났을 텐데. 그래도 괜찮아. 밤엔 달빛이 비추니까 즐겁게 지낼 수 있어. 아! 고요한 시골 공기를 생각만 해도 어찌나 황홀한지! 로어 사교장에 가는 것보다 백 배는 낫지. 곧장 클리프턴으로 달려가서 정찬을 먹을 거야. 식사가 끝나자마자, 시간이 되면 킹스웨스턴까지 가고."

"그렇게 많은 걸 할 시간이 있을지 모르겠군." 몰랜드가 말했다.

"이 말 많은 친구야!" 소프가 빽 소리를 질렀다. "그보다 열 배 더 많은 것도 할 수 있다고. 킹스웨스턴쯤이야! 블레이즈 성에도 가자고. 소문으로 들어본 데는 어디든 가는 거야. 그런데 네 여동생이 안 가겠다고 하잖아."

"블레이즈 성이요!" 캐서린이 소리쳤다. "거기가 어디죠?"

"영국에서 가장 멋진 곳이죠. 언제든 50마일이라도 달려가서 볼 만한 곳입니다."

"그럼 진짜 성인가요? 오래된 성?"

"이 왕국에서 가장 오래된 성이죠."

"책에서 읽는 것과 비슷한가요?"

"똑같죠. 완전히 똑같아요."

"하지만 지금은 정말로…… 탑과 긴 회랑도 있나요?"

"많이 있죠."

"그럼 저도 보고 싶어요. 하지만 저는…… 저는 못 가요."

"못 간다고요! 세상에 그게 무슨 말입니까?"

"전 못 가요. 왜냐하면…… (그녀는 친구의 미소가 두려워서 시선을 내리깔며 말했다) 틸니 양과 틸니 씨가 함께 산책을 하러 오기로 했거든요. 원래 12시에 오기로 했는데, 그만 비가 와서요. 하지만 이제 날씨가 개었으니 분명히 곧 올 거예요."

"절대 안 올 겁니다." 소프가 큰 소리로 말했다. "왜냐하면 브로드 거리를 돌아올 때, 그 사람들을 봤거든요. 밝은 적갈색 말이 *끄는* 무개 사륜마차를 몰지 않나요?"

"전 잘 몰라요."

"맞아요, 내가 잘 압니다. 내가 봤어요. 어젯밤에 함께 춤추던 그 남자 말이잖아요, 안 그래요?"

"맞아요."

"아까 랜스다운 길로 향하는 걸 봤어요. 멋진 아가씨와 마차를 몰고 가던데요."

"정말이에요?"

"내 영혼을 걸고 맹세하죠. 한눈에 알아봤다니까요. 꽤 괜찮은 말을 가진 것 같긴 하더군요."

"그거 참 이상한 일이네요! 산책을 하기에는 길이 너무 진창이라고 생각했나 봐요."

"그럴 수도 있죠. 내 평생 이런 진창길은 처음 봤거든요. 산책을 하다니! 차라리 날아간다면 모를까! 겨울에도 그렇게 엉망인 적은 없었어요. 사방이 발목까지 푹푹 빠진다니까요."

이사벨라도 맞장구를 쳤다. "캐서린, 얼마나 엉망인지 넌 상상도 못 할 거야. 어서 가자. 더 이상 거절할 수 없어."

"나도 성을 보러 가고 싶어. 성을 전부 둘러볼 건가? 계단도 다 올라가보고 방에도 전부 들어가보고?"

"그래, 그럼. 샅샅이 다 볼 거야."

"하지만, 날씨가 더 갤 때까지 그냥 한 시간 정도 외출한 거라면 어떡하지? 틸니 남매가 잠시 후에 찾아오면?"

"걱정 마요. 그럴 염려는 없으니까. 틸니 씨가 마침 말을 타고 지나가던 사람에게 윅 록스까지 간다고 외치는 소리를 들었거든요."

"그럼 갈게요. 제가 가야 할까요, 앨런 부인?"

"마음대로 하렴."

"앨런 부인, 가라고 설득해주세요." 모두가 입을 모아 외쳤다. 앨런 부인은 못 들은 척할 수 없었다. "얘야, 가는 게 좋겠구나." 2분 후에 그들은 출발했다.

마차에 올라탔을 때, 캐서린은 몹시 갈팡질팡했다. 커다란 즐거움을 놓쳤다는 후회와 곧 또 다른 즐거움을 누릴 거라는 기대 사이에서 그녀의 마음은 비록 종류는 다르지만, 똑같이 나뉘었다. 그녀에게 아무런 전갈도 보내지 않고 그렇게 쉽게 약속을 포기하다니, 틸니 남매의 행동이 옳게 보이지 않았다. 이제 산책을 시작하기로 약속했던 시간에서 불과 한 시간밖에 지나지 않았다. 그동안 길이 엉망이라고 엄청나게 호들갑 떠는 말을 들었지만, 직접 보니 걷는 데 별로 불편할 것 같지도 않았다. 캐서린은 그만큼 틸니 남매가 자신을 가볍게 여겼다는 생각에 몹시 가슴이 아팠다. 다른 한편으로는 그녀가 상상하기에 《우돌포》와 흡사한 블레이즈 성 같은 건축물을 탐사한다는 기쁨이 거의 어떤 고통이라도 상쇄시켜서 위안을 주었다.

그들은 서둘러 풀트니 거리를 달려 내려갔다. 그리고 거의 대화는 하지 않고 로라 광장을 지났다. 소프는 자기 말과 이야기를 했고, 캐서린은 깨어진 약속과 부서진 아치문, 쌍두 사륜마차와 뭔가를 숨기기 위한 가짜 걸개, 틸니 남매와 비밀 문 등에 대한 생각에 잠겼다. 하지만 아가일 단지에 들어섰을 때, 동행자인 소프가 묻는 말에 정신을 차렸다. "지나가면서 당신을 뚫어져라 쳐다보던데, 저 아가씨는 누구죠?"

"누구요? 어디 있어요?"

"오른쪽 도보 위에요. 지금은 거의 안 보일 겁니다."

뒤를 돌아본 캐서린은 오빠의 팔짱을 낀 채 천천히 길을 걷고 있는 틸니 양을 발견했다. 그리고 두 사람이 동시에 고개를 돌리고 자기를 쳐다보는 걸 보았다. "멈춰요, 멈추라고요, 소프 씨." 캐서린은 다급하게 소리쳤다. "틸니 양이에요. 분명해요. 어떻게 저 사람들이 떠났다고 말할 수가 있죠? 멈춰요, 멈추라니까요, 당장 내려서 저기로 가야겠어요." 하지만 그렇게 말한들 무슨 소용이 있을까? 소프 씨가 채찍을 한 번 내려치자, 말은 더욱 종종걸음을 쳤다. 틸니 남매는 더 이상 뒤를 돌아보지 않고, 곧 로라 광장의 모퉁이를 돌아 시야에서 사라졌다. 어느새 캐서린은 시장 광장을 빠르게 지나가고 있었다. 하지만 또 다른 거리를 달리는 동안에도 캐서린은 여전히 멈춰달라고 소프에게 간청했다. "제발, 제발 세워주세요, 소프 씨. 전 갈 수 없어요. 안 갈 거예요. 틸니 양에게로 돌아가야 한다고요." 하지만 소프 씨는 그저 웃기만 할 뿐, 이상한 소리를 내며 채찍을 휘둘러 말을 더욱 빨리 몰았다. 아무리 화가 나고 짜증이 솟구쳐도 캐서린은 마차에서 내릴 방법이 없었다. 지금 당장은 포기하고 참을 수밖에 없었다. 하지만 비난은 멈추지 않았다. "어떻게 이런 식으로 저를 속일 수가 있죠, 소프 씨? 어떻게 저 사람들이 랜즈다운 길로 가는 걸 봤다고 말할 수가 있느냐고요?

세상에 이런 일은 상상도 못 했어요. 그 사람들이 얼마나 이상하게 생각했겠어요. 나를 얼마나 무례하게 여기겠느냐고요! 한마디 말도 없이 옆을 지나가버리다니! 제가 얼마나 화가 났는지 당신은 모를 거예요. 클리프턴이든 어디든 가도 전혀 즐겁지 않을 거예요. 지금이라도 내려서 그 사람들에게 돌아가고 싶은 마음뿐이라고요. 사륜마차를 몰고 가는 걸 봤다고, 어떻게 그런 거짓말을 할 수가 있죠?" 소프는 평생 그렇게 똑 닮은 사람들은 처음 봤다면서 매우 뻔뻔스럽게 변명했다. 그러고는 분명 틸니를 보았다는 주장을 포기하지 않았다.

이런 대화가 끝난 후에도, 그들의 나들이는 즐거울 것 같지 않았다. 캐서린의 공손한 태도는 더 이상 이전 같지 않았다. 마지못해 상대방 말을 들었고, 짤막하게 대답했다. 블레이즈 성만이 유일한 위안거리였다. 성을 향해 가는 캐서린의 얼굴에는 언뜻언뜻 기쁜 표정이 떠올랐다. 비록 약속한 산책이 무산되는 것보다, 특히 틸니 남매에게 나쁜 인상을 심어주는 것보다, 차라리 그 성이 안겨주는 모든 즐거움들을 기꺼이 포기했을 테지만 말이다. 몇백 년 동안 버려져 있음에도 웅장한 가구 유물들이 전시되어 있는 천장 높은 방들의 긴 복도를 따라 걸어가는 즐거움, 좁고 구불구불한 아치형 회랑을 따라가다가 삐걱거리는 낮은 문 앞에 멈춰 서는 즐거움, 혹은 갑자기 몰아친 돌풍에 들고 있던 유일한 등잔불이 꺼지고 완벽한 어둠 속에 남게 되는 즐거움까지. 한편 그들은 별다른 사고 없이 순조롭게 여행을 계속하고 있었다. 그런데 케이셤 마을이 눈에 보이는 곳까지 왔을 때, 뒤따라오던 몰랜드가 소리를 질러서 친구를 불러 세웠다. 대화가 될 정도로 가까이 다가오자, 몰랜드가 말했다. "그만 돌아가는 게 좋겠어, 소프. 오늘 계속 가기에는 너무 늦었어. 네 동생도 같은 생각이야. 풀트니 거리를 떠난 지 딱 한 시간 되었는데, 7마일밖에 못 왔어. 적어도 8마일은 더 가야 하는데, 그럴 수는 없어. 출발이 너무 늦었어. 다음으로 연기하고 그만 돌아가는 게 좋겠다."

"마음대로 해." 소프가 다소 화난 목소리로 대꾸했다. 그러고는 즉시 말머리를 돌려서 바스로 되돌아가기 시작했다.

"당신 오빠가 그 빌어먹을 짐승을 그따위로 몰지만 않았어도 우리는 훨씬 잘 달렸을 겁니다." 잠시 후에 소프가 말했다. "내 말은 혼자 내버려뒀으면 단숨에 클리프턴까지 달렸을 텐데, 저 헉헉거리는 말라빠진 말에 맞춰 고삐를 잡아당기느라 내 팔이 부러질 뻔했지 뭡니까. 몰랜드는 자기 말 한 마리, 마차 한 대 유지하지 못하는 멍청한 놈이에요."

"아니에요, 그렇지 않아요." 캐서린이 발끈했다. "여유가 없을 뿐이에요."

"왜 여유가 없답니까?"

"돈이 없으니까 그렇죠."

"그건 누구 잘못인가요?"

"어느 누구의 잘못도 아니에요." 그러자 소프는 종종 써먹던 수법대로, 빌어먹을 구두쇠 어쩌고 하면서 횡설수설 떠들어대기 시작했다. 돈에 파묻혀 사는 사람들이 여유가 없다면 누가 여유가 있느냐는 둥, 자기는 도통 모르겠다는 둥 떠들었지만, 캐서린은 귀담아들으려고도 하지 않았다. 첫 번째 낙심에 위안이 되었던 것마저 실망하고 나자, 캐서린은 점점 더 상냥하게 굴 수 없었고, 동반자 또한 좋아 보이지 않았다. 풀트니 거리로 돌아오는 동안 캐서린은 스무 마디 말도 하지 않았다.

캐서린이 집에 들어가자, 하인이 그녀가 떠난 직후에 어떤 신사와 숙녀분이 찾아왔었다고 전했다. 그녀가 소프 씨와 외출했다고 알려주자 숙녀는 혹시 전갈을 남기지 않았느냐고 물었고, 아니라고 대답하자 명함*을 남기고 싶지만 안 가져왔다고 말하고는 가버렸다는 것이었다. 캐서린은 이 가슴 찢어지는 소식을 곱씹으며 천천히 계단을 올라갔다가, 계단 꼭대기에서 앨런 씨와 마주쳤다. 빨리 돌아온 이유를 듣자 앨런 씨가 말했다. "네 오빠가 분별력이 있어서 참 다행이구나. 네가 돌아와서 기쁘다. 정말 무모하고 엉뚱한 계획이었어."

그들은 다 함께 소프네 숙소에서 저녁을 보냈다. 캐서린은 심란하고 기운이 없었다. 한편 이사벨라는 몰랜드와 짝을 지어 운명을 함께하는 코머스 게임**이 클리프턴의 여관에서 조용한 시골 공기를 마시는 것만큼이나 무척 즐거운 일이라고 생각하는 것 같았다. 또한 로어 사교장에 가지 않아서 정말 좋다고 여러 번 말했다. "거기 가는 사람들이 얼마나 불쌍한지 몰

---

*당시 사람들은 누군가를 방문할 때 만나지 못할 경우를 대비하여 자신의 이름이 적힌 방문용 명함을 가지고 다녔다.
**장사처럼 교환과 거래를 하는 카드 게임.

라요! 그 틈에 끼지 않아서 정말 다행이에요! 무도회장이 가득 찰지 어떨지 궁금하긴 하네요! 아직 춤은 시작하지 않았겠죠. 온 세상을 다 준다 해도 나는 거기 가고 싶지 않아요. 가끔 혼자 저녁을 보내는 게 정말 좋으니까요. 분명히 오늘 무도회는 시시할 거예요. 미첼 가족이 안 간다고 했거든요. 거기 있는 사람들이 죄다 불쌍하군요. 그런데 몰랜드 씨, 당신은 거기 가고 싶죠, 안 그래요? 확실해요. 부디 여기 있는 사람들 때문에 구속받지 말아요. 당신 없어도 우리는 아주 잘 지낼 수 있어요. 남자들은 자기들이 뭐 그렇게 중요한 줄 알지만 말이죠."

캐서린은 슬퍼하는 자신에게 아무 관심도 보이지 않는 이사벨라를 비난할 뻔했다. 두 사람은 그녀의 심정 따위는 거의 생각하지도 않는 것 같았다. 그래서 위로랍시고 하는 말이 엉뚱하기 짝이 없었다. "그렇게 시무룩해하지 마." 이사벨라가 속삭였다. "내 마음도 무너지겠어. 물론 굉장히 큰 충격이지. 하지만 틸니 남매가 완전히 잘못했어. 왜 약속 시간을 정확히 안 지키는 거야? 길이 엉망이긴 했지만, 그게 뭐 대수야? 존과 나라면 절대로 상관하지 않았을 거야. 친구에 관한 일이라면, 무슨 일을 겪어도 상관하지 않아. 내 성격이 그래. 존도 똑같고 말이야. 존은 깜짝 놀랄 만큼 마음이 뜨겁다니까. 어머, 세상에! 솜씨가 정말 좋구나! 킹 카드라니! 맹세코 내 평생 이렇게 기쁜 적이 없었어! 나보다 50배는 더 가져가도 좋아."

이제 우리의 여주인공을 잠 못 드는 침상으로 보내야 할 것이다. 가시가 흩뿌려진 눈물 젖은 베개, 그것이 진정한 여주인공들의 운명이니까. 앞으로 석 달 동안 하룻밤이라도 잠을 잘 잔다면, 우리의 여주인공은 행운이라고 생각할 것이다.

12

"앨런 부인." 다음 날 캐서린이 말했다. "오늘 틸니 양을 방문해도 괜찮을까요. 모든 걸 해명하지 않으면, 마음이 편치 않을 것 같아요."

"어서 가렴, 애야. 하얀 옷을 입고 가도록 해. 틸니 양은 항상 하얀 옷을 입더구나."*

캐서린은 흔쾌히 부인 말에 따라서 제대로 옷을 갖춰 입었다. 그리고 어느 때보다 조급하게 펌프 사교장으로 갔다. 틸니 장군의 숙소를 알아내기 위해서였다.** 밀섬 거리라는 것은 알고 있었지만 어느 집인지 확실하지 않았고, 앨런 부인의 긴가민가한 대답은 더 헛갈리게 만들 뿐이었다. 캐서린은 주소를 확실히 알아낸 다음, 밀섬 거리로 향했다. 어서 그들을 찾아가서 자신의 행동을 설명하고 용서받을 생각에 가슴은 두근거리고 발걸음은 빨라졌다. 혹시나 근처 상점에 있을 게 분명한 사랑하는 이사벨라와 친애하는 그녀의 가족들을 만날까 봐 단호

*당시 여자들에게 가장 유행하는 색이었다. 고전적인 순수함의 표현으로 받아들여지기도 했고, 세탁이 어려웠기 때문에 부유함의 표시이기도 했다.
**바스에 처음 온 사람들은 펌프 사교장의 방명록에 이름과 숙소를 모두 기재했다.

하게 시선을 돌린 채, 총총걸음으로 교회 앞마당을 지나갔다. 무사히 숙소에 도착한 캐서린은 주소를 확인하고 나서 문을 두드리며 틸니 양을 찾았다. 하인은 틸니 양이 집에 있는 것 같지만 확실하지 않다고 했다. 내가 왔다고 좀 전해주겠어요? 캐서린은 명함을 주었다. 잠시 후에 하인은 돌아왔다. 그리고 뭔가 주저하는 표정으로 자기가 잘못 알았다며, 틸니 양은 산책을 나갔다고 말했다. 캐서린은 굴욕감에 얼굴을 붉힌 채 그 집을 떠났다. 틸니 양이 집에 있으면서도 너무 화가 나서 그녀를 들어오지 못하게 했다는 생각이 들었다. 캐서린은 거리를 되돌아 나오면서, 혹시 틸니 양이 보일까 싶어 거실 창문을 힐끗 쳐다보지 않을 수 없었다. 하지만 창가에는 아무도 얼씬거리지 않았다. 캐서린은 거리를 벗어나기 전에 다시 한 번 뒤를 돌아보았는데, 바로 그때 창가가 아니라 현관문에서 막 나오고 있는 틸니 양을 발견했다. 뒤이어 아버지로 짐작되는 한 신사가 나왔고, 두 사람은 에드거 빌딩스 쪽으로 향했다. 캐서린은 깊은 모욕감을 느끼며 가던 길을 계속 갔다. 이런 무례한 대접에 거의 화가 날 지경이었다. 하지만 분을 참으며, 자신의 무지한 행동을 떠올렸다. 자신이 저지른 잘못은 세상의 예법에 따라 어떻게 분류될지, 어느 정도로 용서받지 못할 것인지, 어떤 무례한 앙갚음까지 묵묵히 받아들여야 옳은지 알 수 없었다.

거절당하고 비참해진 캐서린은 그날 밤에 다른 사람들과 극장에 가지 않을 생각까지 했다. 하지만 솔직히 그런 생각은 오래가지 않았다. 우선 아무 핑계 없이 집에 남아 있을 수는 없다는 걸 깨달았기 때문이었다. 두 번째로 이번 연극은 몹시 보고 싶어 하던 것이었다. 결국 다 함께 극장에 갔다. 틸니 가족은 보이지 않았는데, 캐서린은 기쁘기도 하고 괴롭기도 했다. 수많은 뛰어난 장점을 가진 이 가족이 정작 연극은 좋아하지 않는 걸까 걱정스러웠던 것이다. 어쩌면 런던 무대의 더 세련된 공연에 익숙한 것인지도 몰랐다. 이사벨라의 말에 따르면, 거기에 비하면 다른 모든 공연은 '정말 끔찍하다'고 했으니까. 어쨌든 재밌을 거라는 캐서린의 기대는 배반당하지 않았다. 희극은 그녀의 근심을 날려버렸다. 처음 4막 동안 캐서린을 본 사람이라면, 어떤 괴로움이 있을 거라고는 짐작도 못 했을 것이다. 하지만 5막이 시작되었을 때, 갑자기 헨리 틸니 씨가 아버지와 함께 맞은편 발코니 관람석에 들어왔다. 그 광경을 보자, 캐서린은 다시 불안과 비탄에 빠졌다. 연극이 더 이상 신나고 진심으로 즐겁지 않았다. 온전히 집중할 수도 없었다. 평균 두 번에 한 번 꼴로 맞은편 관람석을 향해 시선이 돌아갔다. 두 장이 진행되는 동안, 그렇게 헨리 틸니를 쳐다보았지만, 단 한 번도 그의 시선을 마주치지 못했다. 그가 연극에 무관심하다는 의심은 더 이상 할 수 없었다. 두 장 동안 내내 그는 무대에서 눈길을 돌리지 않았다. 마침내 그가 그녀를 쳐다보았다. 그리고 살짝 고개를 숙였다. 하지만 미소도, 은근한 시선도 없는 그런 인사라니! 그는 즉시 눈길을 돌렸다. 캐서린은 초조하고 비참했다. 그가 앉아 있는 관람석으로 달려가 강제로라도 해명하고 싶은 심정이었다. 여주인공답지 않은, 보다 자연스러운 감정이 그녀를 사로잡았다. 미리 유죄 판결을 내리고 그녀의 품위를 손상시켰다는 생각 대신, 마음속으로 결백을 주장하며 감히 자신을 의심할 수 있는 그에게 분노를 보여주겠노라 도도하게 결심하는 대신, 그가 온갖 고생을 하며 해명을 찾아다니게 내버려두는 대신, 혹은 그의 눈앞에서 사라지거나 다른 남자와 시시덕거려서 지난 시절을 새삼 깨닫도록 하는 대신, 캐서린은 잘못된, 혹은 적어도 잘못된 것처럼 보이는 행동의 수치스러움을 모두 받아들이고, 오직 그 이유를 해명할 기회만 얻으려고 안달했다.

연극이 끝나고 커튼이 내려갔다. 헨리 틸니의 모습은 좌석에서 사라지고, 아버지만 남아 있었다. 아마 그들이 있는 관람석 쪽으로 오고 있는 모양이었다. 캐서린의 짐작이 맞았다. 잠시 후에 그가 나타났다. 점점 줄어드는 관객들 사이를 헤치고 다가온 틸니 씨는 담담하고 공손하게 앨런 부인과 옆에 선 친구에게 인사를 했다. 하지만 그 친구는 그렇게 담담하게 응답하지 못했다. "오! 틸니 씨, 당신을 만나 얘기하고 사과하고 싶어 혼났어요. 틀림없이 제가 무례하다고 생각하셨겠죠. 하지만 제 잘못이 아니었어요. 안 그래요, 앨런 부인? 그 사람들이 저한테 틸니 씨와 여동생이 마차를 타고 어디론가 갔다고 말했잖아요? 그러니 제가 뭘 어쩌겠어요. 하지만 저는 수만 번이라도 두 분과 함께 있고 싶었어요. 그렇지 않나요, 앨런 부인?"

"얘야, 네가 내 옷을 구기고 있잖니." 이것이 앨런 부인의 대답이었다.

비록 확인해줄 사람 없이 혼자 주장이긴 해도, 그녀의 보증이 헛되지는 않았다. 틸니 씨의 얼굴에 좀 더 자연스럽고 진심 어린 미소가 떠올랐던 것이다. 그는 어색함이 살짝 남아 있는 목소리로 대답했다. "어쨌든 아가일 거리에서 우리가 스쳐 지나간 후에 즐거운 산책을 빌어줘서 무척 고마웠습니다. 친절하게도 인사를 하려고 뒤를 돌아보시더군요."

"즐거운 산책을 빌었던 게 아니었어요. 그런 건 생각도 못했으니까요. 그저 소프 씨에게 마차를 세워달라고 간절히 빌었어요. 당신을 보자마자 소리쳤다고요. 앨런 부인, 그랬잖아요? 참! 부인은 거기 안 계셨죠. 하지만 정말 그랬어요. 소프 씨가 마차만 세웠다면, 당장 뛰어내려 당신 뒤를 쫓아갔을 거예요."

이런 고백에 무심할 수 있는 헨리가 세상 어디 있겠는가? 적어도 헨리 틸니는 그럴 수 없었다. 그는 좀 더 다정한 미소를 지으며, 여동생의 걱정과 후회, 캐서린에 대한 믿음을 충분히 자세히 이야기했다. "오! 틸니 양이 화나지 않았다는 말은 하지 마세요!" 캐서린이 탄식했다. "화가 난 걸 이미 알고 있거든요. 오늘 아침에 제가 찾아갔는데, 피하더라고요. 제가 집 앞을 떠나자마자 틸니 양이 집에서 나오는 걸 봤어요. 마음은 아팠지만 모욕감을 느끼지는 않았어요. 아마 당신은 제가 거기 갈 줄도 몰랐을 거예요."

"저는 그 시간에 없었지만, 엘리너에게 들었어요. 동생도 그후로 계속 당신을 만나 자신의 무례를 해명하길 바라고 있어요. 어쩌면 제가 해도 되겠군요. 다름 아닌 저희 아버지 때문이었습니다. 막 산책 나갈 준비를 하고 있었는데, 아버지께서 시간은 급하고 지체하고 싶지 않아서 돌려보내라고 지시하신 겁니다. 그게 전부예요. 동생은 몹시 당황해했어요. 가능한 한 빨리 사과할 생각이랍니다."

이 말을 듣고 캐서린은 크게 안도했다. 하지만 아직 꺼림칙한 부분이 남아 있어서, 신사를 난처하게 만드는 질문이 자연스럽게 흘러나왔다. "그런데 틸니 씨, 왜 당신은 여동생처럼 너그럽지 못한가요? 동생분은 제 선의를 그토록 굳게 믿고 단지 실수일 거라고 생각해주시는데, 어째서 당신은 화를 내시죠?"

"저요! 제가 화를 내다니요!"

"아니에요, 당신이 관람석에 들어올 때 표정을 보고 확실히 알았어요. 화가 났더군요."

"화를 내다니요! 제게는 그럴 권리가 없습니다."

"당신 표정을 보고도 그렇게 생각할 사람은 아무도 없을걸요." 그는 대답 대신 옆자리를 좀 내어달라고 말하고는 연극 이야기를 시작했다.

틸니는 한동안 그들과 함께 있으면서 어찌나 상냥하게 굴었는지, 그가 떠났을 때 캐서린은 몹시 흡족했다. 하지만 헤어지기 전에, 가능한 한 빨리 계획했던 산책을 실행하기로 약속했다. 그가 그들의 관람석을 떠날 때 잠깐 슬펐던 것을 빼면, 캐서린은 전반적으로 세상에서 가장 행복한 사람이었다.

한편 두 사람이 이야기를 나누고 있을 때, 캐서린은 존 소프가 틸니 장군과 대화하는 걸 보고 깜짝 놀랐다. 소프는 한 곳에서 10분도 함께 머무는 사람이 아니었다. 캐서린은 두 사람의 관심과 대화의 대상이 바로 자신이라는 걸 눈치채고, 놀라움 이상의 감정을 느꼈다. 두 사람이 대체 무슨 얘기를 하는 걸까? 캐서린은 자신의 외모가 틸니 장군의 마음에 들지 못할까 봐 두려웠다. 산책을 몇 분 미루지 않고 딸에게 그녀를 들이지 말라고 지시한 걸 보면 알 수 있었다. "소프 씨가 당신 아버님을 어떻게 알죠?" 캐서린은 두 사람을 손가락으로 가리키며 틸니에게 걱정스럽게 물었다. 그는 전혀 모르겠지만 대개 군인들이 그렇듯이 아버지도 인맥이 매우 넓다고 말했다.

연극이 끝나자, 소프는 밖으로 나가는 걸 돕기 위해 달려왔다. 그의 기사도의 대상은 바로 캐서린이었다. 그들이 로비에서 마차를 기다리는 동안, 캐서린이 마음속에서 튀어 오르는 질문을 막 입 밖에 내려고 할 때, 소프가 먼저 몹시 으스대는 태도로, 틸니 장군과 이야기하는 자기를 보았느냐고 물었다. "맹세코, 정말 훌륭한 노인네예요! 건강하고 활동적이고 자기 아들만큼이나 젊어 보이죠. 제가 정말 존경한답니다. 어느 누구보다 신사답고 호탕한 사람이에요."

"어떻게 알게 되었나요?"

"어떻게 아느냐고요! 이 동네에 내가 모르는 사람은 거의 없지요. 베드퍼드*에서 만난 적이 있어요. 그리고 오늘 장군이 당구실으로 들어오는 순간, 얼굴을 알아보았죠. 말이 난 김에 말인데, 당구 실력도 최고예요. 잠깐 실력을 겨루어봤죠. 사실 처

*런던 극장가의 유명 커피숍.

음에는 좀 걱정했어요. 5대 4로 제가 불리했으니까요. 세상에서 최고로 깔끔한 스트로크 한 방을 때리지 않았다면 말이죠. 제가 정확하게 공을 맞췄죠. 이거 참 당구대가 없으니 알아듣게 설명해드릴 수가 없군요. 어쨌든 제가 이겼어요. 유대인처럼 돈도 많고 참 훌륭한 양반이에요. 정찬이나 함께했으면 좋겠군요. 틀림없이 어마어마한 식사를 내놓을 겁니다. 그런데 우리가 무슨 얘기를 했는 줄 알아요? 바로 당신 얘기예요! 장군은 당신이 바스에서 제일 예쁜 아가씨라고 생각하더군요."

"어머! 말도 안 돼요! 어떻게 그런 말을?"

"그래서 내가 뭐라 그랬게요? (목소리를 낮추며) 맞습니다, 장군님. 제 생각도 똑같습니다."

캐서린은 틸니 장군의 칭찬만큼 소프의 칭찬이 달갑지 않았기 때문에, 앨런 씨가 불러서 떠나는 게 섭섭하지 않았다. 하지만 소프는 마차까지 배웅하며, 캐서린이 그만하라고 간청하는데도 불구하고, 마차에 들어갈 때까지 계속 똑같은 찬사를 늘어놓았다.

틸니 장군이 그녀를 싫어하기는커녕 칭찬했다는 말은 무척 기뻤다. 캐서린은 즐거운 마음으로, 이제 가족들 중에 만나기 두려운 사람은 하나도 없다고 생각했다. 기대했던 것보다 더, 훨씬 더 행복한 저녁이었다.

13

지금까지 월요일, 화요일, 수요일, 목요일, 금요일, 그리고 토요일이 독자의 눈앞에 펼쳐졌다. 날마다 일어난 사건들과 희망, 걱정, 창피함, 기쁨을 하나하나 이야기했고, 이제 일요일의 고통을 서술하는 일만 남았다. 그것으로 한 주가 끝난다. 클리프턴 여행 계획은 완전히 무산된 게 아니라 연기한 것이라서, 그날 오후 크레센트에서 다시 이야기가 나왔다. 이사벨라와 제임스가 둘이서 속닥거리더니, 날씨만 좋으면 당장 다음 날 아침에 실행하자고 의견을 모았다. 이사벨라는 떠나기로 단단히 마음을 먹었고 제임스는 그녀를 기쁘게 해주고 싶어 안달이었던 것이다. 이번에는 제시간에 돌아올 수 있도록 아침 일찍 떠나기로 했다. 이렇게 모든 일이 결정되고 소프의 동의까지 얻고 나자, 캐서린에게만 알리면 끝이었다 그녀는 틸니 양과 얘기를 하려고 잠시 떠나 있었다. 그사이에 계획이 완성되고, 그녀가 돌아오자마자 어서 동의하라고 성화였다. 하지만 이사벨라가 기대했던 것대로 반색하기는커녕, 캐서린은 심각한 표정으로 정말 미안하지만 갈 수 없다고 말했다. 지난번에 그들을 따라가지 말고 지켜야만 했던 약속을 다시 잡았기 때문에 이번에는 함께 갈 수 없다고 했다. 틸니 양과 약속했던 산책을 내일 가기로 이미 정해놓았던 것이다. 확실히 결정된 일이고, 캐서린은 무슨 일이 있어도 취소하지 않을 작정이었다. 당장 소프 남매가 그래도 취소해야만 한다고 애타게 부르짖었다. 내일 반드시 클리프턴에 가야만 하는데 그녀가 없으면 갈 수 없다. 산책쯤이야 하루 더 미룬다고 해서 무슨 대수냐, 거절해도 듣지 않겠다며 졸라댔다. 캐서린은 몹시 난처했지만 물러서지 않았다. "억지 쓰지 마, 이사벨라. 틸니 양과 약속을 해서 갈 수가 없어." 하지만 아무 소용이 없었다. 다시 똑같은 주장이 그녀에게 쏟아졌다. 가야만 한다, 가게 될 거다, 거절해도 듣지 않겠다. "방금 선약이 생각났다고, 그러니 화요일로 산책을 미뤄달라고 틸니 양에게 부탁하면 모든 게 간단히 풀릴 거야."

"아니야, 간단하지 않아. 난 그럴 수 없어. 선약이 없는걸." 하지만 이사벨라는 조르고 또 졸랐다. 온갖 다정한 이름으로 그녀를 부르면서 말할 수 없이 사랑스러운 태도로 부탁했다. 세상에서 가장 소중하고 가장 착한 캐서린이, 자기를 그토록 사랑하는 친구의 사소한 부탁을 진심으로 거절할 리가 없다고 단언했다. 그녀가 얼마나 마음씨가 따뜻하고 기질이 곱고, 또 사랑하는 사람들의 말을 잘 따르는지 알고 있다는 것이다. 하지만 전부 소용없었다. 캐서린은 자신이 옳다고 느꼈기 때문에, 비록 그런 부드러운 말과 우쭐하게 만드는 애원에 마음이 아팠지만, 받아들일 수 없었다. 그러자 이사벨라는 다른 방법을 시도했다. 틸니 양을 안 지 얼마 되지도 않으면서, 가장 오래되고 가까운 친구보다 더 사랑한다고 비난하기 시작했다. 한마디로 자신에게는 냉정하고 무관심해졌다는 것이었다. "낯선 사람들 때문에 나를 홀대하는데, 어떻게 질투가 안 나겠어, 캐서린. 널 지독하게 사랑하는 나를! 나는 일단 애정을 갖게 되

126

면, 무슨 일이 있어도 변하지 않아. 내 감정은 어느 누구보다 강해. 너무 강해서 마음이 괴로울 정도야. 낯선 사람이 내 우정을 빼앗아 가는 걸 보다니, 심장이 칼에 찔리는 기분이야. 틸니 남매가 모든 걸 삼켜버린 것 같아."

캐서린은 이런 비난이 터무니없고 매정하다고 생각했다. 자신의 감정을 남들이 알아채도록 다 드러내야 친구란 말인가? 이사벨라가 옹졸하고 이기적이며, 자기만족밖에 모르는 사람 같았다. 비록 말은 안 했지만, 이런 괴로운 생각이 캐서린의 머릿속에 떠올랐다. 한편 이사벨라는 손수건으로 연신 눈물을 훔쳤다. 몰랜드는 이 모습에 어쩔 줄 몰라 하며 말했다.

"캐서린, 네가 더 이상 버틸 수는 없을 것 같구나. 대단한 희생도 아니잖니. 저런 친구의 소원 좀 들어주면 어때서. 계속 거절하면 널 아주 매정하다고 생각할 거야."

오빠가 공공연히 캐서린을 비난한 것은 이번이 처음이었다. 오빠를 화나게 하지 않으려고 캐서린은 타협안을 내놓았다. 화요일로 계획을 미뤄준다면 같이 갈 수 있다고 말이다. 그들끼리만 가는 것이기 때문에 별로 어려운 일도 아니었고, 그러면 모두 만족할 수 있었다. "안 돼. 아니야, 그럴 수 없어!" 당장 이런 대답이 돌아왔다. "소프가 화요일에 런던에 갈지도 몰라서 안 돼." 캐서린은 안타깝지만 더 이상 어쩔 수가 없었다. 짧은 침묵이 흐르다가, 이사벨라가 분노한 목소리로 차갑게 말했다. "좋아. 그럼 여행은 끝이야! 캐서린이 안 가면, 나도 못가. 여자 혼자서 갈 수는 없어. 세상 무슨 일이 있어도 그런 부적절한 짓은 하고 싶지 않아."

"캐서린, 네가 꼭 가야만 해." 제임스가 말했다.

"소프 씨가 다른 여동생을 데려가면 안 되나요? 누구든 같이 가고 싶어 할 텐데."

"그거 참 고맙군요." 소프가 소리쳤다. "하지만 제 여동생이나 태우자고 버스까지 온 게 아닙니다. 당신이 안 가고, 동생을 태우고 다니면 빌어먹을, 얼마나 한심해 보이겠어요. 난 오직 당신을 태워드리고 싶어 가는 겁니다."

"정말 기쁘고 감사한 말씀이네요." 하지만 소프는 캐서린의 말을 듣지 못했다. 갑자기 휙 돌아서서 나가버렸기 때문이다.

다른 세 사람은 함께 산책을 계속했다. 가엾은 캐서린은 몹시 불편했다. 때로는 한마디도 안 하다가, 때로는 애원과 비난이 뒤섞인 공격이 퍼부어졌다. 두 사람의 마음은 전쟁 중이었지만, 캐서린은 여전히 이사벨라의 팔짱을 끼고 있었다. 한순간 마음이 약해지기도 하고 짜증이 나기도 했다. 내내 괴로웠지만, 흔들리지 않았다.

"네가 그렇게 고집이 센 줄 몰랐구나, 캐서린." 제임스가 말했다. "설득하기 힘든 아이가 아니었는데. 한때는 제일 다정하고 온순한 동생이었어."

"지금도 그래." 캐서린이 격하게 대답했다. "하지만 정말로 갈 수 없어. 설사 내가 틀렸더라도, 지금은 내가 옳다고 믿는 대로 하는 거야."

"별로 고민하는 것 같지도 않은데." 이사벨라가 낮은 목소리로 중얼거렸다.

캐서린은 심장이 터질 것 같았다. 팔짱 낀 팔을 뺐지만, 이사벨라도 말리지 않았다. 그렇게 소프가 다시 돌아올 때까지 10분 동안이나 침묵이 흘렀다. 그는 훨씬 밝아진 표정으로 그들에게 다가와서 말했다. "내가 문제를 해결했으니까, 마음 편하게 내일 떠납시다. 틸니 양을 만나서 양해를 구하고 왔어요."

"설마 그럴 리가!" 캐서린이 소리쳤다.

"분명히 그랬어요. 방금 틸니 양과 헤어졌다니까요. 당신이 날 대신 보냈다고 말했죠. 내일 우리와 함께 클리프턴으로 여행 가기로 한 선약이 좀 전에 기억나서, 화요일 이후에나 산책을 갈 수 있다고 말이죠. 좋다고, 화요일도 괜찮다고 말하던데요. 문제가 다 해결됐군요. 제 생각이 꽤 훌륭하지 않나요?"

이사벨라의 얼굴이 환한 미소와 유쾌한 표정을 되찾았다. 제임스도 다시 행복해 보였다.

"정말 기가 막힌 생각이네! 우리 착한 캐서린, 이제 모든 고민이 끝났네. 너는 명예롭게 약속을 취소했고, 우리는 즐거운 여행을 떠나게 됐어."

"이럴 수는 없어." 캐서린이 말했다. "난 받아들일 수 없어. 곧장 틸니 양을 쫓아가서 바로잡아야만 해."

하지만 이사벨라가 그녀의 한 손을 붙잡고 소프가 다른 손을 붙잡은 채, 세 사람이 입을 모아 항의했다. 제임스조차 단단히 화가 났다. 틸니 양 본인이 화요일도 괜찮다고 해서 모든 게 해결됐는데, 계속 고집을 부리는 건 터무니없는 일이라고 했다.

"상관없어. 소프 씨는 그런 말을 꾸며낼 권리가 없어. 연기하는 게 옳다고 생각했으면, 내가 직접 틸니 양과 이야기했을 거야. 이건 정말 무례한 짓이라고. 게다가 소프 씨가 뭐라고 했을지 내가 어떻게 알아. 이번에도 또 무슨 실수를 저질렀을 거야. 지난 금요일에도 잘못 말해서 내가 무례한 짓을 저지르게 만들었는데. 이거 놔요, 소프 씨. 이사벨라, 날 붙잡지 마."

소프는 틸니 남매를 쫓아가봐야 소용없을 거라고 말했다. 그가 그들을 만났을 때 이미 브룩 거리로 접어들고 있었으니 지금쯤 집에 도착했을 거라고 했다.

"그래도 쫓아갈 거예요." 캐서린이 말했다. "어디에 있든 쫓아갈 거라고요. 만나서 얘기하는 건 중요하지 않아요. 남들 말에 설득당하지 않고 내가 잘못이라고 생각하는 일을 하지 않을 수 있다면, 이런 속임수에도 절대 넘어가지 않을 거예요."

이 말과 함께 그녀는 황급히 자리를 떠났다. 소프가 뒤를 쫓으려 했으나 몰랜드가 말렸다. "가겠다니 그냥 내버려둬."

"그거 참 고집스럽기가 뭐처럼……."

소프는 적당한 비유가 생각나지 않아 끝내 문장을 마무리 짓지 못했다.

캐서린은 잔뜩 흥분해서 걸어가고 있었다. 누가 쫓아올까 두려워서 사람들 틈에서 최대한 빨리 걸었지만, 끝까지 버틸 작정이었다. 길을 걸으며 지난 일을 되새겨보았다. 그들을 실망시키고 불쾌하게 만든 것은 캐서린도 가슴 아팠다. 특히 제임스 오빠에게 미안했다. 하지만 자신의 행동을 후회하지 않았다. 자신의 미안한 마음과는 별개로, 틸니 양과 약속을 두 번이나 깨뜨리는 것, 불과 5분 전에 자발적으로 한 약속을 그것도 거짓 핑계를 대고 취소하는 것은 분명히 옳지 못한 일이었다. 단지 이기적인 원칙 때문에 그들을 버린 게 아니고, 오직 자기만족만 추구했던 것도 아니었다. 자기만족이라면 소풍을 나가서 블레이즈 성을 보는 것으로도 어느 정도 충족되었을 것이다. 다른 사람들에게 정당한 것, 그리고 자신에 대한 타인의 평가를 신경 썼던 것이다. 그렇지만 자신이 옳다는 확신만으로 평정심을 회복할 수는 없었다. 틸니 양과 이야기를 하기 전까지는 마음이 편할 수가 없었다. 크레센트 건물이 눈에 들어오자, 그녀는 걸음을 빨리해서 밀섬 거리 꼭대기에 도달할 때까지 거의 달리다시피 했다. 어찌나 걸음이 빨랐는지, 틸니 남매가 먼저 떠났음에도 불구하고, 캐서린이 그들을 발견했을 때에는 막 집으로 들어가는 참이었다. 하인이 아직 현관문을 열고 서 있는 사이에, 캐서린은 틸니 양을 당장 만나야 한다는 용건만 던지고 그 앞을 휙 지나서 계단으로 올라갔다.* 그리고 우연히도 오른쪽에 있는 첫 번째 문을 열자, 틸니 장군과 아들과 딸이 모여 있는 응접실이 나타났다. 숨도 가쁘고 잔뜩 긴장해서 제대로 말이 나오지 않았지만, 어쨌거나 캐서린은 당장 설명부터 했다. "급하게 달려왔어요. 이건 전부 오해예요. 저는 결코 가겠다고 약속하지 않았어요. 그 사람들에게 처음부터 갈 수

*정상적인 예법에 따르면, 하인이 집주인에게 가서 손님이 왔음을 알리고 돌아올 때까지 문 앞에서 기다려야만 한다.

없다고 말했다고요. 그걸 설명하려고 급하게 달려왔어요. 저를 어떻게 생각하셔도 상관없었어요. 하인의 안내를 기다리고 있을 수가 없었거든요."

이 말로 모든 게 설명되지는 않았지만, 곧 의문은 풀렸다. 캐서린은 존 소프가 그런 말을 전하기는 했다는 걸 알았다. 틸니 양은 그 전갈에 무척 놀랐다고 주저 없이 말했다. 하지만 틸니 양의 오빠가 이번에도 더 화를 냈는지는 알 길이 없었다. 캐서린은 본능적으로 틸니 양뿐만 아니라 그 오빠를 향해서 열심히 해명을 했던 것이다. 어쨌든 그녀가 오기 전까지 어떤 기분이었든지 간에, 그녀의 열성적인 설명을 듣자 당장 모든 사람들의 표정과 말투가 더 바랄 나위 없이 부드러워졌다.

사건이 행복하게 마무리되자, 틸니 양이 그녀를 아버지께 소개했다. 장군이 어찌나 반갑고 정중하게 맞아주었는지, 소프가 했던 말이 떠올랐다. 캐서린은 그의 말도 제법 믿을 만한 구석이 있다고 생각하며 기뻐했다. 캐서린이 손쓸 틈도 없이 재빨리 집으로 뛰어 들어왔다는 사실을 모르는 장군은 하인이 임무를 소홀히 해서 그녀가 혼자 방문을 열고 들어오게 했다고 펄펄 뛸 만큼 손님 대접이 극진했다. "윌리엄은 대체 무슨 생각인 거냐? 무슨 일인지 알아봤어야지." 만약 캐서린이 그의 무고함을 강력하게 주장하지 않았더라면, 윌리엄은 그녀 때문에 자리까지 잃지는 않더라도 주인의 총애를 영원히 잃었을 것이다.

15분 정도 함께 앉아 있다가 캐서린은 자리에서 일어났다. 그런데 놀랍고 기쁘게도, 장군이 그녀에게 자기 딸과 함께 정찬을 들고 남은 시간을 보내지 않겠느냐고 말했다. 틸니 양도 그러면 좋겠다고 거들었다. 캐서린은 진심으로 고마웠지만, 혼자서 결정할 일이 아니었다. 앨런 씨와 부인이 그녀가 돌아오기만을 기다리고 있을 것이다. 장군은 더 이상 권할 수 없겠노라고 말했다. 앨런 씨 부부의 권리를 무시할 수는 없었다. 하지만 언제가 다른 날에 미리 말씀을 드리면 두 분도 거절하지는 않을 거라고 믿는다고 말했다. "오, 그럼요." 캐서린은 절대 반대하지 않을 거라고 장담하고 기쁘게 방문하겠다고 대답했다. 장군은 현관까지 직접 배웅을 하면서, 계단을 내려오는 동안에도 온갖 인사치레를 늘어놓았는데 특히 그녀의 탄력 있는 걸음걸이를 칭찬했다. 그렇게 탄력 있게 걸으면 춤도 잘 출 거라고 하고, 헤어질 때에는 캐서린이 평생 본 가장 우아한 절을 했다.

이 모든 일에 신이 난 캐서린은 즐겁게 풀트니 거리로 향했다. 그리고 비록 지금까지 한 번도 그런 생각을 해본 적이 없었지만, 자기 걸음걸이가 굉장히 탄력 있다는 결론을 내렸다. 화가 난 친구들은 한 번도 마주치지 않고 무사히 집까지 왔다. 자신의 주장을 관철하고 산책 약속을 지켜내어 그때까지 줄곧 의기양양했던 캐서린은 (흥분이 가라앉았기 때문인지) 문득 자기가 완벽하게 옳았는지 의심이 들기 시작했다. 희생은 언제나 고귀한 것이었다. 만약 친구들의 요청을 들어주었다면, 친구들을 불쾌하게 하고 오빠를 화나게 만들고 또 모두에게 커다란 행복인 계획을 망쳐버렸다는 괴로운 생각은 들지 않았을 것이다. 마음의 위로도 얻고 객관적인 사람의 의견을 통해 자기 행동에 대한 확신도 얻고 싶어서, 캐서린은 앨런 씨에게 소프 남매와 오빠가 반쯤 결정해버린 다음 날 계획에 대해서 털어놓았다. 앨런 씨는 곧장 말뜻을 알아차렸다. "그래, 너도 갈 생각이냐?"

"아니요. 그 이야기를 듣기 전에 저는 이미 틸니 양과 산책을 가기로 약속을 했어요. 그러니 저는 그들과 같이 갈 수 없겠죠, 안 그런가요?"

"그럼 물론이지. 네가 같이 갈 생각을 안 했다니 기쁘구나. 말도 안 되는 계획이야. 젊은 남자와 여자들이 무개마차를 타고 시골을 돌아다니다니! 뭐 가끔이야 괜찮지만, 여관이며 공공장소를 같이 어울려 다니다니! 그건 옳지 못해. 소프 부인이 허락하실지 의문이구나. 어쨌든 네가 안 간다니 기쁘다. 몰랜드 부인도 싫어하셨을 거야. 여보, 당신도 나와 같은 생각이지? 이런 계획이 못마땅하다고 생각하지 않소?"

"그럼요, 몹시 못마땅하죠. 무개마차는 정말 몹쓸 물건이에요. 그걸 타면 아무리 깨끗한 옷도 5분이 안 간다니까요. 탈 때도 흙이 튀고 내릴 때도 흙이 튀어요. 게다가 바람에 머리카락과 모자는 이리저리 휘날리죠. 무개마찬 딱 질색이에요."

"알고 있소. 하지만 그게 질문이 아니잖소. 젊은 아가씨들이 친척도 아닌 젊은 남자들하고 종종 마차 나들이를 다니는 게 보기 좀 그렇지 않소?"

"그럼요. 정말 꼴불견이죠. 눈 뜨고 못 봐주겠어요."

"어머, 부인." 캐서린이 외쳤다. "그럼 왜 미리 말씀해주지 않으셨어요? 그게 부적절한 일인 줄 알았더라면 절대 소프 씨를 따라가지 않았을 거예요. 제가 잘못하는 일이 있거든, 언제든 말씀해주셨으면 좋겠어요."

"그러마. 내 말을 믿으렴. 몰랜드 부인과 헤어질 때 힘닿는 데까지 널 위해 언제나 최선을 다할 거라고 약속했거든. 하지만 너무 깐깐하게 굴어서는 안 되잖니. 너희 어머니가 말씀하신 대로, 젊은이들은 젊은이들이야. 우리가 처음 여기 왔을 때, 나는 네가 잔가지무늬가 있는 모슬린 옷을 사지 말았으면 했는데, 결국 샀잖니. 젊은 사람들은 항상 간섭받는 걸 싫어하지."

"하지만 이건 정말 중요한 일이잖아요. 제가 말을 잘 안 듣는다고 생각하시는 건 아니겠죠?"

"지금까지는 별일 없었잖니." 앨런 씨가 말했다. "더 이상 소프 씨와 외출하지 말라고, 그거 하나만 충고하고 싶구나."

"내가 하려던 말이 바로 그거다." 부인도 맞장구를 쳤다.

캐서린은 안도감을 느끼면서도 이사벨라가 마음에 걸렸다. 그래서 잠시 고민 끝에 소프 양에게 편지를 써서 그녀 자신도 잘 모르고 있는 게 분명한 부적절한 행동에 대해 설명해주는 것이 친절하고 온당한 일이 아닐지 앨런 씨에게 물었다. 그렇지 않으면 이사벨라는 아까 벌어진 소동에도 불구하고 다음 날 클리프턴으로 나들이를 갈 거라는 생각이 들었기 때문이다. 앨런 씨는 그런 일은 하지 말라고 말렸다. "그냥 가만히 있는 게 좋겠다. 이사벨라는 자신의 행동을 알 만큼 나이가 들었으니까. 아니면 충고해줄 어머니도 계시잖니. 소프 부인이 지나치게 관대하다는 건 의심할 여지가 없지만, 너는 참견하지 않는 게 좋아. 네 오빠와 이사벨라가 일단 가기로 했으면, 너는 미움만 살 거야."

캐서린은 그 말에 순종했다. 이사벨라가 잘못을 저지르는 게 안타까웠지만, 자신의 행동을 앨런 씨가 인정해주니 한결 마음이 가벼워졌다. 또한 그의 충고 덕분에 그런 잘못에 빠질 위험을 벗어나게 돼서 진심으로 기뻤다. 클리프턴으로 가는 일행에서 빠져나온 것은 진짜 탈출이었다. 그런 부적절한 행동을 하려고 약속까지 깨뜨렸다면, 틸니 남매가 그녀를 어떻게 생각했을 것인가? 오직 또 다른 예법을 어기기 위해서, 예의범절을 어겼다면 말이다.

14

다음 날 아침은 화창했다. 캐서린은 나들이 일행들이 또 한 번 들이닥칠 거라고 예상했다. 앨런 씨의 지지를 받고 있으니 두렵지는 않았지만, 승리 자체가 괴로운 일이었기 때문에 다툼을 피할 수 있으면 좋겠다고 생각했다. 그러므로 친구들이 나타나지도 않고, 아무 연락도 없어서 진심으로 기뻤다. 틸니 남매는 약속한 시간에 찾아왔다. 새로운 어려움도, 갑자기 떠오른 약속도, 예상치 못한 호출도, 무례한 침입도 없었기에, 우리의 여주인공은 참으로 이상하게도 약속을 지킬 수가 있었다. 물론 이것은 남자 주인공과의 약속이긴 하지만 말이다. 그들은 비천 클리프 주위를 산책하기로 결정했다. 이 웅장한 언덕의 아름다운 신록과 깎아지른 절벽은 바스의 공터 어디에서나 바라보이는 멋진 명물이었다.

"저길 볼 때마다 프랑스 남부가 떠올라요." 강을 따라 걷고 있을 때 캐서린이 말했다.

"외국에 나가본 적이 있나요?" 헨리가 약간 놀라며 물었다.

"오, 아니에요! 그냥 책에서 읽은 걸 말하는 거예요. 저길 보면 항상 《우돌포의 수수께끼》에서 에밀리와 아버지가 여행했던 곳이 떠오르거든요. 당신은 소설은 전혀 안 읽죠, 그렇죠?"

"왜요?"

"당신이 읽기에는 좀 시시하잖아요. 신사들은 더 훌륭한 책을 읽으니까요."

"신사든 숙녀든, 좋은 소설을 즐기지 못하는 사람은 참을 수 없이 아둔한 게 분명합니다. 저는 래드클리프 부인의 작품을 다 읽었고, 거의 대부분을 무척 재밌게 봤습니다. 《우돌포의 수수께끼》는 일단 읽기 시작하니까 다시 내려놓지 못하겠더군요. 이틀 만에 다 읽었던 기억이 납니다. 읽는 내내 머리카락이 쭈뼛쭈뼛 섰어요."

"맞아." 틸니 양이 덧붙였다. "오빠가 나한테 그 책을 큰 소리로 읽어준 기억이 나. 내가 답신 보낼 일이 있어서 딱 5분 불려 나갔었는데, 오빠는 날 기다리는 대신 책을 들고 은둔자의 산책길*로 가버렸잖아. 그래서 오빠가 책을 다 읽을 때까지 난 기다려야 했지."

"고맙구나, 엘리너. 참으로 자랑스러운 증언을 해줘서. 몰랜드 양, 당신의 의심이 부당하다는 걸 알겠죠. 소설을 계속 읽고 싶은 나머지, 여동생을 위해 단 5분을 기다리지 못하고 읽어주겠다는 약속도 어긴 채, 가장 흥미진진한 대목에서 동생을 버리고 책을 들고 달아나버린 사람이 바로 여기 있습니다. 심지어 제 책도 아니고 동생 책이었는데 말이죠. 다시 돌이켜보니, 무척 자랑스럽군요. 덕분에 당신이 저를 좋게 생각할 테니까요."

"그런 이야기를 들으니 정말 기뻐요. 이제부터 《우돌포》를 좋아하는 걸 절대 부끄러워하지 않을 거예요. 정말로 전에는 젊은 남자들이 소설을 굉장히 경멸한다고 생각했거든요."

"그것 참 놀라운 일이네요. 만약 남자들이 정말 그렇다면, 그거야말로 놀랄 만한 일인데요. 남자들도 거의 여자들만큼 소설책을 많이 읽으니까요. 저는 수백 권쯤 읽었습니다. 그러니 소설 속의 '줄리아'들이나 '루이자'들**에 관해서 저랑 지식을 겨뤄볼 꿈도 꾸지 마십시오. 만약 우리가 좀 더 구체적으로 들어가서 '이거 읽어봤어요? 저거 읽어봤어요?' 하는 끝없는 질문을 하기 시작하면, 저는 당장 당신을 따돌리고 저만큼 앞서 갈 겁니다. 그러니까 뭐라고 해야 할까? 딱히 적합한 비유가 생각나지 않는데…… 당신의 친구 에밀리가 아주머니를 따라

---

*18세기 영국에서는 중세에 대한 관심이 높아져서, 정원 안에 은둔자나 수도사가 살았던 암자와 비슷한 움막이나 허름한 작은 집을 짓는 게 유행이었다. 이런 건물들은 주로 외딴 곳에 세워졌는데, 거기까지 가는 길을 의미한다.
**당시 소설들은 여주인공의 이름으로 제목을 짓는 경우가 흔했다. 그러므로 '줄리아'나 '루이자'란 이름이 들어간 소설들이 많았다.

이탈리아로 갈 때, 불쌍한 발란코트*를 멀리 떠났던 것만큼이나 멀리 말이죠. 제가 당신보다 몇 년이나 빨리 책을 읽기 시작했는지 생각해봐요. 당신이 집에서 교본을 공부하는 착한 꼬마 숙녀일 때, 저는 옥스퍼드에서 공부를 시작했으니까요!"

"그렇게 착한 아이는 아니었어요. 그런데 정말로《우돌포》가 세상에서 가장 좋은 소설이라고 생각하지 않나요?"

"가장 좋은 책이죠. 그런데 만약 '가장 깔끔하다'**는 뜻으로 말씀하신 거라면, 그거야 제본 상태에 따라 달라지겠죠."

"오빠." 틸니 양이 말했다. "너무 무례하잖아. 몰랜드 양, 오빠는 지금 여동생 대하듯이 당신을 대하고 있어요. 부정확한 단어를 사용한다고 끊임없이 저의 잘못을 지적하거든요. 지금은 당신한테 똑같은 실례를 범하고 있네요. 당신이 사용한 '가장 좋다'는 단어가 오빠 마음에 들지 않은 거예요. 가능한 빨리 말을 바꾸는 게 좋겠어요. 안 그러면 앞으로 남은 산책길 내내 존슨과 블레어***에게 짓눌릴 거예요."

"하지만 저는 틀린 말 한 게 없는데요." 캐서린이 외쳤다. "좋은 책인데, 왜 그렇게 부르면 안 되는 거죠?"

"맞습니다." 헨리가 말했다. "'좋은' 날씨이고 우리는 '좋은' 산책을 하고 있죠. 두 사람은 매우 '좋은' 젊은 숙녀분들이고

---

*《우돌포》의 남자 주인공으로 여주인공 에밀리와 사랑에 빠진다. 하지만 에밀리의 고모가 이탈리아 귀족인 몬토니와 결혼하면서 둘은 헤어지게 된다.
**지금 틸니는 '좋다(nicest)'와 '깔끔하다(neatest)' 두 단어로 말장난을 하고 있다.
***새뮤얼 존슨은 시인이자 비평가로 최초의 영어 사전 편찬자이고, 휴 블레어는 글쓰기 교본을 저술한 수사학 학자이다.

요. 오! 세상은 정말 '좋은' 곳이죠! 이 단어는 이렇게 아무 데나 다 갖다 붙일 수 있어요. 하지만 본래는 오직 깔끔함, 적합함, 섬세함 혹은 세련됨을 표현할 때만 썼을 겁니다. 사람들이 옷을 잘 입는다거나 감정이나 선택이 적절하다는 뜻으로 말이죠. 그런데 요즘에는 어떤 주제에 대해 무슨 칭찬을 하든 죄다 그 한 단어만 사용하지요."

"사실 그 단어는 오빠한테만 써야 할 것 같아." 여동생이 외쳤다. "칭찬의 의미는 싹 빼고 말이야. 오빠는 현명하기보다는 좋은 사람이니까. 자, 몰랜드 양, 최고로 적절한 어휘를 쓰지 못한 우리 잘못은 오빠 혼자 사색하게 내버려두고, 우리는 마음껏 《우돌포》 찬양이나 해요. 정말 최고로 재밌는 책이에요. 그런 책 읽는 걸 좋아하나요?"

"솔직히 말하면, 다른 책은 별로 좋아하지 않아요."

"그래요?"

"물론 시나 희곡이나 뭐 그런 종류도 읽긴 하죠. 여행기도 싫어하지 않아요. 하지만 역사책은, 진짜 딱딱한 역사책은 재밌게 읽을 수가 없어요. 당신은요?"

"저는 역사책도 좋아해요."

"저도 그러면 좋겠어요. 의무감으로 약간 읽었는데, 그냥 짜증 나고 지루한 이야기뿐이더라고요. 처음부터 끝까지 교황과 왕들의 싸움이나 전쟁, 역병 얘기만 나오죠. 남자들은 죄다 아무짝에도 쓸모없고 여자들은 아예 나오지도 않고, 정말 지겨워요. 가끔 역사책이 이렇게 지루하다는 게 이상하다니까요. 대부분 지어낸 이야기일 텐데 말이죠. 영웅의 입에서 나오는 연설이며 생각, 계획들, 거의 모두 지어낸 이야기잖아요. 다른 책에서 보면 지어낸 이야기들은 재밌던데."

"역사가들은 공상의 날개를 펴는 걸 좋아하지 않는다고 생각하는군요." 틸니 양이 말했다. "흥미를 불러일으키지는 않지만, 역사가들도 상상력을 발휘한답니다. 저는 역사가 좋아요. 거짓을 진실로 받아들이는 데 매우 만족해요. 중요한 사실의 경우, 역사가들은 이전 역사나 기록에서 사료를 찾아내죠. 자기 눈앞에서 실제로 벌어지지 않은 일들을 믿는 만큼이나 그런 사료들도 믿을 수 있다고 생각해요. 당신이 말한 약간의 윤색에 대해 말하자면, 그건 장식이에요. 그리고 나는 그것도 좋아해요. 잘 묘사된 연설문이라면 누가 쓴 것이든 재밌게 읽죠. 어쩌면 카락터커스나 아그리콜라, 앨프리드 대제*의 진짜 연설보다 흄이나 로버트슨**이 지어낸 창작물이 훨씬 더 훌륭할지 몰라요."

"당신은 정말 역사를 좋아하는군요! 앨런 씨와 저의 아버지도 그래요. 제 오빠 둘도 역사를 싫어하지 않아요. 얼마 안 되는 제 지인들 중에 그렇게 많은 사례가 있다니 놀랍네요! 이 정도라면 더 이상 역사가들을 불쌍히 여길 수 없겠어요. 사람들

---

*카락터커스는 1세기 로마군의 영국 침공에 맞서 싸웠던 지도자이고, 아그리콜라는 당시 로마군 장군이었다. 앨프리드 대제는 9세기에 최초의 영국 왕국을 세우는 데 결정적인 역할을 한 왕이다.
**데이비드 흄은 18세기 영국의 가장 유명한 철학자이고, 윌리엄 로버트슨은 역사가로 스코틀랜드와 인도에 대한 역사책을 썼다.

이 역사책 읽기를 좋아한다면, 무척 잘된 일이죠. 예전에 제 생각에는, 아무도 기꺼이 읽으려 하지 않는 엄청난 두께의 책에 글씨를 채우려고 갖은 애를 다 쓰는 것이 항상 가혹한 운명처럼 여겨졌거든요. 기껏해야 꼬마 남자 애들과 여자 애들의 고문 도구를 위해 그토록 애를 쓰다니요. 그게 모두 굉장히 옳고 필요한 일이라는 건 알지만, 그래도 그런 걸 쓰려고 앉아 있는 사람의 용기가 종종 신기했어요."

"어린 남자 여자 아이들이 고문을 당해야 한다는 것은 문명화된 상태의 인간 본성에 대해 아는 사람이라면 누구도 부인할 수 없는 사실입니다." 헨리가 말했다. "하지만 우리의 가장 뛰어난 역사가들을 위해, 한마디 하지 않을 수 없군요. 보다 더 높은 목적이 없다고 한다면 역사가들은 화를 낼 겁니다. 그들의 방법과 스타일은 가장 진보된 이성을 지닌 성숙한 나이의 독자들까지도 충분히 고문할 만한 완벽한 자격이 있습니다. 저는 여기서, 당신의 단어 사용법에 따라서, '가르치다' 대신 '고문하다'라는 동사를 사용했습니다. 지금은 두 단어가 동의어로 사용된다는 가정하에 말이죠."

"교육을 고문이라 했다고 저를 바보 취급하는군요. 하지만 불쌍한 아이들이 처음엔 글자를 배우고 그다음에는 철자를 배우는 소리를 저처럼 자주 들었다면, 또 그 아이들이 오전 내내 얼마나 멍청해질 수 있고 오전이 끝날 무렵이면 불쌍한 저의 어머니는 얼마나 녹초가 되는지 저처럼 집에서 거의 날마다 습관처럼 봐왔다면, 아마 당신도 '고문하다'와 '가르치다'를 때로는 동의어로 쓰는 걸 허락할 겁니다."

"정말 그렇겠군요. 하지만 읽기를 배우기가 어려운 게 역사가들 탓은 아닙니다. 심지어 매우 엄격하고 강도 높은 학습에 대해 특히 우호적이지 않은 것 같은 당신조차도, 남은 평생 동안 책을 읽을 수 있기 위해서라면 인생의 이삼 년쯤 고문을 받을 가치가 있다는 걸 인정하겠죠. 생각해보십시오. 읽기를 가르치지 않는다면, 래드클리프 부인은 책을 써도 아무 소용이 없을 겁니다. 아마 아예 쓰지도 않을 겁니다."

캐서린은 동의했다. 그리고 래드클리프 부인의 장점에 대한 매우 열렬한 찬사로 이 화제를 마무리 지었다. 틸니 남매는 곧 그녀가 전혀 낄 수 없는 다른 화제로 넘어갔다. 그들은 그림에 능숙한 사람의 시선으로 자연 풍경을 조망하며, 진정한 취향에서 우러나온 열성으로 이 풍경을 어떻게 그림으로 구성할지 논의하고 있었다. 이 대목에서 캐서린은 어찌할 바를 몰랐다. 그녀는 그림을 전혀 몰랐고 취미도 없었다. 그러므로 들어봤자 소용없는 그들의 말을 가만히 듣고 있었다. 두 사람은 그녀가 하나도 알아듣지 못하는 말로 떠들었다. 어쩌다 알아들은 내용조차 그녀가 전에 배운 쥐꼬리만 한 지식과는 반대였다. 더 이상 높은 언덕 꼭대기에서 내려다보는 것이 멋진 전망이 아니었고, 맑고 푸른 하늘이 화창한 날씨의 증거가 아니었다. 캐서린은 진심으로 무식한 자신이 부끄러웠다. 하지만 그야말로 괜한 부끄러움이었다. 사람이 누군가의 마음을 끌고 싶다면, 항상 무식해야 한다. 머리에 든 게 많으면, 다른 사람들의 허영심을 만족시켜줄 수가 없다. 그래서 눈치 있는 사람은 언제나 그런 상황을 피하려고 한다. 특히 여성의 경우, 불운하게도 뭔가 아는 게 있다면, 최대한 감춰야만 한다.

미모에다 멍청함까지 타고난 아가씨가 갖는 이점에 대해서는 이미 우리의 자매 작가*가 훌륭한 필체로 피력한 바가 있다. 그러므로 이 주제에 관해 그녀가 써놓은 것에다 다만 남성들을 공정히 대하기 위해 몇 마디 덧붙이자면, 대다수의 별 볼일 없는 남성들에게는 여성의 우둔함이 커다란 매력처럼 보이지만, 그들 중에도 특별히 이성적이고 대단히 지적인 남자들은 여성에게서 무지함 이상의 것을 바라기도 한다. 하지만 캐서린은 자신이 가진 장점을 몰랐다. 마음씨가 곱고 머리가 텅 빈 예쁜 아가씨는 특별히 상황이 꼬이지 않는 한, 똑똑한 젊은 남자의 마음을 사로잡는 데 절대 실패할 일이 없다는 걸 말이다. 지금 같은 경우에, 캐서린은 지식이 부족함을 고백하며 한탄했다. 그리고 그림을 그릴 수만 있다면 세상 무엇을 줘도 아깝지 않다고 단언했다. 당장 풍경화에 관한 강의가 이어졌다. 헨리의 가르침이 어찌나 명쾌했는지 캐서린은 곧 그가 찬미하는 모든 것에서 아름다움을 발견하기 시작했다. 너무나 열성적으로 경청하는 그녀를 보고, 그는 뛰어난 안목을 타고났다며 완전히 만족했다. 그는 전경과 원경, 중경, 옆면, 원근법, 명암 등을 설명했다. 캐서린은 촉망받는 학생이 되어, 비천 클리프 꼭대기

*소설 《카밀라》를 쓴 프랜시스 버니를 말한다.

에 올라갔을 때 자신해서 바스의 전경이 풍경의 일부가 될 만한 가치가 없다는 의견을 내놓았다. 이런 발전이 기쁘기도 하고 한꺼번에 너무 많은 지식을 주입하면 싫증 날까 봐, 헨리는 안타깝지만 그 주제를 포기했다. 그리고 정상 주변에 놓인 바위와 시든 떡갈나무에서부터 떡갈나무 전반으로, 뒤이어 숲, 울타리 치기, 황무지, 국유지, 정부로 자연스럽게 화제가 넘어가더니 결국에는 정치 얘기에 이르렀다. 정치 얘기 다음에는 대개 침묵이 이어지기 마련이다. 나라 정세에 대한 헨리의 짧은 강연 이후에 찾아온 침묵을 깨뜨리며, 캐서린이 다소 진지한 목소리로 이렇게 말했다. "곧 런던에 매우 충격적인 게 나올 거란 얘기를 들었어요."

이 말은 주로 틸니 양에게 한 말이었는데, 그녀는 깜짝 놀라며 황급히 대답했다. "세상에! 그게 뭐죠?"

"잘 모르겠어요. 작자가 누군지도 모르겠고요. 지금까지 만나본 어떤 것보다 훨씬 더 끔찍하다는 말만 들었어요."

"맙소사! 그런 얘기를 어디서 들었죠?"

"어제 런던에서 편지를 받았는데 제 친구가 그랬어요. 진짜 무시무시할 거라고요. 아마 살인이나 뭐 그런 종류 같아요."

"어쩜 그렇게 태연하게 말하죠! 부디 당신 친구가 과장한 것이길 바라요. 그런 계획이 미리 알려진다면, 틀림없이 정부가 그걸 막기 위해 적절한 조치를 취할 거예요."

"정부라니." 헨리가 실소를 금치 못하며 말했다. "정부는 그런 일을 막을 수도 없고, 막고 싶어 하지도 않아. 틀림없이 살인이 일어나겠지. 정부는 얼마나 일어나든 상관하지 않을 테고."

두 아가씨는 눈을 동그랗게 뜨고 쳐다보았다. 헨리가 큰 소리로 웃으며 말했다. "자, 제가 두 사람을 이해시켜줄까요, 아니면 알아서 답을 찾도록 내버려둘까요? 아닙니다, 제가 희생해야죠. 맑은 정신뿐만 아니라 너그러운 태도로 제가 남자임을 증명하겠습니다. 저는 가끔 수준을 낮춰서 당신 여성들의 눈높이에 맞춰주지 않는 남자들을 두고 볼 수 없거든요. 어쩌면 여자들의 능력이 탄탄하지도 날카롭지도 않을 수 있습니다. 활기차지도 예리하지도 않고 말이죠. 관찰력이나 분별력, 판단력, 열정, 천재성, 재치가 부족할 수도 있죠."

"몰랜드 양, 오빠가 하는 말은 신경 쓰지 말아요. 대신 그 끔찍한 폭동에 대해서나 자세히 좀 알려줘."

"폭동이라고요! 무슨 폭동이요?"

"엘리너, 폭동은 네 머릿속에만 있는 거야. 터무니없는 오해라고. 몰랜드 양이 말하는 끔찍한 일이란 곧 출간될 새 작품에 대한 것이었어. 표지에 두 개의 묘비와 등잔불이 그려진, 12절판 276쪽의 세 권짜리 책이야. 이제 알겠어? 몰랜드 양, 제 명청한 동생이 더할 나위 없이 명쾌한 당신의 표현을 완전히 오해했군요. 당신이 런던에서 끔찍한 게 나올 거라고 말했을 때, 머리가 있는 사람이라면 누구나 당장 순회도서관을 떠올렸을 겁니다. 그런데 제 동생은 당장 세인트 조지 광장에 모인 3천 명의 폭도를 떠올렸어요. 은행이 습격당하고 런던탑이 무너지고 런던 거리에는 피가 흘러넘치고,* 그래서 노샘프턴의 (이

나라의 희망인) 제12 라이트 드래곤 부대가 폭동을 진압하기 위해 소환되고, 용감한 프레더릭 틸니 대위가 선두에 서서 부대를 지휘하는 순간, 위층 창문에서 벽돌이 날아와 그의 말을 쓰러뜨리는 그런 상상을 했던 겁니다. 부디 제 동생의 어리석음을 용서해주십시오. 여성의 나약함에 동생의 두려움까지 더해졌군요. 하지만 평소에는 그렇게 멍청이는 아니랍니다."

캐서린의 표정이 심각해졌다. "자, 헨리 오빠." 틸니 양이 말했다. "우리 둘을 이해시켜주었으니, 이제 몰랜드 양에게 오빠를 이해시키는 게 좋겠어. 여동생에게 못 봐줄 정도로 무례하게 구는 사람이란 오해를 받지 않으려면 말이야. 여자들에 대한 견해도 지독하게 야만적이고 말이야. 몰랜드 양은 오빠의 그 이상한 태도에 익숙하지 않아."

"그러니까 몰랜드 양이 좀 더 익숙해지길 진심으로 바라."

"물론 그렇겠지. 하지만 그건 해명이 아니야."

"내가 뭘 해야 하지?"

"뭘 해야 하는지 잘 알잖아. 몰랜드 양 앞에서 오빠 성격을 분명하게 보여줘. 오빠가 여성의 이해력을 매우 높이 평가한다고 말해주라고."

"몰랜드 양, 저는 이 세상 모든 여성의 이해력을 매우 높이 평가합니다. 특히 저와 우연히 동행하게 된 여성이라면 누구든

---

*1780년의 고던 폭동을 언급한 것이다. 가톨릭 신자에 대한 차별을 철폐하는 법안이 통과된 것을 항의하여 런던 시내에서 일어난 이 폭동은 18세기 영국의 가장 큰 소요 사건이었다.

지 말이죠."

"그건 부족해. 좀 더 진지하게 말해봐."

"몰랜드 양, 저보다 더 여성의 이해력을 높이 평가하는 사람은 없습니다. 제 생각에 자연이 여성에게 어찌나 많은 이해력을 주었는지, 여성들은 그 절반도 쓸 필요가 없다고 생각하죠."

"몰랜드 양, 지금은 오빠에게 더 이상 진지한 걸 바랄 수 없을 것 같군요. 지금 제정신이 아닌 것 같아요. 하지만 혹시라도 오빠가 여성에 대해 부당한 말이나 불친절한 말을 할 수 있는 사람처럼 보였다면, 그건 완전히 오해예요."

캐서린은 헨리 틸니가 결코 나쁜 사람일 리 없다고 당연히 믿었다. 가끔 그의 태도가 사람을 놀라게 하지만, 의도는 항상 옳은 것이었다. 그러므로 설사 이해하지 못하는 행동이라도, 이해하는 행동만큼이나 기꺼이 좋아할 수 있었다. 산책은 처음부터 끝까지 즐거웠다. 너무 일찍 끝나기는 했지만, 결말도 만족스러웠다. 친구들이 캐서린을 숙소까지 데려다주었는데, 헤어지기 전에 틸니 양이 정중하게 인사를 하며 캐서린뿐만 아니라 앨런 부인과도 다음 날 함께 정찬을 할 수 있는 즐거움을 허락해달라고 청했던 것이다. 앨런 부인은 아무 어려움이 없었다. 다만 주체할 수 없는 기쁨을 감추느라 캐서린이 어려웠을 뿐.

캐서린은 워낙 즐거운 오전 시간을 보내느라 친구들에 대한 우정을 까맣게 잊고 있었다. 산책하는 동안 이사벨라나 제임스 생각은 한 번도 하지 않았다. 하지만 틸니 남매가 떠나자, 캐서린은 다시 다정한 사람이 되었다. 한동안 그렇게 친구들 생각을 했지만 별로 소용없었다. 앨런 부인은 그녀의 초조함을 덜어줄 만한 소식을 갖고 있지 않았다. 그들에게서 아무 소식도 듣지 못했던 것이다. 오전이 끝나갈 무렵, 캐서린은 잠시도 지체하지 않고 꼭 필요한 리본 몇 야드를 사 와야만 하는 일이 생기자, 시내로 나갔다. 그리고 본드 거리에서 소프 집안의 둘째 딸을 만났다. 그녀는 세상에서 가장 예쁜 두 아가씨들 사이에 끼여 에드거 빌딩스 쪽으로 걸어가고 있었다. 그 아가씨들은 오전 내내 그녀의 친구가 되어주었다. 둘째 딸을 통해서, 캐서린은 곧 친구들이 클리프턴으로 나들이를 떠났음을 알았다. "오늘 아침 8시에 떠났어요." 앤 양이 말했다. "나는 나들이 떠나는 게 하나도 안 부럽더라고요. 언니와 나는 그 곤경에서 빠져나와 다행이에요. 틀림없이 세상에서 제일 지루한 소풍일 거예요. 이맘때 클리프턴에는 사람 한 명 없거든요. 벨이 언니의 오빠랑 함께 떠나고, 존이 마리아를 태우고 갔어요."

캐서린은 그렇게 짝을 맞췄다니 정말 기쁘다고 말했다.

"오, 그래요." 상대방도 맞장구를 쳤다. "마리아가 갔어요. 가고 싶어 야단이었거든요. 뭔가 굉장히 좋을 거라고 생각했나 봐요. 솔직히 마리아의 취향은 별로예요. 나는 처음부터 가지 않을 작정이었어요. 아무리 가자고 졸라도 말이죠."

캐서린은 살짝 그 말이 의심스러워서 이렇게 대답하지 않을 수 없었다. "당신도 같이 갔으면 좋았을 텐데요. 함께 못 가서 정말 유감이에요."

"고마워요. 하지만 나는 아무 상관없어요. 정말로 무슨 일이 있어도 안 가려고 했거든요. 언니와 마주쳤을 때, 에밀리와 소피아에게 그 말을 하던 중이었어요."

캐서린은 여전히 믿기지가 않았다. 하지만 앤을 위로해줄 수 있는 에밀리와 소피아 같은 친구가 있어서 다행이었다. 캐서린은 가벼운 마음으로 작별을 고하고 집으로 돌아왔다. 자기가 같이 가지 않았어도 무사히 여행을 떠났다는 사실에 안도하며, 부디 즐거운 여행이 되어서 제임스나 이사벨라가 더 이상 그녀에게 화를 내지 않기를 진심으로 바랐다.

15

다음 날 아침 일찍 이사벨라가 쪽지를 보냈는데, 구구절절 애정과 평화를 전하면서 몹시 중대한 문제로 친구에게 당장 와달라는 간청이 담겨 있었다. 캐서린은 확신과 호기심에 가득 차서 더할 나위 없이 행복한 마음으로 에드거 빌딩스로 향했다. 소프 집안의 어린 두 딸만이 응접실에 있었다. 앤이 언니를 부르러 나간 틈을 타서, 캐서린은 남아 있는 동생에게 어제 나들이에 대해 자세히 물어보았다. 마리아는 기다렸다는 듯이 신이 나서 떠들었다. 곧 캐서린은 최고로 즐거운 여행이었다는 말을 들었다. 아무도 상상할 수 없을 만큼 멋지고, 유쾌한 여행이었다고 했다. 처음 5분간 들은 내용은 그랬다. 곧이어 상세한 이야기가 펼쳐졌다. 그들은 곧장 요크 호텔로 마차를 타고 가서 수프를 먹고 이른 저녁을 예약한 다음, 펌프 사교장까지 걸어가서 물맛을 보고 지갑과 싸구려 장신구에 돈을 좀 썼다. 그러고는 빵집에 가서 아이스크림을 먹고, 서둘러 호텔로 돌아와서해가 지기 전에 돌아가려고 허겁지겁 저녁을 먹어치웠다. 돌아가는 길도 즐겁기 짝이 없었다. 다만 달이 뜨지 않고 비가 좀내렸을 뿐. 그리고 몰랜드 씨의 말이 너무 지쳐서 거의 달릴 수도 없을 지경이었다.

캐서린은 이야기를 듣고 진심으로 만족했다. 블레이즈 성은아예 생각도 하지 않은 것 같았다. 그 나머지 일정들은 아쉬울게 손톱만큼도 없었다. 마리아의 이야기는 앤에 대한 안타까운마음을 쏟아내는 걸로 끝났다. 나들이에 끼지 못하자, 말도 못하게 심통을 부렸다는 것이었다.

"분명히 저를 절대로 용서하지 않을 거예요. 하지만 제가 뭘어쩌겠어요? 존 오빠가 저랑 가고 싶다는데. 앤은 발목이 너무두꺼워서 마차에 태우고 싶지 않다고 오빠가 그랬어요. 아마한 달 내내 심통을 부리겠죠. 하지만 저는 화내지 않기로 작정했어요. 사소한 일로 성질내면 안 되니까요."

그때 이사벨라가 다급한 발걸음으로 응접실에 들어왔다. 어찌나 행복하면서도 심각한 표정이었는지, 캐서린의 관심이 온통 거기에 쏠렸다. 마리아가 인사도 없이 나가버리자, 이사벨라가 덥석 캐서린을 껴안으며 말했다. "그래, 사랑하는 캐서린.정말 그랬어. 예리한 네 눈은 과연 너를 속이지 않았어. 오! 동그란 네 눈! 모든 걸 꿰뚫어 봐."

캐서린은 영문을 모르는 채 그저 어리둥절한 표정을 지었다.

"세상에서 제일 소중하고 착한 내 친구야." 이사벨라가 말을 이었다. "잠시 진정해. 보다시피 지금 나는 놀랄 만큼 흥분한 상태야. 우리 앉아서 편하게 얘기하자. 내 편지를 받자마자 짐작하지 않니? 요 앙큼한 친구! 오! 사랑하는 캐서린, 내 진심을 알고 있는 오직 너만이 지금 내 행복을 판단할 수 있어. 네 오빠는 세상에서 가장 멋진 남자야. 내가 그에게 걸맞은 사람이라면 좋겠어. 하지만 훌륭하신 너희 아버지 어머니는 뭐라고 하실까? 오, 하느님! 그분들 생각을 하니 초조해 죽겠어!"

캐서린은 서서히 이해하기 시작했다. 그러고는 갑자기 번쩍 진실을 깨달았다. 새롭게 솟아난 감정에 자연히 얼굴을 붉히며 캐서린이 소리쳤다. "세상에! 이사벨라, 그게 무슨 말이니? 너 정말로, 정말로 제임스 오빠와 사랑에 빠진 거야?"

하지만 이 대담한 추측은 진실의 절반에도 미치지 못했다. 캐서린이 이사벨라의 모든 표정과 행동에서 계속 간파하고 있었을 거라는 오해를 받은, 그 애타는 사랑이 어제 여행 중에 똑같은 사랑의 고백을 받은 것이었다. 이사벨라의 사랑과 믿음은 이미 제임스와 약혼한 것과 다름없었다. 캐서린은 이보다 더 흥미롭고 놀랍고 기쁨 가득한 소식은 들어본 적이 없었다. 오빠와 친구가 약혼을 하다니! 이런 상황이 처음일 뿐만 아니라, 말할 수 없이 중요한 일처럼 느껴졌기 때문에 캐서린은 이거야말로 아주 웬만한 상황이 아니고서는 결코 취소할 수 없는 엄청난 사건이라고 생각했다. 캐서린은 격한 감정을 말로 표현할 수 없었지만, 진실한 반응에 친구는 만족했다. 제일 먼저 서로 자매가 된다는 사실에 기쁨을 주체하지 못하고, 아름다운 두 아가씨는 끌어안고 기쁨의 눈물을 흘렸다.

캐서린도 이 결합의 전망에 진심으로 기뻐하긴 했지만, 그보다 훨씬 더 기대에 찬 사람은 당연히 이사벨라였다. "너는 앤이나 마리아보다 더욱 소중한 사람이 될 거야, 캐서린. 내 가족보다 몰랜드 가족과 훨씬 더 가까워질 것 같아."

이것은 캐서린을 능가하는 우정의 최고봉이었다.

"넌 네 오빠를 쏙 빼닮았어." 이사벨라가 말을 이었다. "그래서 널 처음 보자마자 홀딱 빠졌나봐. 나는 첫인상이 모든 걸 결정한다는 말을 믿어. 지난 크리스마스 때 몰랜드가 우리 집에 처음 온 날, 내가 그를 처음 본 순간, 내 마음은 돌이킬 수 없게 되었어. 아직도 기억해. 나는 노란 드레스를 입고 머리를 땋아 올리고 있었지. 응접실로 들어서자 존 오빠가 그를 소개해주었고, 나는 저렇게 잘생긴 남자는 처음 봤다고 생각했어."

이 대목에서 캐서린은 마음속으로 사랑의 힘을 인정했다. 비록 자기 오빠를 무척 좋아하고 그의 재능을 아꼈지만, 잘생겼다는 생각은 평생 한 번도 해본 적이 없었기 때문이다.

"저녁때 앤드류스 양이 우리와 함께 차를 마셨던 기억도 나. 암갈색의 고급 비단 옷을 입고 있었는데, 천사처럼 예뻤지. 네 오빠가 틀림없이 그녀에게 반했을 거라고 생각하고, 나는 밤새도록 한숨도 못 잤어. 오, 캐서린! 네 오빠 때문에 얼마나 많은 밤을 지새웠는지! 너는 내가 겪은 고통의 절반도 겪지 않기를 바랄게! 나는 비참하게 점점 말라가고 있지만, 내 괴로움을 얘기해서 너를 괴롭히지는 않을 거야. 너는 이미 충분히 봐왔으니까. 그동안 줄곧 내 비밀을 무심코 누설한 기분이었어. 부주의하게도 목사 직업을 좋아한다고 내 입으로 말했으니! 하지만 너라면 내 비밀을 지켜줄 거라고 언제나 확신했어."

캐서린은 어느 누구도 자기보다 더 안전할 수는 없을 거라고 생각했다. 상대방은 예상치도 못하는 자신의 무지함이 부끄러웠지만, 그렇다고 감히 그게 아니라고 반박할 수도 없었고, 이사벨라가 믿고 있는 것처럼 애정 어린 공감과 탁월한 통찰력이 가득 차 있지도 않았다고 주장할 수도 없었다. 오빠는 최대한 빨리 풀러튼으로 떠날 준비를 하고 있었다. 이 상황을 알리고 동의를 구하기 위해서였다. 이사벨라의 초조함의 진짜 원인은 바로 여기 있었다. 캐서린은 아버지 어머니가 절대 아들의 소망을 반대하실 리 없다고, 자기 자신과 이사벨라를 안심시키려고 애썼다. "그런 일은 있을 수 없어. 우리 부모님은 누구보다 친절하고 자식의 행복을 바라시거든. 당장 허락해주실 거야."

"몰랜드도 똑같이 말했어." 이사벨라가 대답했다. "하지만 내가 감히 그런 기대를 할 수 있을까? 나는 재산이 없어서 그분들이 허락하지 않으실 거야. 하지만 네 오빠는 어떤 여자와도 결혼할 수 있잖아!"

이 대목에서 캐서린은 다시 한 번 사랑의 힘을 실감했다.

"이사벨라, 너는 정말 너무 겸손해. 재산의 차이는 전혀 중요하지 않아."

"오, 다정한 캐서린! 너그러운 네 생각에는 전혀 중요하지 않겠지. 하지만 그런 사심 없는 마음을 많은 사람들에게서 기대할 수는 없어. 나라면 정말 우리 처지가 뒤바뀌었으면 좋겠어. 내가 수백만 파운드가 있고 온 세상의 연인이라도, 나는 네 오빠만을 선택할 거야."

분별력뿐만 아니라 고귀함까지 갖춘 이 감동적인 말을 듣고, 캐서린은 말할 수 없이 기쁜 마음으로 자신이 알고 있는 모든 여주인공들을 떠올렸다. 그리고 이런 거창한 말을 할 때 친구가 가장 사랑스럽다고 생각했다. "틀림없이 승낙하실 거야." 그녀는 거듭 장담했다. "널 무척 좋아하실 거야."

"내 입장에서는 그저 소박한 소망밖에 없어." 이사벨라가 말했다. "시골에서 최소한의 수입만 있으면 충분해. 진심으로 사랑하는 사람들에게는 가난이 곧 재산이니까. 난 화려한 게 싫어. 우주를 다 준다 해도 런던에서 살지 않을 거야. 조용한 시골 마을에 농가 한 채면 천국이지. 리치먼드* 근처에 예쁜 작은 집들이 있더라."

"리치먼드라니!" 캐서린이 소리쳤다. "풀러튼 근처에 살아야지. 우리랑 가까이 있어야 해."

"그러지 못하면 나도 슬플 거야. 너랑 가까이 살 수만 있다면, 그걸로 만족해. 하지만 이런 말이 무슨 소용이야! 너희 아버님의 대답을 듣기 전까지 이런 건 생각도 하지 않을래. 몰랜드

---

*런던 근교의 고급 주택지. 귀족들의 별장들로 유명하다.

가 오늘 밤에 솔즈베리에 소식을 전하면 내일은 받아볼 거라고 했어. 내일? 봉투를 열어볼 용기도 나질 않아. 죽을지도 몰라."

이런 확신에 뒤이어 공상이 펼쳐졌다. 이사벨라가 다시 꺼낸 화제는 결혼식 드레스를 결정하는 문제였다.

이때 초조한 젊은 애인이 윌트셔로 떠나기 전에 한숨 가득한 작별 인사를 하러 찾아오는 바람에, 두 사람의 회담은 끝이 났다. 캐서린은 오빠를 축하해주고 싶었지만, 무슨 말을 해야 할지 몰라서 오직 눈으로만 말했다. 하지만 그녀의 눈빛은 여덟 개의 품사로 이루어진* 완전한 축하 문장을 확실하게 표현했고, 제임스는 금방 이해했다. 어서 집에 가서 자신의 소망을 모두 실현시키고 싶은 초조한 마음에, 그의 작별 인사는 길지 않았다. 아름다운 연인이 어서 가라고 자꾸 재촉하느라 붙잡지 않았더라면, 작별 인사는 더욱 짧았을 것이다. 이사벨라는 빨리 가라고 안달하며 문 앞에서 두 번이나 그를 불러 세웠다. "몰랜드, 정말이지 당신을 쫓아내야겠어요. 갈 길이 얼마나 먼지 생각해봐요. 더 이상 지체하는 걸 두고 볼 수가 없네요. 이제 그만 시간 낭비하지 말아요. 자, 가요. 어서 가요. 부탁이에요."

이제 그 어느 때보다 한마음으로 굳게 뭉친 두 친구는 하루 종일 붙어 있었다. 자매처럼 정답게 행복한 계획을 세우느라 시간 가는 줄 몰랐다. 이 모든 사실을 알게 된 소프 부인과 아들은 이사벨라의 약혼이 그들 가족에게 상상할 수 있는 최고

---

*당시에 흔히 쓰던 관용적 표현으로, 정성스럽고 공들인 문장을 의미한다.

의 행운이라고 생각하고, 몰랜드 씨의 승낙만 기다리는 것 같았다. 그러고는 그들 대화에 끼어들어, 의미심장한 표정과 수수께끼 같은 말들을 자꾸 덧붙여서 아무것도 모르는 여동생들의 호기심만 점점 키웠다. 순진한 캐서린이 보기에, 이런 이상한 방식의 신중함은 친절한 의도에서 나온 것도, 철저하게 지켜지는 것도 아니었다. 이 식구들이 늘 모순된 행동을 보여주었으니 망정이지, 아니면 캐서린은 이런 불친절함을 참지 못하고 한마디 하고야 말았을 것이다. 하지만 곧 앤과 마리아가 똑똑하게 "나도 뭔지 알겠어"라고 말해서, 캐서린의 마음을 편하게 해주었다. 저녁 내내 온 가족의 두뇌를 과시하기 위한 눈치 싸움이 벌어졌다. 한쪽에서는 뭔가 비밀이 있는 척했고, 다른 한쪽에서는 막연히 다 알고 있는 척했으며, 모두 똑같이 예민하게 굴었다.

캐서린은 다음 날 다시 친구를 만나서 기운을 북돋아주려고 애썼다. 편지 배달 전까지 지루한 시간이 흘러가는 동안, 꼭 필요한 일이었다. 편지의 도착 예상 시간이 가까워져올수록 이사벨라가 점점 더 우울해졌기 때문이었다. 도착 직전에는 완전히 고통스러운 상태에 빠졌다. 하지만 편지를 받자 고통은 어디로 사라졌는지? "친절하신 부모님의 승낙을 받는 데 아무런 어려움도 없었어요. 그리고 제 행복을 위해서 힘닿는 데까지 모든 걸 해주시겠다고 약속하셨습니다." 첫 문장은 이렇게 시작되었다. 한순간 모두들 기뻐하며 안도했다. 당장 이사벨라의 얼굴이 환하게 밝아졌고, 모든 근심 걱정이 사라진 것 같았다. 기쁨을 참지 못한 이사벨라는 세상에서 가장 행복한 사람이라고 주저 없이 소리쳤다.

소프 부인은 기쁨의 눈물을 흘리며 딸과 아들과 손님을 껴안았다. 어찌나 행복한지, 바스 주민의 절반이라도 껴안을 수 있을 것 같았다. 부인의 가슴에서 애정이 흘러넘쳤다. 말끝마다 '사랑하는 존'과 '사랑하는 캐서린'을 붙였다. '사랑하는 앤'과 '사랑하는 마리아'도 즉시 그들의 행복에 동참할 것이었다. 이사벨라의 이름 앞에는 '사랑하는'이란 말을 두 번이나 붙여도, 지금 소중한 딸이 이뤄낸 일에 비하면 부족했다. 존도 기꺼이 기뻐했다. 몰랜드 씨를 세상에서 가장 훌륭한 친구라고 높이 칭찬할 뿐만 아니라, 수많은 찬사를 늘어놓았다.

이 모든 행복을 가져다준 편지는 매우 짧았다. 승낙을 받았다는 말 외에는 없었다. 자세한 내용은 제임스가 다시 편지를 쓸 때까지 기다려야 했다. 하지만 이사벨라는 얼마든지 기다릴 수 있었다. 몰랜드 씨의 약속은 필요한 것을 전부 담고 있었다. 명예를 걸고 모든 일이 순조롭게 진행될 거라고 약속해주었다. 수입은 어떻게 마련할 건지, 토지를 떼어줄 건지, 신탁금을 양도할 건지 하는 문제는 사심 없는 이사벨라에게 전혀 중요하지 않았다. 그녀는 명예롭고 신속한 해결을 굳게 확신했고, 재빨리 행복한 미래에 대한 상상의 날개를 펼쳤다. 몇 주 후면, 풀트니에 있는 모든 옛 친구들의 부러움과 풀러튼에서 새로 만난 모든 사람들의 시선과 찬사를 한 몸에 받고 있을 자신을 상상했다. 자기 소유의 마차와 새로운 이름이 박힌 명함과 손가락에는 눈부시게 빛나는 보석 반지를 과시하면서.

편지 내용이 확인되자 일단 편지만 도착하면 런던 여행을 떠나려 했던 존 소프는 출발을 서둘렀다. "몰랜드 양." 응접실에 혼자 있는 그녀를 발견하고 그가 말했다. "작별 인사를 하려고 왔습니다." 캐서린은 즐거운 여행을 빌었다. 하지만 그녀의 말은 들은 척도 하지 않고 창가로 걸어간 그는 안절부절 못하면서 뭐라고 중얼거렸다. 자기 생각에 완전히 몰두한 사람 같았다.

"디바이지스*에 늦지 않겠어요?" 캐서린이 물었지만, 소프는 아무 대답이 없었다. 하지만 잠시 후에 침묵을 깨뜨리며 불쑥 말했다. "정말이지 끝내주는 결혼 계획이야! 몰랜드와 벨이 영리한 궁리를 했어. 몰랜드 양, 이 일을 어떻게 생각하나요? 나는 나쁜 생각이 아니라고 봅니다."

"당연히 무척 좋은 생각이라고 생각해요."

"그런가요? 그거 참 솔직하군요! 어쨌든 당신이 결혼에 대해 적대적이 아니라니 기쁩니다. 이런 옛날 노래 들어본 적 있나요? '한 결혼식에 갔다가 또 다른 결혼식이 벌어지네.' 이런 노래? 당신도 벨의 결혼식에 오겠죠?"

"그럼요. 가능한 한 동생분 곁을 지켜주기로 약속했어요."

"그럼 당신도 아시겠군요." 소프는 몸을 비틀며 억지로 바보 같은 웃음을 지었다. "그러니까 이 옛날 노래가 과연 진실인지 우리가 한번 알아볼 거라는 걸 말입니다."

---

*월트셔에 있는 시장이 서는 마을.

"우리가요? 하지만 저는 절대 노래는 안 부르는데요. 어쨌든 잘 다녀오세요. 저는 오늘 틸니 양과 저녁을 먹기로 해서 그만 가봐야겠어요."

"하지만 그렇게 급히 서두를 건 없지요. 우리가 언제 다시 만날지 누가 알겠습니까? 두 주는 있어야 다시 올 텐데, 내게는 끔찍하게 길게 느껴질 겁니다."

"그럼 왜 그렇게 오래 있다 오세요?" 캐서린이 대답했다. 소프가 뭔가 대답을 기다린다는 걸 깨달았던 것이다.

"참 다정하군요. 다정하고 착해요. 그 점을 잊지 않겠습니다. 당신은 이 세상 누구보다 착한 성품과 모든 것을 지녔어요. 정말 굉장히 착해요. 착할 뿐만 아니라 모든 걸 너무나, 너무나 많이 갖추고 있어요. 당신 같은 사람은 맹세코 처음입니다."

"오, 세상에! 저 같은 사람은 무수히 많은걸요. 훨씬 더 좋은 사람들도 많고요. 그만 안녕히 계세요."

"그런데 몰랜드 양, 괜찮으시다면, 조만간 풀러튼에 가서 인사를 드리고 싶은데요."

"꼭 오세요. 아버지 어머니가 당신을 만나면 정말 기뻐하실 거예요."

"그럼 부디, 부디 몰랜드 양, 당신도 저를 만나기 싫어하지 않았으면 합니다."

"어머, 세상에, 절대 아니에요. 제가 만나기 싫어하는 사람은 거의 없어요. 친구는 언제나 반갑죠."

"제 생각도 바로 그렇습니다. 내게 유쾌한 친구 몇 명만 주십시오, 오직 사랑하는 사람들만 가지게 해주십시오, 오직 내가 좋아하는 이들과 더불어 내가 좋아하는 곳에 있게만 해주시고, 나머지는 마음대로 하십시오. 이게 제 소신입니다. 그런데 당신이 똑같이 얘기하는 걸 들으니 진심으로 기쁘군요. 몰랜드 양, 당신과 나는 대부분의 문제에 대해서 상당히 생각이 비슷한 것 같습니다."

"어쩌면 그럴지도 모르죠. 하지만 그런 생각은 한 번도 안 해봤어요. 게다가 대부분의 문제라니, 솔직히 말해서 저는 그렇게 많은 문제에 대한 생각이 없어요."

"맹세코, 나도 그렇습니다. 나랑 상관없는 문제로 머리를 썩히는 건 제 방식이 아니죠. 세상에 대한 제 생각은 단순합니다. 내가 좋아하는 아가씨만 갖게 해달라, 바로 이겁니다. 그리고 안락한 집 한 채만 있으면 더 이상 뭘 바랍니까? 재산은 아무것도 아닙니다. 물론 저야 수입이 많겠지만, 만약 여자가 땡전 한 푼 없으면 그럼 더욱더 좋죠."

"정말 그래요. 그 점에서 당신 생각과 비슷하네요. 한쪽 재산이 많으면, 다른 한쪽이 굳이 재산이 많아야 할 이유가 없잖아요. 어느 쪽이 재산을 가졌든 그건 상관없죠. 재산이 많은 사람이 돈 많은 상대를 찾아다니는 게 정말 싫어요. 돈 때문에 결혼하는 건 세상에서 가장 사악한 짓이라고 생각해요. 안녕히 계세요. 언제든 편할 때, 풀러튼에서 뵙게 되면 정말 기쁠 거예요." 캐서린은 가버렸다. 더 이상 그녀를 붙잡고 있는 것은 소프로서도 예의가 아니었다. 전해야 할 새로운 소식도 있고 준비해야 할 방문도 있으니, 아무리 강압적인 소프도 그녀를 막을 수가 없었다. 캐서린은 서둘러 떠났고, 뒤에 남은 소프는 자신의 행복한 구애와 그녀의 명백한 격려를 골똘히 생각했다.

오빠의 약혼을 처음 알았을 때 몹시 흥분했던 캐서린은 이 놀라운 사건을 알려주면 앨런 부부도 상당히 격한 반응을 보일 거라고 기대했다. 하지만 얼마나 실망스러웠던지! 단단히 벼르며 이 중대한 사건을 발표했건만, 앨런 부부는 제임스가 처음 바스에 왔을 때부터 이미 이런 결과를 예견하고 있었다. 그러므로 부부의 반응은 고작해야 젊은 사람들의 행복을 비는 게 다였다. 앨런 씨는 이사벨라의 미모를 칭찬했고, 부인은 그녀에게 참 잘된 일이라고 한마디 했다. 캐서린은 이런 무덤덤한 반응에 큰 충격을 받았다. 하지만 제임스가 어제 풀러튼으로 떠났다는 엄청난 비밀을 폭로했을 때에는, 앨런 부인이 약간 흥분했다. 그녀는 가만히 듣고 있지 못하고, 꼭 비밀로 해야 했느냐고 계속 불평했다. 만약 그런 줄 알았다면, 제임스가 떠나기 전에 만났으면 좋았을 거라고 아쉬워했다. 그랬다면 틀림없이 그의 아버지와 어머니에게 안부를 전하고, 모든 스키너 가족들에게 따뜻한 인사를 전해달라고 괴롭혔을 것이다.

제2권

1

밀섬 거리 방문에 대한 기대치가 워낙 높았기 때문에, 캐서린의 실망은 어쩌면 필연적인 결과였다. 틸니 장군은 더할 나위없이 정중하게 맞아주었고 틸니 양도 친절하게 환영했으며 헨리도 집에 있었고 다른 손님은 아무도 없었다. 그런데도 캐서린은 돌아가는 길에 자신의 기분을 오래 분석할 필요도 없이, 자신이 지나친 행복을 기대하며 이 집을 찾아갔다는 사실을 깨달았다. 틸니 양과는 하루 종일 교제를 나누었는데 더 가까워지기는커녕 오히려 전보다 더 멀어진 것 같았고, 헨리 틸니는 편안한 가족 모임에서 훨씬 더 좋은 모습을 보이기는커녕 그렇게 말이 없고 무뚝뚝한 모습은 처음이었다. 게다가 틸니 장군은 그녀에게 무척 정중했음에도 불구하고, 그러니까 그의 감사인사와 초대, 칭찬에도 불구하고, 그에게서 벗어나니 홀가분하게 느껴졌다. 캐서린은 이 모든 감정을 설명할 수 없었다. 틸니 장군의 잘못일 리가 없었다. 그는 흠잡을 데 없이 상냥하고 친절했으며, 키가 큰 미남인 데다가 헨리의 아버지이니 매우 매력적인 사람인 것은 의심할 여지가 없었다. 그러니 틸니 남매가 생기가 없었다고 해서, 혹은 그녀가 그와 함께 있는 것이 즐겁지 않았다고 해서 장군에게 까닭이 있는 것은 아니었다. 결국 남매 일은 우연 탓으로, 자신의 기분은 단지 어리석음 탓으로 돌렸다. 하지만 이사벨라는 이날 초대에 대해 자세한 이야기를 듣더니, 전혀 다른 설명을 내놓았다. "이건 모두 거만함, 거만함, 참을 수 없는 오만함과 거만함 때문이야! 오랫동안 그 가족이 매우 오만하다는 의심을 해왔는데, 이제 확실해졌어. 틸니 양 같은 그런 무례한 행동은 내 평생 처음이야! 올바른 예절범절을 갖춘 집안의 주인 노릇을 제대로 하지 않다니! 그런 오만불손한 태도로 손님을 대하다니! 심지어 말도 못 붙이게 하고!"

"그렇게 나쁘지는 않았어, 이사벨라. 오만불손하지 않았다니까. 아주 정중했어."

"오, 감싸주지 마! 그럼 그 오빠라는 사람은, 그 남자는 널 무척 좋아하는 것 같더니만! 맙소사! 어떤 사람들은 도통 속을 알 수가 없다니까! 그 남자가 하루 종일 너한테 눈길 한 번 안 줬단 말이야?"

"그건 아니야. 하지만 별로 기분이 좋아 보이지 않았어."

"경멸스럽기도! 나는 세상에서 변덕스러운 사람이 제일 혐오스럽더라. 사랑하는 캐서린, 두 번 다시 그 남자 생각도 하지 마, 그 사람은 너를 만날 자격이 없어."

"자격이 없다고! 그 사람이 내 생각이나 하는지 모르겠어."

"내 말이 바로 그거야. 그 남자는 네 생각은 손톱만큼도 안 한다고. 변덕쟁이! 정말 네 오빠나 나랑은 천지차이야! 존이야 말로 한결같은 마음을 지녔다고 생각해."

"하지만 틸니 장군은 말이지, 세상 어느 누구도 그분보다 더 정중하고 세심하게 나를 대해주지 못할 거야. 나를 즐겁고 행복하게 해주는 것만이 그분의 유일한 관심사 같았다니까."

"오, 그분은 아무 잘못이 없다는 걸 나도 알고 있어. 오만한 사람 같지 않아. 매우 신사다운 분 같더라. 존 오빠는 매우 훌륭한 분이라고 생각해. 게다가 오빠가 판단하기로는……."

"글쎄, 오늘 저녁에 나한테 어떻게 하는지 두고 보겠어. 무도회장에서 만나기로 했거든."

"나도 가야 할까?"

"그럴 생각 아니었어? 다 정해진 줄 알았는데."

"이런, 네가 그렇게 말하니까 거절할 수가 없네. 하지만 나한테 밝게 웃으라는 말은 하지 말아줘. 너도 알다시피, 내 마음은 40마일 밖에 있거든. 그리고 춤이라면 아예 말도 꺼내지 마. 제발 부탁이야. 아무 소용없는 일이니까. 틀림없이 찰스 호지스가 날 죽도록 쫓아다니겠지만 단칼에 거절할 거야. 십중팔구 그 남자는 이유를 추측하겠지. 내가 피하고 싶은 게 바로 그거라고. 그러니까 혼자 멋대로 짐작하게 내버려둬야지."

틸니 남매에 대한 이사벨라의 의견은 친구에게 아무런 영향도 미치지 못했다. 캐서린은 두 사람의 태도에서 무례함은 찾아볼 수 없었다. 자만심이 있다고도 믿지 않았다. 그날 저녁, 그녀의 믿음은 보상을 받았다. 한 사람은 이전과 똑같은 친절로, 또 한 사람은 똑같은 관심으로 그녀를 맞았던 것이다. 틸니 양은 그녀 곁에 있으려고 애썼고, 헨리는 춤을 청했다.

하루 전날 밀섬 거리에서 장남인 틸니 대위가 곧 올 거라는 소식을 들었었는데, 캐서린은 한 번도 그를 본 적이 없었지만, 매우 세련되고 잘생긴 청년을 보자 단박에 알아보았다. 그 남자는 그들 일행에 속한 게 분명했다. 그녀는 몹시 경탄하는 눈길로 그를 바라보았다. 심지어 사람들은 동생보다 형이 더 잘생겼다고 할 수 있겠다는 생각까지 들었다. 비록 그녀의 눈에는 형의 분위기가 더 건방지고 생김새도 덜 매력적으로 보였지만 말이다. 그의 취향과 예절은 의심할 바 없이 훨씬 열등했다. 본인이 춤출 생각이 손톱만도 없을 뿐만 아니라, 여기서 춤을 추려는 헨리를 대놓고 비웃는 소리가 캐서린의 귀에까지 들렸기 때문이다. 이런 상황으로 미루어 짐작건대, 우리의 여주인공이 그를 어떻게 생각하든 간에, 그녀에 대한 틸니 대위의 찬사는 전혀 위험한 성질의 것이 아니었다. 형제 사이에 불화를 일으킬 일도, 숙녀가 박해를 당할 일도 없었다. 그가 마부의 커다란 외투를 뒤집어쓴 세 명의 악당을 교사하여 그녀를 강제로 사륜마차에 태우고 무시무시한 속도로 달려가게 할 리도 만무했다. 캐서린은 그런 끔찍한 예감 따위로 골치 썩이지 않고, 춤대형이 짧다는 것 이외에는 아무 걱정도 없이 평소처럼 헨리 틸니와의 행복한 순간을 만끽했다. 그가 견딜 수 없이 매력적이고 자신에게 꼭 어울린다는 생각을 하며, 반짝이는 두 눈으로 그가 하는 말 한마디 한마디에 귀를 기울였다.

첫 번째 춤이 끝났을 때, 틸니 대위가 다시 다가오더니 동생을 끌고 가버리는 바람에 캐서린은 몹시 못마땅했다. 두 사람은 조금 떨어져서 귓속말을 주고받았다. 그걸 보고 당장 그녀의 섬세한 감수성이 깜짝 놀라서, 틸니 대위가 자신에 대한 악의적인 험담을 듣고 두 사람을 영원히 갈라놓을 속셈으로 급히 동생과 대화를 나누는 거라고 단정 짓지는 않았다. 하지만 불안한 마음에 자신의 파트너로부터 눈을 뗄 수가 없었다. 긴장감 속에 5분이 지났다. 마치 15분은 지난 것 같은 생각이 들기 시작했을 때, 두 사람이 돌아왔고 상황이 밝혀졌다. 헨리가 형이 그녀의 친구인 소프 양과 인사를 나누고 싶은데, 혹시 춤출 의향이 있는지 알고 싶다고 물었던 것이었다. 캐서린은 주저 없이 소프 양은 절대 춤을 추지 않을 거라고 대답했다. 이 냉정한 대답은 틸니 대위에게 전달되었고, 그는 곧 가버렸다.

"당신 형님께서는 개의치 않으시겠죠." 캐서린이 말했다. "좀 전에 춤은 딱 질색이라고 말씀하시는 걸 들었거든요. 그래도 그런 생각을 하시다니 참 성품이 좋으시네요. 이사벨라가 혼자 앉아 있는 걸 보고 아마 짝을 찾고 있다고 짐작하신 모양이에요. 하지만 오해예요. 이사벨라는 무슨 일이 있어도 춤을 추지 않을 테니까요."

헨리가 싱긋 웃으며 말했다. "당신은 정말 별 고민 없이 다른 사람들의 동기를 받아들이는군요."

"왜요? 그게 무슨 말이죠?"

"당신은 저런 사람이 무엇에 영향을 받을까 고민하지 않잖아요? 저런 사람의 감정, 나이, 상황, 그리고 생활 습관까지 가장 크게 좌우하는 동기는 무엇일까? 반면 나는 무엇에 영향을 받을까? 내가 이런저런 행동을 하는 동기는 무엇일까?"

"당신 말을 이해하지 못하겠어요."

"그럼 우리는 동등하지 않군요. 저는 당신을 완벽하게 이해할 수 있는데 말이죠."

"저를요? 맞아요. 저는 이해하지 못하게 만들 정도로 말을 잘하지 못해요."

"멋집니다! 현대 언어에 대한 탁월한 풍자로군요."

"제발 무슨 뜻인지 설명해주세요."

"그래요? 정말 그러길 원하세요? 당신은 어떤 결과가 생길지 모르는군요. 당신은 잔인할 정도로 무척 당황할 테고, 우리는 분명히 서먹해질 겁니다."

"아니, 아니에요. 그렇지 않을 거예요. 전 걱정하지 않아요."

"제 말은 단지, 제 형이 소프 양과 춤추고 싶어 하는 걸 오직 착한 성품 때문이라고 여기는 당신이야말로 세상 누구보다 착한 사람이라는 겁니다."

캐서린은 얼굴을 붉히며 부인했지만, 이 신사의 예언은 결국 진실임이 입증되었다. 하지만 그의 말에는 캐서린이 겪는 혼란의 고통을 상쇄해주는 뭔가가 있었다. 그게 그녀의 마음을 완전히 빼앗아서, 캐서린은 한동안 말하는 것이나 듣는 것도,

심지어 지금 어디 있는지도 거의 잊어버렸다. 그때 이사벨라의 목소리에 정신을 차렸다. 고개를 들어보니, 그녀와 틸니 대위가 손을 잡으려고 하고 있었다.

이사벨라는 어깨를 으쓱하며 미소를 지었다. 그것이 이 놀라운 변화에 대해서, 이 순간에 줄 수 있는 유일한 해명이라는 듯이. 하지만 그것만으로는 도저히 이해할 수 없는 캐서린은 자신의 충격을 파트너에게 솔직히 털어놓았다.

"어떻게 이런 일이 일어났는지 모르겠어요! 이사벨라는 절대 춤추지 않겠다고 했는데."

"그럼 이사벨라가 마음을 바꾼 적이 한 번도 없었나요?"

"오! 하지만 당신 형님도요! 어떻게 저한테 그런 말을 전해 듣고도 춤을 신청할 수 있죠?"

"사실 저는 별로 놀랍지 않습니다만, 친구분에 대해서는 당신이 놀랍다고 말하니 놀라기는 하겠습니다. 제 형으로 말하자면, 이런 방면에 있어서 어느 누구도 필적하지 못할 만큼 완벽합니다. 당신 친구의 미모는 남들도 다 아는 매력이고, 오직 친구의 굳은 의지만이 당신 혼자 알 수 있는 것이지요."

"저를 놀리고 계시는군요. 하지만 이사벨라는 평소 의지가 확고하다고요."

"누구든 그 정도 말이야 할 수 있죠. 항상 의지가 확고하다면 종종 고집이 세겠군요. 적당히 느슨해질 때가 판단을 시험하는 순간이죠. 제 형과 상관없이, 저는 정말로 소프 양이 지금 현재에 집중하는 게 나쁜 선택이라고 생각하지 않습니다."

두 친구는 춤이 모두 끝날 때까지 서로 속내를 털어놓을 틈이 없었다. 마침내 두 사람이 팔짱을 끼고 무도회장을 거닐 때, 이사벨라가 해명을 늘어놓았다. "네가 많이 놀랐을 거야. 정말 피곤해서 죽는 줄 알았어. 어찌나 수다스럽던지! 사실 내 마음이 딴 데 가 있지만 않았더라면, 충분히 즐거웠을 거야. 하지만 나는 그저 조용히 앉아 있고만 싶었어."

"그럼 그러지그랬어?"

"어머, 세상에! 그럼 너무 유별나게 보였을 거야. 내가 그런 걸 딱 질색하는 거 잘 알잖아. 내가 끝까지 거절했는데 그 사람은 꿈쩍도 안 하더라. 얼마나 졸라댔는지 몰라. 미안하지만 다른 파트너를 구해보라고 애걸했는데 싫다는 거야. 내 손을 잡고 싶은 열망이 생긴 후로는 무도회장에 있는 어느 누구도 눈에 들어오지 않았다면서. 단지 춤을 추고 싶은 게 아니라 나랑 함께 있고 싶었다는군. 아, 그런 헛소리라니! 어쨌든 그런 식으로는 날 설득할 수 없다고 말했어. 번드르르한 말과 칭찬을 세상에서 제일 싫어한다고 말이야. 하지만 결국 내가 자리에서 일어서지 않으면 끝나지 않는다는 걸 깨달았어. 게다가 내가 춤을 추지 않으면, 그를 소개해준 휴즈 부인이 오해할 것 같았어. 너의 사랑하는 오빠도, 내가 저녁 내내 앉아 있었다면 틀림없이 슬퍼했을 거야. 이제 다 끝나서 정말 기뻐! 그 사람 헛소리를 듣느라고 완전히 지쳐버렸거든. 그런데 그런 멋진 남자와 함께 있으니까, 사람들이 전부 우리만 쳐다보더라."

"무척 잘생기긴 했지."

"잘생겼다니! 그래, 그럴지도 몰라. 보통 사람들은 그를 칭찬하겠지. 하지만 전혀 내 취향의 미남은 아니야. 혈색이 불그레하고 검은 눈을 가진 남자는 딱 질색이거든. 그래도 꽤 괜찮은 남자야. 어찌나 잘난 척을 하던지. 몇 번이나 코를 납작하게 해주었어."

두 아가씨들이 다시 만났을 때에는, 훨씬 더 흥미로운 이야깃거리가 있었다. 제임스 몰랜드의 두 번째 편지가 도착했는데, 그의 아버지의 친절한 제안이 낱낱이 적혀 있었다. 몰랜드 씨 자신이 후견인이자 소유자로 있는, 연간 400파운드 수입의 목사직을 아들이 적당한 나이가 되자마자 양도해주겠다고 했다. 가족 수입에서 적잖은 지출이었고, 열 명이나 되는 자식 중한 명에게 주는 몫으로는 결코 쩨쩨하지 않은 금액이었다. 게다가 적어도 그와 비슷한 가치의 토지를 장차 유산으로 남겨주겠다고 약속했다.

제임스는 이런 결정에 고마움을 표현했다. 결혼하기 전까지이삼 년을 기다려야 하는 것은 반갑지 않았지만, 이미 예상했던 일이라 불만 없이 참겠다고 했다. 아버지의 수입도 잘 모르고 기대치도 없었던 캐서린은 오빠의 판단에 전적으로 따랐기때문에, 똑같이 기뻐하며 만족했다. 그리고 이사벨라에게 모든일이 무사히 잘 해결된 것을 진심으로 축하해주었다.

"무척 잘됐네." 이사벨라가 어두운 표정으로 말했다. "몰랜드 씨가 정말 훌륭하게 해주셨구나." 점잖은 소프 부인은 걱정스럽게 딸을 살피며 말했다. "나도 최대한 많이 해줄 수 있으면 얼마나 좋겠니. 그분께는 더 이상 바랄 수 없을 것 같구나. 혹시 해주실 수 있으면, 조만간 더 해주시겠지. 분명히 그러실 게다. 굉장히 마음씨 좋은 분이시거든. 400파운드가 처음 시작하기에는 적은 수입이지만, 네 소망도 아주 소박하니까, 이사벨라. 너는 네가 얼마나 원하는 게 없는지도 모르지, 얘야."

"저 때문에 더 많은 걸 바라는 게 아니에요. 사랑하는 몰랜드가 상처받는 걸 견딜 수가 없을 뿐이에요. 평범한 생필품 하나 마련하기도 부족한 수입에 주저앉을까 봐요. 저는 아무 상관없어요. 저는 제 생각은 손톱만큼도 안 해요."

"나도 안다, 얘야. 너는 언제나 모든 사람들의 사랑에서 보상을 찾겠지. 너처럼 모든 사람들로부터 사랑을 받는 아가씨는 없을 거야. 얘야, 분명히 몰랜드 씨도 널 보면…… 아니, 괜히 이런 얘기로 사랑하는 캐서린을 괴롭히지 말자꾸나. 몰랜드 씨가 무척 관대하게 처분하신 걸 너도 알잖니. 항상 굉장히 훌륭한 분이라는 말을 들었다. 만약 네게 적합한 재산이 있었더라면, 어쩌면 뭔가 더 주셨을지 모른다는 생각은 하지 말자꾸나. 무척이나 너그러운 성품을 지닌 분이 확실하니까."

"몰랜드 씨를 저보다 더 좋게 생각하는 사람은 없을 거예요. 하지만 누구나 결점은 있는 법이죠. 누구나 자기 돈을 마음대로 쓸 권리도 있고요." 캐서린은 이 은근한 비난에 상처를 받았다. 그래서 한마디 했다. "저의 아버지는 최선을 다해서 해주시기로 약속하신 게 분명해요."

이사벨라가 얼른 자기 말을 바로잡았다. "마음씨 고운 캐서린, 그건 의심의 여지가 없지. 너는 내가 훨씬 적은 수입이었더라도 만족했을 거라는 걸 잘 알잖아. 지금 내가 약간 풀이 죽은 건 돈을 더 바라서가 아니야. 나는 돈을 싫어해. 1년에 50파운드 수입으로 지금 우리 결혼을 시작할 수 있다면, 나는 더 이상 바랄 게 없어. 아! 캐서린, 너는 나를 알잖아. 날 괴롭히는 건 이거야. 네 오빠가 목사직을 얻으려면 2년 반이라는 영원처럼 기나긴 시간이 지나야만 한다는 거."

"그럼, 그렇고 말고, 사랑하는 이사벨라." 소프 부인이 맞장구를 쳤다. "우리는 네 마음을 다 알아. 너는 가식을 모르잖니. 지금 조급한 심정은 충분히 이해한다. 그런 고귀하고 정직한 사랑 때문에 모든 사람들이 널 더욱 사랑하는 거야."

캐서린은 불편한 마음을 거두었다. 결혼식의 연기만이 이사벨라가 속상해하는 유일한 이유라고 애써 믿었다. 그리고 다음에 만났을 때 평소처럼 명랑하고 상냥한 이사벨라를 보자, 잠깐 동안 다른 생각을 했다는 걸 잊으려고 애썼다. 곧 제임스가 돌아왔고, 더할 나위 없이 반갑고 따뜻한 환영을 받았다.

2

이제 앨런 부부가 바스에 머문 지 6주째로 접어들어서, 한동안 그만 떠날 것인지 말 것인지가 문제로 떠올랐다. 캐서린은 조마조마한 마음으로 이 논의에 귀를 기울였다. 틸니 남매와의 만남이 이렇게 일찍 끝나버린다면, 무엇으로도 돌이킬 수 없는 비극이었다. 그녀의 모든 행복이 여기에 달린 것 같았다. 마침내 보름을 더 머문다는 결정이 내려지자, 모든 게 안전해졌다. 하지만 캐서린은 연장된 보름 동안, 가끔 헨리 틸니를 만나는 즐거움 이외에 무슨 일이 더 일어날 수 있을지는 거의 생각하지 않았다. 정말 한두 번, 제임스의 약혼을 통해 어떤 일이 일어날 수 있는지를 깨닫게 된 이후, 내심 '만약에' 하고 공상에 빠져들곤 했다. 하지만 대개는 당장 그와 함께 있다는 행복이 그녀가 바라보는 전부였다. 앞으로 3주가 더 남은 지금, 그 기간 동안 그녀의 행복은 확실했다. 그리고 인생의 나머지 시간은 너무 멀기만 해서 별로 관심이 가지 않았다. 이 일이 결정되는 걸 본 오전에, 캐서린은 틸니 양을 찾아가서 기쁜 마음을 쏟아냈다. 하지만 이날은 시련의 날이었다. 앨런 씨가 더 머물기로 했다며 기뻐하자마자, 틸니 양이 아버지가 다음 주말에 바스를 떠나기로 결정했다고 말했다. 어찌 이런 불행이! 오전의 초조했던 긴장감은 지금 실망에 비하면 편하고 평온한 것이었다. 캐서린은 안색이 변하면서, 근심에 가득 찬 목소리로 틸니 양의 마지막 말을 자꾸 되풀이했다. "다음 주말에!"

"그래요, 좀 더 광천수의 효능을 시험해보자고 해도 저희 아버지를 설득할 수 없었어요. 친구분들을 여기서 만날 예정이었는데 도착하지 않아 실망하셨어요. 게다가 지금은 꽤 몸이 좋아져서 하루 빨리 집에 가고 싶어 하세요."

"정말 유감이군요." 캐서린은 힘없이 말했다. "미리 알았더라면……."

"혹시……." 틸니 양이 머뭇거리며 말했다. "당신도 좋아할지 몰라요. 그럼 저도 무척 행복할 것 같은데…… 혹시……."

이때 아버지가 들어와서 대화를 중단하고 인사를 나누었다. 캐서린은 편지를 주고받자는 말이 아닐까 희망을 품기 시작했다. 틸니 장군은 평소처럼 정중하게 인사를 하고 나서, 딸을 향해 말했다. "엘리너, 아름다운 친구분의 승낙을 받는 데 성공한 걸 축하해도 되겠지?"

"아버지가 들어오실 때, 그 부탁을 하려던 참이었어요."

"그래, 어서 계속해보렴. 네가 얼마나 원하는지 나도 안다. 몰랜드 양, 내 딸아이가 말이오." 틸니 장군은 딸이 말할 틈도 주지 않고 얘기를 계속했다. "참으로 대담한 소망을 갖고 있다오. 아마 딸에게 들었겠지만, 우리는 토요일 밤에 바스를 떠날 거라오. 우리 집 집사가 나에게 어서 돌아오라는 편지를 보냈다오. 내 오랜 친구들인 롱타운 후작과 코트니 장군을 이곳에서 만날 거라는 희망도 사라졌으니, 나는 더 이상 바스에 머무를 이유가 없소. 그래서 아가씨에게 우리의 이기적인 주장만 관철시킬 수 있으면, 일말의 미련도 없이 여기를 떠날 거요. 간단히 말해서, 여기 대중적 승리의 무대를 버리고 엘리너와 함께 글로스터셔로 갈 수 있겠소? 이런 부탁을 하는 게 거의 부끄러울 지경이지만, 바스에서 이런 주제넘은 요청을 받아들일 수 있는 사람은 아가씨뿐이오. 당신처럼 겸손한 사람에게 노골적인 칭찬으로 고통을 주고 싶지 않소. 만약 당신이 우리에게 방문의 영광을 베풀어준다면, 우리는 말할 수 없이 행복할 거요. 솔직히 활기 넘치는 이곳 같은 즐거움은 전혀 제공해줄 수 없소. 화려한 구경거리나 여흥으로 당신을 유혹할 수도 없고. 우리의 생활 방식은 소박하고 꾸밈이 없기 때문이오. 하지만 노생거가 완전히 지겨운 곳이 되지 않도록 우리 쪽에서 노력을 아끼지 않을 거요."

노생거 수도원이라니! 이 짜릿한 단어에 캐서린의 감정은 한껏 치솟아서 황홀경의 절정에까지 도달했다. 기쁘고 감사한 그 심정을 차분한 말로는 도저히 표현할 수가 없었다. 이토록 자랑스러운 초대를 받다니! 이토록 간곡하게 함께 가기를 청하다니! 모든 명예와 위안, 모든 현재의 기쁨과 미래의 희망이 여기에 다 담겨 있었다. 아빠 엄마의 허락을 받아야 한다는 단서 하나만 붙인 채, 캐서린은 선뜻 제안을 받아들였다. "곧바로 집에 편지를 쓰겠어요." 그녀가 말했다. "부모님만 반대하지 않으시면…… 분명히 반대하지 않으실 거예요."

틸니 장군도 이미 풀트니 거리에 있는 캐서린의 훌륭한 친구들을 방문해서 허락을 받아냈기 때문에 캐서린 못지않게 낙관적이었다. "그 사람들이 아가씨와 헤어지는 데 동의하는 걸 보니, 세상만사 순리를 기대해도 좋을 것 같소."

틸니 양도 조용하지만 열성적으로 아버지의 초대를 도왔다. 순식간에 이 일은 거의 결정되었다. 풀러튼에 편지를 보내 허락만 받으면 되었다.

오늘 아침만 해도 상황에 따라 캐서린의 감정이 긴장과 안도, 실망을 오르락내리락했지만, 이제는 완벽한 행복 속에 안전하게 정착했다. 황홀경에 빠져 반쯤 넋이 나간 채, 가슴에는 헨리를 품고, 입으로는 노생거 수도원을 중얼거리며, 캐서린은 편지를 쓰기 위해 부랴부랴 숙소로 돌아왔다. 몰랜드 부부는 이미 친구 부부를 믿고 딸아이를 맡겼고 그들의 판단에 전적으로 의지하고 있었기에, 그들의 감시하에서 맺은 친분이 부적절한 것은 아닌지 전혀 의심하지 않았다. 그러므로 글로스터셔 방문을 흔쾌히 승낙하는 답장을 보냈다. 비록 캐서린이 기대했던 일이긴 하지만 이런 너그러운 처분을 받자, 자신이 친구며 행운, 상황이나 기회, 모든 면에서 세상 누구보다 커다란 축복을 받고 있다는 확신이 들었다. 온 세상이 합심해서 그녀를 도와주고 있는 것 같았다. 우선 첫 번째 친구인 앨런 부부의 친절 덕분에 이런 곳에 올 수 있었고, 온갖 즐거운 일들을 경험할 수 있었다. 그녀는 자신의 감정과 호의가 보답받을 때 느끼는 행복을 알게 되었다. 어디든 애정을 느끼는 곳마다 애정을 만들어낼 수 있었다. 이사벨라에 대한 애정은 시누이와 올케 사이가 됨으로써 확실해졌다. 무엇보다 틸니 남매는 그저 호감을 얻기만을 바랐는데, 심지어 그런 소망을 훨씬 넘어서서 친분이 계속 이어질 것 같았다. 이제 그들이 직접 초대한 손님이 되어, 그녀가 간절히 원하던 상류층 사람들과 한 지붕 아래에서 몇 주를 보내게 된 것이다. 심지어 다른 곳도 아닌 옛 수도원의 지붕이라니! 고대 유적에 대한 캐서린의 열정은 헨리 틸니에 대한 열정에 버금갈 정도였다. 성이며 수도원들은 헨리의 이미지가 완전히 채울 수 없는 공상의 마법을 발휘했다. 비록 한 시간의 방문에 불과하더라도, 고성의 성벽과 성채를 살펴보거나 수도원의 경내를 탐사하는 것이 지난 몇 주 동안 간절한 소망이었지만 거의 불가능하다고 여겼었다. 그런데 그런 일이 이루어지려고 했다. 저택이며 홀, 건물, 정원, 별채 전부 그녀의 생각과는 다를 수 있지만, 어쨌든 노생거는 수도원이었다. 그리고 그녀는 그곳의 거주자가 되는 것이다. 수도원의 길고 음습한 복도, 좁은 방들, 무너진 예배당을 날마다 가볼 수 있었다. 캐서린은 어쩌면 상처입고 불행하게 살다 간 수녀의 무시무시한 기록이라든가, 어떤 유서 깊은 전설을 볼 수 있을 거라는 희망을 완전히 억누를 수가 없었다.

자기 친구들이 그런 저택을 가졌는데도 전혀 우쭐한 기색도 없고, 의식조차 별로 안 하는 것은 참으로 놀라운 일이었다. 어린 시절부터 길러진 습관의 힘이라는 것 말고 달리 설명할 방법이 없었다. 그들은 타고난 특별한 신분 때문에 자만하지도 않았다. 그들에게 화려한 집은 훌륭한 인품보다 중요하지 않았다.

캐서린은 틸니 양에게 열심히 많은 질문을 던졌다. 하지만 머릿속이 너무 복잡해서, 대답을 다 들은 후에도 노생거 수도원에 대해 이전보다 더 잘 알게 된 것 같지는 않았다. 틸니 양은 노생거가 종교개혁 시대에는 대단히 부유한 수도원이었는데 수도원이 와해되면서 틸니 가문의 조상 손으로 넘어갔으며, 비록 허물어진 곳도 있지만 옛날 건물의 상당 부분이 아직도 거주지로 사용되고 있다고 말했다. 또한 노생거 수도원은 골짜기 안에 깊숙이 서 있는데 북동쪽으로는 높이 솟은 참나무 숲이 둘러싸고 있다고 했다.

3

캐서린은 행복에 가득 차서 지난 이삼 일 동안 이사벨라를 한 번도 보지 못했다는 사실조차 알아채지 못했다. 어느 날 아침 앨런 부인과 함께 아무 대화도 없이 펌프 사교장으로 걸어가다가, 처음으로 이 사실을 깨닫고는 친구와의 수다를 그리워하기 시작했다. 하지만 친구를 그리워한 지 5분도 안 돼서 그 상대가 눈앞에 나타났다. 그녀는 은밀히 이야기를 나누자며, 한 좌석으로 끌고 갔다. "내가 제일 좋아하는 자리야." 출입문 사이에 놓인 긴 의자에 앉으면서 이사벨라가 말했다. 그곳에서는 출입문을 드나드는 사람들이 잘 보였다. "길목에서 멀리 떨어져 있잖니."

캐서린은 이사벨라가 뭔가 간절히 기대하는 눈빛으로 이 문저 문을 계속 두리번거리는 걸 보았다. 문득 자신이 종종 억울하게 짓궂다는 비난을 받았던 기억이 떠올라서, 지금이야말로 진짜 짓궂게 굴 좋은 기회라고 생각했다. 그래서 장난기 어린 목소리로 말했다. "초조해하지 마, 이사벨라. 제임스 오빠는 곧 올 테니까."

"하! 캐서린." 이사벨라가 대답했다. "그 사람이 내 옆만 졸졸 따라다니기를 바라는 그런 멍청이로 나를 생각하지 마. 우리가 항상 붙어 다니면 꼴불견일 거야. 여기서 조롱거리가 될 수 있어. 그런데 너는 노생거에 간다면서! 말도 못하게 기쁘다. 영국에서 가장 아름다운 장소 중에 하나라던데. 거기가 어떤지 빠짐없이 상세하게 알려줄 거지?"

"물론 내 능력 닿는 데까지 자세히 적어 보낼 거야. 그런데 누굴 찾고 있어? 여동생들이 오기로 했어?"

"아무도 아니야. 그냥 눈을 어딘가 둬야 하니까 쳐다보는 것뿐이야. 내 생각은 백 마일 밖에 가 있는데 뭘 뚫어져라 쳐다본들 무슨 소용이겠니. 나는 마음속이 텅 비어 있어. 세상에서 나처럼 공허한 사람은 없을 거야. 틸니 대위 말로는 이게 마음에 낙인이 찍힌 사람들이 항상 보이는 전형적인 증세래."

"그런데 이사벨라, 나한테 특별히 할 말이 있지 않아?"

"오, 그래! 그랬지. 내가 이렇니까. 한심한 내 머리! 완전히 까먹고 있었어. 할 말이란 게 바로 이거야. 존 오빠에게서 방금 편지를 받았거든. 무슨 내용인지 짐작이 가지?"

"아니, 정말 모르겠는데?"

"이 귀엽고 사랑스러운 것, 가증스럽게 모르는 척하지 마. 오빠가 무슨 얘기를 쓰겠어, 네 얘기 말고? 우리 오빠가 너한테 홀딱 반했다는 걸 알고 있잖아."

"나한테? 이사벨라!"

"이런, 캐서린, 말도 안 돼! 겸손한 것도 나름대로 아주 좋지만, 정말이지 가끔은 그냥 솔직한 게 좋을 때가 있어. 그렇게까지 몸을 사리다니 난 상상도 못 하겠네! 칭찬받으려는 수작이

182

잖아. 오빠의 관심은 어린아이도 눈치챌 만한 것이었어. 게다가 오빠가 바스를 떠나기 30분 전에 네가 대단히 긍정적인 답변을 주었잖아. 오빠가 편지에 그렇게 썼던데? 너에게 구애를 한 것이나 다름없고, 너도 더할 나위 없이 호의적인 태도로 오빠의 접근을 받아들였다고. 오빠는 내가 오빠의 청혼을 적극적으로 밀어달라면서, 너에게 온갖 좋은 말들을 다 썼더라. 그러니 모르는 척해도 소용없어."

캐서린은 이런 비난에 진심을 다해서 자신의 놀라움을 표현하며, 소프 씨가 자신과 사랑에 빠졌다는 생각은 추호도 하지 못했고 따라서 그를 부추길 의도를 갖는 건 아예 불가능하다고 자신의 결백을 주장했다. "내 명예를 걸고 분명히 말하지만, 그가 내게 어떤 관심이 있다고 느낀 적은 단 한 순간도 없었어. 소프 씨가 바스에 온 첫날, 내게 춤을 신청했을 때 빼고 말이야. 게다가 구애나, 뭐 그런 비슷한 걸 했다니, 엄청난 오해가 있는 게 분명해. 그런 중요한 사건을 내가 오해할 리가 없잖니! 우리 사이에 그런 말은 정말 단 한 글자도 오간 적이 없다고 엄숙히 맹세해. 그가 떠나기 30분 전이라니! 전부 다 백 퍼센트 오해가 분명해. 오전 내내 그를 만난 적도 없으니까!"

"하지만 넌 분명히 만났어. 그날 오전 내내 에드거 빌딩스에 있었잖아. 너희 아버지의 승낙 편지가 도착한 날이었거든. 그리고 너는 우리 집을 떠나기 전에 한동안 존 오빠와 응접실에 단둘이 있었어. 그건 확실해."

"그래? 네가 그렇게 말한다면 그렇겠지. 하지만 맹세코 나는 전혀 기억이 나지 않아. 너와 함께 있었던 것은 이제 기억이 난다. 다른 사람들과 함께 너희 오빠를 봤던 기억도 나고. 하지만 5분 동안이나 우리가 단둘이 있었다니⋯⋯. 어쨌든 왈가왈부할 가치도 없는 일이야. 너희 오빠 쪽에서는 무슨 일이 있었든지 간에, 분명히 말하지만 나는 아무 기억도 없어. 나는 너희 오빠에게서 그런 종류의 일을 바란 적도 기대한 적도 없고, 생각조차 하지 않았어. 혹시 너희 오빠가 나에 대해 어떤 호감을 갖고 있을까 봐 몹시 걱정스럽긴 하지만, 내 쪽에서는 그럴 의도가 정말 손톱만큼도 없었어. 그런 일은 꿈도 꾸지 않았다니까. 제발 가능한 한 빨리 오빠에게 사실을 알려줘. 내가 용서를 빌더라고 말해줘. 그러니까 뭐라고 말해야 할지 모르겠지만, 어쨌든 적당한 말로 그에게 내 진심을 이해시켜줘. 이사벨라, 나는 네 오빠에 대해 안 좋은 말을 하고 싶지 않아. 하지만 너도 잘 알잖아. 혹시 내가 누군가를 좋아한다 해도, 너희 오빠는 아니야." 이사벨라는 가만히 있었다. "사랑하는 내 친구, 나한테 화가 난 건 아니지? 네 오빠가 나를 그토록 좋아하는 줄은 상상도 못 했어. 게다가 우리는 한 가족이 될 거잖아."

"그래, 맞아. (얼굴을 붉히며) 가족이 되는 방법은 여러 가지가 있지. 대체 어디서 잘못된 걸까? 그런데, 캐서린, 지금 상황으로는 불쌍한 존 오빠에게 전혀 마음이 없는 것처럼 보이는 걸, 안 그래?"

"나는 절대로 그의 애정에 보답할 수 없어. 결단코 그를 부추길 생각도 없었고 말이야."

"상황이 그렇다면, 두 번 다시 너를 괴롭히지 않을게. 존 오빠가 나더러 너하고 이 문제를 이야기해보라고 했어. 그래서 그랬던 거야. 하지만 솔직히 말해서 오빠의 편지를 읽자마자, 정말 멍청하고 무모한 계획이라고 생각했어. 두 사람 모두에게 좋을 게 하나도 없을 것 같았지. 너희 두 사람이 결혼을 하면, 대체 어떻게 먹고살겠어? 둘 다 재산은 좀 있겠지만 요즘은 가정하나 꾸려나가는 게 만만한 일이 아니거든. 로맨스 작가들이 뭐라 해도 돈이 없으면 되는 일도 없어. 나는 단지 존 오빠가 이런 생각까지 했는지 그게 궁금해. 내 답장을 아직 못 받았겠지만."

"그럼 나는 아무 잘못이 없다고 인정해주는 거야? 너희 오빠를 속이려는 의도가 전혀 없었다고 믿는 거지? 지금까지 네 오빠가 날 좋아한다고는 의심조차 하지 않았다고?"

"오! 그 점에 대해서라면 말이지." 이사벨라가 웃으면서 말했다. "지나간 과거의 네 생각과 계획이 어땠는지 내가 결정할 바는 아니야. 너 자신이 제일 잘 알겠지. 악의 없이 잠깐 희롱거리는 거야 있을 수 있는 일인데, 종종 원하는 것보다 더 상대방이 부추길 때도 있지. 어쨌든 나는 절대 너를 나쁘게 판단하지 않아. 그건 믿어도 돼. 활기 왕성한 젊은이들에게는 이런 일들이 용납되는 법이야. 하루는 이랬다가, 또 다음 날에는 저랬다가 하잖아. 상황이 바뀌면 생각도 바뀌고 말이야."

"하지만 네 오빠에 대한 생각은 한 번도 변한 적이 없어. 언제나 똑같았다고. 너는 지금 있지도 않은 일을 얘기하고 있어."

"사랑하는 캐서린." 상대방의 말은 들은 척도 하지 않고 이사벨라가 말을 이었다. "나는 세상 무슨 일이 있어도, 네가 마음에 확신이 없는데, 약혼을 재촉하지는 않을 거야. 단지 우리 오빠라고 해서, 그의 소원을 들어주려고 네 모든 행복을 희생하길 바라는 것은 결코 정당한 일이 아니라고 생각해. 게다가 오빠는 결국 너 없이도 행복해질 거야. 왜냐하면 자신을 잘 아는 사람은 거의 없거든. 특히 젊은 사람들은 놀랄 만큼 쉽게 변하고 변덕스럽지. 내 말은, 어째서 오빠의 행복을 내 친구의 행복보다 더 소중하게 여겨야 하지? 내가 우정은 소중하다는 신조를 갖고 있는 걸 너도 알 거야. 어쨌든 캐서린, 무엇보다도 서두르지 마. 내 말을 잘 새겨들어. 너무 급히 서두르면, 반드시 살면서 후회하게 될 거야. 틸니 대위 말로는, 자신의 연애 감정만큼 잘 속는 게 없다고 하더라. 그 사람 말이 옳다고 생각해. 아, 저기 그가 오네. 신경 쓰지 마, 분명히 우리를 못 볼 테니까."

캐서린은 고개를 들고 틸니 대위를 쳐다보았다. 이사벨라도 그런 말을 하면서 그를 뚫어져라 응시하더니, 곧 그의 시선을 끌었다. 대위는 곧장 다가와서 옆자리에 앉았다. 이사벨라는 마치 그를 초대하는 것같이 몸을 움직여 자리를 내주었다. 그가 처음 던진 인사말에 캐서린은 깜짝 놀랐다. 비록 낮은 목소리였지만, 똑똑히 들을 수 있었다. "뭡니까! 항상 감시를 받고! 직접적으로든 간접적으로든."

"하, 말도 안 돼요!" 이사벨라도 똑같이 반쯤 속삭이는 목소리로 말했다. "왜 그런 생각을 제 머리에 심으려 하죠? 어림없어요. 제 영혼은 아주 독립적이거든요."

"저는 당신의 마음이 독립적이기를 바랍니다. 그거면 충분해요."

"제 마음이라고요! 세상에! 사람 마음을 신경 쓰기나 하시나요? 당신네 남자들은 아예 마음이 없잖아요."

"남자들에게 마음은 없을지라도 눈은 있답니다. 그래서 항상 고문을 당하죠."

"그래요? 그것 참 안됐군요. 당신의 두 눈이 저를 보고 괴롭다니 참 안됐어요. 그럼 다른 쪽으로 얼굴을 돌릴게요. 부디 이건 마음에 들길 바랍니다. (그를 향해 등을 돌리면서) 이제는 당신 눈이 고문을 당하지 않겠죠."

"이보다 더 심한 고문은 없군요. 꽃처럼 아름다운 뺨의 선이 아직도 보이니까요. 지나치면서도 또 아슬아슬하게 보입니다."

캐서린은 이 대화를 전부 들었다. 그리고 몹시 당혹해서 더 이상 듣고 있을 수가 없었다. 이사벨라가 이런 말을 참고 듣는 게 놀라웠고, 오빠를 대신해서 질투도 났다. 캐서린은 자리에서 벌떡 일어나서 앨런 부인을 만나야 하니까 어서 가자고 말했다. 하지만 이사벨라는 그럴 의향이 전혀 없었다. 끔찍하게 피곤하기도 하고, 펌프 사교장 안을 그렇게 행진하고 다니는 건 정말 꼴불견이라고 말했다. 게다가 이 자리를 떠나면, 지금 여동생들이 오기만을 목 빼고 기다리고 있는데 놓칠 수도 있다는 것이었다. 그러니까 사랑하는 캐서린이 너그럽게 양해하고 다시 조용히 앉아달라고 부탁했다. 하지만 캐서린도 고집이 있었다. 때마침 앨런 부인이 나타나서 숙소로 돌아가자고 말했다. 캐서린은 틸니 대위와 앉아 있는 이사벨라를 남겨둔 채, 앨런 부인과 함께 펌프 사교장을 빠져나왔다. 마음이 몹시 불편했지만, 그냥 내버려두었다. 그녀가 보기에는 틸니 대위가 이사벨라와 사랑에 빠졌고, 이사벨라는 자신도 모르게 그를 부추기고 있는 것 같았다. 자신도 모르는 게 분명했다. 왜냐하면 제임스에 대한 그녀의 사랑은 약혼 사실만큼이나 확실하고 널리 알려져 있었기 때문이다. 그녀의 진심이나 선의를 의심하는 건 불가능했다. 하지만 두 사람이 대화하는 동안 내내, 이사벨라의 태도가 무척 이상했다. 캐서린은 그녀가 좀 더 평소처럼 말하고 돈 이야기는 그만했으면 좋겠다고 생각했다. 틸니 대위를 보고 그렇게 기뻐하는 표정도 짓지 않았으면 좋으련만. 그녀가 대위의 마음을 알아채지 못하다니 이상하기도 하지! 캐서린은 친구에게 귀띔을 해주고 싶었다. 조심하라고, 그래서 그녀의 지나치게 쾌활한 행동 때문에 틸니 대위와 그녀의 오빠 모두에게 생길 수 있는 모든 고통을 미리 방지하라고 말이다.

존 소프의 애정 공세는 결코 여동생 이사벨라의 생각 없는 행동에 대한 보상이 되지 않았다. 캐서린은 그의 감정이 진지한 것이라고 믿지도 않았고, 바라지도 않았다. 그녀는 과거에 소프가 실수했던 사실을 잊지 않고 있었다. 그런데 자신이 구애를 했고 그녀가 호감을 보여주었다고 확신하는 걸 보니, 때로는 엄청난 실수를 저지를 수도 있는 사람이라는 확신이 들었다. 이 일로 캐서린의 허영심이 충족되기는커녕, 그저 충격만 남았다. 그가 그녀와 사랑에 빠졌다는 상상을 할 수 있다는 사실 자체가 경악스러웠다. 이사벨라는 오빠의 관심과 배려를 얘기했지만, 캐서린은 단 한 번도 그런 걸 느껴본 적이 없었다. 하지만 이사벨라가 했던 많은 말들은 그저 생각 없이 성급하게 나온 이야기일 것이다. 그리고 두 번 다시 입에 올리지 않을 것이다. 이런 생각을 하며 캐서린은 당장은 편안하고 가벼운 마음으로 안심했다.

4

며칠이 지났다. 캐서린은 친구를 의심할 수는 없었지만, 자세히 지켜보지 않을 수 없었다. 관찰 결과는 썩 마음에 들지 않았다. 이사벨라는 딴사람이 된 것 같았다. 에드거 빌딩스나 풀트니 거리에서 가까운 사람들하고만 있을 때에는, 태도의 변화가 아주 미미해서 더 심해지지 않으면 별로 눈에 띄지 않았다. 이따금 기운이 없고 무관심하다거나 일전에 떠벌렸던 대로 마음이 공허하다는 말(캐서린이 전에는 한 번도 들어보지 못한 말이었다)을 하긴 했지만, 그것은 새로운 매력을 더하거나 좀 더 따뜻한 관심을 불러일으키는 정도였다. 하지만 공개적인 자리에서 틸니 대위가 관심을 주면 주는 대로 선뜻 받아들이고 제임스에게와 거의 똑같이 눈길과 미소를 던지는 걸 보니, 캐서린은 이사벨라의 변화를 그냥 넘겨버릴 수가 없었다. 저런 변덕스러운 행동이 무슨 뜻인지, 친구가 어떻게 저럴 수 있는지 이해할 수 없었다. 이사벨라는 자신이 가하는 고통을 알아채지 못했다. 하지만 생각 없이 자기 멋대로 하는 행동에 캐서린은 분노를 금할 수 없었다. 누구보다 제임스가 희생자였다. 캐서린은 침울하고 불안해하는 오빠를 보았다. 한때 오빠에게 마음을 주었던 여인이 지금은 아무리 무관심하다 할지라도, 캐서린에게는 언제나 오빠의 안녕이 관심사였다. 틸니 대위 또한 몹시 걱정스러웠다. 비록 그의 외모는 마음에 들지 않았지만, 틸니라는 이름만으로도 그녀의 호의를 사기에 충분했다. 그러므로 곧 상심을 겪을 틸니 대위를 진심으로 불쌍하게 여겼다. 펌프 사교장에서 두 사람의 대화를 듣긴 했지만, 이사벨라의 약혼 사실을 아는 사람이 그렇게 행동할 수는 없었다. 캐서린은 아무리 생각해도 그가 알고 있다는 게 믿기지 않았다. 어쩌면 그녀의 오빠를 경쟁자로 여기고 질투를 느끼는 것인지도 모른다. 만약 그 이상의 의미가 있는 것처럼 보였다면, 잘못은 오히려 그녀 자신의 오해에 있을 것이다. 그녀는 부드러운 충고로 이사벨라에게 이 상황을 깨우쳐주고 싶었다. 두 사람 모두에게 고통을 주고 있음을 알려주고 싶었다. 하지만 충고를 해주기에는 기회도, 이 상황에 대한 이해도 부족했다. 설사 넌지시 암시를 준다 해도, 이사벨라는 이해할 수 없었을 것이다. 이런 괴로운 상황에서 틸니 가족이 곧 떠날 예정이란 것만이 유일한 위안이었다. 며칠 후면 이들 가족은 글로스터셔로 돌아갈 것이고, 틸니 대위가 사라지면 적어도 본인을 제외한 모든 사람들이 마음의 평화를 되찾을 것이다. 하지만 틸니 대위는 당분간 떠날 의향이 없었다. 노생거로 돌아가는 일행에 끼지 않고, 계속 바스에 머무를 예정이었다. 캐서린은 이 사실을 알자마자 곧 결심했다. 그리고 헨리 틸니에게 유감스럽게도 그의 형이 소프 양을 좋아하는 게 분명하니까, 그녀가 이미 약혼했다는 사실을 형에게 알려달라고 부탁했다.

"제 형은 알고 있습니다." 헨리의 대답은 간단했다.

"알고 있다고요? 그런데 왜 여기 머무는 거죠?"

헨리는 대답을 회피하며 다른 화제를 꺼내기 시작했다. 하지만 캐서린은 열심히 대답을 재촉했다. "왜 형에게 떠나라고 설득하지 않나요? 여기 더 오래 있을수록, 결국 형에게는 상황만 나빠질 뿐이에요. 제발 형을 위해서, 그리고 모든 사람들을 위해서 당장 바스를 떠나라고 조언해주세요. 눈에 안 보이고 시간이 흐르면 다시 마음이 편해질 거예요. 여기서는 희망이 없어요. 머물러봤자 비참해질 거라고요." 헨리가 미소를 지으며 말했다. "제 형은 떠나길 바라지 않을 겁니다."

"그럼 떠나라고 설득해주실 거죠?"

"설득이 마음대로 되는 건 아니죠. 형을 설득하려는 시도조차 하지 않아도, 부디 저를 용서하십시오. 소프 양이 약혼했다고는 내 입으로 직접 말했습니다. 형은 자신이 뭘 하는지 알고, 자기 행동의 주인이지요."

"아니요, 형님은 자신이 뭘 하는지 몰라요." 캐서린이 부르짖었다. "오빠에게 어떤 고통을 주고 있는지 모른다고요. 제임스 오빠는 내게 아무 말도 하지 않지만, 분명히 무척 괴로워하고 있어요."

"그게 제 형의 행동 때문이라고 확신하나요?"

"그럼요, 확실해요."

"소프 양에 대한 형의 관심이 괴로울까요, 아니면 그걸 받아들이는 소프 양의 태도가 괴로울까요?"

"같은 얘기 아닌가요?"

"몰랜드 씨라면 그 차이를 분명히 알 겁니다. 다른 남자가 자신이 사랑하는 여자를 흠모한다고 해서 상처받는 남자는 없습니다. 남자를 고문할 수 있는 건 오직 여자뿐이죠."

캐서린은 친구가 부끄러워 얼굴을 붉히며 말했다. "이사벨라가 잘못했어요. 하지만 괴롭히려고 그런 건 아니에요. 오빠를 정말로 무척 사랑하거든요. 처음 만나는 순간부터 오빠와 사랑에 빠졌죠. 저희 아버지의 승낙을 기다리는 동안, 열병이 날 만큼 얼마나 초조해했는데요. 당신도 그녀가 오빠를 사랑한다는 걸 알았을 거예요."

"알겠습니다. 제임스를 사랑하면서, 프레더릭과는 바람을 피우는 거로군요."

"오! 아니에요. 바람을 피우다니요. 사랑에 빠진 여자는 다른 남자와 바람을 피울 수 없죠."

"어쩌면 어느 하나만 할 때만큼, 그렇게 사랑을 잘 하지도, 바람을 잘 피우지도 못할 수 있죠. 그렇다면 신사들은 각기 조금씩 포기할 수밖에 없겠군요."

잠깐 침묵이 흐른 후에, 캐서린이 다시 물었다. "그렇다면 이사벨라가 오빠를 많이 사랑하지는 않는단 말인가요?"

"제가 판단할 수 있는 문제는 아니죠."

"하지만 당신 형님은 무슨 생각이죠? 이사벨라가 약혼한 걸 알면서, 그런 행동을 하는 건 무슨 뜻이에요?"

"참 집요하게 따져 묻는군요."

"제가요? 단지 듣고 싶은 걸 물어볼 뿐이에요."

"하지만 제가 대답할 수 있을 거라고 기대하는 질문만 하나요?"

"그래요, 그렇게 생각해요. 당신은 형님의 마음을 알고 있을 테니까요."

"당신이 말한 형의 마음은, 지금 상황에서는 오직 짐작만 할 수 있습니다."

"그래요?"

"그래요! 어차피 짐작할 거라면, 우리 함께 짐작해보죠. 전해 들은 말만 가지고 짐작하는 건 한심한 일이니까요. 여기 당신 앞에 이런 전제들이 있습니다. 제 형은 혈기 왕성하고 때로는 생각 없이 행동하는 청년이죠. 일주일 동안 당신 친구와 교제를 했고, 그동안 내내 그녀가 약혼한 사실을 알고 있었습니다."

"글쎄요." 캐서린이 잠시 고민하더니 말했다. "당신은 이런 전제들을 가지고 형의 의도를 짐작할 수 있겠죠. 하지만 저는 못 해요. 당신 아버님은 이 일을 불쾌하게 여기지 않나요? 틸니 대위가 멀리 떠나기를 바라지 않으실까요? 아버님께서 형에게 말하면, 떠날 텐데요."

"친애하는 몰랜드 양." 헨리가 말했다. "오빠의 평안을 걱정하는 따뜻한 마음은 알겠지만, 약간 잘못하고 있는 건 아닐까요? 약간 너무 멀리 가지 않았나요? 오직 틸니 대위가 완전히 사라져야만 이사벨라의 애정이나 혹은 올바른 품행이 안전하게 지켜질 수 있다고 믿는다면, 자신을 위해서나 소프 양을 위해서나 과연 오빠가 당신을 고맙게 여길까요? 단둘이 있어야만 그의 사랑이 안전하다면? 다른 누구도 접근하지 않을 때만 그녀의 마음이 변하지 않는다면? 오빠는 그렇게 생각하지 않을 겁니다. 당신이 그런 생각을 갖는 것도 바라지 않을 테고요. 걱정하지 말라고는 말하지 않겠습니다. 지금 당신이 걱정하고 있는 걸 알고 있으니까요. 당신은 오빠와 친구, 두 사람이 서로 사랑한다고 확신해요. 그렇다면 그들 사이에는 진정한 질투심이란 결코 있을 수 없습니다. 따라서 오랜 불화도 있을 수 없죠. 두 사람의 마음은 서로에게 활짝 열려 있지만, 당신에게 열려 있는 건 아니에요. 그들은 무엇이 필요한지, 무엇을 참고 견딜 수 있는지 정확히 알고 있어요. 그러니 절대로 그저 재미 이상으로 서로를 괴롭히지는 않을 겁니다."

여전히 심각하고 미심쩍은 표정을 짓고 있는 캐서린을 보고, 그가 덧붙여 말했다. "프레더릭 형이 우리와 함께 바스를 떠나지는 않지만, 아주 잠깐 머물 겁니다. 길어야 며칠 더 남아 있을 뿐이에요. 곧 휴가가 끝나면 연대로 복귀해야만 하니까요. 그러면 두 사람의 관계는 어떻게 될까요? 형은 한 보름쯤 군대 식당에서 이사벨라 소프 얘기를 하며 술을 마실 테고,

이사벨라는 한 달쯤 당신의 오빠와 가엾은 틸니의 열정에 대해 웃으면서 떠들 겁니다."

캐서린은 더 이상 반박할 수 없었다. 이 기나긴 연설에 넘어가지 않으려고 저항했지만, 결국 포로가 되었다. 헨리 틸니가 가장 잘 알고 있었다. 캐서린은 지나치게 걱정했던 걸 자책하며, 다시는 이 문제를 너무 심각하게 생각하지 않겠다고 결심했다.

그들이 헤어지는 자리에서 보여준 이사벨라의 행동은 이 결심을 뒷받침해주었다. 소프 가족은 캐서린이 풀트니 거리에서 보내는 마지막 날 저녁을 함께 보냈는데, 연인들 사이에 캐서린을 불안하게 하거나 걱정스럽게 만들 일은 하나도 일어나지 않았다. 제임스는 몹시 기분이 좋았고, 이사벨라는 어느 때보다 애교가 넘치고 평온했다. 친구에 대한 우정이 사랑보다 우선인 것처럼 보이기는 했지만, 그런 순간도 봐줄 만했다. 한번은 연인에게 정면으로 반박하기도 하고 손을 빼기도 했지만, 캐서린은 헨리의 가르침을 기억하고서 모든 걸 사려 깊은 애정에 맡기기로 했다. 헤어지는 두 아가씨 사이에 오간 포옹과 눈물, 약속 등등은 충분히 상상할 수 있을 것이다.

5

앨런 부부는 젊은 친구와 헤어지는 게 아쉬웠다. 착하고 쾌활한 그녀는 소중한 말동무였고, 그녀에게 재밌는 일을 찾아주면서 그들의 즐거움도 더 커졌던 것이다. 하지만 틸니 양과 함께 간다고 행복해하는 모습을 보니, 자신들의 소망은 접을 수밖에 없었다. 게다가 그들도 불과 일주일 후면 바스를 떠날 예정이 었기 때문에, 그녀가 지금 먼저 떠난 여파가 오래가지는 않을 것이었다. 캐서린이 틸니 가족과 조찬을 할 예정이었기 때문에 앨런 씨는 그녀를 밀섬 거리까지 데려다주었다. 그리고 열렬한 환대를 받으며 새로운 친구들 틈에 자리를 잡고 앉는 것까지 보았다. 하지만 캐서린은 이 가족의 일원이 되었다는 사실에 몹시 흥분한 데다가, 정확히 제대로 처신하지 못해서 이들의 호감을 잃게 될까 봐 두려운 나머지, 처음 5분 동안은 당혹스러움을 못 이기고 앨런 씨를 따라서 풀트니 거리로 돌아가고 싶은 심정이었다.

틸니 양의 예의 바른 태도와 헨리의 미소 덕분에 캐서린은 곧 불편한 마음을 약간 떨쳐버릴 수 있었다. 그래도 여전히 편안한 것과는 거리가 멀었다. 장군의 끊임없는 관심도 그녀를 완전히 안심시킬 수 없었다. 사실 좀 이상한 말이지만, 관심을 덜 받는다면 오히려 덜 불편하지 않을까 하는 생각이 들었다. 그녀를 편안하게 해주려는 장군의 염려는 단 한 순간도 자신이 손님임을 잊을 수 없게 만들었다. 그녀에게 끊임없이 음식을 권유하고 입맛에 맞는 음식이 없을까 봐 걱정이라고 몇 번이나 말했다. 캐서린은 평생 이렇게 다양한 음식이 올라온 아침 식탁을 본 적이 없었는데도 말이다. 왠지 자신이 이런 대접을 받을 자격이 전혀 없는 것처럼 느껴지고 어떻게 응대해야 할지 몰랐다. 더구나 장군이 큰아들이 나타나지 않는다고 짜증을 내다가, 마침내 틸니 대위가 내려오자 게으르다고 화를 내는 바람에 캐서린은 더욱 편할 수가 없었다. 그녀는 아버지의 가혹한 꾸중이 괴로웠다. 잘못에 비해서 너무 심한 것 같았다. 심지어 야단의 주요 원인 제공자가 바로 자신이란 사실을 깨닫고 걱정은 더욱 커졌다. 대위의 지각이 그녀에 대한 실례라는 이유로 야단을 맞았기 때문이다. 이 일로 캐서린은 몹시 불편한 상황에 놓였다. 그리고 틸니 대위에게 커다란 연민을 느꼈지만, 그의 환심을 사고 싶어서 그런 것은 아니었다.

대위는 묵묵히 아버지의 말을 듣기만 할 뿐, 아무 변명도 하지 않았다. 그 모습을 보자, 캐서린은 대위가 이사벨라 때문에 번민하며 밤새 잠을 이루지 못하다가 늦게 일어난 것이 분명하다는 확신이 들었다. 그녀가 정식으로 대위와 자리를 같이한 것은 이번이 처음이었다. 그러므로 대위가 어떤 사람인지 제대로 알고 싶었다. 하지만 아버지가 함께 있는 동안 내내 그의 목소리는 거의 들을 수 없었다. 심지어 그 후에도 몹시 기분이 상했는지, 엘리너에게 한마디 속삭인 것이 전부였다. "다들 떠나버리면 속이 시원할 거야."

야단스러운 출발 역시 유쾌하지 않았다. 시계가 10시를 알렸을 때, 짐 가방들은 한창 밑으로 운반되고 있었다. 틸니 장군이 밀섬 거리를 출발하겠다고 예정한 시간이었다. 곧장 입을 수 있게 장군 앞에 대령해야 할 커다란 외투는 아들과 함께 타고 갈 쌍두 이륜마차 안에 펼쳐져 있었고, 세 사람이 타야 할 사륜마차의 좌석은 가운데 자리가 비어 있지 않았다.* 틸니 양의 하녀가 짐을 하도 많이 싸서 몰랜드 양이 앉을 자리가 없을 지경이었다. 그녀의 손을 잡아 마차에 태우면서 장군이 어찌나 이 점을 걱정하던지, 캐서린은 새로 장만한 책상을 거리로 던져버리고 싶은 걸 애써 참았다. 마침내 세 명의 여자를 태운 마차 문이 닫히자, 잘생기고 잘 먹인 신사 소유의 말 네 마리가 대개 30마일을 하루에 여행할 때 내는 보통 속도로 달리기 시작했다. 바스에서 노생거까지 거리가 그 정도였고, 지금은 딱 중간에서 한 번 쉬기로 했다. 마차가 현관문 앞을 떠나자, 캐서린의 기분도 되살아나기 시작했다. 틸니 양과 있으면 전혀 긴장할 필요가 없었고, 완전히 초행길이라서 흥미롭기도 했던 것이다. 앞에는 노생거 수도원이 기다리고 있고 뒤에는 쌍두 이륜마차가 따라오는 가운데, 캐서린은 일말의 아쉬움도 없이 바스를 마지막으로 바라보고, 속속 등장하는 이정표들과 마주쳤다. 프티프랑스에서 말에게 먹이를 먹이려고 기다리는 지루한 두 시간 동안, 배도 고프지 않은데 식사를 하고 볼 것도 없는데 주변을 어슬렁거리는 일 말고는 아무 할 일이 없었다. 이런 불편함을 겪다보니, 멋진 제복을 입은 기수들이 질서 정연하게 등자에 오르고 수많은 기마 시종들이 격식 있게 말을 탄 채, 최신 유행의 사두 사륜마차를 몰고 가는 그들의 여행 방식에 대해 경탄하던 마음도 다소 수그러들었다. 함께 여행하는 일행이

* 장거리 여행에 주로 쓰이는 사륜마차에는 세 사람이 앉을 수 있었고 고정된 양쪽 좌석 사이의 자리에는 보통 하녀가 앉았다.

모두 유쾌한 사람들이었다면, 이 정도 지체는 아무 일도 아니었을 것이다. 하지만 틸니 장군은, 무척 매력적이긴 했지만 항상 자식들의 기를 죽였고 매사에 자기 혼자만 떠들었다. 여관에서 내놓는 것마다 불평을 하고 시중드는 하인에게 툭하면 화를 내는 모습을 지켜보며, 캐서린은 점점 더 그를 두려워하게되었다. 그리고 두 시간이 네 시간처럼 길게 느껴졌다. 마침내 출발 명령이 내려졌다. 그때 장군이 캐서린에게 남은 여행은 아들의 마차를 타고 가는 것이 어떠냐고 제안해서 깜짝 놀라지 않을 수 없었다. "날씨가 좋으니 시골 풍경을 최대한 많이 보여주고 싶소."

이 제안을 듣자, 캐서린은 덮개 없는 마차를 타고 다니는 젊은이들을 비판하던 앨런 씨의 말이 떠올라서 얼굴이 붉어졌다.* 그리고 처음에는 거절할 생각이었다. 하지만 곧 그보다는 틸니 장군의 판단을 존중해야 한다는 생각이 들었다. 장군이 그녀에게 부적절한 일을 권유할 리가 없었다. 몇 분 후에 캐서린은 헨리와 함께 이륜마차를 타고 있었고, 어느 누구보다 행복했다. 아주 잠깐 탔을 뿐인데, 쌍두 이륜마차가 이 세상에서 가장 근사한 마차라는 확신이 들었다. 사두 사륜마차는 확실히 위풍이 넘쳤지만, 육중하고 번거로웠다. 캐서린은 프티프랑스에서 두 시간이나 머물러야만 했던 일을 쉽게 잊을 수가 없었다. 쌍두 이륜마차의 경우 그 절반의 시간이면 충분했다. 게

*헨리의 쌍두 이륜마차는 무개마차이다. 1권 7장에서 소프가 구입하길 원했던 마차로 가볍고 세련된 디자인으로 젊은 남성들에게 인기가 있었다.

다가 몸이 가벼운 말들이 어찌나 민첩하게 움직이는지, 장군의 마차가 길을 인도하기로 결정하지 않았더라면, 단숨에 그 마차를 추월해버렸을 것이다. 쌍두 이륜마차의 장점은 단지 말 때문만은 아니었다. 헨리의 마차 모는 솜씨도 훌륭했다. 요란을 떨거나 으스대지도 않고 말에게 욕설을 퍼붓지도 않으면서 참으로 조용하게 마차를 몰았다. 그녀가 비교해볼 수 있는 단 한 명의 어느 신사 양반과는 천지차이였다! 또 모자는 어찌나 얌전히 얹혀 있고, 커다란 외투의 무수한 망토 주름은 어찌나 잘 어울리고 품위 있게 보이던지! 그와 함께 마차를 타는 것은 함께 춤을 추는 것 다음으로 세상에서 가장 행복한 일이 틀림없었다. 이런 모든 즐거움에다가 이제는 자신에 대한 칭찬을 듣는 기쁨까지 더해졌다. 친절하게도 초대에 응해줘서 여동생을 대신해 무척 고맙다는 말이었다. 이번 방문을 진정한 우정으로 생각하고 진심 어린 감사를 표시한 것이었다. 여동생의 처지가 힘들다고 그는 말했다. 여자 친구라고는 한 명도 없고 아버지는 종종 집을 비워서 혼자 지낼 때가 많다는 것이었다.

"어떻게 그럴 수가 있죠? 당신은 함께 안 지내시나요?" 캐서린이 물었다.

"노생거에서는 절반도 지내지 않습니다. 우드스턴에 제 집이 따로 있거든요. 제 아버지 집에서 20마일쯤 떨어져 있는데, 거의 대부분 그곳에서 지낼 수밖에 없어요."

"얼마나 안타까울까!"

"엘리너를 혼자 두고 떠나는 게 항상 안타깝지요."

"그렇겠죠. 하지만 동생뿐만 아니라, 노생거에 대한 애착도 얼마나 크겠어요! 수도원 같은 그런 집에 익숙해져 있다가 평범한 목사관에서 살면 무척 힘드실 텐데."

그가 미소를 지으며 말했다. "당신은 수도원에 엄청난 호감을 갖고 있군요."

"그건 분명해요. 책에서 읽은 것처럼 오래되고 멋진 곳이 아닌가요?"

"그렇다면 '책에서 읽은' 그런 건물에서 풍기는 모든 공포와 맞설 준비가 되어 있나요? 심장은 튼튼한가요? 스르르 열리는 판자나 태피스트리를 보고 기절하는 건 아니죠?"

"오! 그럼요. 그렇게 쉽게 놀라지는 않을 거예요. 집 안에 사람이 많을 텐데요, 뭐. 게다가 몇 년 동안 아무도 살지 않고 황폐하게 버려진 집에, 보통 그런 일이 벌어질 때처럼, 가족들이 아무 기별도 없이 갑자기 돌아가는 것도 아니잖아요."

"물론 아니죠. 우리는 꺼져가는 햇불로 희미하게 불을 밝힌 복도를 걸어갈 일은 없을 겁니다. 창문도 문도 가구도 하나 없는 방의 마룻바닥에 잠자리를 펼쳐야 할 일도 없을 테고요. 하지만 젊은 아가씨가 이런 집에 오면, 언제나 다른 가족들과는 동떨어진 별채에 묵는다는 걸 명심해야 할 겁니다. 가족들이 저택 끝에 있는 아늑한 자기 방으로 돌아가면, 젊은 아가씨는 늙은 하녀 도로시*의 인도를 받으며 다른 층으로 올라가지요.

*《우돌포의 수수께끼》에 등장하는 하녀. 헨리 이야기의 전체 줄거리는 《우돌포의 수수께끼》와 같은 작가의 또 다른 소설 《숲속의 로맨스》를 섞은 것이다.

그리고 어두컴컴한 수많은 복도를 지나서 20년 전에 먼 친척이나 사촌이 죽은 이후로 한 번도 사용하지 않은 별채로 들어갑니다. 이런 의식을 견딜 수 있겠어요? 음울한 방에 혼자 남았을 때 무서운 생각이 들지 않을까요? 당신 혼자 지내기에 천장은 너무 높고 넓을 테고, 오직 희미한 등잔불 하나만이 그 방을 간신히 밝힐 텐데요. 벽에는 실물 크기만 한 인물들이 그려진 태피스트리가 걸려 있고 침대에는 꼭 장례식을 연상케 하는 짙은 초록색 천이나 보라색 벨벳이 늘어져 있을 겁니다. 그런데도 심장이 덜컥 내려앉지 않을까요?"

"오! 하지만 그런 일은 일어나지 않을 거예요. 분명해요."

"거처의 가구들을 살피는 일은 또 얼마나 무서운지! 거기서 뭘 발견하게 될까요? 식탁도, 화장대도, 옷장도, 서랍장도 없고, 다만 한쪽에는 부서진 류트 조각과 다른 한편에는 아무리 해도 열리지 않는 육중한 궤짝이 놓여 있을 겁니다. 벽난로 위에는 잘생긴 군인의 초상화가 걸려 있는데, 이상하게도 그 모습이 당신의 마음을 사로잡아 도저히 눈을 뗄 수 없을 테고요. 한편 당신의 그런 모습에 충격을 받은 도로시는 공포에 흔들리는 눈빛으로 당신을 응시하면서 수수께끼 같은 말을 흘릴 겁니다. 심지어 당신의 기운을 북돋아준다면서, 당신이 머무는 거처에 분명히 유령이 출몰한다고 믿을 만한 근거를 말해주고, 아무리 불러도 달려올 사람 하나 없다는 걸 알려주겠지요. 그리고 도로시는 공손히 절을 하고 떠날 겁니다. 당신은 복도에 울려 퍼지는 그녀의 발소리가 끝내 사라질 때까지 귀를 기울일 테고, 겁에 질려 방문을 꼭 잠그려고 하지만 놀랍게도 자물쇠가 없다는 걸 알게 될 겁니다."

"오! 틸니 씨, 그런 무서운 말을! 책하고 똑같아요! 하지만 정말 그런 일이 일어날 리 없잖아요. 설마 하녀가 정말 도로시는 아니겠죠? 그런데 그다음에는 어떻게 되나요?"

"아마 첫날 밤에는 더 이상 놀랄 일은 일어나지 않을 겁니다. 도무지 억누를 수 없는 두려움을 애써 달래며 당신은 침대로 들어가겠죠. 그리고 몇 시간쯤 뒤숭숭한 잠을 잘 겁니다. 하지만 둘째 날, 혹은 적어도 셋째 날 밤에는 격렬한 폭풍이 찾아올 겁니다. 건물을 뿌리째 흔드는 요란한 천둥소리가 근처 산비탈을 굴러다닐 테고요. 천둥을 뒤따라온 무시무시한 돌풍이 휘몰아칠 때, 당신은 태피스트리의 한쪽 면이 다른 곳보다 더 심하게 펄럭거리는 걸 발견하겠죠(등잔불이 아직 꺼지지 않았으니까요). 호기심을 충족시키기에 딱 좋은 시간에 그걸 참기란 당연히 어려운 일이니까, 당장 자리에서 일어날 겁니다. 그리고 실내 가운을 걸치고서 이 수수께끼를 조사합니다. 머잖아 당신은 태피스트리에서 아주 세밀하게 살펴봐도 찾기 힘들도록 교묘하게 만든 틈새를 발견하겠죠. 그걸 열어보자 곧 문이 나타나고, 그 문은 무거운 빗장과 자물쇠 하나로 잠겨 있기 때문에 몇 번 노력 끝에 열게 됩니다. 그리고 당신은 한 손에 등잔을 든 채 천장이 둥근 작은 방으로 들어가겠죠."

"아니에요, 저는 겁이 많아서 그런 짓은 못 해요."

"무슨 말씀! 도로시가 당신 방과 불과 2마일쯤 떨어져 있는 세인트 앤소니 예배당 사이에 비밀 지하 통로가 있다고 알려 주었는데도, 이런 단순한 모험을 마다할 수 있을까요? 아니죠, 천장이 둥근 작은 방에 들어간 당신은 또 다른 여러 방을 지나가는데, 딱히 놀랄 만한 것은 보지 못합니다. 한 방에는 단검이, 다른 방에는 핏방울이, 그리고 세 번째 방에는 고문 도구의 잔재가 있을지 몰라요. 하지만 아주 특이한 것은 어디에도 없고 등잔불도 거의 꺼져가려고 하자, 당신은 방으로 되돌아옵니다. 다시 천장이 둥근 작은 방을 지나려고 하는데, 문득 흑단과 황금으로 만든 커다란 옛날식 벽장이 당신의 눈길을 사로잡지요. 아까 전에 가구들을 자세히 살펴봤는데도 미처 보지 못하고 지나친 것이었습니다. 당신은 저항할 수 없는 예감에 이끌려 문을 열고 모든 서랍을 샅샅이 뒤져봅니다. 한동안 중요한 것은 하나도 찾지 못하죠. 어쩌면 묵직한 다이아몬드 뭉치만 발견할지도 몰라요. 그러나 마침내 비밀 단추를 건드리고, 내부 상자가 활짝 열리면서 종이 다발이 나타나지요. 당신은 그걸 움켜쥡니다. 수많은 원고가 담겨 있어요. 당신은 이 소중한 보물을 가지고 황급히 방으로 돌아옵니다. 하지만 '오! 이 가엾고 불쌍한 마틸다*의 회고록을 손에 넣은 당신이 누구시든지 간에'라는 문장을 다 읽기도 전에 갑자기 등잔이 꺼지면서 완전한 어둠 속에 홀로 남게 되는 겁니다."

"오, 안 돼요. 그런 말 말아요. 계속 얘기해줘요."

*《구석》이라고 하는 또 다른 소설의 여주인공. 죽기 전에 자신의 생애를 적은 긴 기록을 남긴다.

하지만 헨리는 상대방이 흥분하는 게 너무 재밌어서 이야기를 계속할 수 없었다. 자꾸 웃음이 나서 더 이상 진지한 목소리로 말할 수가 없었던 것이다. 그래서 마틸다의 슬픈 생애를 읽는 대목은 직접 상상력을 발휘해보라고 간청했다. 곧 정신을 차린 캐서린은 그렇게 흥분했던 자신이 부끄러워졌다. 그래서 그가 말한 그런 일을 실제로 만날 거라고는 눈곱만큼도 걱정하지 않았으며, 자기는 다만 이야기에 집중했을 뿐이라고 열심히 변명하기 시작했다. "틸니 양은 방금 얘기한 그런 방에 절대로 손님을 두지 않을 거예요! 하나도 무섭지 않아요."

여행이 끝날 무렵이 되자, 어서 노생거 수도원을 보고 싶은 초조한 마음—헨리가 전혀 다른 이야기를 꺼내는 바람에 한동안 잊고 있었던—이 캐서린을 사로잡았다. 길모퉁이를 벗어날 때마다, 수도원의 거대한 회색 돌담이 오래된 떡갈나무 숲 위로 우뚝 솟아 있고 마지막 햇살이 높이 솟은 고딕풍의 유리창 위에 아름다운 광채를 뿌리는 광경이 숨 막히는 경탄과 함께 눈앞에 펼쳐지기를 고대했다. 하지만 이 건물은 아주 낮은 지대에 서 있어서, 문지기실이 있는 정문을 지나 노생거 수도원의 경내를 달릴 때까지도 오래된 굴뚝 하나 볼 수 없었다.

캐서린은 반드시 놀라야만 하는 건 아니었지만, 그래도 이런 식으로 노생거에 들어갈 줄은 전혀 예상하지 못했다. 현대적 외관의 건물 사이를 지났을 때, 캐서린은 자신이 너무나 순조롭게 경내 한가운데로 들어왔음을 깨달았다. 아무런 장애도, 놀라운 사건도, 어떤 심각한 일도 없이 둥근 자갈이 깔린 평탄하고 매끄러운 길을 빠르게 달려왔다니, 뭔가 어리둥절하고 앞뒤가 안 맞는 것 같았다. 하지만 그런 생각을 오래하고 있을 여유가 없었다. 갑작스럽게 빗방울이 얼굴로 쏟아져 내려서 더이상 둘러볼 수 없었던 것이다. 이제는 새로 산 밀짚모자가 망가질까 봐 온통 그 생각뿐이었다. 어쨌든 캐서린은 실제로 노생거 수도원의 담장 아래로 들어왔고, 헨리의 도움을 받아 마차에서 뛰어내렸다. 그리고 오래된 현관 지붕 아래를 지나서 친구인 틸니 양과 장군이 기다리고 있는 홀로 들어갔다. 장차 자신에게 닥칠 비극에 대한 불길한 예감이나 이 음울한 건물 안에서 과거의 끔찍한 공포가 재현되고 있다는 의심 따위는 단 1초도 떠오르지 않았다. 산들바람에 살해당한 사람들의 한숨이 실려 오는 것 같지도 않았다. 그저 굵은 빗줄기만이 바람에 실려 올 뿐. 캐서린은 옷을 흔들어 털며 응접실로 들어갈 채비를 했다. 그리고 비로소 자신이 들어온 곳을 둘러볼 수 있었다.

수도원이라니! 진짜 수도원에 오다니 정말 기뻤다! 하지만 방 안을 쭉 둘러보니, 그런 생각이 들게 하는 물건은 하나도 보이지 않는 것 같아 의아스러웠다. 가구들은 온통 현대적인 취향으로 우아하고 호화로웠다. 예전 시대의 육중한 조각이 새겨진 커다란 벽난로를 기대했지만, 그곳에는 반대로 매끈하지만 평범한 대리석 석판 위에 아기자기한 영국 도자기 장식품들을 올려놓은 럼퍼드식 벽난로*가 있었다. 장군이 고딕풍의 유리창을 정성껏 관리한다고 말했기 때문에 캐서린은 특히 믿음을 가지고 살펴보았지만, 자신이 상상했던 것은 아니었다. 뾰족한 아치가 잘 보존된 것(분명히 고딕 양식이었고 심지어 두 짝 여닫이 창문이었다)은 분명했지만, 창틀이 하나같이 너무 크고 깨끗하고 밝았다! 미세한 균열과 육중한 석조 창틀, 먼지와 거미줄이 낀 채색 유리창 등을 상상했던 것과는, 무척 실망스럽게도 너무 달랐다.

장군은 캐서린이 둘러보는 걸 알아채고서, 방이 협소하고 가구가 소박하다, 죄다 날마다 사용할 수 있게 편리한 것들뿐이라고 떠들기 시작했다. 하지만 노생거에는 그녀가 구경할 만한 방들도 좀 있다고 자랑했다. 특히 금으로 도금한 값비싼 방에 대해 이야기하다가, 문득 시계를 꺼내 보더니 벌써 5시 25분이라고 깜짝 놀라며 말을 멈추었다. 이것이 작별의 말 같았다. 캐서린은 틸니 양의 손에 황급히 끌려 나가면서 노생거에서는 가족들이 매우 철저하게 시간을 엄수한다는 확신이 들었다.

크고 천장이 높은 복도를 다시 걸어 나와서, 그들은 넓고 반질반질한 떡갈나무 계단을 올라갔다. 수많은 계단참과 계단을 오르고 또 오른 끝에 길고 넓은 통로에 이르렀다. 한쪽 편에는 문들이 줄지어 서 있었고, 다른 한편으로는 창문을 통해 빛이 들어오고 있었다. 캐서린이 창문 밖으로 네모난 안뜰을 언뜻 보았을 때, 틸니 양이 방으로 안내했다. 그리고 부디 편안하게 지내기를 바란다는 말을 할 틈도 없이, 가능한 한 빨리 옷을 갈

---

*과학자이자 발명가인 럼퍼드 백작이 연기가 덜 나고 더 따뜻하게 개량한 신식 벽난로. 이 소설이 완성되기 불과 몇 년 전에 생산된 제품으로, 틸니 장군이 최신식 설비에 열광한다는 사실을 보여준다.

아입으라는 부탁만 초조하게 남기고 가버렸다.

6

방 안을 얼핏 보기만 해도 캐서린은 충분히 만족했다. 그녀의 방은 헨리가 그녀를 놀라게 하려고 묘사했던 것과는 전혀 달랐다. 말도 안 되게 크지도 않았고, 태피스트리나 벨벳 따위도 없었다. 벽에는 벽지가 발라져 있었고 바닥에는 카펫이 깔려 있었다. 창문은 아래층 응접실의 창문만큼 완벽했으며 뿌옇지도 않았다. 가구들은 아주 최신 유행은 아니었지만 멋지고 안락해 보였다. 한마디로 방 전체 분위기가 음울함과는 거리가 멀었다. 캐서린은 당장 마음이 편안해졌다. 그리고 늦장을 부리다가 장군의 기분을 상하게 할까 두려워서, 괜히 꼼꼼히 살펴보며 시간을 허비하지 않겠다고 결심했다. 그녀는 최대한 빨리 옷을 벗어던지고, 옷가방을 풀기 시작했다. 그때 갑자기 벽난로 한쪽의 벽이 움푹 들어간 곳에 높고 커다란 궤짝이 눈에 띄었다. 그 순간 가슴이 두근거리기 시작했다. 캐서린은 경이로움에 사로잡혀 다른 건 다 잊어버린 채, 꼼짝도 하지 않고 서서 궤짝만 응시했다. 머릿속으로는 이런 생각들이 스쳐 지나갔다.

'정말 놀라운 일이야! 이런 걸 볼 줄은 생각도 못 했어! 굉장히 무거운 궤짝이네! 뭐가 들었을까? 왜 저걸 여기에 두었을까? 게다가 마치 숨기려는 듯 구석에 밀어놓았네. 무슨 일이 있어도 안을 들여다봐야겠어. 지금 당장, 날이 아직 밝을 때. 저녁까지 기다리다가는 초가 다 타버릴 거야.' 캐서린은 가까이 다가가서 자세히 살펴보았다. 삼목나무로 만들어진 이 궤짝은 좀 더 짙은 나무로 기묘한 무늬를 박아 넣었고, 똑같은 나무에 무늬를 새긴 다리받침이 달려 있어서 1피트 정도 바닥에서 떨어져 있었다. 자물쇠는 은이었는데 오랜 세월에 변색되어 있었다. 궤짝 양끝에는 역시 은으로 만든 부서진 손잡이가 달려 있었는데, 어떤 알 수 없는 충격에 망가진 모양이었다. 뚜껑 한가운데에는 은으로 신비로운 암호가 새겨져 있었다. 캐서린은 허리를 숙이고 꼼꼼히 살펴봤지만, 한 글자도 알아볼 수 없다. 어느 방향으로 읽어봐도, 마지막 글자가 T*로 보이지는 않았다. 하지만 이 집 안에 다른 어떤 물건이 있다면 예사롭지 않게 여길 만한 상황이었다. 이 궤짝이 원래 틸니 가문의 것이 아니었다면, 대체 어떤 이상한 사건으로 이 집 안에 들어오게 됐을까?

캐서린의 두려움에 가득 찬 호기심은 시시각각 커져갔다. 마침내 그녀는 벌벌 떨리는 손으로 자물쇠 빗장을 움켜쥐고, 어떤 위험이 있더라도 최소한 이 안에 무엇이 들었는지는 확인해야겠다고 마음먹었다. 하지만 뭔가 그녀를 가로막기라도 하는 것처럼, 아무리 애를 써도 뚜껑은 조금밖에 열리지 않았다. 바로 그때 갑작스럽게 문을 두드리는 소리에 캐서린은 화들짝 놀라서 뚜껑을 떨어뜨렸다. 뚜껑은 놀라 자빠질 만큼 큰 소리

---

*틸니 가문의 머리글자.

를 내며 닫혔다. 이런 안 좋은 때에 찾아온 사람은 바로 틸니 양의 하녀였다. 몰랜드 양을 도와주라고 보낸 것이었다. 캐서린은 당장 하녀를 돌려보냈지만, 정신을 차리고 지금 뭘 해야 하는지 기억했다. 어서 이 수수께끼를 파헤치고 싶어서 안달이 났지만 지체 없이 옷을 갈아입기 시작했다. 하지만 빨리 갈아입지는 못했다. 눈과 머리는 여전히 흥미와 두려움을 자아내는 궤짝에 쏠려 있었기 때문이었다. 비록 시간이 없어서 다시 뚜껑을 열어볼 용기는 없었지만, 궤짝 근처에서 발이 떨어지지 않았다. 마침내 캐서린은 겉옷에 한쪽 팔을 넣고 나자 몸단장이 거의 끝난 것 같았다. 그리고 애타는 호기심을 채울 시간은 충분할 것 같았다. 잠깐이면 될 것이다. 어떤 초자연적인 주문이 걸려 있지 않는 한, 있는 힘을 다해 들어 올리면 뚜껑은 금방 열릴 것이다. 이런 생각을 하며 캐서린은 힘껏 뚜껑을 들어올렸다. 그녀의 확신은 그녀를 속이지 않았다. 그녀가 용을 쓰자, 뚜껑이 활짝 젖혀졌다. 그런데 놀랍게도 눈앞에 나타난 것은 궤짝 한구석에 차곡차곡 개어진 하얀 면 침대보였다! 그것은 누가 봐도 소유자가 분명했다.

캐서린은 놀라움에 얼굴을 붉히며 멍하니 바라보고 있었다. 그때 틸니 양이 친구가 준비를 끝냈는지 보려고 방 안으로 들어왔다. 캐서린은 잠깐이나마 황당한 기대를 품었던 자신이 부끄러운 데다, 이토록 한심하게 물건을 뒤지다가 딱 걸리는 바람에 더욱 부끄러웠다. "참 이상한 낡은 궤짝이죠?" 캐서린이 황급히 뚜껑을 닫고 거울 쪽으로 돌아서자, 틸니 양이 말했다. "얼마나 오랜 세대 동안 그 물건이 여기 있었는지 몰라요. 처음에 어떻게 이 방에 들어왔는지도 모르고요. 하지만 치우고 싶지 않았어요. 모자나 보닛 따위를 넣어두면 가끔 유용할 것 같았거든요. 제일 안 좋은 점은 무거워서 뚜껑을 열기가 힘들다는 거예요. 하지만 구석에 놓여 있으니 별로 방해가 되지는 않아요."

캐서린은 자꾸만 얼굴이 달아오르고 옷을 여미느라 대답할 여유가 없었다. 그리고 최대한 빨리 준비를 끝내겠다는 현명한 결심을 했다. 틸니 양이 늦을 것 같다고 살짝 눈치를 주었던 것이다. 단숨에 두 사람은 계단을 달려 내려갔다. 전혀 근거 없는 걱정은 아니었다. 틸니 장군이 손에 시계를 든 채, 응접실을 서성거리고 있다가 그들이 들어오는 걸 보자마자 사나운 기세로 종을 당기며* 소리쳤던 것이다. "당장 식사를 차리도록!"

캐서린은 장군의 위압적인 말투에 부들부들 떨었다. 그리고 숨도 제대로 못 쉬면서 하얗게 질린 얼굴로 잔뜩 주눅이 들어 자리에 앉았다. 장군의 자녀들이 걱정되고 그 낡은 궤짝이 원망스러울 뿐이었다. 그녀를 보자, 장군은 다시 예의 바른 표정을 지었지만 한참 동안 딸을 꾸중했다. 세상 천지에 서두를 일이라곤 하나 없는데, 멍청하게도 어여쁜 친구를 재촉해서 숨이 넘어갈 지경이 되었다고 야단이었다. 캐서린은 멍청하기 짝이 없는 자신과 자기 때문에 꾸지람을 듣고 있는 친구 때문에 이중으로 괴로워서 견딜 수가 없었다. 다행히 저녁 식탁에 둘

---

*종을 당기는 것은 하인에게 식사를 내오라는 신호이다. 당시 대부분의 상류층 집에는 부엌과 줄로 연결된 종이 설치되어 있었다.

러앉자, 장군이 만족스러운 미소를 짓고 그녀도 식욕이 생겨서 마음의 평온을 되찾았다. 만찬장은 무척 고상했으며 일반적으로 사용하는 식당보다 훨씬 더 컸다. 그리고 굉장히 호화롭고 값비싼 스타일로 꾸며져 있었지만, 이런 데 익숙하지 않은 캐서린의 눈에는 거의 차이가 없었다. 그녀는 이렇게 드넓은 방과 수많은 하인들을 거의 본 적이 없었다. 그러므로 엄청난 방의 규모에 큰 소리로 감탄했다. 장군은 몹시 만족스러운 표정으로 절대 크기가 작은 건 아니라고 인정했다. 더 나가서 대부분의 사람들처럼 이런 문제를 크게 신경 쓰지는 않지만, 적당히 커다란 식당이야말로 생활의 필수품들 중 하나로 생각한다고 고백했다. "하지만 캐서린 양도 앨런 씨 댁에서 훨씬 더 커다란 방들을 많이 보았겠죠?"

"천만에요." 캐서린은 솔직하게 대답했다. "앨런 씨 댁의 만찬장은 절반 크기도 안 된답니다." 그리고 평생 이렇게 커다란 방은 본 적이 없다고 말했다. 장군은 더욱 기분이 좋아졌다. 그는 말하길, 글쎄 이런 방들이 있는데 굳이 사용하지 않으면 어리석은 일 같았지만 맹세코 이 방의 딱 절반 크기라면 훨씬 더 아늑하고 좋을 거라고 생각한다며, 앨런 씨 댁은 합리적인 행복을 누리는 데 딱 좋은 크기임이 분명하다고 했다.

저녁 시간은 별다른 말썽 없이 지나갔다. 틸니 장군이 가끔 자리를 비우면 분위기는 훨씬 유쾌해졌다. 캐서린이 이번 여행에서 살짝 피곤을 느낄 때는 장군이 옆에 있을 때뿐이었다. 하지만 그런 때조차, 지루하거나 긴장된 순간에도, 전반적으로 행복한 마음이 더 컸다. 버스에 있는 친구들과 함께 있었으면 좋겠다는 생각은 전혀 들지 않았다.

저녁 내내 바람이 오락가락하더니, 밤이 되자 폭풍우가 몰아쳤다. 식사가 끝날 무렵에는 세차게 바람이 불고 비가 쏟아졌다. 복도를 지나가던 캐서린은 두려움에 떨며 폭풍우 소리에 귀를 기울였다. 오래된 건물의 어느 모퉁이에서 바람이 울부짖는 소리와 멀리 떨어져 있는 문이 갑자기 쾅하고 닫히는 소리를 들었을 때, 캐서린은 자신이 옛 수도원에 왔음을 처음으로 실감했다. 그랬다. 이거야말로 전형적인 소리였다. 그동안 이런 건물이 줄곧 목도하고 이런 폭풍우가 예고했을 수많은 온갖 끔찍한 상황들과 무시무시한 장면들이 그녀의 머리에 떠올랐다. 그러자 이토록 웅장한 성벽 안에 들어와 있는 자신의 행복한 상황이 어찌나 진심으로 기쁘던지! 그녀는 한밤중의 암살자나 술 취한 악당 따위를 두려워할 필요가 전혀 없었다. 오늘 아침 헨리가 했던 말은 그저 농담이 분명했다. 이토록 안전하고 잘 갖춰진 집에서는 조사할 일도, 고민할 일도 있을 리 없었다. 그냥 풀러튼의 자기 침대로 가듯이 안심하고 자러 가면 된다. 이렇게 현명하게 마음을 단단히 다지며 계단을 올라갔기 때문에, 캐서린은 담대한 마음으로 방에 들어갈 수 있었다. 특히 틸니 양이 바로 한 방 건너에서 자는 걸 보고 더욱 마음이 놓였다. 게다가 기분 좋은 벽난로 불길을 보자 당장 기운이 났다. "얼마나 다행이야." 캐서린은 벽난로 가림막을 향해 걸어가며 중얼거렸다. "벽난로 불을 이미 피워놓다니! 수많은 가엾은 소녀들이 그래야 하듯이 온 가족이 잠자리에 들 때까지 추위에 떨며 기다리다가 충직한 늙은 하인이 장작개비 하나 들고 들어오는 바람에 놀라는 것보다 얼마나 다행이야! 노생거가 이런 곳이라 정말 기뻐! 만약 다른 곳이었으면, 폭풍우가 치는 이런 밤에는 용기를 낼 수 없었을 거야. 하지만 이제 놀랄 일은 전혀 없어."

캐서린은 방을 둘러보았다. 창문 커튼이 흔들리는 것 같았다. 하지만 덧문 틈새로 스며 들어온 세찬 바람이 분명했다. 그녀는 아무렇지도 않은 듯 콧노래를 흥얼거리며 대담하게 앞으로 다가갔다. 그리고 직접 확인하기 위해 용감하게 커튼 뒤를 차례로 들춰보았다. 낮은 창틀 위에는 두려워할 것이라고는 하나도 없었다. 덧문 위에 손바닥을 대보니 바람의 힘이 강하게 느껴졌다. 창문을 살피고 돌아서는 순간, 오래된 궤짝을 힐끗 쳐다본 것도 나름 도움이 되었다. 어리석은 공상에서 비롯된 근거 없는 두려움을 꾸짖으며, 태연하고 행복하게 잠자리에 들어갈 준비를 시작했으니까. "천천히 하자. 서두르지 마. 이 집에서 나 혼자만 깨어 있다 해도 괜찮아. 불을 피우지는 않을 거야. 겁쟁이처럼 보일 테니까. 마치 침대에 들어간 후에도 불빛이 지켜주기를 바라는 사람처럼." 그래서 벽난로 불은 꺼졌다. 캐서린은 짐을 정리하며 족히 한 시간을 보낸 후에, 서서히 잠자리에 들 생각을 하던 참이었다. 마지막으로 방 안을 둘러보았을 때, 키가 큰 검은색 구식 벽장이 갑자기 눈에 들어왔다. 잘 보이는 위치에 있었는데도 지금까지 알아채지 못했던 것이다. 처음에는 보지 못했던 검은색 벽장에 대한 헨리의 이야기가 당장 머리를 스치고 지나갔다. 실제로 벽장 안에는 아무것도 없을지라도, 뭔가 묘한 기분이 들었다. 정말 놀랄 만한 우연의 일치가 분명했다! 캐서린은 촛불을 집어 들고 벽장을 자세히 살펴보았다. 물론 흑단과 황금으로 만든 벽장은 결코 아니었다. 하지만 가장 근사한 종류의 검은색과 노란색으로 옻칠을 한 벽장이었다. 캐서린이 촛불을 비추자, 노란색이 정말 황금처럼 빛났다. 벽장문에는 열쇠가 꽂혀 있었다. 안을 살펴보고 싶은 이상한 생각이 들었다. 뭔가 찾을 거라는 기대는 눈곱만큼도 없었지만, 헨리의 이야기를 듣고 난 후라 매우 이상해 보였다. 한마디로 벽장을 조사하기 전에는 잠을 잘 수가 없었다. 캐서린은 의자 위에 매우 조심스럽게 양초를 올려놓고, 덜덜 떨리는 손으로 열쇠를 붙잡아 돌리려고 애썼다. 하지만 아무리 힘을 써도 열쇠는 돌아가지 않았다. 몹시 놀랐지만, 용기를 잃지 않고 반대쪽으로 열쇠를 돌렸다. 걸쇠가 풀리고 캐서린은 성공했다고 생각했다. 하지만 얼마나 이상한 일인지! 벽장문은 여전히 꼼짝도 하지 않았다. 잠깐 동안 숨 막히게 놀라서 몸이 얼어붙었다. 바람이 으르렁거리며 굴뚝을 타고 내려왔고, 폭포처럼 쏟아지는 빗줄기가 창문을 때렸다. 온 세상이 그녀가 처한 소름 끼치는 상황을 말해주는 것만 같았다. 하지만 이제 와서 호기심을 채우지 못한 채 침대로 돌아가봤자 소용없는 일이었다. 이토록 이상하게 잠겨 있는 벽장이 바로 눈앞에 있다는 걸 아는데 잠이 올 리가 만무했다. 캐서린은 다시 열쇠를 붙잡고, 이번이 마지막 시도라는 각오로 재빨리 이리저리 돌려보았다. 갑자기 벽장문이 열렸다. 승리의 기쁨에 심장이 마구 뛰었다. 벽장문을 양쪽으로 활짝 열자, 자물쇠보다는 덜 정교하게 만든 걸쇠만 걸려 있는 두 번째 문이 나타났다. 벽장 안에는 특별히 수상한 물건은 없었지만, 두 줄로 늘어선 작은 서랍들이 눈에 들어왔다. 작은 서랍들 위쪽과 아래쪽에는 더 큰 서랍들이 있었고, 제일 한가운데에는 자물쇠로 잠긴 작은 문이 있었다. 중요한 것을 숨겨둔 게 확실했다.

캐서린의 심장이 빠르게 뛰었지만 두렵지는 않았다. 기대감으로 두 뺨은 상기되고 호기심에 두 눈을 번뜩이면서, 캐서린은 서랍 손잡이를 움켜쥐고 확 잡아당겼다. 텅 비어 있었다. 점점 대담해진 그녀는 더 열정적으로 두 번째, 세 번째, 네 번째 서랍까지 빼보았지만, 모두 텅 비어 있었다. 살펴보지 못한 서랍은 없었고, 아무것도 발견하지 못했다. 책에서 보물을 감추는 기술에 대해 많이 읽었기 때문에, 서랍 안쪽의 비밀 공간도 그녀의 수사를 피할 수 없었다. 잔뜩 긴장하며 서랍마다 더 들어보았지만 헛수고였다. 이제 남은 것은 한가운데 문뿐이었다. 비록 처음부터 벽장 안에서 뭔가 발견할 거라는 생각은 눈곱만큼도 하지 않았지만, 그리고 여태껏 아무 성과도 거두지 못한 것에 전혀 실망하지 않았지만, 옆에 있으면서 끝까지 살펴보지 않는 건 어리석은 일이었다. 하지만 바깥문을 열 때처럼 안쪽 자물쇠를 여는 데도 똑같이 힘들었기 때문에 시간이 꽤 걸렸다. 마침내 문이 열렸다. 지금까지 조사가 헛되지 않았다. 즉시 그녀의 날카로운 눈이 마치 감추려는 듯 안쪽 공간 깊숙이 쑤셔 넣은 종이 다발을 발견했다. 그 순간의 기분은 말로 형용할 수가 없었다. 심장이 벌렁거리고 무릎이 덜덜 떨리며 얼굴이 창백해졌다. 그녀는 파르르 떨리는 손으로 귀중한 문서를 움켜쥐었다. 한눈에 봐도 글씨가 적혀 있다는 걸 확인할 수 있었다. 캐서린은 헨리가 예언했던 것과 놀랄 만큼 똑같다는 생각에 오싹한 기분이 들면서도, 잠자기 전에 지금 당장 전부 읽어봐야겠다고 결심했다.

순간 촛불이 희미해지자, 캐서린은 기겁을 하고 뒤를 돌아보았다. 하지만 촛불이 갑자기 꺼질 위험은 없었고, 아직 몇 시간은 괜찮을 것 같았다. 글씨를 읽는 것보다 문서의 오래된 연도를 알아보는 게 더 어려울 것 같아서, 캐서린은 황급히 양초의 탄 심지를 자르고 불을 밝게 했다. 그런데 아뿔싸! 불이 잠시 밝아지더니 곧 꺼져버렸다. 등잔이 꺼지다니, 이보다 더 끔찍한 일은 없을 것이다. 캐서린은 잠시 공포에 질려 꼼짝하지 않았다. 완전히 망했다. 남아 있는 심지에 다시 불을 붙이는 것은 바랄 수도 없었다. 한 치 앞도 볼 수 없는 확고한 어둠이 방안을 가득 채웠다. 사나운 돌풍이 급작스럽게 날뛰며 순간의 공포를 더했다. 캐서린은 머리부터 발끝까지 바들바들 떨었다. 꼼짝 않고 서 있는데, 서서히 멀어져가는 발소리와 함께 멀리서 문 닫히는 소리가 겁에 질린 그녀의 귓전을 때렸다. 인간의 이성은 더 이상 도움이 되지 않았다. 식은땀이 이마에 솟았고, 문서는 힘없이 손에서 떨어졌다. 더듬거리며 침대로 향한 캐서린은 재빨리 이불 속으로 뛰어들었다. 그리고 침대 깊숙이 파고 들어가면서 잠시 두려움을 잊으려고 했다. 그날 밤 눈을 감고 잔다는 것은 생각도 못 할 일이었다. 잔뜩 호기심을 자극한 데다가 모든 감각이 극도로 예민해져 있으니 휴식은 완전히 불가능했다. 또 사방에 폭풍우는 왜 그렇게 무시무시하게 부는지! 캐서린은 바람 때문에 놀라거나 하지는 않았는데, 지금은 돌풍이 칠 때마다 끔찍한 생각이 전해지는 것 같았다. 그토록 기이하게 문서를 발견하고, 또 그토록 놀랍게 오전의 예언이 실현된 것을 어떻게 설명할 것인가? 그 문서에는 어떤 내용이 담겨 있을까? 누구에게 쓴 편지일까? 우연히 그녀가 그 문서를 발견하다니 얼마나 신기한 일인가! 그 내용을 직접 확인할 때까지, 캐서린에게는 휴식도 평안도 없을 것이다. 첫 햇살이 비치자마자 당장 문서를 읽어보리라 결심했다. 하지만 아직은 지루한 몇 시간을 기다려야 한다. 캐서린은 부르르 몸을 떨며 침대에서 몸을 뒤척였다. 조용히 잠든 모든 사람들이 부러웠다. 폭풍은 여전히 몰아치고 있었고, 이따금 겁에 질린 그녀의 귓전을 때리는 바람소리보다 더욱 무시무시한 온갖 소리들이 들려왔다. 어느 순간에는 침대 커튼이 움직이는 것 같다가, 다음 순간에는 마치 누군가 들어오려고 애쓰는 것처럼 문손잡이가 덜컹거리는 것 같았다. 텅 빈 허공에 웅얼거리는 소리가 복도를 따라 스멀스멀 퍼져나가는 것 같다가, 멀리서 들려오는 신음 소리에 피가 얼어붙는 것 같기도 했다. 그렇게 몇 시간이 흐르고 기진맥진한 캐서린은 집 안의 모든 시계가 3시를 알리는 소리를 들었다. 폭풍우가 잦아들면서 어느새 그녀도 잠이 들었다.

7

다음 날 아침 8시에 하녀가 덧창문을 젖히는 소리에 캐서린은 잠에서 깼다. 언제 잠이 들었을까 의아해하면서 눈을 떠보니 기분 좋은 광경이 펼쳐졌다. 이미 벽난로에는 불이 타오르고 있었고, 어젯밤의 폭풍우는 지나가고 눈부신 아침이 찾아온 것이다. 현실감이 돌아오자마자 어젯밤 문서가 기억났다. 그래서 캐서린은 하녀가 방을 나가는 순간, 곧장 침대에서 일어나서 바닥에 떨어져 흩어진 종이들을 열심히 주워 모았다. 그리고 베개 위에서 찬찬히 읽어보는 호사를 누려보려고 얼른 침대로 돌아왔다. 하지만 이제 보니 자신이 전율을 느끼며 읽었던 책들과 같은 분량의 원고를 기대해서는 안 된다는 걸 분명히 알 수 있었다. 여러 종이쪽지들이 뒤죽박죽 섞여 있는 문서 다발은 분량도 얼마 안 되고, 처음 기대했던 것보다 훨씬 형편없었다.

캐서린은 눈에 불을 켜고 재빨리 종이 한 장을 훑어보았다. 그리고 그 내용에 흠칫 놀랐다. 대체 이럴 수가 있을까. 아니면 내 눈이 나를 속였단 말인가? 지금 그녀 앞에 놓인 것은 서툴고 투박한 글씨체*로 적힌 속옷 목록이 전부였던 것이다! 눈에 보이는 증거를 믿는다면, 그녀가 손에 쥔 것은 세탁물 전표였다. 다른 종이를 집어 들었지만, 별반 다르지 않은 목록이었

---

*서툰 글씨체는 하층민의 글씨임을 뜻한다. 당시에는 대부분의 사람들이 글을 쓸 수 있었지만, 사회적 지위에 따라 교육 수준이 완전히 달랐고, 좋은 필체는 정식교육의 중요한 항목이었다.

다. 세 번째도, 네 번째도, 다섯 번째도 전혀 새로운 내용이라고는 없었다. 종이마다 셔츠, 스타킹, 넥타이, 조끼 따위가 적혀 있었다. 다른 두 장은 같은 필체로 적혀 있었는데, 우편요금*, 머리카락 파우더, 구두끈, 승마바지, 세탁비누 등 딱히 흥미로울 것은 하나 없는 지출 내역이었다. 다른 쪽지들을 싸고 있었던 좀 더 큰 종이에는 알아보기 힘든 글씨체로 맨 첫 줄에 "갈색 암말에게 찜질 약을 붙임"이라고 적혀 있는 걸 봐서 편자공**의 영수증 같았다! 종이쪽지들이 다 그런 내용이었다. (아마 하인들의 부주의로 그녀가 처음 발견했던 그곳에 처박힌 모양이었다.) 고작 이것 때문에 기대와 두려움으로 가득 차서 하룻밤의 절반을 뜬눈으로 지새웠단 말인가! 그녀는 너무 창피해서 쥐구멍에라도 들어가고 싶은 마음이었다. 궤짝 사건으로도 깨달은 바가 없었단 말인가? 자리에 누워서 궤짝을 보는 순간, 모든 판단력이 제멋대로 돌아간 것 같았다. 자신의 공상이 얼마나 황당한지, 그보다 더 분명한 일은 없었다. 몇 세대 전의 문서가 이런 방에, 이렇게 현대적이고 사람들이 많이 사는 곳에서 발견되지 않고 남아 있을 거라고 생각하다니! 게다가 누구나 열 수 있도록 열쇠가 꽂혀 있는 벽장을 어떻게 자신이 제일 먼저 여는 방법을 알아냈다고 확신했을까!

어떻게 그렇게 스스로 속아 넘어갈 수 있단 말인가? 제발 헨

*당시에는 편지를 받는 쪽에서 우편요금을 냈는데, 주로 하인들이 대신 편지를 받았으므로 그 내역을 적어둔 것이다.
**당시에는 편자공이 말의 편자를 달기도 하고 치료도 했다.

리 틸니가 이 멍청한 짓을 알지 말아야 할 텐데! 하지만 상당 부분 그 때문이기도 했다. 만약 그 벽장이 그가 묘사한 것과 그렇게 꼭 들어맞지 않았더라면, 정말이지 눈곱만큼의 호기심도 느끼지 않았을 것이다. 이것만이 유일한 위안이었다. 그 지긋지긋한 종이들이 침대 위에 흩어져 있는 걸 보자, 자신의 어리석음을 보여주는 꼴 보기 싫은 증거들을 빨리 치우고 싶은 마음에 캐서린은 발딱 일어났다. 그리고 가능한 한 전과 똑같은 모양으로 접어서 벽장 안의 똑같은 자리에 돌려놓았다. 부디 어떤 재수 없는 사건이 일어나서 이 종이들을 다시 꺼내는 일이 없도록, 그래서 수치스러운 일을 당하지 않도록 간절히 빌면서.

왜 그렇게 자물쇠를 열기가 힘들었는지는 여전히 의문이었다. 이제는 너무 쉽게 돌릴 수 있었기 때문이었다. 뭔가 신비한 수수께끼가 있는 게 분명하다고, 잠시 즐거운 공상에 빠져 있기도 했지만, 애당초 벽장문이 잠겨 있지 않았는데 그녀가 잠가버린 것인지도 모른다는 생각이 퍼뜩 떠오르자, 또다시 얼굴이 화끈 달아올랐다.

캐서린은 자신의 행동에 대해 불쾌한 생각만 떠오르는 그 방에서 가능한 한 빨리 나왔다. 그리고 조찬실로 발걸음을 재촉했다. 전날 저녁에 틸니 양이 가는 길을 알려주었던 것이다. 그곳에는 헨리 혼자만 있었다. 그가 대뜸 그들이 지내고 있는 건물의 특징을 놀리듯이 언급하면서 부디 폭풍우에 잠을 설치지 않았기를 바란다고 말하자, 캐서린은 마음이 불편했다. 무슨 일이 있어도 약점을 들키고 싶지 않았기 때문이었다. 하지만 완전히 거짓말을 할 수는 없어서, 바람 때문에 좀 깨어 있었다고 인정할 수밖에 없었다. "하지만 아름다운 아침을 맞았잖아요." 캐서린은 이 화제를 벗어나고 싶어서 딴소리를 했다. "폭풍우나 불면 따위는 지나고 나면 아무것도 아니에요. 히아신스가 참 아름답기도 하군요! 저는 요즘에야 히아신스를 사랑하는 법을 배웠어요."

"어떻게 배웠나요? 우연히, 아니면 논쟁으로?"

"동생분이 가르쳐주었어요. 어떻게 배웠는지는 설명할 수 없군요. 앨런 부인은 몇 년 동안이나 저에게 가르쳐주려고 애쓰셨지만, 저는 배울 수가 없었어요. 일전에 밀섬 거리에서 히아신스를 보기 전까지는 그랬죠. 저는 천성적으로 꽃에 무관심한가 봐요."

"그런데 지금은 히아신스를 사랑하는군요. 아주 잘됐어요. 새로운 기쁨의 원천이 생겼으니까요. 행복을 잡는 방법은 가능하면 많을수록 좋죠. 게다가 꽃에 대한 취향은 여성들에게는 항상 바람직한 것입니다. 집 밖으로 나갈 수 있는 구실도 되고, 더 자주 운동할 기회도 주고 말이죠. 히아신스를 좋아한다니 조금 가정적으로 들리지만 일단 그런 감성에 눈을 떴으니 장미를 사랑할 날도 오지 않을까요?"

"집 밖으로 나가기 위해 굳이 그런 취미까지 필요하진 않아요. 신선한 공기와 걷는 즐거움만으로 충분한걸요. 날씨만 좋으면 하루의 절반 이상은 밖에서 지내요. 어머니 말씀이, 제가 한시도 집 안에 있지 않는대요."

"어쨌든 히아신스를 사랑하는 법을 배웠다니 기쁘군요. 뭔가 사랑하는 법을 배우는 것은 중요한 일이죠. 젊은 숙녀에게 배울 수 있는 습성이 있다는 건 대단한 축복이고요. 제 동생이 잘 가르치던가요?"

그때 장군이 들어와서, 캐서린은 대답을 해야 하는 난처한 상황을 피할 수 있었다. 장군은 미소 띤 아침 인사로 기분 좋은 상태임을 알렸지만, 일찍 일어나는 습관이 서로 통한다는 식의 은근한 암시는 그녀를 불편하게 했다.

아침 식탁에 앉았을 때, 캐서린의 눈길을 사로잡은 것은 우아한 식기 세트였다. 다행히도 장군이 선택한 그릇이었다. 캐서린에게 자신의 취향을 인정받아 몹시 흡족해진 장군은 솔직히 단순하고 깔끔한 물건이라고 고백하면서, 자신은 국산 제품을 장려하는 것이 옳다고 생각한다. 입맛이 까다롭지 않아서인지 스태퍼드셔산 도자기 주전자에서 우려낸 차도 드레스덴이나 세이브산 주전자에서 우려낸 차만큼이나 향이 좋더라,* 하지만 이 식기 세트는 2년 전에 구입한 꽤 오래된 것이다. 그때 이후로 제조 기술이 무척 발전해서 지난번 런던에 갔을 때에는 정말 아름다운 도자기 견본품을 보고, 이런 방면으로 허영심이 전혀 없기에 망정이지, 하마터면 새 식기 세트를 주문할 뻔했다, 하지만 비록 자기가 쓸 것은 아니더라도 머잖아 식기 세트를 고르는 기회가 생길 걸로 믿는다고 말했다. 아마 이 말뜻을

*드레스덴은 독일, 세이브는 프랑스의 유명한 도자기 생산지이다. 이곳에서 수입된 자기들은 장식이 화려하고 값 또한 비쌌다.

이해하지 못한 사람은 그들 중에 캐서린 하나뿐일 것이다.

조찬이 끝나고 바로 헨리는 우드스턴으로 떠났다. 거기에 일이 있어서 이삼 일 정도 머물러야만 했다. 그들 모두 현관에 서서 말을 올라타는 헨리를 배웅해주었다. 그리고 곧장 조찬실로 다시 돌아갔다. 캐서린은 헨리의 모습을 한 번이라도 더 볼까 싶어서 창가로 걸어갔다. "이번에는 네 오빠가 마음 단단히 먹어야겠구나." 장군이 엘리너에게 말했다. "오늘 따라 우드스턴이 음울하게만 보일 게다."

"그곳은 아름다운가요?" 캐서린이 물었다.

"뭐라고 대답하겠니, 엘리너? 네 의견을 말해보렴. 남자뿐만 아니라 장소에 관해서도 아가씨들이 아가씨 취향을 제일 잘 알 테니까. 나는 가장 객관적으로 봐도 좋은 점이 많은 곳이라고 인정할 만하다고 생각하오. 멋진 초원 위에 남동향의 집이 한 채 서 있고, 훌륭한 텃밭도 딸려 있소. 그곳을 둘러싼 담장은 내가 10년 전에 아들을 위해 직접 쌓고 세웠지. 그곳은 집안의 생활 터전이라오, 몰랜드 양. 그곳 자산은 주로 내 소유고, 나쁘지 않게 잘 관리했다고 믿어도 좋소. 헨리의 수입은 전적으로 거기에서만 나오지만, 그렇게 형편이 나쁘지는 않을 거요. 어쩌면 이상하게 보일지 몰라도, 장남 밑으로 자식이 단둘뿐이지만, 나는 그에게 반드시 직업이 필요하다고 생각하오. 물론 그가 모든 직업의 굴레에서 벗어나기를 바랄 때도 있소. 하지만 몰랜드 양, 내가 비록 젊은 아가씨들을 정확하게 설득할 수는 없어도, 아마 아가씨 아버님께서는 모든 청년들에게 일거리를 주는 게 상책이라는 내 생각에 동의하실 거요. 돈은 중요하지 않소. 그건 목적이 아니오. 할 일이 있는 게 중요하지. 장남인 프레더릭조차, 이 지방의 웬만한 공직에 나가지 않은 신사들*만큼이나 상당한 땅을 물려받을 것이지만 직업을 갖고 있다오."

마지막 주장은 장군의 소망대로 위압적인 효과를 발휘했다. 캐서린의 침묵은 장군의 말에 대꾸할 수 없다는 증거였다.

어제 저녁에 캐서린에게 집 구경을 시켜주겠다는 말이 나왔었기에, 장군은 직접 그녀를 안내했다. 캐서린은 장군의 딸과 단둘이서 둘러보고 싶었지만, 어떤 상황이든 그 제안 자체가 너무 반가웠기 때문에 기쁘게 받아들이지 않을 수 없었다. 노생거에서 벌써 열여덟 시간을 지냈지만, 방 몇 개밖에 못 봤기 때문이었다. 한가하게 꺼내 들었던 뜨개질 상자를 얼른 닫고서, 캐서린은 당장 장군을 따라나설 준비를 했다. 장군은 집 안을 다 돌아보고 나면 숲과 정원까지 보여주겠다고 약속했다. 캐서린은 공손히 절을 했다. "어쩌면 집 밖을 먼저 보는 게 좋을지도 모르겠군. 지금은 날이 화창하지만, 1년 중 이맘때는 날씨가 워낙 변덕스럽다오. 어느 쪽이 더 좋겠소? 아가씨 뜻대로 해요. 얘야, 네 생각에는 어느 쪽이 네 아리따운 친구의 마음에 맞을 것 같으냐?" 하지만 장군은 자신이 짐작할 수 있을 것 같다고 말했다. 몰랜드 양의 눈에서 지금 이 화창한 날씨를 누리

*최고 부자 귀족들은 당연히 공직에 나가 정무를 수행했다. 그러니까 틸니 장군은 최상류층을 제외한 나머지 일반 귀족들과 비교하고 있는 것이다.

고 싶은 현명한 마음을 분명히 읽었다는 것이었다. "언제 이 아가씨 판단이 틀린 적이 있었나? 수도원 건물이야 비 걱정 없이 언제든 둘러볼 수 있지. 나는 무조건 따르겠으니, 모자를 가져오는 즉시 두 사람을 데리고 나가겠소." 장군이 방을 나가자, 캐서린은 몹시 실망하고 걱정스러운 표정으로 장군이 그녀를 기쁘게 해주는 일이라고 오해하고서 그의 의향과 다르게 집 밖으로 나가는 것은 아니냐며 불편한 마음을 토로하기 시작했다. 하지만 틸니 양은 약간 당황스러워하면서 단박에 그녀의 말문을 막았다. "이렇게 날씨가 좋을 때면 오전 시간을 잘 이용하는 게 가장 현명한 일이에요. 저희 아버지 때문에 불편해하지 말아요. 아버지는 항상 이 시간에 산책을 나가시거든요."

캐서린은 이 말을 어떻게 받아들여야 할지 정확히 알 수 없었다. 왜 틸니 양은 당황하는 걸까? 장군 쪽에서 수도원 건물 안을 보여주기를 거리끼는 이유라도 있단 말인가? 정작 제안을 한 사람은 장군이었는데. 게다가 항상 이렇게 일찍 산책을 하다니 정말 이상한 일 아닌가? 아버지도 앨런 씨도 그러지 않았다. 어쨌든 몹시 속상한 일이었다. 집 안을 보고 싶어 안달했지, 바깥에 대해서는 아무 관심도 없었다. 헨리가 함께 있었더라면! 하지만 그림 같은 풍경을 보게 될지 모르는 일이었다. 캐서린은 속으로 이런 생각을 하면서 애써 불만을 참고 모자를 썼다.

하지만 잔디밭에 서서 처음으로 바라본 순간, 캐서린은 노생거 수도원의 장엄함에 상상 이상으로 깊은 감명을 받았다. 웅장한 건물 전체가 드넓은 안뜰을 네모나게 둘러싸고 있었다.

고딕 양식의 장식이 화려하게 새겨진 사각형 건물의 양쪽 측면은 위용을 뽐내며 우뚝 솟아 있었다. 나머지 부분은 오래된 나무숲이나 다채로운 식물들로 가려져 있었다. 그 뒤편에는 건물을 보호하듯이 나무가 울창한 가파른 언덕들이 솟아 있었는데, 나뭇잎도 없는 3월인데도 비할 데 없이 아름다웠다. 캐서린은 이런 풍경을 한 번도 본 적이 없었다. 커다란 기쁨에 가슴이 벅찬 나머지, 보다 권위 있는 의견이 나오기를 기다리지도 않고 대담하게 경탄과 찬사를 터트리고 말았다. 장군은 마치 그 순간까지 노생거에 대한 평가를 보류하고 있었던 사람처럼 감사하는 표정으로 고개를 끄덕이며 듣고 있었다.

그다음으로 경탄한 것은 채마밭이었다. 장군은 공원의 한 작은 구역을 가로질러 길을 안내하였다.

이 정원의 크기가 몇 에이커에 달하는지 듣고서 캐서린은 아연실색하지 않을 수 없었다. 교회 마당과 과수원을 포함한 아버지의 대지뿐만 아니라 앨런 씨의 모든 대지를 전부 합친 것의 두 배보다도 넓었다. 담장은 헤아릴 수 없이 많았고, 그 끝이 보이지 않았다. 그 사이로 온실이 마을을 이루고, 온 교구 사람들이 울타리 안에서 일을 하고 있는 것 같았다. 장군은 경탄하는 캐서린의 표정을 보고 우쭐했다. 그 표정은 이것과 맞먹을 만한 정원은 평생 한 번도 보지 못했다고 대놓고 말하고 있었다. 그래서 장군은 그녀가 말로 표현하도록 유도하고 나서 겸손하게 인정했다. "내가 이런 데 욕심이 있는 것도 아니고 딱히 관심이 있는 것도 아니지만, 그래도 이 왕국 안에서 여기에 비견할 만한 정원은 없을 거요. 내게 관심사가 있다면 바로 이 거요. 나는 정원을 사랑하오. 먹는 문제에는 대체로 관심이 없지만, 좋은 과일만은 무척 좋아한다오. 설령 내가 안 좋아해도 친구들이나 자식들이 좋아하니까. 하지만 이런 정원을 가꾸는 일은 엄청나게 성가신 일이오. 온갖 정성을 다 기울여도 언제나 최상급 과일을 거두는 것은 아니니까 말이오. 작년에도 파인애플 온실에서 겨우 백 개밖에 수확하지 못했다오. 아마 앨런 씨라면 이런 어려움들을 잘 알고 계실 거요."

"아니요, 전혀 아닌데요. 앨런 씨는 정원에는 신경도 안 쓰세요. 들어가보지도 않는걸요."

장군은 만족스러운 미소를 지으며, 자신도 그럴 수 있었으면 좋겠다고 말했다. 정원에 들어갈 때마다, 자신의 계획보다 부족한 점들 때문에 이래저래 늘 짜증이 난다는 것이었다.

"앨런 씨는 식물원을 어떻게 가꾸시는지?" 자기 식물원의 특징을 설명하며 안으로 들어가던 장군이 물었다.

"앨런 씨는 작은 온실 하나밖에 없으세요. 앨런 부인이 겨울에 식물을 기르는 데 사용하고, 가끔 불을 피우세요."

"거참 행복한 양반일세!" 장군은 무시하면서 매우 흡족해하는 표정으로 말했다.

장군은 캐서린이 보고 감탄하는 데 그만 진력이 날 때까지, 모든 구역 안과 모든 담장 아래를 샅샅이 안내했다. 그리고 결국에는 바깥문을 이용할 기회까지 잡아 아가씨들을 괴롭혔다. 장군은 최근에 개조한 다실을 구경하는 게 어떠냐고 의향을 밝히면서, 몰랜드 양이 피곤하지만 않으면 좀 더 산책하는 것도 즐거울 거라고 제안했다. "그런데 어디로 가는 거지, 엘리너? 어째서 그 춥고 축축한 길로 가려는 거냐? 몰랜드 양의 옷이 다 젖을 게다. 공원을 가로질러 가는 게 제일 좋아."

"저는 이 길이 제일 좋아요." 틸니 양이 말했다. "언제나 이 길이 가장 가깝고 가장 좋은 길이라고 생각해요. 축축할지는 모르지만요."

그것은 오래된 스코틀랜드 전나무가 빽빽이 들어선 작은 숲 속을 구불구불 지나가는 오솔길이었다. 캐서린은 그 음울한 분위기에 매료되어 꼭 들어가보고 싶었다. 설령 장군이 반대해도 그녀의 발걸음은 막을 수 없을 것 같았다. 장군은 그녀의 의향을 알아채고, 건강을 핑계로 한 번 더 만류해보더니 예의를 지켜서 더 이상 반대하지 않았다. 그는 함께 갈 수 없겠다고 양해를 구했다. "나 같은 노인은 햇살을 쬐일수록 좋은 법이니, 다른 길로 가서 만나도록 합시다." 장군은 돌아서서 가버렸다. 캐서린은 그와 헤어져서 어찌나 마음이 홀가분한지 스스로 깜짝 놀랄 정도였다. 하지만 충격보다는 안도감이 더 컸기 때문에 아무런 해가 되지 않았다. 그녀는 이런 숲이 자아내는 달콤한 우울에 관해 즐겁고 편안하게 떠들었다.

"나는 특히 이곳을 좋아해요." 그녀의 동행이 한숨을 쉬며 말했다. "저희 어머니가 가장 좋아하던 산책로거든요."

캐서린은 지금까지 이 집안에서 틸니 부인 이야기를 한 번도 들은 적이 없었다. 그러므로 이 애틋한 추억을 듣자 몹시 흥미가 생겼고, 그것은 당장 표정의 변화로 드러났다. 그녀는 가만히 귀를 기울인 채 좀 더 이야기가 나오기를 기다렸다.

"어머니와 함께 이 길을 종종 산책하곤 했어요!" 엘리너가 덧붙였다. "그때는 이 길을 좋아하지 않았지만, 그 이후로 좋아하게 되었어요. 당시에는 어머니가 왜 이 길로 다니는지 의아해하곤 했죠. 하지만 이제는 그때 기억 때문에 이 길이 소중해요."

'그렇다면 마땅히 남편에게도 소중해야 하지 않을까?' 캐서린은 생각했다. '그런데 장군은 이 길에 들어오려고도 하지 않네.' 틸니 양은 한동안 말이 없었다. 캐서린은 용기를 내어 말했다. "어머니의 죽음이 얼마나 큰 고통이었을까요!"

"큰 고통이고, 갈수록 깊어지는 고통이죠." 상대방이 낮은 목소리로 말했다. "그 일이 일어났을 때 나는 겨우 열세 살이었어요. 어린아이로서 느낄 수 있는 만큼 커다란 상실감을 느끼기는 했지만, 그게 무슨 의미인지 그땐 잘 몰랐죠." 그녀는 잠시 말을 멈추더니 단호한 목소리로 말했다. "나는 자매가 없어요. 헨리 오빠는…… 오빠는 매우 다정하고 정말 고맙게도 여기서 많은 시간을 보내지만, 종종 외로움을 느끼는 것은 어쩔 수 없어요."

"오빠가 무척 그립겠어요."

"어머니라면 항상 옆에 있어줬겠죠. 어머니는 변함없는 친구가 되어주었을 거예요. 어머니의 영향력이란 어느 누구와도 비교할 수 없잖아요."

"어머니는 무척 매력적인 분이셨나요? 미인이셨어요? 노생거에 그분 초상화는 없나요? 왜 그렇게 그 숲 속을 좋아하셨죠? 우울하셨기 때문인가요?" 이제 질문이 막 쏟아져 나왔다. 처음 세 가지 질문은 즉시 긍정적인 대답이 나왔지만, 나머지 두 질문은 그냥 지나가버렸다. 돌아가신 틸니 부인에 대한 캐서린의 관심은, 대답을 듣든 못 듣든 질문을 할 때마다 점점 커져갔다. 그녀의 결혼이 불행했을 거라고 캐서린은 짐작했다. 장군은 틀림없이 무뚝뚝한 남편이었을 것이다. 부인의 산책로를 사랑하지 않았다. 그런데 어떻게 부인을 사랑할 수 있었겠는가? 게다가 비록 잘생기긴 했지만, 장군의 외모에는 왠지 부인에게 잘해주지 못했을 것 같은 인상이 풍겼다.

"어머니의 초상은 아버지 방에 걸려 있나요?" 캐서린은 몹시 교묘한 자신의 질문에 얼굴을 붉혔다.

"아니요. 원래 응접실에 걸려고 했는데, 아버지가 그 그림을 싫어하셔서 한동안 걸지 못했어요. 어머니가 돌아가신 후에 그 그림은 내 소유가 되었죠. 그래서 내 침실에 걸려 있어요. 당신에게 기꺼이 보여줄게요. 어머니와 매우 흡사해요." 또 다른 증거가 나왔다. 죽은 아내와 매우 흡사한 초상화를 소중히 여기지 않는 남편이라니! 그는 부인에게 끔찍하게 잔인했으리라!

캐서린은 장군의 모든 친절에도 불구하고, 이전부터 계속 느꼈던 감정의 본질을 더 이상 자신에게 감추려고 하지 않았다. 전에는 공포와 혐오였던 감정이 이제는 절대적인 반감으로 바뀌었다. 그렇다, 반감! 그토록 매력적인 여인에게 잔혹했던 그가 그녀의 눈에는 가증스럽게 보였다. 캐서린은 종종 그런 인물들에 대해 읽은 적이 있었다. 앨런 씨가 부자연스럽고 지나치게 과장되었다고 말했던 그런 인물들. 하지만 여기에 그의 말에 반대하는 증거가 있었다.

캐서린이 막 생각을 정리했을 때, 길이 끝나고 곧장 장군과 마주쳤다. 그 모든 고결한 분노에도 불구하고, 캐서린은 다시 순순히 장군과 함께 걸으며 그의 이야기에 귀를 기울이고 심지어 그의 미소에 따라 웃고 있는 자신을 발견했다. 하지만 더 이상 주변 풍경에 즐거움을 느낄 수 없게 되자, 곧 캐서린은 축 늘어져서 걷기 시작했다. 장군은 이 점을 알아채고 그녀의 건강을 걱정하며 어서 빨리 딸과 함께 집으로 돌아가라고 재촉했다. 그것은 마치 장군에 대한 그녀의 생각을 비난하는 것 같았다. 장군은 15분 후에 그들을 따라갈 것이라고 했다. 또다시 그들은 헤어졌다. 하지만 금방 엘리너를 불러 세우더니, 자신이 돌아갈 때까지 친구를 데리고 집 안을 돌아다니지 말라고 엄하게 지시했다. 그녀가 그토록 바라는 일을, 장군이 괜한 오지랖으로 두 번이나 지연시켰다는 사실이 캐서린의 마음에 깊은 앙금으로 남았다.

8

한 시간쯤 지나서야 장군이 돌아왔다. 그동안 장군의 젊은 손님은 그의 인격에 대해 매우 적대적인 생각을 하고 있었다. '이렇게 오래 자리를 비우고 혼자 걷다 오는 걸 보니, 양심의 가책이 전혀 없거나 마음이 편한 건 아닌가 보네.' 마침내 장군이 나타났다. 무슨 우울한 상념에 잠겼었는지는 몰라도, 장군은 여전히 미소를 잃지 않았다. 저택에 호기심이 많은 친구를 생각해서 틸니 양이 다시 그 이야기를 꺼냈다. 캐서린의 예상과 달리, 장군은 더 이상 집 안 구경을 미룰 어떤 핑계도 대지 않았다. 그들이 다시 돌아올 때에 맞춰 방에 마실 것을 준비해놓으라고 지시하느라 5분을 지체했을 뿐, 곧 아가씨들을 안내할 채비를 갖추었다.

그들은 출발했다. 장군의 위엄 있는 걸음걸이와 위풍당당한 분위기가 시선을 사로잡았지만, 독서를 많이 한 캐서린의 의구심을 떨쳐낼 수는 없었다. 그는 복도를 가로질러 길을 안내했다. 그들은 일상적으로 사용하는 응접실을 지나 거의 쓰지 않는 대기실을 통해, 크기나 가구, 모든 면에서 휘황찬란한 방으로 들어갔다. 그곳은 오직 중요한 손님들만 접대하는 진짜 응접실이었다. 무척이나 고상하군요! 정말 웅장하군요! 참으로 매력적이에요! 캐서린이 할 수 있는 말은 이게 전부였다. 감식안이 없는 그녀의 눈으로는 비단 색깔조차 거의 구별할 수 없었던 것이다. 구체적이고 자세한 칭찬이나 의미 있는 찬사는 전부 장군의 입에서 나왔다. 캐서린에게는 어느 방의 실내 장식이 얼마나 우아하고 얼마나 돈이 많이 들었든지 전혀 의미가 없었다. 15세기보다 나중에 나온 가구에는 관심이 없었던 것이다. 장군은 유명한 장식품들을 하나하나 자세히 살피고 자신의 호기심을 충족시킨 후에 서재로 이동했다. 다른 곳과 마찬

가지로 휘황찬란한 이 방에는, 아무리 겸손한 사람도 자부심을 드러낼 만큼 엄청난 장서들이 전시되어 있었다. 캐서린은 전보다 더 진심으로 놀라고 감탄하며 설명에 귀를 기울였다. 그리고 서가에 꽂힌 책들의 절반 정도를 제목만이라도 훑어보면서, 이 지식의 보고에서 한 글자라도 더 얻어 가려고 했다. 그런데 그녀의 기대와 달리, 더 이상 방이 등장하지 않았다. 이토록 큰 건물인데, 벌써 중요한 부분은 다 구경했다는 것이었다. 주방을 포함해서 지금 둘러본 예닐곱 개의 방이 안뜰의 삼면을 다 둘러싸고 있다는 설명을 들었지만, 좀처럼 믿기지가 않았다. 감추어진 방이 많이 있을 거라는 의혹을 지울 수가 없었다. 그나마 일상적으로 사용하는 응접실로 되돌아가는 길에, 안뜰이 내다보이는 소박한 방들과 건물의 나머지 세 측면을 연결하는 꽤 복잡하고 통행이 드문 통로를 지나간 것이 적잖은 위안이 되었다. 또한 그녀에게 열어 보여주지도 않고 설명도 안 해준 몇몇 문들을 발견하고, 기도실의 흔적이 남아 있는 곳도 구경하고, 한때 수도원의 회랑이었던 자리를 밟고 간다는 설명도 들으니 한결 서운함이 가셨다. 곧이어 당구실과 장군의 내실을 지나갔지만, 어떻게 연결됐는지도 모르겠고 방을 나올 때에는 어느 쪽으로 돌아야 할지도 알 수 없었다. 마지막으로 작고 어두운 방을 지나갔는데, 그곳은 헨리의 방으로 그의 책들과 총, 외투 등이 흩어져 있었다.

이미 실컷 보았고, 또 날마다 5시면 보는 만찬장에서도, 장군은 정작 아무 관심도 없고 의심할 생각도 없는 몰랜드 양에게 좀 더 확실한 정보를 제공해주겠다며 보폭으로 만찬장의 넓이를 재보는 즐거움을 놓치지 않았다. 이제 그들은 가까운 주방으로 향했다. 옛 수도원의 오래된 주방이었던 이곳에는 두꺼운 벽들과 지난날의 그을음 자국이 남아 있었고, 현대식 스토브와 보온용 찬장이 설치되어 있었다. 뭐든 뜯고 고치는 장군의 손길은 이곳도 내버려두지 않았다. 요리사의 수고를 덜어줄 수 있는 현대식 발명품들이 요리사들의 드넓은 무대인 이곳에 전부 설치되어 있었다. 다른 사람들의 재주가 부족할 때면, 종종 장군 자신의 재주로 부족한 점을 완벽하게 만들었다. 주방 한 곳에 쏟아부은 재능만으로도, 장군은 언제든 이 수도원의 후원자들 중 최고의 반열에 오를 것이다.

주방 벽과 함께 옛 수도원의 고풍스러운 흔적도 끝이었다. 사각형으로 가운데 안뜰을 둘러싼 건물 중 네 번째 측면은 너무 낡고 허물어져서 장군의 아버지가 철거하고 그 자리에 현재의 건물을 다시 세운 것이었다. 여기에는 고색창연한 것이라고는 남아 있지 않았다. 새로 지은 건물은 그저 새것이 아니라 스스로 새롭다고 선언하는 것 같았다. 애초에 가사실*로만 사용할 의도였고, 뒤로는 마구간 마당이 가로막고 있으니 건축적인 통일성 따위는 고려할 필요가 없었다. 캐서린은 단지 가사 관리를 위해서 다른 어떤 것보다 훨씬 가치 있는 것들을 모조리 쓸어버리는 손길을 향해 절규하고 싶었다. 그리고 만약 장군만

---

* 영국에서 부엌, 헛간, 세탁실, 식료품실 등을 통틀어 일컫는 말이다.

허락한다면, 이토록 망가져버린 현장 속을 걸어 다니는 굴욕에서 벗어나고 싶었다. 하지만 장군의 허영심은 바로 이 가사실의 최신식 설비에서 발휘되었다. 게다가 몰랜드 양 같은 여성에게는 아랫사람들의 노고를 덜어주는 안락하고 편리한 설비를 구경하는 게 언제나 즐거운 일일 거라고 확신했기 때문에, 한마디 변명도 없이 그녀를 계속 끌고 다녔다. 그들은 모든 걸 대략 살펴보았다. 캐서린은 그곳의 다양함과 편리함에 기대 이상으로 깊은 감명을 받았다. 풀러튼에서는 허름한 식료품 저장실과 불편한 개수대만으로도 충분한 일들이 이곳에서는 적절하게 분할되어 있고 편리하고 넉넉한 공간에서 이루어지고 있었다. 끊임없이 나타나는 수많은 하인들도 가사실의 숫자만큼이나 놀라웠다. 그들이 어느 곳에 가든, 덧신을 신은 하녀들이 걸음을 멈추고 절을 하거나 평복을 입은 하인들이 조용히 물러섰다. 하지만 이곳은 수도원이 아니었던가! 이런 가정 설비들은 그녀가 책에서 읽은 것들, 수도원과 성들과는 얼마나 말할 수 없이 다른지! 책에서는 노생거보다 더 큰 성이라고 해도, 온갖 집 안의 궂은일은 기껏해야 하녀 두 명이서 도맡아 했다. 대체 어떻게 그럴 수 있는지 앨런 부인은 종종 그 점에 놀라곤 했었다. 하지만 이곳에서 필요한 인력과 설비들을 보니, 이번에는 캐서린 자신이 놀라기 시작했다.

이제 그들은 현관 복도로 되돌아왔다. 그리고 그곳의 중심 계단을 올라가면서, 아름다운 나무 재질과 화려하게 새겨진 장식들을 일일이 지적했다. 꼭대기에 이르자, 그들은 캐서린의 방이 있는 회랑과는 반대편 방향으로 향했다. 그리고 곧 구조는 같지만 너비와 길이가 월등히 넓은 회랑으로 들어갔다. 여기서 캐서린은 계속해서 세 개의 커다란 침실과 더할 나위 없이 완벽하고 훌륭하게 가구를 비치해놓은 옷방을 구경했다. 방마다 편안하고 우아하게 꾸미기 위해서 돈과 안목을 들여 할 수 있는 모든 것들을 해놓았다. 지난 5년 동안 들여놓은 가구들은 모든 면에서 완벽해서 대개는 흡족할 만했지만, 캐서린의 마음에 들 만한 것은 하나도 없었다. 그들이 마지막 방을 살펴보고 있을 때, 장군은 한때 이곳에 머물렀던 사람들이라고 몇몇 저명한 인물들의 이름을 슬쩍 대더니, 미소 띤 얼굴로 캐서린을 돌아보면서 앞으로는 "풀러튼에서 온 우리 친구들"이 제일 먼저 이곳의 손님이 되길 바란다고 말했다. 캐서린은 예상치 못한 칭찬에 감동을 받아서, 자신에게 이토록 친절하고 그녀의 가족들에게도 이토록 정중한 사람을 좋게 생각할 수 없다는 사실에 몹시 안타까워했다.

회랑은 접이문 앞에서 끝났다. 틸니 양이 앞으로 걸어가더니 그 문을 활짝 열고 안으로 들어갔다. 그러자 또 다른 긴 회랑이 나타났다. 그녀가 왼쪽에 있는 첫 번째 문을 똑같이 열려고 할 때, 장군이 다가오더니 황급히 그녀를 불렀다. 그리고 캐서린 생각에 다소 화난 어조로, 대체 어디를 가느냐고 물었다. 더 볼 게 뭐가 있느냐? 몰랜드 양은 이미 볼만한 것은 다 보지 않았느냐? 친구가 이렇게 오래 걸었는데 잠시 휴식을 원할 거라는 생각은 못 하느냐? 틸니 양은 곧장 되돌아 나왔고, 육중한 문은 약이 오른 캐서린의 눈앞에서 쾅 닫히고 말았다. 하지만 그녀는 그 짧은 순간에 문틈 사이로 좁은 통로와 무수한 빈 틈새들과 구불구불한 계단의 형체를 얼핏 보았고, 비로소 관심을 끌 만한 것을 찾았구나 싶었다. 그러므로 마지못해 회랑을 걸어 나오면서, 다른 화려한 방들을 전부 구경하는 것보다 차라리 저택의 이 구석을 살펴보게 해주면 좋겠다고 생각했다. 그곳을 보여주기 싫어하는 장군의 기색은 호기심만 더 자극했다. 뭔가 감추고 있는 것이 분명했다. 그녀의 상상력은, 비록 최근에 한두 번 잘못을 저지르기는 했지만, 이번에는 그릇된 길로 인도하지 않았다. 게다가 두 사람이 장군과 어느 정도 거리를 두고 계단을 따라 내려가고 있을 때, 틸니 양의 짧은 한마디가 뭔가 있음을 알려주는 것 같았다. "어머니가 쓰시던 방을 보여주려고 했어요. 그 방에서 돌아가셨죠." 그녀가 한 말은 이게 전부였다. 하지만 캐서린에게는 이 짧은 말이 수많은 정보를 전해주고 있었다. 장군이 그 방에 간직되어 있을 추억의 물건들을 회피하는 것은 놀랄 일이 아니었다. 틀림없이 그 끔찍한 사건이 벌어진 이후로 장군은 한 번도 그 방에 들어가지 않았으리라. 병든 아내는 고통에서 해방시켜주고, 장군에게는 양심의 가책을 남긴 사건 이후로.

캐서린은 엘리너와 단둘이 있게 되자, 용기를 내어 그 방뿐만 아니라 그 구역에 있는 다른 방들까지 보고 싶다고 말했다. 엘리너는 편한 시간에 언제든 데려가주겠다고 약속했다. 캐서린은 그녀의 말을 이해했다. 그 방에 들어가기 전에 장군이 어디 있는지 지켜봐야 할 것이다. "옛날 그대로겠죠?" 캐서린이 흥분한 어조로 물었다.

"그럼요, 그대로죠."

"어머니께서 돌아가신 지 얼마나 됐나요?"

"9년 전에 돌아가셨어요." 9년이라면 긴 시간은 아니라고 캐서린은 생각했다. 아픈 아내의 죽음 후에 아내의 방을 정리할 때까지 일반적으로 걸리는 시간에 비하면 말이다.

"당신은 어머니의 임종을 지켜봤겠죠?"

"아니에요." 틸니 양이 한숨을 쉬며 말했다. "불행히도 나는 집에 없었어요. 어머니의 병은 갑작스럽고 오래가지 못했어요. 내가 도착하기 전에 모든 게 끝났죠."

이 말에서 자연스럽게 떠오른 무시무시한 의혹 때문에 캐서린은 피가 얼어붙는 것 같았다. 과연 그럴 수가 있을까? 헨리의 아버지가? 하지만 아무리 어두운 의혹도 입증되는 사례들이 얼마나 많은가! 게다가 저녁 내내 그녀가 친구와 바느질을 하면서 지켜본 장군의 모습이란! 이마를 잔뜩 찌푸리고 눈을 아래로 깐 채, 말없이 생각에 잠겨 한 시간 동안이나 응접실을 천천히 왔다 갔다 하는 장군을 보고, 캐서린은 그를 잘못 판단한 게 아니라는 확신이 들었다. 그것은 바로 몬토니*의 태도와 분위기였다! 그나마 일말의 인간성이 남아서 지나간 과거의 범행을 두려운 마음으로 회고하고 있는 그 어두운 내면을 이보다

*《우돌포의 수수께끼》에 등장하는 우돌포 성의 주인이자 악당. 에밀리의 이모인 아내를 방에 감금시킨다.

더 분명하게 말해주는 게 있을까? 불쌍한 사람! 캐서린이 불안한 마음에 자꾸만 장군을 힐끔힐끔 쳐다보자 틸니 양이 알아차렸다. "저희 아버지는 종종 저렇게 방 안을 걷곤 하세요. 늘 있는 일이죠."

'이건 더 나빠!' 캐서린은 생각했다. 이런 부적절한 때에 운동을 하는 것이나, 말도 안 되는 시간에 아침 산책을 나가는 것이나 똑같이 불길한 조짐처럼 보였다.

정찬 후에는 별로 할 일도 없고 지루해서 캐서린은 새삼 헨리의 중요성을 뼈저리게 느꼈다. 그리고 그만 방으로 물러갈 때가 되자 진심으로 기뻤다. 장군은 그녀가 알아채지 못하는 어떤 표정으로 딸에게 종을 울리도록 시켰다. 하지만 정작 집사가 주인의 양초에 불을 붙이려고 하자 그를 말렸다. 장군은 잠자리에 들지 않겠다고 했다. "잠자기 전에 끝내야 할 소책자가 많다오." 장군이 캐서린에게 말했다. "게다가 아가씨가 잠든 후에도 몇 시간 동안 나랏일에 몰두해야 할 것 같소. 우리 둘 다 이보다 더 어울리는 일을 할 수 있겠소? 내 눈은 다른 사람들의 행복을 위해 점점 어두워지고, 당신 눈은 휴식을 취하며 내일의 재미를 준비할 테니 말이오."

하지만 아무리 할 일을 내세우고 거창한 말로 포장해도, 이렇게 심각하게 취침 시간을 뒤로 미루는 데에는 뭔가 다른 목적이 있는 게 틀림없다는 캐서린의 생각을 바꿀 수는 없었다. 가족들이 잠든 후에도 한심한 소책자 따위로 몇 시간씩 깨어 있다는 것은 믿기지 않는 일이었다. 뭔가 더 깊은 이유가 있는 게 분명했다. 오직 집 안 사람들이 잠들었을 때에만 할 수 있는 어떤 일을 하기 위해서일까. 어쩌면 틸니 부인이 아직 살아 있을지 모른다. 어떤 알 수 없는 이유 때문에 감금당한 채, 밤마다 무자비한 남편이 주는 형편없는 음식을 받아먹고 있을지 모른다는 게 필연적으로 내려진 결론이었다. 충격적인 생각이긴 하지만, 최소한 억울하게 앞당겨진 죽음보다는 나았다. 게다가 자연스럽게 일이 해결되면, 부인은 조만간 풀려날 게 틀림없었다. 병환이라고 알려진 부인의 급작스러운 죽음, 그 당시에 딸의 부재, 그리고 아마도 다른 자식들의 부재, 이런 모든 정황들이 부인이 감금되었을 가능성을 뒷받침해주고 있었다. 다만 질투심 때문인지, 혹은 변덕스러운 잔인함 때문인지 그 원인만 아직 밝혀지지 않았을 뿐이다.

이런 문제에 골몰하며 옷을 갈아입고 있을 때, 어쩌면 오늘 아침에 그 불행한 여인이 감금된 곳을 지나쳤을지도 모른다는 생각이 불현듯 머리를 스쳤다. 어쩌면 부인이 무기력하게 하루하루를 보내고 있는 감옥에서 불과 몇 발자국 떨어진 곳까지 다가갔을지도 모른다. 수도사들이 따로 떨어져 지내던 격벽의 흔적이 여전히 남아 있는 그 구역보다, 노생거 안에서 여자를 감금하기에 더 적합한 곳이 어디 있겠는가? 그녀가 유달리 오싹하는 기분을 느끼며 이미 밟고 지나갔던, 높은 아치형 천장이 있고 바닥에는 돌이 깔린 통로에 장군이 아무 설명도 하지 않던 문들이 있었던 게 분명히 기억났다. 그 문은 어디로 이어지는 것일까? 이 추측을 뒷받침하기라도 하듯이, 불쌍한 틸니 부인의 방이 있는 그 금지된 회랑에는, 그녀의 기억에 따르면 틀림없이, 수상쩍은 작은 내실들이 줄지어 있었다는 생각이 들었다. 그리고 캐서린이 찰나에 포착했던 이 방들 옆 계단은 어떤 비밀 장치에 의해 작은 내실들과 연결되어 있을 것이다. 남편의 야만스러운 행동에 도움이 되도록 말이다. 어쩌면 부인은 철저하게 준비된 계획에 따라 마비 상태에 빠져 그 계단 아래로 옮겨졌을지 모른다! 캐서린은 자신의 대담한 추측에 깜짝 놀라면서, 때로는 너무 멀리 간 것이 아닐까 걱정하기도 하고 차라리 그러기를 바라기도 했다. 하지만 도저히 추측을 포기할 수 없게 만드는 그런 정황이 나타나고 있었다.

캐서린 생각에, 범죄가 벌어진 현장이라고 추정되는 장소는 그녀가 자는 방의 바로 맞은편 건물에 있었다. 문득 조심스럽게 지켜보면, 장군이 아내를 가둔 감옥으로 갈 때 들고 가는 등잔 불빛이 아래쪽 창문을 통해 흘러나올 수도 있겠다는 생각이 퍼뜩 떠올랐다. 그녀는 잠자리에 들기 전에 두 번이나 조용히 방에서 빠져나와 건너편 건물을 마주 보고 있는 복도 창문을 엿보았지만, 온 사방이 깜깜할 뿐이었다. 아직 너무 이른 시간임이 틀림없었다. 밑에서 올라오는 다양한 소리에 하인들이 아직 깨어 있다는 확신이 들었다. 자정이 될 때까지는, 지켜봐도 아무 소용이 없을 것 같았다. 시계가 12시를 치고 온 사방이 고요할 때, 캄캄한 어둠이 너무 무섭지만 않다면, 캐서린은 몰래 방을 나와 다시 한 번 살펴보리라. 마침내 시계가 12시를 쳤다. 그러나 캐서린은 이미 30분 전부터 잠들어 있었다.

9

다음 날은 제안했던 그 수수께끼의 구역을 살펴볼 기회가 없었다. 일요일이라서 오전과 오후 예배 사이의 모든 시간을 장군이 요구하는 대로 밖에서 산책을 하거나 집에서 냉육을 먹었다. 캐서린의 호기심이 아무리 크다 해도, 정찬 후 6시와 7시 사이의 희미한 햇빛이나, 좀 더 밝기는 하지만 부분적으로만 비추고 언제 꺼질지도 모르는 등불에 의존하여 그 방들을 살펴볼 용기는 나지 않았다. 그러므로 그날은 틸니 부인을 기념하기 위해 교회 가족석 바로 앞에 세워놓은 우아한 추모비를 본 것 이외에 딱히 그녀의 상상력을 자극할 만한 일은 없었다. 그 추모비는 즉시 그리고 오랫동안 눈길을 사로잡았다. 어떤 식으로든 부인을 파멸시킨 게 틀림없는 사람이 슬픔에 잠긴 남편 행세를 하며 온갖 미덕으로 부인을 칭송해놓은, 지극히 억지스러운 비문을 읽으니 캐서린은 눈물이 날 지경이었다.

저런 추모비까지 세운 장군이니, 태연히 마주 볼 수 있는 건 어쩌면 놀랄 일이 아니었다. 하지만 저렇게 추모비가 바로 보이는 자리에 뻔뻔스럽게 앉아서, 고상한 분위기를 풍기며 아무렇지도 않게 주변을 두리번거리는 게, 아니 교회에 발을 들여놓는 것 자체가 캐서린에게는 경악스러웠다. 하지만 똑같이 죄악으로 마음이 무뎌진 수많은 사례들을 제시할 수 없는 것은 아니었다. 캐서린도 죽이고 싶은 사람은 누구든 죽이고 온갖 범죄를 전전하며 모든 죄악을 다 저지르면서, 처참한 죽음이나 종교적인 참회가 그들의 악행을 끝낼 때까지 일말의 후회나 인간적인 감정을 느끼지 못하는 인간들을 여럿 떠올릴 수 있었다. 따라서 추모비를 세운 일은 틸니 부인의 죽음에 대한 캐서린의 의혹에 한 치의 영향도 미치지 않았다. 설령 틸니 부인의 유해가 잠들어 있다고 하는 가족 무덤을 내려가서 굳게 닫힌 관을 직접 보았다 한들 무슨 소용이 있겠는가? 캐서린은 소설책을 너무 많이 읽어서, 밀랍 인형을 만들어 가짜 장례식을 치르는 게 얼마나 쉬운지 훤히 알고 있었다.

다음 날 아침은 전망이 더 좋아 보았다. 장군의 이른 산책, 모든 면에서 수상쩍기만 한 시간의 산책이 이번에는 유리하게 작용했다. 장군이 외출했다는 사실을 알고, 캐서린은 당장 틸니 양에게 약속한 일을 실행하자고 제안했다. 엘리너는 선뜻 받아들였다. 캐서린은 또 다른 약속 하나를 상기시켰고, 그 결과 틸니 양의 침실에 걸린 초상화를 먼저 보러 갔다. 매우 아름다운 여인의 초상화였다. 부드럽고 생각에 잠긴 것 같은 표정은 새로운 관람객의 기대를 충족시켜주었다. 하지만 모든 면에서 그런 것은 아니었다. 캐서린은 생김새와 분위기, 피부 등이 헨리는 아니더라도 엘리너의 이미지와 판박이일 거라고 믿고 있었다. 초상화라고 하면 어머니와 자식이 항상 닮았을 거라고 습관적으로 생각해왔던 것이다. 일단 얼굴이 한번 생기면 그 모습이 몇 세대에 걸쳐 남아 있으니까. 하지만 이번에는 닮은 점을 찾기 위해 잘 들여다보고 생각하고 연구해야 할 판이었다. 이런 결점에도 불구하고 캐서린은 애정을 갖고 곰곰이 살펴보았다. 좀 더 흥미로운 일이 기다리고 있지 않았더라면, 좀 처럼 그림 앞을 떠나기 싫었을 것이다.

커다란 회랑으로 들어서자, 캐서린은 어찌나 마음이 들뜨던 지 말문이 막혔다. 그저 옆 사람의 얼굴만 겨우 쳐다볼 수 있었다. 엘리너의 표정은 침울했지만, 침착했다. 그녀의 침착한 태도는 그들이 다가가고 있는 우울한 대상에 익숙하다는 걸 말해주고 있었다. 틸니 양이 또다시 접이식 문을 지나고 문제의 자물쇠 위에 손을 올려놓았을 때, 캐서린은 숨도 제대로 쉬지 못한 채, 겁에 질려 조심스럽게 지나온 문을 닫으려고 몸을 돌렸다. 그때 바로 장군의 무시무시한 형상이 회랑 저 끝에 나타났다. 장군이 그녀 앞에 서 있었던 것이다! 동시에 우렁찬 목소리로 "엘리너!"라고 부르는 소리가 건물 전체에 울려 퍼졌다. 장군의 딸은 비로소 아버지의 출현을 알아차렸고, 캐서린은 공포에 사로잡혔다. 그를 보자마자, 처음에는 본능적으로 숨으려고 했다. 하지만 그의 눈을 피할 길이 없었다. 친구는 미안한 표정으로 그녀를 힐끗 쳐다보더니, 아버지와 함께 사라졌다. 캐서린은 무사히 자기 방으로 달려갔다. 그리고 방에 틀어박혀서 두 번 다시 아래층으로 내려갈 엄두가 나지 않았다. 최소한 한 시간 동안은 전전긍긍하며 방에 숨어 있었다. 불쌍한 친구의 상태를 깊이 동정하며, 잔뜩 화가 난 장군이 그녀를 그의 방으로 부를 거라고 예상했다. 하지만 아무 호출도 오지 않았다. 마침내 마차 한 대가 노생거 수도원으로 들어오는 것을 보고, 캐서린은 손님을 방패 삼아 장군과 대면하려고 용기를 내어 아래층으로 내려왔다. 조찬실은 손님으로 화기애애했다. 장군은 그녀를 딸의 친구라고 높이 칭찬하며 손님들에게 소개했다. 자신의 분노를 어찌나 잘 감추고 있었는지, 캐서린은 적어도 지금은 살았구나 하고 느꼈다. 엘리너는 아버지의 성격을 무서워하는 캐서린을 수긍한다는 표정을 지으며, 기회를 잡자마자 "아버지께서는 단지 답장을 써달라고 부르신 거예요"라고 말했다. 캐서린은 부디 장군이 자신을 보지 못했거나, 혹은 예의상 보지 못한 척해주기를 희망했다. 이런 믿음을 갖고 손님들이 떠나간 후에도 장군 앞에 감히 남아 있었지만, 아무 일도 일어나지 않았다.

이날 오전 일을 곰곰이 돌이켜본 끝에, 캐서린은 다음번에는 혼자서 금지된 문을 살펴보기로 결심했다. 엘리너가 이 문제에 대해 전혀 모르는 편이 모든 면에서 훨씬 나을 것 같았다. 또다시 발각될 위험에 그녀를 끌어들이고, 그녀의 마음을 무너뜨릴 방으로 데려가는 것은 친구로서 도리가 아니었다. 장군의 극도의 분노는 아마 그녀가 아니라 딸에게로 향할 것이다. 게다가 아무도 없이 혼자 살펴보는 게 훨씬 만족스러울 것 같았다. 지금까지 십중팔구 아무것도 모르고 잘 살아온 엘리너에게 자신의 의혹을 설명할 수는 없었다. 그러므로 그녀의 면전에서 장군의 잔혹성을 입증할 증거들을 찾을 수도 없는 노릇이었다. 캐서린은 비록 아직까지는 발견되지 않았다 해도, 끝까지 수색을 계속하면 어디선가 일기장 조각이라도 증거가 나올 거라고 확신하고 있었다. 이제는 그 구역으로 가는 길을 완전히 알고 있었다. 캐서린은 내일 헨리가 돌아오기 전에 이 일을 끝나고 싶었기 때문에, 머뭇거릴 시간이 없었다. 날은 밝았고 용기는 드높았다. 이제 4시여서, 태양이 지려면 아직 두 시간이나 남아 있었다. 옷을 갈아입는다며 평소보다 30분쯤 일찍 방으로 물러나면 될 것이다.

계획대로 이루어졌다. 시간을 알리는 종소리가 다 끝나기도 전에 캐서린은 회랑에 홀로 서 있었다. 이것저것 생각할 때가 아니었다. 캐서린은 가능한 한 소리를 내지 않으면서 황급히 접이식 문을 열었다. 걸음을 멈추고 주위를 둘러보거나 숨도 쉬지 않고 곧장 문제의 방으로 뛰어들었다. 자물쇠는 순순히 열렸다. 다행히 사람들을 놀라게 할 만큼 큰 소리도 나지 않았다. 캐서린은 발끝을 세우고 조심스럽게 들어갔다. 그 방이 눈앞에 있었지만, 선뜻 발걸음을 떼지 못했다. 그녀는 자신을 그 자리에 얼어붙게 하고 온몸에 전율을 일으키는 것을 바라보았다. 모든 게 조화를 이룬 커다란 방이 보였다. 하녀의 손길로 구김 하나 없이 정돈되어 있는 근사한 돋을줄무늬 무명 침대, 반짝반짝 빛나는 바스산 난로, 마호가니 옷장, 산뜻하게 색칠된 의자들, 그 위로 저무는 태양의 따스한 빛이 두 개의 창문을 통해 쏟아져 내리고 있었다! 캐서린은 격한 감정의 동요를 예상했는데, 정말 그랬다. 충격과 의심이 제일 먼저 엄습했고, 곧이어 상식의 빛이 쓰라린 수치심을 안겨주었다. 방을 착각하고 들어왔을 리는 없었다. 하지만 그 외에 다른 모든 것들은 얼마나 심한 착각이었는지! 틸니 양의 말뜻도, 자신의 예측도! 그녀가 굉장히 오래된 줄 알았던 방, 그토록 끔찍한 장소로 생각했던 이 방은 알고 보니 장군의 아버지가 다시 지은 마지막 구역에 속해 있었다. 방에는 또 다른 문이 두 개 있었는데, 옷방으로 연결되는 것 같았다. 하지만 캐서린은 열어보고 싶은 마음이 전혀 없었다. 혹시라도 틸니 부인이 마지막으로 쓰고 걸었던 베일이나 마지막으로 읽었던 책이 남아서 다른 어떤 것도 전해주지 못하는 이야기를 말해주지 않을까? 그럴 리 없었다. 장군이 무슨 범죄를 저질렀든 간에, 들키기에는 너무 교활한 사람이 분명했다. 캐서린은 조사고 뭐고 넌덜머리가 났다. 이 어리석은 짓은 오직 자기 가슴에 묻고, 무사히 자기 방으로 돌아가고 싶을 뿐이었다. 그래서 방에 들어올 때만큼이나 조용히 나가려던 참이었다. 그때 어디선가 발소리가 들려와, 캐서린은 걸음을 멈추고 몸을 떨었다. 누군가에게, 설령 하인에게라도 발각된다면 좋을 게 없었다. 하물며 장군에게(장군은 언제나 가장 원하지 않을 때 나타나는 것 같았다) 들킨다면 더욱 끔찍했다! 캐서린은 귀를 쫑긋 세웠다. 소리가 멈췄다. 한시도 지체하지 않으려고, 얼른 밖으로 나와 문을 닫았다. 바로 그때, 아래층 문이 왈칵 열렸다. 누군가 재빠른 걸음으로 계단을 올라오고 있었다. 캐서린은 그 계단 앞을 지나가야 회랑으로 나갈 수 있었다. 꼼짝할 힘도 없었다. 말로 표현할 수 없는 공포 속에서 그녀는 계단 쪽을 뚫어져라 바라보았다. 잠시 후 그녀의 눈에 들어온 것은 헨리였다. "틸니 씨!" 그녀는 단순히 놀란 것보다 더 격한 목소리로 외쳤다. 그도 깜짝 놀란 표정이었다. "세상에!" 캐서린은 그의 인사에 대답도 안 하고 말을 이었다.

"여기는 어쩐 일이세요? 어떻게 이 계단으로 올라오시는 거죠?"

"어떻게 이리로 올라오느냐고요!" 헨리가 어안이 벙벙하여 대답했다. "마구간에서 제 방으로 가는 제일 빠른 길이니까요. 그런데 제가 여기로 올라오면 안 되나요?"

캐서린은 정신을 차리고 얼굴이 확 달아올랐다. 그만 말문이 막혔다. 그는 그녀가 차마 말하지 못하는 설명을 찾으려는 듯, 그녀의 표정을 가만히 살폈다. 그녀는 회랑 쪽으로 걸어갔다. "이번에는 제가 물어봐도 될까요?" 그가 접이식 문을 닫으며 말했다. "당신은 여기를 어떻게 오셨나요? 저 계단은 마구간에서 제 방으로 가는 길이 맞지만, 이 통로는 조찬실에서 당신의 숙소로 가는 길도 아닌데요."

"저는⋯⋯," 캐서린이 고개를 푹 숙이며 대답했다. "당신 어머님 방을 보고 왔어요."

"제 어머니 방이라고요! 뭔가 특이한 거라도 있던가요?"

"아니요, 아무것도 없었어요. 당신은 내일이나 돌아오는 줄 알았는데요."

"저도 떠날 때에는 이렇게 일찍 돌아올 줄 몰랐습니다. 바로 세 시간 전에 다행히도 더 머무를 이유가 없다는 걸 알았죠. 얼굴이 창백해 보이는군요. 제가 계단을 너무 빨리 달려 올라와서 놀라신 건 아닌지요. 아마 모르셨나 보군요. 보통 하인들이 가사실로 내려가는 통로로 사용된다는 것도."

"몰랐어요. 말 타고 오기에 날씨가 꽤 좋았겠네요."

"좋았습니다. 그런데 엘리너가 당신 혼자서 이 집의 모든 방들을 돌아다니게 내버려둔 건가요?"

"오! 아니에요. 토요일에 거의 전부 다 구경시켜주었어요. 그러다가 여기 이 방까지 왔는데…… 그저…… (목소리가 작아지면서) 당신 아버님께서 함께 계셔서…….."

"그래서 못 봤군요." 헨리가 빤히 그녀를 바라보며 물었다. "저 통로에 있는 방들은 다 보았나요?"

"아니요, 저는 다만 저 방만……. 너무 늦지 않았나요? 저는 그만 가서 옷을 갈아입어야겠어요."

"겨우 4시 45분밖에 안 됐습니다. (시계를 보여주며) 게다가 지금 당신은 바스에 있는 게 아니잖아요. 극장 갈 준비도, 무도회 갈 준비도 할 필요가 없죠. 노생거에서는 30분이면 충분할 겁니다."

캐서린은 반박할 수가 없었다. 더 이상 질문이 나올까 봐 두려워서 헨리를 만난 이후 처음으로 얼른 그와 헤어지고 싶은 마음이었지만, 붙잡혀 있을 수밖에 없었다. 두 사람은 천천히 회랑을 걸어갔다. "그사이에 바스에서 편지 온 거 없었나요?"

"아니요, 안 그래도 무척 놀라고 있어요. 이사벨라가 곧장 편지를 쓰겠다고 충실하게 약속했거든요."

"충실하게 약속했다! 충실한 약속이라! 그거 참 이상하군요. 충실한 이행이란 말은 들어봤지만, 충실한 약속이라니요. 가망성*의 충실성이라! 그건 굳이 알 가치도 없는 힘입니다. 당신을 속일 수도 있고 아프게 할 수도 있으니까요. 제 어머니

방이 무척 넓지요? 크고 쾌적하고 옷방도 잘 꾸며졌고요! 언제나 이 집에서 가장 편안한 방이라는 생각이 듭니다. 엘리너가 왜 그 방을 쓰지 않는지 이상하다니까요. 동생이 그 방을 구경하라고 보냈나 보죠?"

"아니요."

"그럼 완전히 당신 혼자 그랬단 말인가요?" 캐서린은 아무 대답도 하지 못했다. 짧은 침묵이 흐른 후에, 그녀를 가만히 쳐다보고 있던 그가 다시 말했다. "그 방에는 호기심 가질 게 하나도 없는데, 아마 제 어머니에 대한 존경심 때문에 그런 모양이군요. 엘리너가 어머니의 추억을 기리는 이야기를 했을 테니까요. 이 세상에 그보다 훌륭한 여인은 없다고 저도 생각합니다. 하지만 누군가의 미덕이 이렇게 커다란 관심을 불러일으키는 일은 흔치 않은데요. 전혀 알지도 못하는 사람의 소박하고 가정적인 미덕 때문에, 당신처럼 이런 방문을 감행할 정도로 강렬하고 뜨거운 애정을 갖는 경우는 매우 드물죠. 아마 엘리너가 어머니 이야기를 많이 했나 보군요?"

"네, 많이 했어요. 그게, 아니 그렇게 많이 하지는 않았어요. 다만 매우 흥미로운 얘기였어요. 아주 갑자기 돌아가셨다고……." (캐서린은 주저하며 느릿느릿 말했다.) "그리고 자녀들은…… 자녀들은 아무도 집에 없었다고요. 제 생각에 당신 아버님은 어머님을 별로 좋아하지 않으셨던 것 같아서……."

*지금 헨리는 '약속(promise)'과 '가망성(promising)', 두 단어를 가지고 말장난을 하고 있다.

"지금 정황으로 보면," 헨리가 대답했다. "(눈치 빠른 그의 눈이 그녀의 눈을 뚫어져라 바라보며) 당신은 어떤 부주의가 있었을 거라고 추론하고 있군요. 어쩌면, (캐서린은 자신도 모르게 고개를 저었다) 훨씬 용서할 수 없는 어떤 일이 있었을 거라고." 캐서린은 고개를 들고 그 어느 때보다 휘둥그레진 눈으로 그를 바라보았다. "제 어머니의 병은, 그러니까 어머니의 죽음의 원인은 갑작스러운 발작이었어요. 어머니는 가끔씩 열병을 앓아오셨는데, 그 원인은 체질적인 것이었죠. 셋째 날에 어머니를 겨우 설득하고, 곧바로 의사의 진료를 받았죠. 매우 존경받는 의사였고 어머니가 항상 무척 신뢰하던 분이었어요. 어머니가 위중하다는 진단이 내려지자, 다음 날 두 명의 의사를 더 불러왔고, 밤낮으로 끊임없이 간호를 했어요. 하지만 다섯째 날에 돌아가셨죠. 어머니가 위독하신 동안 프레더릭 형과 나(우리 둘 모두 집에 있었죠)는 계속 어머니를 돌보았어요. 저희가 지켜본 바로, 어머니께서는 사랑하는 주변 사람들이 쏟을 수 있는, 혹은 어머니의 상황에서 누릴 수 있는 모든 관심을 다 받았다고 분명히 증언할 수 있습니다. 가엾은 엘리너는 그때 집에 없었죠. 겨우 돌아와서 관에 들어가신 어머니를 볼 수 있었어요."

"하지만 당신 아버님께서는, 그분도 슬퍼하셨나요?" 캐서린이 물었다.

"한동안은 무척 슬퍼하셨죠. 당신은 아버지가 어머니를 사랑하지 않았을 거라고 잘못 생각하고 있군요. 아버지는 어머니를 사랑하셨어요. 그분 나름대로 말이죠. 우리가 모두 똑같이 다정한 기질을 갖고 있는 것은 아닙니다. 그리고 어머님이 살아 계신 동안, 종종 견디기 힘든 일이 없었다고 말하지는 않겠어요. 비록 아버님의 성질이 어머님께 상처를 주긴 했어도, 잘못된 판단을 내리신 적은 한 번도 없습니다. 아버지는 어머니를 진심으로 소중히 여기셨어요. 영원히 슬퍼하신 것은 아닐지라도, 어머니의 죽음에 진심으로 애통해하셨죠."

"그 말을 들으니 정말 기뻐요." 캐서린이 말했다. "그렇지 않았더라면, 무척 충격적이었을 테니까요!"

"내가 제대로 이해했다면, 당신은 감히 입에 담을 수도 없을 만큼 끔찍한 추론을 했던 모양이군요. 몰랜드 양, 당신이 얼마나 무시무시한 의혹을 품었는지 잘 생각해봐요. 대체 무슨 근거로 그런 판단을 내린 거죠? 우리가 어떤 시대에, 어떤 나라에 살고 있는지 기억하세요. 우리는 영국인이고, 또 기독교도란 사실도 기억하고요. 당신의 이성과 개연성에 대한 감각과 주변에 일어나고 있는 일들에 대해 보고 들은 걸 가지고 분별 좀 해봐요. 우리의 교육이 그런 잔악 행위를 가르치고 있나요? 과연 우리의 법이 그런 행위를 묵인할까요? 사회적 문화적 소통이 확고하게 이루어지는 나라에서 그런 잔악 행위가 아무도 모르게 저질러질 수 있을까요? 모든 사람들이 자발적인 감시자들에 둘러싸여 있고, 신문과 도로의 발달로 모든 게 개방된 나라에서? 친애하는 몰랜드 양, 대체 무슨 생각을 한 겁니까?"

두 사람은 회랑 끝에 이르렀고, 캐서린은 눈물을 흘리며 자기 방으로 뛰어 들어갔다.

10

낭만적 소설의 꿈은 끝났다. 캐서린은 완전히 꿈에서 깨어났
다. 헨리의 짧은 연설이 그동안 맛본 몇 번의 쓰라린 실망보다
도 최근 그녀가 품었던 황당한 공상에 대해 훨씬 더 완전히 깨
우치게 해주었다. 그녀는 말할 수 없이 비참한 심정이었다. 서
럽게 목 놓아 울었다. 자기 자신 때문만이 아니라 헨리 때문에
도 마음이 무너졌다. 거의 범죄나 다름없는 자신의 어리석은
행동이 다 드러나고 말았으니, 헨리는 영원히 그녀를 경멸할
게 틀림없었다. 감히 그의 아버지의 인품을 멋대로 상상한 자
신을 어떻게 용서할 수 있겠는가? 황당하기 짝이 없는 그녀의
호기심과 두려움이 과연 잊힐 수 있겠는가? 그녀는 자기 자신
이 한없이 미웠다. 이 파국의 오전 일이 있기 전까지 헨리는 한
두 번 애정 비슷한 것을 보여주곤 했었다. 혹은 그랬다고 생각
했지만, 이제는! 한마디로 캐서린은 30분 동안 비참해질 대로
비참해졌다. 그리고 시계가 5시를 치자, 여전히 무너진 마음을
안고 아래층으로 내려갔다. 괜찮으냐고 묻는 엘리너의 질문에
도 제대로 대답하지 못했다. 곧 두려워하던 헨리가 방으로 들
어왔다. 하지만 평소보다 더 다정하게 대할 뿐, 달라진 점이라
곤 하나도 없었다. 캐서린에게는 그보다 더 큰 위로가 없었고,

헨리도 그걸 잘 알고 있는 것 같았다.

저녁 내내 그녀의 마음을 달래주는 친절한 태도는 조금도 흔들리지 않았다. 캐서린의 마음도 점차 평온을 되찾았다. 지나간 과거를 잊어버리거나 변명하려는 게 아니라, 이 일이 더 이상 알려지지 않기를, 그리고 헨리의 마음을 완전히 잃지 않기를 바랄 뿐이었다. 그녀의 머릿속은 여전히 근거 없는 두려움에 사로잡혀 자신이 저질렀던 일들을 골똘히 생각하고 있었다. 이 모든 게 스스로 만들어낸 망상이었다는 사실보다 더 자명한 일은 없었다. 공포에서 비롯된 상상 때문에 사소한 상황들을 일일이 중요하게 받아들이고, 또 노생거에 오기 전부터 뭔가 무시무시한 일을 갈망했던 마음 때문에 모든 걸 한 가지 목적에 맞춰 왜곡했던 것이다. 캐서린은 자신이 어떤 마음을 갖고 노생거에 대해 알려고 했는지를 떠올렸다. 그리고 이미 바스를 떠나기 오래전부터 망상에 심취해 있었고 못된 생각이 자리 잡고 있었다는 걸 깨달았다. 모든 사태가 아무래도 바스에서 푹 빠져들었던 독서의 영향 같았다.

래드클리프 부인의 모든 소설들, 심지어 그걸 모방한 작품들까지 아무리 매력적이라고 해도, 그 안에서 인간의 본성, 적어도 영국 중부 지방 사람들의 본성을 발견할 수는 없었다. 울창한 소나무 숲과 사악한 본성을 지닌 알프스나 피레네 산악 지방에서라면 충실한 묘사일 수도 있다. 또한 이탈리아나 스위스, 프랑스 남부에서라면 소설에 그려진 대로 공포가 만연할 수도 있다. 캐서린은 감히 자기 나라 밖으로 의혹을 펼칠 수 없었지만, 설령 그렇다 하더라도 정 의심하려면 영국의 북쪽 끝이나 서쪽 끝 정도나 가능할 것이다. 하지만 영국의 중부 지방에서는 사랑받지 못하는 부인이라도 그 땅의 법과 그 시대의 관습에 의해 확실한 보호를 받았다. 살인은 용납되지 않았으며, 하인들은 노예가 아니었고, 독약이나 수면제를 대황처럼 아무 약장수한테서나 살 수 없었다. 알프스나 피레네 산악 지방이라면 선과 악이 뒤섞인 인물이 없을지도 모른다. 그곳에는 흠 하나 없는 천사나 악마의 기질만 있을 수 있다. 하지만 영국인들의 마음과 관습에는, 선과 악이 똑같은 비율은 아니더라도 대개 뒤섞여 있다. 이런 확신이 생기면, 캐서린은 앞으로 설령 헨리와 엘리너에게서 사소한 결함을 발견한다 하더라도 놀라지 않을 것이다. 또한 그들의 아버지가 실제로 성격적 결함이 있음을 스스럼없이 인정할 수 있었다. 비록 생각만 해도 낯 뜨거운 중상적 의혹은 깨끗이 지워버렸지만, 아무리 생각해도 장군은 결코 호감 가는 사람은 아니었다.

이런 몇 가지 문제를 정리한 다음, 앞으로는 항상 최대한 합리적인 이성을 가지고 판단하고 행동하겠다고 굳게 결심했다. 그리고 자신을 용서하고 나니 그 어느 때보다 행복했다. 게다가 다음 날이 되자 시간의 위로하는 손길이 알게 모르게 조금씩 그녀를 치유해주었다. 지나간 일에 대해 절대 내색하지 않는 헨리의 놀라운 관대함과 고귀한 행동이 무엇보다 큰 도움이 되었다. 결국 처음 곤경에 빠졌을 때 생각했던 것보다 훨씬 빨리 마음은 완전히 편해지고, 헨리가 무슨 말을 할 때마다 계속해서 나아졌다. 하지만 여전히 언급만 해도 몸이 떨릴 것 같은 화제들이 있었다. 가령 궤짝이나 벽장 따위가 그랬고, 옻칠한 물건은 쳐다보기도 싫었다. 하지만 아무리 고통스럽더라도, 지나간 과오를 가끔 떠올리는 것이 전혀 쓸모없는 일은 아니라고 받아들였다.

낭만소설의 공포가 지나가자, 곧 일상생활의 걱정이 뒤를 이었다. 캐서린은 날이 갈수록 이사벨라의 소식이 점점 더 궁금해졌다. 바스는 어떻게 돌아가고 있는지, 무도회장에는 자주 나가는지 알고 싶었다. 특히 그녀가 떠나올 때 이사벨라가 열중하고 있었던 자수에 어울리는 고급 자수 실을 구했는지, 제임스와는 잘 지내고 있는지 확인하고 싶어 몸살이 날 지경이었다. 이사벨라가 그녀의 유일한 소식통이었다. 제임스 오빠는 옥스퍼드에서 돌아올 때까지는 편지를 쓰지 않겠다고 했고, 앨런 부인은 풀러튼으로 돌아가기 전까지 그녀에게 편지하겠다는 희망을 준 적이 없었던 것이다. 이사벨라만이 몇 번이나 약속했었다. 게다가 그녀는 뭔가 약속하면 반드시 지키는 사람이 아닌가! 그러니 참으로 이상한 일이었다.

9일 동안 아침마다 캐서린은 거듭되는 실망에 의아해했다. 날이 갈수록 실망은 커져갔다. 그러다 마침내 열흘째 되던 날 조찬실에 들어갔을 때, 제일 먼저 눈에 띈 것은 헨리가 반갑게 내민 편지였다. 캐서린은 마치 헨리가 쓴 편지라도 되는 듯이 진심으로 고마워했다. "그런데 제임스 오빠에게서 온 편지예요." 주소를 보고 그녀가 말했다. 편지를 열어보니, 옥스퍼드에서 보낸 것이었다.

사랑하는 캐서린,

편지 쓸 마음은 전혀 없었지만, 너에게 미리 말해주는 게 내 의무라고 생각했다. 소프 양과 내 사이는 완전히 끝났단다. 나는 어제 그녀와 바스를 떠났어. 두 번 다시 만날 일은 없을 거다. 자세한 이야기는 하지 않겠어. 괜히 네 마음만 더 아프게 할 테니까. 누구 잘못인지는 머잖아 다른 사람한테서 충분히 듣게 될 거야. 부디 네 오빠의 모든 걸 용서하되, 애정이 보답 받을 거라고 너무 쉽게 생각한 어리석음만은 용서하지 마라. 하느님 감사합니다! 딱 적절한 순간에 진실을 깨달았으니! 하지만 얼마나 큰 충격인지! 아버지의 결혼 승낙까지 받아냈는데. 하지만 이 얘기는 더 이상 말자. 그녀는 나를 영원토록 비참하게 만들었구나! 사랑하는 캐서린, 곧 답장을 보내주렴. 너는 나의 유일한 친구이니까. 나한테는 너의 사랑밖에 없구나. 틸니 대위가 집에 약혼을 알리기 전에 너는 노생거를 떠났으면 좋겠다. 안 그러면 불편한 상황에 처하게 될 거야. 불쌍한 소프는 런던에 있다. 그를 만나는 게 두렵구나. 정직한 친구니까 그도 무척 괴로울 거야. 나는 소프와 아버지에게 편지를 썼단다. 다른 무엇보다 그녀의 이중성에 가장 큰 상처를 받았단다. 마지막 순간까지, 내가 따져 물으면 자기는 변함없이 나를 사랑한다면서 내 걱정을 비웃었어. 내가 오랫동안 그걸 참고 견딘 걸 생각하면 부끄럽다. 하지만 자신이 사랑받는다고 믿을 만한 이유가 있는 사람이 있다면, 그건 바로 나였어. 지금도 그녀를 이해할 수가 없구나. 틸니를 확실히 차지하려고 나를 가지고 놀 필요는 전혀 없었는데 말이야. 결국 우리는 서로 헤어지기로 했단다. 아예 만나지 않았더라면 얼마나 좋았을까! 설마 또 다시 그런 여자를 만나지는 않겠지! 사랑하는 캐서린, 마음을 줄 때는 조심해라.

캐서린은 세 줄을 다 읽기도 전에 안색이 변했다. 슬픔과 놀라움의 짧은 탄식은 안 좋은 소식이 왔음을 알려주었다. 편지를 읽는 내내 열심히 그녀를 지켜보고 있던 헨리는 끝까지 좋지 않은 소식임을 알아차렸다. 하지만 아버지가 들어오는 바람에 놀란 표정조차 지을 수 없었다. 그들은 곧장 조찬을 들러 갔다. 캐서린은 거의 아무것도 먹을 수가 없었다. 자리에 앉은 그녀의 두 눈에 눈물이 가득 고였다가 뺨을 타고 흘러내렸다. 편지는 잠깐 손에 쥐고 있다가 무릎 위에 올려놓았다가 결국 호주머니로 들어갔다. 그녀는 어쩔 줄 모르는 것 같았다. 장군은 코코아와 신문에 정신이 팔려서 다행히도 그녀를 쳐다볼 틈이 없었다. 하지만 다른 두 사람은 그녀의 슬픔이 눈에 보였다. 식탁 앞을 물러나자마자, 캐서린은 황급히 자기 방으로 돌아갔다. 하지만 하녀가 분주하게 방 청소를 하고 있어서 아래층으로 다시 내려가야만 했다. 그녀는 혼자 있으려고 응접실로 들어갔지만, 헨리와 엘리너도 그곳에 들어와서 그녀를 깊이 걱정하는 중이었다. 캐서린은 용서를 구하며 나가려고 했지만, 간곡한 만류로 다시 돌아와 앉았다. 그리고 엘리너가 다정하게 위로가 되길 바란다는 말을 한 후에, 두 사람이 자리를 비워주었다.

30분쯤 마음껏 슬퍼하며 생각을 정리하고 나니, 캐서린은 친구들을 만날 용기가 났다. 하지만 자신의 불행을 두 사람에게 알리는 문제는 또 다른 고민거리였다. 혹시 꼬치꼬치 물으면 약간 암시 정도는 해줄 수 있지만 그 이상은 곤란했다. 친구를, 이사벨라 같은 그런 친구를 까발려야 하다니! 게다가 이 일과 깊이 연관된 두 형제의 비밀을 폭로하다니! 캐서린은 그런 화제는 피해야만 한다고 생각했다. 헨리와 엘리너는 조찬실에 있었다. 그녀가 들어가자, 두 사람 모두 걱정스럽게 그녀를 쳐다보았다. 캐서린은 식탁에 자리를 잡고 앉았다. 잠시 침묵이 흐른 후에 엘리너가 물었다. "풀러튼에서 나쁜 소식이 온 건 아니죠? 어머님, 아버님이나 형제자매들 중에 누가 아픈 건 아니죠?"

"아니에요. 고마워요." 그녀는 한숨을 내쉬며 말했다. "모두 잘 지내고 있어요. 이 편지는 옥스퍼드에 있는 오빠한테서 온 거예요."

잠시 아무 말도 나오지 않았다. 이윽고 눈물을 흘리며 캐서린이 말했다. "다시는 편지를 기다리지 않을 것 같아요!"

"미안하군요." 헨리가 막 펼쳐 들었던 책을 닫으며 말했다. "반갑지 않은 소식이 담긴 편지인 줄 알았더라면, 완전히 다른 표정으로 전해줬을 텐데요."

"아무도 예상할 수 없을 만큼 나쁜 소식이에요! 가엾은 제임스 오빠가 너무 불행해요! 이유는 곧 알게 될 거예요."

"이렇게 착하고 다정한 여동생이 있으니 어떤 불행이 닥쳐도 큰 위로가 될 겁니다." 헨리가 따뜻하게 말했다.

"한 가지 부탁이 있어요." 잠시 후에 캐서린이 몹시 흥분한 태도로 말했다. "당신 형님이 이곳에 온다고 하면 나에게 꼭 알려주세요. 떠날 수 있도록 말이죠."

"우리 형이요! 프레더릭이요!"

"그래요. 이렇게 금방 떠나는 건 저도 무척 안타깝겠지만, 어떤 일 때문에 틸니 대위와 한 집에 있는 게 몹시 불편하게 됐어요."

엘리너가 바느질을 멈추고 깜짝 놀라서 그녀를 빤히 쳐다보았다. 하지만 헨리는 상황을 짐작하기 시작했다. 그리고 소프 양의 이름이 들어간 무슨 말을 중얼거렸다.

"정말 눈치가 빠르네요!" 캐서린이 소리쳤다. "벌써 짐작했군요. 하지만 우리가 바스에서 이 문제를 이야기했을 때, 당신은 이런 결론이 날 거라고는 생각하지 않았죠. 이사벨라가 소식이 없는 게 이제는 전혀 놀랍지 않아요. 제 오빠를 버리고 당신 형과 결혼을 한다는군요! 이렇게 변덕스럽고 경박할 수 있다는 게 믿겨지나요? 세상에 이렇게 나쁜 일이 또 있을까요?"

"형에 관한 애기는 당신이 잘못 안 것이길 바랍니다. 몰랜드 씨의 상심에 어떤 실질적인 역할도 하지 않았기를 말이죠. 형이 소프 양과 결혼한다는 건 믿을 수 없군요. 틀림없이 잘못 알았을 겁니다. 몰랜드 씨 일은 정말 안타깝군요. 누구든 당신이 사랑하는 사람이 불행해지는 건 가슴 아픈 일이죠. 하지만 프레더릭 형이 그 여자와 결혼한다면, 다른 어떤 얘기보다 놀라운 일일 겁니다."

"하지만 사실이에요. 오빠의 편지를 직접 읽어보세요. 잠깐만요. 여기 한 대목만⋯⋯." 캐서린은 마지막 줄 내용을 떠올리며 얼굴을 붉혔다.

"그럼 미안하지만 제 형과 관련된 부분만 저희에게 읽어주겠습니까?"

"아니에요, 직접 읽으세요." 캐서린이 외쳤다. 다시 생각해보니 좀 더 분명한 판단이 들었던 것이다. "제가 무슨 생각을 하고 있는지 모르겠군요. (잠시 전에 괜히 얼굴을 붉혔던 것에 다시 얼굴을 붉히며) 오빠는 단지 제게 좋은 충고를 해줬을 뿐인데요."

헨리는 기꺼이 편지를 받아 들었다. 그리고 꼼꼼히 다 읽고 나더니 돌려주며 말했다. "글쎄요, 일이 이렇게 되었다면, 그저 안타깝다는 말밖에 할 말이 없네요. 가족의 기대에 못 미치는 부인을 선택하는 남자가 형이 처음이 아니죠. 어쨌든 연인으로서나 아들로서나 형의 처지가 부럽지는 않군요."

틸니 양도 캐서린의 권유에 편지를 읽어보았다. 그리고 똑같이 놀라움과 걱정을 드러내더니 소프 양의 집안과 재산에 대해 묻기 시작했다.

"어머니는 매우 좋은 분이세요." 캐서린이 대답했다.

"아버지는요?"

"변호사라고 들었어요. 풀트니에 살아요."

"부유한 집안인가요?"

"아니요, 그렇지는 않아요. 이사벨라는 재산이 하나도 없을 거예요. 하지만 당신 집안에서는 별로 중요한 일이 아니잖아요. 당신 아버님은 무척 관대하시니까! 일전에도 말씀하셨어요. 돈의 가치는 오직 자식들을 좀 더 행복하게 해주는 데 있다고 말이죠." 그러자 남매는 서로 빤히 얼굴을 쳐다보았다. 잠시 말이 없다가 엘리너가 입을 열었다. "하지만 그런 아가씨와 결혼하면 오빠가 더 행복해질까요? 그 아가씨는 절조 없는 사람 같은데. 그렇지 않다면 당신 오빠를 그렇게 이용할 수는 없죠. 프레더릭 쪽에서 홀딱 반했다는 건 말도 안 돼요! 자기 눈앞에서 스스로 약혼을 깨뜨리고 다른 남자한테 간 아가씨를! 상상도 못 할 일이지, 헨리 오빠? 게다가 프레더릭 오빠는 항상 자부심에 가득 차서 자기가 사랑할 만한 좋은 여자는 없다고 했는데!"

"이거 참 안 좋은 상황이네. 형에게 불리한 생각이 드는군. 형이 과거에 한 말을 생각해보니, 그만 형을 포기해야겠어. 게다가 나는 소프 양의 신중함을 굳게 믿거든. 다른 남자를 확실히 손에 넣기 전에는 한 남자를 놓아줄 사람이 아니야. 프레더릭 형은 완전히 끝났네! 죽은 사람이나 다름없어. 분별력을 완전히 잃었으니까. 엘리너, 올케 맞을 준비나 하렴. 그런 올케를 맞다니 무척 기쁘겠구나! 대범하고 솔직하고 꾸밈없고 순진하니 말이야. 사랑은 강렬하지만 단순하고, 젠체하지 않고 가식이라고는 모르는구나."

"그런 올케라면, 당연히 기쁘지, 헨리 오빠." 엘리너가 싱긋 웃으며 말했다.

"어쩌면 이사벨라가 우리 가족한테는 못되게 굴었지만, 당신 가족에게는 더 잘할 수도 있어요." 캐서린이 말했다. "이제 정말 좋아하는 사람을 얻었잖아요. 그러니 그녀도 변하지 않겠죠."

"사실 그럴까 봐 걱정입니다." 헨리가 대답했다. "혹시 남작이라도 나타나면 모를까, 절대 변하지 않을 것 같아 걱정이에요. 그것만이 프레더릭 형이 벗어날 유일한 기회인데요. 나는 가서 바스 신문을 구해다가 새로 온 사람들 명단이나 살펴봐야겠군요."

"그럼 이게 전부 야심 때문이라고 생각하는군요? 그래요, 그게 보이는 일이 있긴 있었어요. 저희 아버지가 결혼할 두 사람에게 뭘 해주실지 처음 알았을 때, 이사벨라는 무척 실망하는 표정이었죠. 그걸 잊을 수가 없어요. 살면서 이렇게 사람을 잘못 본 건 처음이에요."

"당신이 알고 연구했던 그 엄청나게 다양한 사람들 중에서 말이죠."

"제 실망과 상실감도 무척 크지만, 가엾은 제임스 오빠는 좀처럼 이 일을 극복하기 힘들 거예요."

"지금 당장은 오빠의 처지가 무척 안타까운 게 사실이지만, 오빠에 대한 걱정 때문에 당신의 고통을 가볍게 여길 수는 없죠. 이사벨라를 잃었으니, 당신의 반쪽을 잃은 기분이 들겠군요. 마음 한쪽에 어떤 것도 채울 수 없는 공허를 느낄 겁니다. 교제라면 넌더리가 나고요. 이제 그녀가 없다는 생각을 하면,

바스에서 함께 누렸던 즐거움들도 끔찍하게 느껴지겠네요. 가령 이제는 세상 무슨 일이 있어도 무도회는 가고 싶지 않겠어요. 더 이상 속을 다 터놓고 말할 수 있는 친구가 없다고 느낄 테고요. 이제 누구를 의지하고, 어려운 일이 있으면 누구에게 조언을 구할까, 이렇게 느끼고 있죠?"

"아니에요." 캐서린이 잠시 생각하더니 대답했다. "그렇지 않아요. 제가 꼭 그래야 하나요? 솔직히 말해서, 이젠 그녀를 사랑할 수 없어서, 소식을 들을 수도 없고 두 번 다시 만날 수도 없어서 마음이 아프고 슬프기는 하지만, 생각하는 것만큼 그렇게 엄청나게 힘들지는 않아요."

"늘 그렇듯이 당신은 인간 본성의 가장 좋은 점만 느끼는군요. 그런 감정을 잘 연구해보면, 인간은 자기 본성을 알게 될 겁니다."

캐서린은 이런 대화를 나누면서 우연이든 아니든, 훨씬 기분이 나아지는 걸 느꼈다. 그래서 뭐라고 설명할 수는 없지만 어쩌다 이런 상황을 털어놓게 된 것이 전혀 후회스럽지 않았다.

11

이때부터 세 젊은이는 이 주제를 가지고 종종 토의했다. 캐서린은 젊은 두 친구들이 지위도 재산도 없는 이사벨라가 형과 결혼하는 데에는 커다란 어려움이 있을 거라고 뜻을 같이하는 것에 다소 놀랐다. 이사벨라의 성품 때문에 나올 수 있는 반대와는 별도로, 장군이 이 관계를 반대할 거라는 말에 캐서린은 정작 자신이 걱정스러워졌다. 그녀도 보잘것없는 신분이고 이사벨라처럼 지참금 한 푼 없을 것이다. 만약 틸니 가문의 상속자조차 자신이 물려받은 지위나 재산으로 만족하지 못한다면, 그의 젊은 동생은 대체 어느 정도의 이권을 필요로 하겠는가? 이런 생각은 매우 가슴 아픈 상념들을 불러일으켰지만, 다행히 맨 처음부터 장군은 행동으로나 말로나 그녀에게 특별한 호감을 보여왔다는 사실로 겨우 마음을 달랠 수 있었다. 게다가 돈에 관해 매우 사심 없고 너그러웠던 발언들(장군이 말하는 걸 한 번 이상 들었다)을 기억하고는, 그런 문제에 있어서 자녀들이 아버지의 성품을 오해하고 있다고 생각하고 싶은 마음이었다.

하지만 두 사람은 프레더릭이 직접 아버지의 승낙을 받아낼 용기가 없을 거라고 굳게 확신하면서, 더구나 요즘 시기에 노생거에 찾아오는 일은 절대 없을 거라고 몇 번이나 장담을 했기 때문에 캐서린은 갑작스럽게 떠날 필요는 없을 거라고 애써 마음을 편하게 먹었다. 하지만 틸니 대위가 언제 승낙을 받으러 오든 아버지에게 이사벨라의 행실을 제대로 설명하지는 않을 것 같았기 때문에, 캐서린은 헨리가 먼저 사실 그대로 모든 걸 알리는 게 상책이란 생각이 들었다. 장군이 냉정하고 공정한 견해를 가지고, 신분 차이보다는 좀 더 공정한 근거에서 반대할 수 있도록 말이다. 하지만 캐서린이 이 제안을 하자, 헨리는 기대했던 것만큼 선뜻 받아들이지 않았다. "아니에요. 아버지의 입장을 유리하게 도와줄 필요 없어요. 프레더릭 형이 자신의 어리석은 짓을 고백하는 걸 미리 막을 필요도 없고요. 자기 입으로 얘기해야 해요."

"하지만 절반만 얘기할 텐데요."

"반에 반만 해도 충분해요."

하루 이틀이 지나도 틸니 대위는 감감무소식이었다. 그의 동생들은 어떻게 생각해야 할지 감을 잡을 수가 없었다. 때로는 약혼을 했으니 당연히 조용히 있는 것인가 싶다가, 또 때로는 약혼을 했으면 이렇게 조용할 수 없다는 생각이 들었다. 한편 장군은 매일 아침 프레더릭이 편지를 안 쓴다고 화를 내면서도, 실제로는 아무 걱정도 하지 않았다. 그에게는 몰랜드 양이 노생거에서 즐거운 시간을 보내게 해주는 것보다 더 절박한 고민거리는 없었다. 그는 날마다 똑같은 교제와 일과 때문에 그녀가 이곳에 싫증이 날까 봐 종종 걱정을 토로했다. 그리고 레이디 프레이저가 시골에 있었다면 좋았을 거라고 아쉬워하며 이따금 저녁 만찬을 열겠다는 말도 하고, 한두 번은 인근에 춤을 출 수 있는 젊은이들의 숫자를 헤아려보기까지 했다. 하지만 지금은 완전히 비성수기여서, 들새도 없었고 사냥감도 없었고 프레이저 가족들도 없었다. 그러다가 마침내 어느 날 아침 장군은 헨리에게 다음번에 그가 우드스턴에 갔을 때, 갑자기 방문해서 양고기를 먹겠노라고 말했다. 헨리는 매우 영광스러워하며 기뻐했고 캐서린도 이 계획이 무척 반가웠다. "그럼 이 즐거운 방문을 언제 고대할 수 있을까요? 저는 교구 회의 참석차 월요일에 우드스턴에 가야만 합니다. 아마 이삼 일 쯤 머물러야 할 거예요."

"이런, 이런, 조만간 날을 잡도록 하마. 날짜를 정할 필요는 없어. 너도 평소와 다르게 애쓸 필요가 전혀 없다. 그냥 집에 있는 거면 뭐든 충분하니까. 젊은 아가씨들이 총각의 식탁을 양해해줄 거라고 나는 믿는다. 어디 보자, 월요일은 네가 바쁠 테니 그날은 가지 않으마. 화요일은 내가 바쁘구나. 오전에 브록햄에서 토지측량사가 보고서를 가지고 오기로 되어 있거든. 그다음에는 체면상 모임을 빠질 수가 없구나. 지금 빠지면, 정말 지인들 얼굴을 볼 낯이 없게 돼. 내가 시골에 있다는 걸 다 알고 있으니, 너무 큰 실례가 될 거다. 몰랜드 양, 내 이웃은 누구든지 절대 기분을 상하게 하지 않는다는 게 내 원칙이라오. 조금만 시간과 관심을 쓰면 될 일이라면 말이오. 모두 매우 소중한 사람들이라오. 1년에 두 번 노생거에서 사슴 반 마리를 보내고, 시간 날 때마다 함께 식사도 한다오. 그러니 화요일은 아예 안 되겠군. 하지만 수요일에는 우리를 기대해도 되겠구나, 헨리. 둘러볼 시간이 있게 일찍 가도록 하겠다. 두 시간 45분이면 우드스턴에 도착할 게다. 10시에 마차를 탈 테니까 수요일 1시 15분 전쯤에 우리를 기다리렴."

캐서린은 이 작은 소풍이 무도회보다 훨씬 더 반가웠다. 그만큼 우드스턴에 가보고 싶은 마음이 컸던 것이다. 한 시간 후에 헨리가 부츠를 신고 커다란 외투를 입은 채, 그녀와 엘리너가 앉아서 얘기를 하고 있는 방으로 들어왔을 때, 캐서린은 여전히 기뻐서 가슴이 뛰고 있었다. "숙녀 여러분, 매우 도덕적인 중압감 속에 이 말을 하러 왔습니다. 세속적 쾌락은 언제나 대가를 치러야만 하지요. 우리는 종종 엄청난 손해를 감수하며 쾌락을 얻기도 하고, 어떻게 될지도 모르는 미래의 계획을 위해 지금 당장의 행복을 포기하기도 합니다. 바로 지금의 저를 보십시오. 날씨가 나쁠지, 혹은 못 오는 이유가 스무 가지쯤 생길지도 모르는데, 수요일에 우드스턴에서 여러분들을 보는 기쁨을 누릴 거란 희망을 품고 지금 바로 떠나려고 합니다. 예정했던 것보다 이틀 먼저 말이죠."

"떠난다고요!" 캐서린이 침울한 얼굴로 말했다. "왜죠?"

"왜냐고요! 어떻게 그런 질문을 하십니까? 제 늙은 가정부를 혼비백산하게 만들려면 빈둥거릴 시간이 없으니까요. 얼른 가서 여러분들을 위한 정찬 준비를 해야 합니다."

"오, 진심은 아니겠죠!"

"슬프게도 그렇답니다. 저도 남아 있고 싶지만."

"장군께서 말씀하신 걸 듣고도 그런 생각을 한단 말인가요? 괜히 애쓰지 말라고 특별히 당부하셨잖아요. 아무것도 하지 말라고요." 헨리는 그저 미소만 지었다. "당신 여동생이나 저 때문에 그럴 필요는 전혀 없어요. 당신도 아실 텐데요. 장군께서 특별한 건 아무것도 준비하지 말라고 그렇게 강조하셨잖아요. 게다가 설령 그렇게까지 말씀하지 않으셨다 해도, 집에서 날마다 그런 훌륭한 만찬을 드시는데 하루쯤 평범한 식사를 하신들 어떠시겠어요."

"저도 당신처럼 생각할 수 있으면 좋겠군요. 아버지를 위해서나 저를 위해서나 말이죠. 잘 있어요. 엘리너, 내일은 일요일이니까 나는 돌아오지 않을 거야."

그는 떠났다. 언제나 헨리의 판단보다 자기 판단을 의심하는 게 훨씬 간단하고 쉬운 캐서린은 그가 떠나는 게 아무리 섭섭해도 헨리가 옳다고 금방 인정했다. 하지만 도저히 설명할 수 없는 장군의 행동이 머릿속을 떠나지 않았다. 직접 눈으로 살펴본 결과, 장군이 특히 먹는 데 까다롭다는 사실은 이미 알고 있었다. 하지만 정작 속마음은 다르면서 겉으로는 왜 그렇게 단호하게 말하는지 참으로 알 수 없는 일이었다! 그래가지고 사람들 말을 어떻게 알아듣는단 말인가? 헨리 말고 그의 아버지 말을 알아들을 사람이 누가 있을까?

이제 토요일부터 수요일까지 헨리 없이 지내야 한다. 이것이 모든 생각의 서글픈 결론이었다. 그가 없을 때 틀림없이 틸니 대위의 편지가 오겠지. 수요일에는 분명히 비가 올 거야. 과거, 현재, 미래가 모두 똑같이 우울했다. 그녀의 오빠는 너무 불행했고, 이사벨라를 잃은 상실감은 너무 컸다. 게다가 엘리너는 헨리가 없으면 항상 기운이 없었다. 그녀에게 흥미롭거나 재밌는 일이 과연 남아 있을까? 숲과 관목에도 그만 싫증이 났다. 항상 너무 매끄럽고 건조하기만 했다. 이제 그녀에게 노생거 수도원은 여느 집이랑 다를 바가 없었다. 이 건물을 봐도 떠오르는 유일한 감정이라고는 이 집 때문에 키우고 완성했던 어리석은 망상에 대한 가슴 아픈 기억뿐이었다. 얼마나 커다란 생각의 변화인가! 그토록 수도원에 가보고 싶어 하던 그녀가! 이제 살기 편리하게 지어진 목사관의 소박한 안락함만큼 매력적으로 느껴지는 것은 없었다. 풀러튼과 비슷하지만 그보다는 나을 것이다. 풀러튼은 미흡한 점이 있지만 우드스턴은 그렇지 않을 테니까. 수요일이 어서 온다면!

마침내 수요일이 왔다. 충분히 기다렸다 싶을 때 정확히 찾아왔다. 날씨도 화창했다. 캐서린은 허공을 걷는 기분이었다. 10시에 사륜마차가 세 사람을 싣고 노생거를 떠났다. 거의 20마일을 유쾌하게 달린 끝에 우드스턴으로 들어갔다. 위치가 좋고 인구가 많은 커다란 마을이었다. 장군은 작고 심심한 시골 마을이라며 대신 사과라도 할 기세였기 때문에, 캐서린은 민망해서 정말 예쁜 마을이라고 말하지 못했다. 하지만 속으로는 지금까지 가보았던 어느 곳보다 마음에 든다고 생각했다. 그리고 시골집 수준을 넘어선 깔끔한 집들과 지나치는 모든 작은 상점들을 바라보며 경탄을 금치 못했다. 마을의 끝자락에, 다른 집들과는 꽤 떨어진 곳에 목사관이 서 있었다. 새로 지어진 단단한 돌집을 반원으로 굽이진 길과 초록색 대문이 감싸고 있었다. 마차가 문으로 들어가자, 헨리와 고독한 그의 친구들인 커다란 뉴펀들랜드 강아지와 두세 마리의 테리어 강아지가 그들을 반갑게 맞았다.

집으로 들어서자, 캐서린은 가슴이 벅차올라 주위를 둘러보거나 많은 말을 할 수도 없었다. 장군이 의견을 묻기 전까지 그녀는 자신이 앉아 있는 방에 대해서조차 아무 생각이 없었다.

비로소 주위를 둘러보고서, 한눈에 세상에서 가장 안락한 방임을 알아차렸다. 하지만 너무 조심스러워서 차마 그런 말을 하지 못했다. 그녀의 뜨뜻미지근한 칭찬에 장군은 실망했다.

"썩 좋은 집이라고 할 수는 없소." 장군이 말했다. "풀러튼이나 노생거와는 비교할 수도 없지. 그저 작고 답답한 목사관이라고 생각할 거요. 하지만 남부럽지 않고 꽤 살 만한 곳이라오. 일반적인 수준보다 떨어지는 편은 아니란 말이지. 달리 말하자면, 영국에서 이것의 절반 수준 정도 되는 목사관도 흔치 않소. 물론 개선의 여지는 있소. 그렇지 않다고 말할 생각은 전혀 없다오. 합당한 거면 뭐든 고쳐야지. 어쩌면 버려진 창문 같은 거 말이오. 우리끼리 말인데, 내가 제일 싫어하는 게 있다면, 그건 밖으로 볼록 튀어나오게 덧붙인 창*이라오."

캐서린은 이 말을 제대로 듣지 않아서 알아듣지도 못하고 골치를 썩지도 않았다. 헨리가 부지런히 다른 화제를 꺼냈고, 동시에 하인이 다과가 잔뜩 담긴 쟁반을 들고 오자 장군은 금방 흡족한 기분을 되찾았고 캐서린은 평소처럼 편안해졌다.

문제의 방은 편리하고 적당한 규모에 근사하게 설비를 갖춘 식당이었다. 그곳을 나와서 마당을 산책하는 동안, 캐서린이 제일 먼저 안내된 곳은 좀 더 작은 방이었다. 이 집 주인의 침실인 그 방은 이번 방문을 대비해서 특별히 잘 정돈되어 있었다. 그다음에는 응접실로 들어갔는데, 비록 가구는 없었지만

---

*당시에는 건물 밖으로 둥글게 튀어나온 창문이 유행이었다. 장군은 자신이 목사관을 개조하긴 하겠지만 유행에 따라 경솔하게 하는 것은 아님을 보여주려 하고 있다.

캐서린이 어찌나 좋아했는지 장군도 만족했다. 바닥까지 창문이 나 있어서 비록 초록색 풀밭뿐이지만 기분 좋은 풍경이 내다보이는 예쁜 방이었다. 캐서린은 그 순간 자신이 느끼는 대로 소박하고 솔직하게 감탄했다. "오! 왜 이 방을 꾸미지 않나요, 틸니 씨? 정말 안타까운 일이군요. 이렇게 예쁜 방은 난생처음 봐요. 세상에서 제일 예쁜 방이에요!"

"빠른 시일 내에 가구가 채워질 거라고 믿소." 장군이 몹시 흡족한 미소를 지으며 말했다. "오직 숙녀분의 취향만 기다리고 있다오!"

"만약 여기가 제 집이라면, 절대 다른 방에는 앉지 않을 거예요. 오! 나무들 사이에 정말 예쁜 코티지*가 있네요. 게다가 사과나무예요! 세상에 저렇게 예쁜 집이 있다니!"

"마음에 드는 모양이군요. 저 집을 알아보는구려. 됐소. 헨리, 잊지 말고 로빈슨에게 이야기하렴. 저 코티지는 그냥 남겨두라고."

이 말에 캐서린은 정신이 번쩍 들어서 그만 입을 다물어버렸다. 장군이 벽지와 커튼은 주로 어떤 색깔이 좋으냐고 꼭 집어 물었지만, 그녀에게서 어떤 의견도 끌어낼 수 없었다. 새로운 것을 보고 새로운 공기를 마시니 자꾸 떠오르는 민망한 연상들을 지우는 데 도움이 되었다. 풀밭 양쪽이 산책길로 둘러싸인, 목사관 경내의 아름답게 꾸며놓은 마당에 이르렀다. 헨

*시골 가옥 스타일로 지은 전원주택. 당시 상류층 사이에서는 저택 인근, 혹은 시골에 코티지를 갖는 것이 유행이었다.

리는 반년 전부터 이곳에다 자신의 재능을 발휘해놓았는데, 캐서린은 지금까지 보았던 어떤 공원보다도 예쁘다고 생각할 만큼 활기를 되찾았다.

또 다른 풀밭을 천천히 거닐다가 마을로 들어가 개량된 마구간도 살피고, 겨우 뒹굴기밖에 못하는 새끼 강아지들과 장난도 치다 보니 어느덧 4시가 되었다. 캐서린은 3시도 안 됐을 거라고 생각했었다. 이제 4시에는 정찬을 먹어야 하고, 6시면 떠나야만 했다. 하루가 이렇게 빨리 지나가다니!

캐서린은 풍성하게 차린 정찬 식탁에도 장군이 전혀 놀라지 않는 걸 눈여겨보지 않을 수 없었다. 아니, 심지어 보조 탁자에서 냉육 요리까지 찾았지만 그건 준비되지 않았었다. 반면 장군의 아들과 딸의 눈에 들어온 것은 또 다른 면이었다. 아버지가 자기 집이 아닌 다른 곳에서 이렇게 잘 먹는 모습은 처음이었고, 버터가 녹아서 기름이 되었는데도 화를 내지 않는 것도 처음이었다.

6시에 장군이 커피를 마신 다음, 그들은 다시 마차에 올라탔다. 이곳을 방문하는 동안 줄곧 장군의 행동은 몹시 유쾌했고, 캐서린도 장군이 기대하는 바를 분명히 알 수 있었다. 만약 아들의 마음에 대해서도 똑같은 확신을 가질 수 있었다면, 캐서린은 언제 그리고 어떻게 우드스턴으로 다시 돌아올 수 있을까 하는 걱정은 전혀 하지 않고 떠날 수 있었을 것이다.

12

다음 날 아침에는 전혀 뜻밖에도 이사벨라에게서 다음과 같은
편지가 왔다.

4월 ○○일, 바스

나의 사랑하는 캐서린,

너의 다정한 두 통의 편지를 받고 얼마나 기뻤는지 몰라. 좀
더 빨리 답장하지 못한 건 수천 번이라도 거듭 사과할게. 게으
른 내 자신이 정말 부끄러워. 하지만 이 끔찍한 곳에서는 도
통 시간을 낼 수 없었어. 네가 바스를 떠난 이후로 거의 날마
다 편지를 쓰려고 펜을 들었지만, 항상 이런저런 시시한 일들
이 나를 방해했지. 그래도 답장은 제발 빨리 보내줘. 곧바로 우
리 집으로 말이야. 내일이면 이 사악한 곳을 떠나게 돼서 얼마
나 감사한지! 이곳엔 아무 즐거움도 없어. 모든 게 허무할 뿐이
야. 사랑하는 사람들도 모두 떠났어. 널 볼 수만 있다면, 다른
건 아무 상관없어. 사람들이 상상할 수 없을 만큼 너는 내게 소
중한 사람이니까. 사랑하는 너희 오빠는 옥스퍼드로 떠난 이후
로 아무 소식이 없어서 몹시 걱정이야. 무슨 오해가 있는 건지
두렵기도 하고. 네가 친절하게 주선해주면 모든 문제가 풀릴
것 같아. 그는 내가 영원히 사랑하는, 아니 사랑할 수 있는 유
일한 남자야. 네가 오빠에게 그 점을 확실히 말해줄 거라고 나
는 믿어. 이번 봄의 유행은 좀 후졌어. 모자들이 상상을 초월하

게 흉측해. 네가 즐거운 시간을 보내기를 바라. 하지만 날 아예 잊어버릴까 봐 두렵구나. 너와 함께 지내고 있는 가족들에 대해 모든 얘기를 다 하지는 않을게. 옹졸하게 굴거나, 네가 존경하는 사람들과 등지게 하고 싶지는 않으니까. 하지만 누가 믿을 만한 사람인지 알기란 어려운 일이고, 젊은 남자들은 이틀 후 자기 마음조차 모르는 법이야. 정말 다행스럽게도 세상 사람들 중에서 내가 특히 혐오스러워하는 젊은 남자가 바스를 떠났어. 이렇게 말하면 틸니 대위인 줄 너도 알겠지. 기억하다시피 네가 떠나기 전까지 날 엄청 쫓아다니며 괴롭혔잖니. 그 후에는 더 심해져서 완전히 그림자처럼 따라다녔어. 아마 많은 아가씨들이 홀딱 넘어갔을 거야. 그런 관심을 받아본 적이 없었을 테니까. 하지만 난 변덕스러운 남자 마음을 잘 알잖아. 그 사람은 이틀 전에 연대로 돌아갔어. 두 번 다시 시달릴 일은 없을 거야. 세상에 그렇게 멋 부리는 남자는 처음 봤어. 정말 불쾌한 남자야. 마지막 이틀 동안은 샬럿 데이비스 옆에 딱 붙어 다니더라. 어찌나 취향이 한심한지. 하지만 쳐다보지도 않았어. 바스 거리에서 마지막으로 만났을 때, 나는 혹시 그가 말을 걸어 올까 봐 얼른 상점으로 들어갔어. 꼴도 보기 싫었거든. 그 남자는 펌프 사교장으로 가더라. 나는 세상을 다 준대도 따라갈 생각이 없었어. 네 오빠와는 얼마나 다른지! 제발 네 오빠 소식 좀 나에게 전해줘. 네 오빠 때문에 마음이 아파. 떠날 때 감기에 걸렸는지, 다른 무슨 일이 있는지 무척 안 좋아 보였거든. 직접 편지를 보내고 싶었지만, 주소를 잘못 적었지 뭐야.

게다가 앞에서 말했던 것처럼, 내 행동을 오해하고 있는 것 같아 걱정이야. 제발 오빠가 만족할 수 있도록 모든 걸 잘 설명해 줘. 만약 아직도 의심을 품고 있다면, 나에게 직접 편지를 쓰거나 다음에 런던에 갈 때 풀트니에 들르면 모든 오해가 풀릴 거야. 요즘은 무도회장에도, 극장에도 가지 않아. 어젯밤 반값 할인에 호지 가족과 같이 간 것만 빼고. 그 사람들이 너무 졸라서 끌려갔어. 틸니가 떠나서 내가 침거했다고 떠들지 못하게 할 작정이기도 했고. 우연히 미첼 가족 옆에 앉았는데, 내가 외출한 걸 보고 깜짝 놀란 척하더라. 그 사람들의 못된 속내를 다 알아. 언제는 나한테 예의 없이 굴더니, 이제는 다정하기 짝이 없더라. 하지만 그 사람들한테 속아 넘어갈 바보가 아니지. 내가 얼마나 배짱이 좋은지 너도 알잖아. 앤 미첼은 지난주 음악회 때 내가 했던 것처럼 머리에 터번을 두르고 나타났는데, 어찌나 꼴불견이던지. 그건 매우 독특한 내 얼굴에나 어울리는 물건이야. 적어도 그때 틸니는 그렇게 말했어. 모두 나만 쳐다본다고 그랬지. 하지만 그 사람 말은 절대 믿을 게 못 돼. 지금은 온통 보라색으로 입고 있단다. 내가 끔찍하게 보이는 건 알지만, 상관없어. 네 오빠가 가장 좋아하는 색깔이니까. 캐서린, 어서 서둘러서 나와 네 오빠에게 편지를 보내줘.

영원한 친구로부터

이런 얄팍한 술수의 언변은 캐서린에게조차 통하지 않았다. 바로 첫 문장부터 일관성 없고 모순과 거짓에 가득 차 있는 게

훤히 보였다. 캐서린은 이사벨라가 부끄럽고, 한때 그녀를 좋아했다는 사실이 수치스러웠다. 그녀의 변명이 공허한 것만큼이나. 그녀의 애정 고백은 역겨웠고 그녀의 부탁은 뻔뻔스러웠다. "그녀 대신 오빠에게 편지를 써달라니! 아니, 오빠는 두 번 다시 내 입에서 이사벨라라는 이름을 듣지 못할 거야."

우드스턴에서 헨리가 돌아오자, 캐서린은 그와 엘리너에게 틸니 대위가 무사함을 알리고 진심으로 축하했다. 그리고 잔뜩 화가 나서 그 편지의 가장 중요한 대목을 큰 소리로 읽어주었다. 편지를 다 읽은 다음, 그녀가 말했다. "이사벨라와는 끝이에요. 우리 우정도 끝이고요! 나를 바보 멍청이로 생각하는 게 틀림없어요. 그렇지 않으면 이런 편지를 쓰지 못했겠죠. 그래도 이 편지 덕분에 그녀가 나를 알고 있는 것보다, 내가 그녀의 성격에 대해 더 잘 알게 되었어요. 이제 어떤 사람인지 분명히 알겠어요. 그녀는 허영에 가득 찬 바람둥이였어요. 그녀의 술수가 통하지 않은 거죠. 제임스 오빠와 나를 한 번이라도 배려한 적도 없는 것 같아요. 차라리 아예 몰랐더라면 좋았을 텐데요."

"곧 그렇게 될 겁니다." 헨리가 말했다.

"이해할 수 없는 게 한 가지 있어요. 이사벨라가 틸니 대위를 노렸다는 건 이제 알겠어요. 성공하지는 못했지만 말이죠. 그런데 틸니 대위는 왜 그렇게 그녀에게 관심을 보여서 우리 오빠와 사이를 갈라놓은 거죠? 그러고는 혼자 도망가버렸잖아요?"

"프레더릭 형의 동기에 대해서는 저도 별로 할 말이 없습니다. 줄곧 그런 식이었거든요. 형은 소프 양만큼 허영심에 가득

차 있죠. 중요한 차이점은 형이 더 냉정한 머리를 갖고 있어서, 아직까지 허영심 때문에 다친 적은 없다는 거죠. 행동의 결과가 납득이 안 가는데, 이유는 찾아서 뭐 하겠습니까."

"형님이 진심으로 이사벨라를 좋아한 적이 없다고 생각하나요?"

"한 번도 없었을 겁니다."

"그럼 단지 장난으로 그렇게 믿게 만들었다는 건가요?"

헨리가 고개를 끄덕였다.

"글쎄요, 그렇다면 저는 형님을 절대 좋아할 수 없다는 말을 해야겠군요. 비록 우리에게 좋은 결과가 되긴 했지만, 저는 형님이 마음에 들지 않아요. 그 일이 아주 커다란 해를 입힌 건 아니에요. 이사벨라가 상심하고 그럴 사람은 아니거든요. 하지만 정말 깊이 그를 사랑하게 되었으면 어쩔 뻔했어요?"

"하지만 그럼 먼저 이사벨라가 상심할 마음을 가진 사람이라고 가정해야겠죠. 그렇다면 완전히 다른 인물이 되었을 테고, 따라서 완전히 다른 대우를 받았을 겁니다."

"형의 편을 드시는군요."

"당신도 당신 오빠 편을 든다면, 소프 양의 낙심을 그다지 슬퍼하지 않을 텐데요. 하지만 당신 마음은 타고난 고결한 원칙으로 둘러싸여 있어서, 가족에 대한 편애나 복수심에서 비롯된 냉정한 추론을 펼치지 못하는 겁니다."

칭찬을 들은 캐서린은 더 이상 마음이 괴롭지 않았다. 헨리가 이렇게 상냥하게 구는데, 프레더릭을 용서 못 할 일은 없었다. 캐서린은 이사벨라의 편지에 답장하지 않기로 결심하고, 생각조차 하지 않으려고 했다.

13

이 일이 있고 얼마 후에 장군이 일주일 동안 런던에 가야 할 일이 생겼다. 그는 몰랜드 양 곁을 다만 한 시간이라도 떠나야 하는 걸 무척 안타까워하면서, 자식들에게 자신이 없는 동안 그녀를 편안하고 즐겁게 대접하는 걸 최우선으로 생각하라고 신신당부하며 노생거를 떠났다. 장군이 떠나자, 캐서린은 상실이 때로는 득이 될 수도 있다는 사실을 처음으로 경험을 통해 알았다. 이제 그들의 시간은 행복하게 흘러갔다. 모든 일을 자발적으로 했고, 매번 마음껏 웃었다. 식사 때마다 편안하고 유쾌한 광경이 펼쳐졌고, 원하는 때에 원하는 곳으로 산책을 갔다. 놀거나 피곤하거나 자기 시간을 자기 마음대로 쓰다 보니, 장군의 존재가 얼마나 큰 부담이었는지 절실히 느낄 수 있었다. 그리고 거기에서 벗어난 지금 상황이 참으로 고마웠다. 어찌나 편하고 즐거웠는지 캐서린은 날이 갈수록 이곳과 사람들을 더 사랑하게 되었다. 이곳을 곧 떠나야 한다는 걱정만 없었더라면, 다른 사람들도 똑같이 자기를 사랑하지 않는 것은 아닐까 하는 두려움만 아니었더라면, 캐서린은 날마다 매 순간이 더할 나위 없이 행복했을 것이다. 하지만 이곳을 방문한 지 벌써 4주째였다. 장군이 돌아오기 전에 4주가 끝날 것이고, 만약 더 오래 머무른다면 부담이 될 수도 있었다. 그런 생각이 들 때마다 가슴이 아팠다. 결국 마음의 짐을 덜고 싶어서, 캐서린은 조만간 엘리너에게 그만 떠나겠다고 제안하고 나서 그걸 받아들이는 태도를 보고 행동을 결정하기로 결심했다.

시간을 끌면 끌수록 이런 불편한 화제를 꺼내기가 어렵다는 걸 알고서, 캐서린은 엘리너와 갑자기 단둘이 있게 되었을 때 당장 기회를 잡았다. 그리고 엘리너가 한창 다른 이야기를 하고 있는 도중에, 곧 떠나야겠다는 말을 꺼냈다. 엘리너는 몹시 걱정스러운 표정을 지으며 말했다. "훨씬 오래 같이 있을 거라고 기대했어요. 더 긴 기간의 방문을 약속한 줄 (어쩌면 그러기를 바라는 마음 때문에) 알았거든요. 만약 몰랜드 부부께서 당신과 함께 지내는 게 제게 얼마나 기쁜 일인지 아신다면, 너그러운 마음으로 당신을 재촉하지 않으시지 않을까요?" 캐서린이 설명했다. "오! 그 점이라면 엄마 아빠는 전혀 재촉하지 않으세요. 제가 행복하기만 하면, 두 분은 항상 만족하시거든요."

"그런데 왜 그렇게 급히 떠나려고 하죠?"

"오! 너무 오래 머물고 있으니까요."

"당신이 그렇게 말한다면, 더 이상 붙잡을 수가 없군요. 너무 오래되었다는 생각이 든다면……."

"오! 아니에요. 그건 정말 아니에요. 제 마음대로라면 얼마든지 오래 있을 수 있어요." 그러자 언젠가 떠날 때까지는, 떠날 생각조차 하지 않기로 결정되었다. 근심의 원인이 가뿐하게 해결되자, 다른 의지도 덩달아 약해졌다. 그녀를 붙잡는 엘리너의 친절하고 적극적인 태도와 그녀가 머물기로 했다는 말을 들었을 때 헨리의 감사한 표정은 자신이 중요한 사람이라는 달콤한 증거였다. 이제 캐서린에게는 인간 마음이 그것 없이는 편히 지낼 수 없을 정도의 걱정거리만이 남았다. 그녀는 헨리가 자신을 사랑한다고, 거의 항상 믿었다. 그리고 그의 아버지와 여동생이 자신을 사랑하며, 한 가족이 되길 바란다고 굳게 믿었다. 그렇게 믿고 나니, 그녀의 의심과 불안은 그저 장난스러운 변덕일 뿐이었다.

헨리는 자신이 런던에 가고 없는 동안 항상 노생거에서 숙녀들 곁을 지키라는 아버지의 지시를 따를 수 없었다. 우드스턴에서 부목사직을 맡고 있으니, 토요일부터 이틀 동안은 떠나야만 했다. 하지만 헨리의 빈자리는 장군이 집에 있을 때와는 달랐다. 즐거움이 덜하기는 했지만, 편안함은 그대로였다. 두 아가씨는 함께 일을 하고 더욱 가까워져서, 단둘이만 있어도 충분히 잘 지낼 수 있었다. 그래서 헨리가 떠날 날에는 노생거에서는 꽤 늦은 시간인 11시까지 식당을 떠나지 않았다. 두 사람이 막 계단 꼭대기까지 올라갔을 때, 두꺼운 벽 너머로 마차가 현관을 향해 달려오는 소리가 들리는 것 같았다. 다음 순간이 생각을 확인해주듯이 현관 벨이 요란하게 울렸다. "세상에! 이게 무슨 일일까?" 한바탕 소동이 지나가고 나자, 엘리너는 곧 큰오빠일 거라고 단정 지었다. 이렇게까지 이상한 때는 아니더라도, 종종 갑자기 도착하곤 했기 때문이었다. 그래서 황급히 오빠를 맞으러 내려갔다.

자기 방으로 들어간 캐서린은 틸니 대위와 좀 더 친해지겠다고 최대한 굳게 다짐했다. 그의 행동에 대해 불쾌한 인상도 남아 있고, 대위는 나름대로 너무 잘난 신사라서 자기를 인정하지 않겠지만, 적어도 두 사람의 만남이 엄청난 고통이 될 만한 그런 상황에서 만나는 일은 없어야 한다고 자신을 달랬다. 캐서린은 그가 소프 양 이야기를 꺼내지는 않을 거라고 믿었다. 지금쯤은 자신의 행동에 대해 수치심을 느끼고 있을 테니 그럴 위험은 없었다. 바스에 대한 언급만 피한다면, 그를 공손하게 대할 수 있을 거란 생각이 들었다. 이런 생각을 하며 시간이 흘렀다. 엘리너가 그를 이렇게 반갑게 맞이하고 할 말이 많은 걸 보니, 그에 대해 약간 호감이 생겼다. 도착한 지 거의 30분이 지났는데도 엘리너는 올라오지 않고 있었다.

바로 그때 회랑에서 발소리가 들려오는 것 같았다. 계속 들리는지 귀를 기울이는 순간, 온 사방이 고요해졌다. 하지만 착각이라고 확신하자마자, 뭔가 문 가까이 다가오는 소리가 들려서 깜짝 놀랐다. 마치 누군가 문을 만지작거리고 있는 것 같았다. 다음 순간 문고리가 살짝 움직이는 걸 보니 누군가 잡고 있는 게 분명했다. 캐서린은 누가 이렇게 조심스럽게 다가오는 것일까 생각하고 살짝 몸을 떨었다. 하지만 두 번 다시 사소한 일에 놀라지 않겠다고, 혹은 솟아오르는 상상력에 잘못 휘둘리지 않겠다고 결심하고 조용히 앞으로 걸어가서 문을 열었다. 엘리너가 홀로 문 앞에 서 있었다. 캐서린은 마음을 놓았지만 잠시뿐이었다. 엘리너의 두 뺨이 하얗게 질리고 몹시 흥분한 기색이었기 때문이었다. 분명히 들어오려고 했던 것 같은데 방에 들어오기도 힘들고 거기서 말하는 것은 더욱더 힘들어 보였다. 캐서린은 틸니 대위의 이야기에 뭔가 나쁜 소식이 있었다고 짐작하고, 말없이 바라보며 걱정스러운 표정만 지었다. 엘리너에게 자리에 앉으라고 권한 다음, 관자놀이 부근을 라벤더 향수로 문질러주고는 애정 어린 염려로 그녀를 감쌌다. "사랑하는 캐서린, 이러지 말아요. 정말 이러지 말아요." 엘리너가 제일 먼저 꺼낸 말이었다. "난 괜찮아요. 이런 친절이 날 더욱 괴롭게 하는군요. 견딜 수가 없어요. 이런 심부름을 하러 당신에게 오다니!"

"심부름이라고요! 나한테!"

"어떻게 말해야 할지! 오, 이걸 어떻게 말해야 할지!"

새로운 생각이 캐서린의 머리를 스치고 지나갔다. 그녀는 친구처럼 새파랗게 질려서 부르짖었다. "우드스턴에서 무슨 소식이 왔군요!"

"아니에요." 엘리너가 몹시 안타까운 눈길로 그녀를 바라보며 대답했다. "우드스턴에서 온 사람이 아니라, 바로 우리 아버지예요." 그녀의 목소리가 파르르 떨렸다. 엘리너는 아버지란 말을 하면서 시선을 밑으로 떨어뜨렸다. 예상치 못한 장군의 귀환만으로도 캐서린은 심장이 쿵 내려앉을 지경이었다. 그래서 한동안 그보다 더 나쁜 소식이 있을 거라고는 상상도 못했다. 그녀는 아무 말도 하지 못했다. 엘리너는 여전히 시선은 아래로 내리깐 채, 정신을 차리고 분명하게 말하려고 애를 쓰더니 곧 말을 이었다. "당신은 너무 착해서 내가 강제로 하게 된 역할 때문에 나를 나쁘게 생각하지는 않겠죠. 정말 저도 어쩔 수 없이 이 말을 전하는 거예요. 바로 최근에 있었던 일, 그러니까 당신이 좀 더 머물기로 최근에 우리끼리 결정한 이후로 나는 얼마나 기쁘고 고마웠는지 몰라요! 내가 원하던 대로 당신이 오래, 아주 오랫동안 머물기로 했는데, 이제 와서 당신의 친절을 받아들일 수 없단 말을 어떻게 할 수 있겠어요. 당신이 지금까지 우리에게 베풀어준 행복을 이렇게 갚을 거란 말을, 내 입으로 할 수는 없어요. 캐서린, 우리는 헤어져야 해요. 아버지께서 월요일에 우리 가족 전체를 데리고 가기로 한 약속이 생각나셨대요. 헤리퍼드 근처 롱타운 경의 저택으로 가서 두 주간 지낼 거예요. 어떤 설명이나 사과도 할 수 없군요. 어느 쪽도 할 엄두가 안 나요."

"엘리너." 캐서린이 최대한 감정을 억누르며 말했다. "그렇게 상심하지 말아요. 먼저 한 약속이 당연히 더 우선이지요. 헤어지게 돼서 정말, 정말 유감이에요. 더구나 이렇게 금방, 그리고 갑자기 말이죠. 하지만 기분이 상하지는 않았어요. 정말이에요. 나는 언제든 떠날 수 있어요. 언젠가 당신도 날 찾아와줘요. 롱타운 경 댁에서 돌아올 때, 풀러튼에 들를 수 있나요?"

"내게는 결정권이 없어요, 캐서린."

"그럼 올 수 있을 때 와요."

엘리너는 대답하지 않았다. 캐서린의 생각은 좀 더 직접적인 관심사에 쏠려 있었다. 그래서 머릿속으로는 생각을 하며 큰 소리로 말했다. "월요일이라…… 월요일이면 금방인데…… 모두 떠난단 말이죠. 그럼 어쨌든 작별 인사는 할 수 있겠네요. 당신들이 떠나기 직전까지는 여기 있어도 되잖아요. 엘리너, 상심하지 말아요. 나는 월요일에 얼마든지 떠날 수 있어요. 저희 아버지와 어머니는 아무 전갈도 받지 못했지만 크게 상관없어요. 장군께서 중간까지는 하인을 딸려 보내주시겠죠. 그러면 곧 솔즈베리에 도착할 테고, 거기서 집까지는 겨우 9마일이에요."

"아, 캐서린! 그렇게만 결정되었어도 덜 괴로웠을 거예요. 물론 그런 평범한 배려는 당신이 마땅히 받아야 할 대접의 절반 수준밖에 안 되겠지만 말이죠. 하지만…… 이 말을 어떻게 해야 할지. 당신은 내일 아침에 떠나기로 정해졌어요. 출발 시간조차 당신이 마음대로 정할 수 없어요. 마차가 아침 7시에 오기로 예약이 되어 있거든요. 하인도 따라가지 않을 거예요."

캐서린은 숨이 탁 막히고 말문이 막혀서 털썩 주저앉았다. "이 말을 들었을 때 나도 내 귀를 의심했어요. 지금 당신은 당연히 엄청나게 커다란 불쾌감과 분노를 느끼겠지요. 하지만 나보다 더 클 수는 없을 거예요. 하지만 내 기분에 대해서는 말하지 않겠어요. 오! 뭐라도 변명거리를 내놓을 수 있다면! 하느님 맙소사! 당신 아버님과 어머님께서 뭐라고 하시겠어요! 진정한 친구의 보호하에 있던 당신을 여기까지, 거의 집에서 두 배나 더 먼 곳까지 데려와서는 당연한 예의조차 갖추지 않고 집 밖으로 내쫓다니요! 사랑하는 캐서린, 이런 말을 전달하니까 내가 이 모든 모욕의 주범처럼 보이겠죠. 하지만 나를 용서해줄 거라고 믿어요. 이 집에 있으면서 오랫동안 충분히 봤겠지만, 나는 명색만 안주인일 뿐 실질적인 힘은 하나도 없어요."

"제가 장군님 비위를 거슬렀나요?" 캐서린이 떨리는 목소리로 말했다.

"맙소사! 딸로서 느낀 바를 말하자면, 내가 알고 있고 장담할 수 있는 건 오로지, 당신은 아버지의 분노를 살 만한 어떤 정당한 원인도 제공하지 않았다는 거예요. 아버지는 정말로 많이, 아주 많이 화가 나셨어요. 그보다 더 화난 모습은 좀처럼 본 적이 없을 정도예요. 원래 유쾌한 성품은 아니신데, 지금은 유난히 성질을 돋우는 어떤 일이 일어났나 봐요. 뭔가 실망스러운 일이나 짜증 나는 일, 지금 당장은 무척 중요해 보이는 그런 일들 말이죠……. 하지만 당신은 아무 상관없는 일이 분명해요. 어떻게 그럴 수가 있겠어요?"

캐서린은 가슴이 아파서 아무 말도 할 수 없었다. 하지만 오직 엘리너를 위해서 간신히 입을 열었다. "만약 제가 장군님을 화나게 했다면 정말 미안해요. 일부러 그런 건 절대 아니었어요. 어쨌든 슬퍼하지 말아요, 엘리너. 약속은 지켜야지요. 단지 그 약속을 좀 더 빨리 기억하지 못한 게 유감이군요. 그럼 집에 편지를 보냈을 텐데요. 하지만 그건 중요하지 않아요."

"당신의 안전 문제에 있어서는, 정말로 이런 게 전혀 중요하지 않기를 나도 진심으로, 진심으로 바라요. 하지만 다른 모든 면에서는 이건 대단히 중요한 일이에요. 편안함이나 남들 보는 모양새나 예의범절, 당신 가족들, 세상 사람들의 시선, 모든 면에서 중요한 일이라고요. 만약 당신 친구인 앨런 부부가 아직 버스에 있다면, 그나마 쉽게 갈 수 있을 텐데요. 몇 시간이면 도착할 테니까요. 하지만 우편마차를 타고 70마일을 여행해야 한다니. 당신 나이에 하인도 없이 혼자서!"

"오, 여행은 아무것도 아니에요. 그런 생각 하지 말아요. 그리고 어차피 헤어질 거라면, 몇 시간 더 빠르든 늦든 아무 차이가 없어요. 7시까지 준비를 마칠게요. 시간 되면 불러줘요."

엘리너는 캐서린이 혼자 있고 싶어 하는 걸 알았다. 더 이상 대화하지 않는 게 피차 더 나을 것 같았다. 그래서 "아침에 만나요"란 말만 남기고 나갔다.

캐서린의 터질 것 같은 가슴은 휴식이 필요했다. 엘리너 앞에서는 우정과 자존심 때문에 눈물을 꾹 참았다. 하지만 그녀가 나가자마자 눈물이 홍수처럼 터져 나왔다. 이런 식으로 이 집에서 쫓겨나다니! 어떤 정당한 이유도 없이, 이렇게 갑작스럽고 무례하고 오만 방자한 행동을 상쇄할 만한 사과의 말도 없이! 헨리는 멀리 있어서 작별 인사조차 할 수 없었다. 그에 대한 모든 희망과 기대가 적어도 지금은 중단되었다. 얼마나 오래갈지 누가 알겠는가? 우리가 다시 만날 거라고 누가 말할 수 있겠는가? 그런데 이 모든 일들이 틸니 장군처럼 그토록 정중하고 예의 바르고 지금까지 그녀를 총애했던 사람이 저질렀다니! 참으로 굴욕적이고 비참하면서도 이해할 수 없는 일이었다. 대체 어디서부터 시작되었고 어디서 끝날지 놀랍고 당혹스럽기만 했다. 게다가 이 일을 처리하는 방식도 몹시 무례했다. 그녀의 편의는 전혀 고려하지 않고, 언제 어떻게 떠날지 묻는 시늉조차 하지 않고서 서둘러 내쫓고 있었다. 또한 남은 이틀 중에서도 첫째 날, 그것도 가장 이른 시간에 출발하도록 정해놓은 것도 작별 인사조차 할 필요 없이 장군이 아침에 일어나기 전에 떠나보내려는 의도 같았다. 일부러 모욕을 주는 게 아니라면 이 모든 조처가 무슨 뜻이란 말인가? 어떤 식으로든 장군을 성나게 한 것이 틀림없었다. 엘리너는 이런 괴로운 생각에서 그녀를 구해주려 했지만, 캐서린은 대체 어떤 손해나 불행을 당하면 아무 상관도 없는, 적어도 상관이 없다고 짐작되는 사람에게 이런 악의를 퍼부을 수 있는지 도저히 이해가 되지 않았다.

괴로운 밤이 지나갔다. 잠도, 잠이라는 이름에 걸맞은 휴식도 아예 불가능했다. 도착한 첫날부터 심란한 상상으로 그녀를 괴롭혔던 이 방은 또다시 초조함과 불안한 잠의 무대가 되었다. 하지만 그 원인은 얼마나 다른지! 서글프게도 실제 현실에서의 불안이 얼마나 월등한지! 그녀의 걱정은 사실에 근거하고 있었고, 두려움은 개연성에 기반하고 있었다. 현실과 자연에 존재하는 악에 대한 상념에 깊이 빠져서, 고독한 자신의 처지와 캄캄한 방, 고색창연한 건물이 일말의 감정도 없이 덤덤하게 느껴졌다. 바람이 세차게 불어와 종종 갑작스럽고 이상한 소리가 저택에 울려 퍼졌지만, 캐서린은 호기심이나 공포도 없이 몇 시간이고 뜬눈으로 누워서 그 모든 걸 듣고 있었다.

6시가 지나자, 엘리너가 방에 들어와 조금이라도 도움을 주고 관심을 보여주려고 애썼다. 하지만 남은 일은 별로 없었다. 캐서린은 빈둥거리지 않고 옷도 거의 갈아입고 짐도 거의 다 싸놓았기 때문이다. 장군의 딸이 들어오는 순간, 장군이 화해의 전갈을 보냈을 거라는 기대가 머리를 스쳤다. 분노가 지나간 다음 후회가 따라오는 것은 당연하지 않은가? 그러므로 캐서린은 그런 일을 겪은 이후에 과연 어느 정도 사과를 받아주는 게 적절할지, 그게 궁금할 뿐이었다. 하지만 그런 지식은 쓸모도 없고 필요하지도 않았다. 관대함이나 품위가 시험당하는 일은 없었다. 엘리너는 아무 전갈도 가져오지 않았다. 두 사람은 말이 없었다. 피차 침묵하는 게 가장 안전하다는 걸 알고 있었다. 위층에 있는 동안 몇 마디 사소한 말만 주고받았다. 캐서린은 흥분해서 바쁘게 옷을 마저 입었고, 도우려는 마음만 있고 경험이 부족한 엘리너는 트렁크를 채우는 데 열중하고 있었다. 모든 준비가 끝나자, 방을 떠났다. 캐서린은 친구 뒤에서 아주 잠깐 머뭇거리며 친숙해진 소중한 모든 것들을 마지막으로 힐끗 둘러보았다. 그리고 아침 식사가 준비된 조찬실로 내려갔다. 그녀는 친구의 마음을 편하게 해주고 자꾸 권유받는 괴로움을 피하려고, 어떻게든 먹으려고 애썼다. 하지만 식욕이 전혀 없어서 몇 입 삼킬 수 없었다. 똑같은 이 방에서 지난번 식사와 지금 식사가 얼마나 다른지 생각하자, 새삼 서러움이 북받치며 앞에 놓인 모든 음식에 대해 식욕이 싹 사라졌다. 이 방에 모여 똑같은 식사를 했던 게 불과 스물네 시간도 안 지

낳는데, 상황은 얼마나 천지차이인지! 비록 거짓된 것이었을망정 얼마나 유쾌하고 편안하게, 얼마나 행복한 마음으로 주위를 둘러보았던가! 현재의 모든 걸 즐기면서 헨리가 하루 우드스턴에 간다는 사실 말고 미래에 대한 아무 걱정도 없었는데! 행복하고 행복했던 아침 식사여! 그때는 헨리가 있어서, 옆에 앉아 그녀를 도와주었기 때문이었다. 캐서린은 오랫동안 이런 생각에 빠져 있었다. 친구 역시 그녀처럼 깊은 생각에 잠겨서 아무 말도 걸지 않았다. 마차가 등장하자, 비로소 깜짝 놀라 현실로 돌아왔다. 마차를 보고 캐서린은 얼굴이 빨개졌다. 그 순간 자신이 당하고 있는 모욕이 너무 강렬하게 마음에 와 닿아서, 잠깐 동안 오직 분노만이 느껴졌다. 이제 엘리너가 뭔가 결심하고 말을 하려는 것 같았다.

"꼭 편지를 보내줘요, 캐서린." 그녀가 말했다. "가능한 한 빨리 소식을 알려줘야만 해요. 당신이 무사히 집에 도착했다는 걸 알기 전까지 난 한시도 편치 못할 거예요. 어떤 위험과 어떤 어려움이 있더라도 꼭 편지 한 통만 부탁해요. 당신이 풀러튼에 무사히 도착해서 가족들과 잘 만났다는 걸 알고 나면, 그다음에는 다시 당신에게 편지를 요청할 수 있을 때까지 더 이상 연락은 기대하지 않을게요. 바로 롱타운 경의 저택으로 편지를 보내요. 그리고 부탁하는데, 앨리스라는 가명을 써요."

"아니에요, 엘리너. 내 편지를 받는 게 금지되었다면, 아예 안 쓰는 게 나아요. 당연히 안전하게 집에 돌아갈 거예요."

"당신 기분 이해해요. 강요하지 않을게요. 멀리 떨어져 있어

도, 당신의 친절한 마음을 믿겠어요." 엘리너는 겨우 이 말만
했다. 하지만 이 말을 듣고 친구의 슬픈 표정을 보자, 캐서린의
자존심은 한순간에 무너졌다. 그녀는 즉시 대답했다. "오, 엘리
너, 꼭 편지할게요."

　하지만 말 꺼내기는 난처하지만, 틸니 양이 꼭 해결하고 싶
은 또 다른 문제가 아직 남아 있었다. 캐서린이 이렇게 오랫동
안 집을 떠나 있었으니 여행 경비가 부족하겠다는 생각이 들었
던 것이다. 그래서 자상하게도 경비를 보태주겠다고 제안했는
데, 딱 그런 처지임이 밝혀졌다. 그때까지 캐서린은 그런 문제
를 전혀 생각하지 못하고 있었다. 지갑을 뒤져보고 나서, 친구
의 친절한 배려가 아니었다면 고향 갈 차비 한 푼 없이 이 집에
서 내쫓겼을 거라는 사실을 깨달았다. 그랬더라면 틀림없이 그
녀가 처했을 곤경을 생각하느라, 두 사람 모두 남은 시간 동안
아무 말도 하지 못했다. 마차가 곧 출발을 알렸다. 캐서린은 즉
시 일어나서 길고 애정 어린 포옹으로 작별 인사를 대신했다.
현관 복도에 들어섰을 때, 그녀는 아직까지 둘 다 입에 올리지
않은 한 사람의 이름을 언급하지 않고서는 집을 떠날 수 없어
서 잠시 걸음을 멈췄다. 그리고 부들부들 떨리는 입술로 겨우
알아듣게 한마디 했다. "지금 여기 없는 친구에게 나의 따뜻한
인사를 전해줘요." 하지만 그의 이름을 떠올리자, 도저히 감정
을 억누를 수가 없었다. 그녀는 손수건으로 얼굴을 가린 채, 쏜
살같이 복도를 지나서 마차에 올라탔다. 그리고 순식간에 문
앞에서 멀어졌다.

14

캐서린은 너무 비참해서 걱정하고 두려워할 정신도 없었다. 여행 자체는 무서울 게 없었다. 장거리 여행에 대한 걱정이나 외로움은 전혀 느끼지 못한 채, 여행을 시작했다. 마차 한쪽 구석에 몸을 기대고서 눈물을 펑펑 쏟던 캐서린은 마차가 노생거의 담을 지나 몇 마일쯤 갔을 때 비로소 고개를 들었다. 그리고 시선을 돌리기도 전에 장원 안에 있는 제일 높은 곳이 시야에서 사라졌다. 불행하게도 지금 달리고 있는 길은 불과 열흘 전에 우드스턴으로 오고 갈 때 행복에 들떠서 달리던 바로 그 길이었다. 14마일을 달리는 동안, 처음 보았을 때 받았던 인상과는 너무 다르게 보이는 풍경에 쓰라린 감정들은 점점 더 격해졌다. 마차가 우드스턴에 가까워질수록 고통은 커졌다. 5마일쯤 다가갔을 때에는 그토록 가까이 있으면서 아직 아무것도 모르는 헨리를 생각하자, 그녀의 슬픔과 격정이 극에 달했다.

그곳에서 보낸 그 하루가 그녀 인생에서 가장 행복했던 날이었다. 바로 그날, 그곳에서 장군은 헨리와 그녀에게 그토록 호감을 표현하면서 두 사람이 결혼하기를 바라고 있다는 확신을 그녀에게 심어주는 말과 표정을 보였다. 그랬다. 불과 열흘 전만 해도 장군은 총애를 베풀어 그녀를 우쭐하게 만들었다. 심지어 너무 의미심장한 말로 당황스럽게 만들지 않았던가! 그런데 지금은! 대체 그녀가 무슨 짓을 했기에, 아니면 뭘하지 않았기에 이렇게 모든 게 달라졌을까?

장군의 분노를 살 만한 일이 딱 한 가지 있긴 있지만, 그의 귀에 들어갔을 가능성은 거의 없었다. 그녀가 잠시 품었던 황당하고 충격적인 의심은 오직 헨리와 그녀만 알고 있는 사실이었다. 캐서린은 둘만의 비밀이라고 굳게 믿었다. 헨리가 적어도 의도적으로 그녀를 배신할 리는 없었다. 만약 어떤 이상한 우연으로 헨리의 아버지가 그녀가 감히 어떤 생각을 하고 뭘 조사했는지, 그 근거 없는 망상과 불법적인 조사를 알게 되었다면 이렇게 펄펄 뛰며 분노하는 것은 이상한 일이 아니었다. 자신을 살인자로 의심했다는 걸 안다면, 자기 집에서 당장 내쫓는 것도 당연했다. 하지만 그녀에게 고통스럽기 짝이 없는 그 이유를 장군이 알 리는 없다고 굳게 믿었다.

이런 모든 추측들도 괴롭고 힘들었지만, 지금 가장 큰 고민은 따로 있었다. 점점 더 중요하고 심각하게, 바로 코앞에 닥친 관심사였다. 헨리가 내일 노생거에 돌아와서 그녀가 떠났다는 말을 들었을 때 과연 무슨 생각을 하고 어떻게 느끼고 어떤 표정을 지을지, 그게 다른 모든 고민들보다 앞서는 의문이자 관심거리였던 것이다. 이 생각은 끊임없이 떠올라 불안과 위안을 번갈아 안겨주었다. 어떤 때는 그가 평온하게 받아들일까 봐 두려웠다가, 또 어떤 때는 그의 분노와 후회를 확신하고 말할 수 없이 달콤한 위안을 받기도 했다. 물론 장군에게는 감히 아무 말도 하지 못할 것이다. 하지만 엘리너에게는, 여동생에게는 그녀 얘기를 하지 않을까?

단 한 순간도 그녀의 마음을 편히 내버려두지 않는 한 가지 주제에 사로잡혀, 이렇게 의심과 질문을 끊임없이 반복하는 동안 시간은 계속 흘러갔다. 여행은 생각보다 훨씬 빠르게 진행되었다. 절박한 고민들 때문에 우드스턴 주변을 지난 이후로는 앞에 지나가는 어떤 것도 눈에 들어오지 않았다. 동시에 얼마나 왔는지 살펴보지도 못했다. 길을 가는 동안 잠깐이라도 관심을 끄는 게 하나도 없었지만 전혀 지루하지 않았다. 여기에는 또 다른 이유가 있었는데, 여행을 끝내고 싶은 마음이 없었기 때문이었다. 이런 식으로 풀러튼에 돌아가면 세상에서 가장 사랑하는 가족들과의 재회의 기쁨마저 망칠 게 뻔했다. 심지어 11주나 떨어져 있다가 만나는 것인데도 말이다. 뭐라고 말을 해야 자신이 초라해지지 않고 가족들에게도 상처를 주지 않을까. 괜히 사실을 털어놓고 더 비참해지거나 쓸데없는 분노를 키우지 않으려면? 혹은 악의를 구별하지 못한 잘못에 죄 없는 가족들을 끌어들이지 않으려면? 게다가 헨리와 엘리너의 미덕을 제대로 전해주지 못할 것 같았다. 말로 표현할 수 없을 만큼 대단하다고 느꼈다. 만약 그들의 아버지 때문에 그들을 싫어하게 된다면, 그들을 나쁘게 생각한다면 가슴이 찢어질 것 같았다.

이런 복잡한 심정 때문에, 캐서린은 집까지 20마일도 남지 않았음을 알려주는 익숙한 첨탑이 처음 눈에 보이는 순간이 기다려지기는커녕 두려웠다. 노생거를 떠날 때, 그녀는 솔즈베리라는 목적지만 알고 있었다. 하지만 첫 번째 역을 지나면서부터는 우편마차 배달부 덕분에 그때그때 지나가는 곳의 지명을 알게 되었다. 그만큼 길에 대해 까맣게 몰랐던 것이다. 하지만 위험하거나 놀랄 일은 전혀 만나지 않았다. 젊음과 공손한 태도와 후하게 내는 돈 덕분에 그녀 같은 여행자에게 필요한 모든 배려를 다 받을 수 있었다. 말을 바꾸기 위해 딱 한 번 멈췄을 뿐 아무 사고나 사건 없이 열한 시간을 달린 끝에, 캐서린은 저녁 6시와 7시 사이에 풀러튼 마을로 들어갔다.

이야기가 끝날 무렵, 고향 마을로 돌아가는 여주인공들은 의기양양하게 모든 명예를 회복하고 백작 부인의 품위를 갖춘 채, 귀족 친척들이 탄 대여섯 대의 무개 사륜마차를 길게 이끌고서 따로 여행용 사두 사륜마차에 탄 세 명의 하녀들을 동반하기 마련이다. 이야기꾼의 펜이 이렇게 쓰는 걸 좋아하는 것도 당연하다. 이래야만 모든 결론에 신망을 주고, 작가도 그토록 아낌없이 쏟아준 영광을 나눠가질 수 있기 때문이다. 하지만 나의 경우는 완전히 다르다. 나의 여주인공이 고독하고 불명예스럽게 고향으로 돌아오도록 했으니까. 그러므로 어떤 의기양양한 기분도 시시콜콜 묘사할 수 없다. 전세 우편마차를 탄 여주인공은 이미 마음에 상처를 입었으니, 위엄이나 비애를 보이려는 어떤 시도도 참을 수 없을 것이다. 그러므로 일요일에 거리로 나온 사람들의 시선을 받으며, 그녀가 탄 우편마차가 재빨리 마을을 지나가도록 내버려두자. 그리고 가능한 한 빨리 마차에서 내려주기나 하자.

목사관을 향해 가는 캐서린의 마음이 아무리 괴로워도, 또한 그걸 기록하는 작가의 굴욕감이 아무리 크다 해도, 어쨌든 곧 만날 가족들에게는 일상에서 벗어난 특별한 기쁨을 준비하고 있는 셈이었다. 첫 번째는 마차의 출현, 두 번째로는 바로 그녀 자신의 출현이 그것이었다. 풀러튼에서는 여행용 마차가 매우 보기 드문 광경이었기 때문에 가족들 전체가 창문가에 매달려 있었다. 마차가 깨끗이 청소한 현관에 멈추자, 모두들 눈을 반짝이며 저마다 즐거운 공상에 빠졌다. 마차가 올 때마다 형이나 누나가 타고 있을 거라고 기대하는 가장 어린 두 아이, 즉 여섯 살짜리 남자 아이와 네 살짜리 여자 아이를 제외하고는 모든 가족들에게 뜻밖의 기쁨이었다. 처음 캐서린인 줄 알아보았을 때 그 행복한 눈길이라니! 터져 나오는 행복한 목소리들! 하지만 이런 행복의 주인이 조지인지 헤리엇인지는 끝내 정확히 알 수 없을 것이다.

아버지와 어머니, 새라, 조지, 헤리엇, 온 가족이 문가에 모여 다정하고 반갑게 그녀를 맞이했다. 그 광경을 보자, 캐서린 마음에서 가장 순수한 감정이 깨어났다. 마차에서 내려와 한 사람씩 껴안으면서 상상했던 어떤 것보다 더 큰 위로를 받았다. 그렇게 가족들에게 둘러싸여 다정한 포옹을 받으니 심지어 행복하기까지 했다! 가족의 사랑을 만끽하는 동안에는 다른 모든 걱정들이 잠시 가라앉았다. 가족들은 그녀를 만난 기쁨 때문에 처음에는 호기심을 내보일 틈도 없었다. 그들은 모두 탁자에 둘러앉았다. 몰랜드 부인이 가엾은 여행자를 위로해주기 위해 서둘러 차를 내왔다. 명확한 대답을 요구하는 직설적인 질문을 던지기도 전에, 딸아이의 창백하고 지친 얼굴이 먼저 어머니 눈에 들어왔던 것이다.

마지못해, 캐서린이 머뭇머뭇 이야기를 시작했다. 하지만 30분이나 듣고 난 후에도 듣는 사람들이 예의상 겨우 '설명'이라고 받아들일 뿐, 갑작스러운 귀환의 원인도, 자세한 내막도 거의 파악할 수 없었다. 몰랜드 가족은 성미가 급한 사람들이 아니었고, 뭐든 빨리 알아차리거나 모욕을 당했다고 발끈 성을 내는 사람들도 아니었다. 하지만 모든 이야기를 다 듣고 보니 그냥 지나칠 수 없는 모욕이 있었고, 처음 30분 동안은 쉽게 용서할 수 없다는 분위기였다. 몰랜드 부부는 엉뚱한 상상으로 괜히 놀라거나 하지 않고, 딸아이의 길고 외로운 여행을 생각하니 굉장히 힘들었을 거라는 안타까운 마음만 들었다. 이건 절대 사서 할 고생은 아니었다. 딸아이에게 강제로 그런 조처를 취하다니, 틸니 장군의 행동은 신사로서나 부모로서나 명예롭지도 못했고 인간적이지도 못했다. 도대체 장군이 왜 그런 행동을 했는지, 무엇 때문에 환대의 규범을 깨뜨릴 만큼 화가 났는지, 어째서 갑자기 딸에 대한 총애가 적의로 돌변했는지 하는 것은 캐서린 본인만큼이나 그들도 도저히 간파하기 힘든 문제였다. 하지만 오래 고민하지는 않았다. 한동안 쓸데없이 이런저런 추측을 하다가 "그거 참 이상한 일이구나, 아주 이상한 사람이 틀림없어" 이런 한마디 말로 그들의 모든 분노와 의문을 마무리 짓고 말았다. 여전히 새라만이 이 이해할 수 없는 문제에 푹 빠져서, 치기 어린 열정으로 머리를 쥐어짜며 큰 소리로 혼잣말을 내뱉기도 했다. "얘야, 쓸데없는 고민을 하고 있구나." 마침내 어머니가 한마디 했다. "굳이 이해할 가치도 없는 일이야."

"장군이 갑자기 약속이 생각나서 캐서린 언니를 보내려고 한 건 이해할 수 있어요." 새라가 말했다. "하지만 왜 그렇게 무례하게 굴어야 했죠?"

"나는 그 집 자녀들이 안됐구나." 몰랜드 부인이 말했다. "틀림없이 이 일로 슬퍼하고 있을 거야. 하지만 그것 말고는 이 제 아무 문제도 없잖니. 캐서린은 무사히 집에 왔고, 우리 집안 의 행복이 틸니 장군 손에 달린 것도 아니니까." 캐서린이 한숨 을 쉬었다. "글쎄, 그때 네가 여행하는 줄 몰라서 차라리 다행 이구나." 생각이 많은 어머니가 계속 말을 이었다. "큰 문제 없 이 이제 다 지나갔으니. 젊은이들이 스스로 노력하는 건 항상 좋은 일이지. 캐서린, 넌 언제나 정신 산만한 한심한 꼬맹이였 는데, 이제 마차도 여러 번 갈아타고 다니느라 정신 바짝 차릴 수밖에 없었을 게다. 앞으로 뭐든 흘리고 다니는 일은 없을 것 같구나."

캐서린도 그러길 바랐고, 자신의 행실을 고치는 데에만 관 심을 가지려고 애썼다. 하지만 몹시 울적했다. 조용히 혼자 있 고 싶은 마음뿐이어서, 일찍 자라는 어머니의 조언에 얼른 순 응했다. 부모님들은 어둡고 불안한 그녀의 표정을 보고도, 마 음에 상처를 입은 데다 그런 낯선 여행을 하고 지칠 대로 지쳐 서 당연히 그럴 거라고만 생각했다. 그래서 아무런 의심 없이 자신들도 곧 잠자리에 들었다. 그리고 다음 날 아침에 온 가족 이 다시 만났을 때, 캐서린은 기대한 만큼 기운을 회복하지 못

했지만, 더 깊은 고민이 있을 거라고는 추호도 의심하지 않았다. 그녀의 마음에 대해서는 단 한 번도 생각해보지 않았던 것이다. 난생처음 집을 떠나 여행을 갔다가 막 돌아온 열일곱 살의 아가씨를 자식으로 둔 부모로서는 참으로 이상한 일이다!

아침 식사가 끝나자마자, 캐서린은 틸니 양과의 약속을 지키기 위해 자리에 앉았다. 시간이 흐르고 거리가 멀어지면 친구의 마음도 달라질 거라던 틸니 양의 믿음은 벌써 들어맞았다. 캐서린은 이미 엘리너와 차갑게 헤어진 것을 자책하고 있었기 때문이었다. 그녀의 미덕이나 친절을 충분히 알아주지 못한 것과 그녀가 어제 뒤에 남아서 겪었을 고통에 대해 충분히 헤아려주지 못한 것도 후회되었다. 하지만 이런 격한 감정들은 글 쓰는 데 도움이 되진 못했다. 엘리너 틸니에게 편지 쓰는 것만큼 글 쓰는 게 힘든 적은 없었다. 그녀의 감정과 처지를 정확하게 보여주는 동시에, 비굴하지 않게 고마움을 전하고, 조심스러우면서도 냉정하지 않은 어조로 분노는 드러내지 않으면서 솔직하게 편지를 쓰려니 온몸에 기운이 다 빠져나가는 것 같았다. 엘리너가 읽고 가슴 아프지 않을 편지여야만 했다. 무엇보다 헨리가 우연히 읽더라도, 낯부끄럽지 않아야만 했다. 오랜 생각과 수많은 고민 끝에, 가장 안전한 방법은 아주 짧게 쓰는 것이라고 결론을 내렸다. 그러므로 짧은 감사 인사와 무한한 애정이 담긴 수많은 소망과 함께, 엘리너가 빌려준 돈을 동봉했다.

"이거 참 이상한 교제구나." 편지 쓰기를 마치자, 몰랜드 부인이 말했다. "금방 시작했다가 금방 끝나버리다니. 일이 그렇게 돼서 유감이다. 앨런 부인은 매우 좋은 젊은이들이라고 생각하던데. 이사벨라와도 슬프지만 참 운이 나빴다. 아, 불쌍한 제임스! 그래, 이렇게 살면서 배우는 거란다. 다음번에 만나는 새 친구들은 좀 더 오래 사귈 만한 사람들이면 좋겠구나."

캐서린은 얼굴을 붉히며 발끈해서 대답했다. "엘리너보다 더 오래 사귈 만한 친구는 없어요."

"그렇다면 언젠가는 또 만나겠지. 걱정하지 마라. 십중팔구 몇 년 안에 또 만나게 될 거야. 그럼 얼마나 기쁘겠니!"

몰랜드 부인은 위로해주려고 애썼지만 만족스럽지 않았다. 몇 년 안에 다시 만날 거라는 희망은, 캐서린의 머리에 그동안 무슨 일이 생겨서 끔찍한 만남이 되지 않을까 하는 걱정만 심어주었다. 그녀는 헨리 틸니를 결코 잊을 수가 없었고, 사랑하는 마음이 줄어들 것 같지도 않았다. 하지만 헨리는 그녀를 잊을 수도 있다. 그런데 만난다면! 그렇게 다시 만나는 장면을 떠올리며, 그녀의 눈에는 눈물이 가득 고였다. 어머니는 자신의 위로가 아무 소용이 없다는 걸 알아채고 딸의 기운을 북돋아주기 위해 앨런 부인 댁을 방문하자고 제안했다.

두 집은 겨우 4분의 1마일밖에 떨어져 있지 않았다. 함께 걸으면서, 몰랜드 부인은 제임스의 실연에 대한 자신의 심정을 재빨리 토로했다. "제임스한테는 참 안된 일이야. 하지만 그것 말고는 이번 약혼이 깨져서 나쁠 건 하나도 없단다. 우리랑 친분도 전혀 없는 데다가 지참금 한 푼 없는 그런 아가씨와 약혼을 하다니 별로 바람직한 일은 아니었지. 게다가 행실까지 그러니, 우리는 그 아가씨를 결코 좋게 생각할 수가 없구나. 지금 당장은 가엾은 제임스가 힘들겠지만, 언제까지나 그렇지는 않을 게다. 게다가 앞으로 평생 더 신중한 사람이 될 거야. 처음에 그렇게 어리석은 선택을 해봤으니."

이번 사건에 대해 딱 이 정도 설명까지만 캐서린은 참고 들어줄 수 있었다. 한마디만 더 했어도 캐서린은 공손한 태도를 잃고 비이성적인 말대꾸를 했을 것이다. 지금 그녀의 머릿속은, 이 익숙한 길을 마지막으로 걸었던 이후로 자신의 변해버린 감정과 사고에 대한 생각으로 꽉 차 있었다. 불과 석 달 전만 해도 즐거운 기대에 잔뜩 들떠서 가볍고 유쾌하고 씩씩한 마음으로 하루에도 열 번씩 이 길을 뛰어다녔는데. 아직 맛보지 못한 순수한 즐거움들을 고대하며, 나쁜 일에 대한 걱정이라곤 아예 알지도 못했다. 석 달 전에 그녀의 모습은 이게 전부였는데, 지금은 얼마나 달라져서 돌아왔던가!

앨런 부부는 오랫동안 친하게 지낸 사이답게 예고 없이 나타난 캐서린을 최대한 친절하게 맞아주었다. 그리고 그녀가 어떤 대접을 받았는지 듣고서 크게 놀라면서 몹시 불쾌해했다. 몰랜드 부인의 설명은 표현을 과장하거나 의도적으로 감정을 자극하지 않았음에도 그랬다. "어제 저녁에는 캐서린 때문에 다들 깜짝 놀랐지요." 부인이 말했다. "혼자 우편마차를 타고 그 길을 왔다는데, 토요일 밤까지 오는 줄도 몰랐다니까요. 틸니 장군이 무슨 망령이 났는지, 아니면 갑자기 얘가 거기 있는 게 싫어졌는지 집에서 내쫓다시피 했다는군요. 정말 인정머리 없는 짓이죠. 아주 이상한 사람이 틀림없어요. 어쨌든 캐서린이 다시 우리 곁으로 돌아와서 정말 기뻐요! 아무것도 할 줄 모르는 철부지가 아니라 혼자서도 잘 대처할 수 있다는 걸 알아서 그나마 큰 위로가 되었어요."

앨런 씨는 이 일에 대해 지각 있는 친구로서 합당한 분노를 표현했다. 앨런 부인도 남편의 반응이 꽤 적절하다고 생각해서 즉각 그대로 따라 했다. 남편의 놀라움과 추측과 설명은 곧바로 부인이 이어받았다. 우연히 대화가 끊길 때마다 똑같은 한마디를 덧붙일 뿐이었다. "정말 그 장군은 두고 봐줄 수가 없다니까요." 앨런 씨가 방을 나간 후에도 분노가 조금 줄어들거나 생각이 딴 데로 흐르는 법도 없이 그 말을 두 번이나 반복했다. 하지만 세 번째 반복할 때에는 훨씬 더 이야기가 산만해졌다. 그리고 네 번째까지 하고 나자, 곧이어 이렇게 말했다. "그런데 얘야, 내 가장 좋은 메클린 레이스*가 끔찍하게 많이 찢어졌는데, 내가 바스를 떠나기 전에 어디가 찢어진 자리인지 알아볼 수 없을 정도로 감쪽같이 고쳤단다. 언제 한번 보여줄게. 어쨌든 바스는 멋진 곳이야, 캐서린. 정말이지 떠나고 싶지 않았어. 소프 부인이 거기 있어서 우리에게 얼마나 큰 위안이 되었는지, 안 그러니? 처음에 너와 내가 얼마나 외로웠는지 알잖아."

"그랬죠. 하지만 오래가진 않았어요." 캐서린이 그 자리에

---

*벨기에산 최고급 레이스.

서 처음으로 기분 좋은 추억을 떠올리며 두 눈을 반짝였다.

"정말이야. 곧 소프 부인을 만났으니까. 그래서 더 바랄 게 없었지. 그런데 애야, 이 비단 장갑 아주 잘 어울리지 않니? 로어 사교장에 갈 때 처음 새 장갑을 꼈었잖아. 그 후로 굉장히 애용하고 있단다. 그날 저녁 기억나지?"

"그럼요! 오, 물론이죠!"

"정말 즐거웠어, 안 그러니? 틸니 씨가 우리와 차를 마셨는데. 난 항상 그를 굉장히 좋게 생각했다. 무척 호감 가는 청년이야. 너랑 춤을 췄던 것 같은데 잘 모르겠구나. 내가 제일 좋아하는 옷을 입었던 건 분명히 기억하고 있어."

캐서린은 아무 대답도 할 수 없었다. 잠깐 다른 화제를 꺼내는 듯하더니, 앨런 부인이 다시 원래 주제로 돌아왔다. "정말 그 장군은 두고 봐줄 수가 없네! 그렇게 유쾌하고 훌륭해 보였는데! 몰랜드 부인, 평생 그보다 더 교양 있게 자란 사람은 한 번도 보지 못했을 거예요. 장군이 떠나고 바로 다음 날 그 숙소에 손님이 들더라고요. 당연한 일이죠, 밀섬 거리인데."

다시 집으로 걸어오면서, 몰랜드 부인은 앨런 부부처럼 변함없이 잘되기를 빌어주는 사람들이 있는 게 얼마나 행복한 일인지를 딸에게 일깨워주려고 애썼다. 그리고 틸니 가족처럼 잘 알지도 못하는 사람들의 불친절함이나 무시는 신경 쓰지 말고 오랜 친구들의 호의와 애정이나 잘 지키라고 타일렀다. 구구절절 맞는 말이었다. 하지만 인간의 마음에는 이성이 힘을 발휘하지 못하는 상황이 있는 법이다. 캐서린의 감정은 어머니가 내놓는 거의 모든 입장과 정반대로 향했다. 지금 그녀의 행복은 바로 잘 알지도 못하는 이 사람들의 태도에 전적으로 달려 있었던 것이다. 몰랜드 부인이 계속해서 자기 의견의 정당성을 주장하고 있는 동안, 캐서린은 말없이 지금쯤 틀림없이 헨리가 노생거에 당도했을 거라는 생각을 하고 있었다. 지금쯤 그녀가 떠났다는 소식을 들었을 것이다. 그리고 아마 지금쯤 헤리퍼드로 모두 출발했으리라.

15

캐서린이 원래 얌전한 성격은 아니었고 썩 부지런한 습관이 몸에 밴 사람도 아니었지만, 지금까지는 어쨌든 간에, 어머니는 요즘 들어 부쩍 버릇이 나빠진 걸 알아차렸다. 그녀는 단 10분을 가만히 앉아 있지도 무슨 일에 전념하지도 못했다. 그리고 마치 자의적으로 할 수 있는 일은 산책 말고 아무것도 없는 듯, 정원과 과수원을 몇 번이고 빙빙 돌기만 했다. 응접실에 잠시라도 가만히 앉아 있느니 차라리 집 주위를 배회하는 게 낫다고 생각하는 눈치였다. 하지만 가장 큰 변화는 생기를 잃어버린 것이었다. 이리저리 어슬렁거리거나 빈둥거리는 거야 원래 그녀의 특기라고도 할 수 있지만, 침묵과 슬픔에 잠긴 모습은 이전까지와는 정반대였다.

이틀 동안 몰랜드 부인은 아무 눈치도 주지 않고 내버려두었다. 하지만 세 번째 밤을 쉬고 났는데도 캐서린이 쾌활함을 되찾지 못하고 행동도 나아지지 않고 바느질을 할 의향도 보이지 않자, 어머니는 부드럽게 한마디 하지 않을 수가 없었다. "캐서린, 미안하지만 너도 이젠 어엿한 숙녀란다. 가엾은 리처드에게 친구라고는 너 하나밖에 없는데, 걔 목도리는 언제 완성될지 모르겠다. 네 머릿속은 온통 바스 생각뿐이니. 모든 일에는 때가 있는 법이다. 무도회와 연극을 즐길 때가 있고, 일을 해야 할 때가 있는 거야. 실컷 놀았으니 이제는 집안일을 도우려고 노력해야지."

캐서린이 당장 일감을 집어 들며 풀 죽은 목소리로 말했다. "바스 생각을 하는 게 아니에요."

"그럼 틸니 장군 때문에 속상해하고 있구나. 너도 참 단순하다. 십중팔구 다시 만날 거야. 그런 사소한 일로 속상해할 것 없다." 잠시 후에 말을 이었다. "캐서린, 우리 집이 노생거만큼 화려하지 않다고 속상해하지 마라. 그렇다면 네 방문 여행은 정말 나쁜 일이 되는 거란다. 어디 있든지, 항상 만족할 줄 알아야 해. 집은 특히 그렇단다. 대부분의 시간을 보내야 하니까 말이다. 아침 식사 때 네가 노생거에서 먹은 프랑스 빵 얘기를 너무 많이 하니까 듣기 좋지 않더구나."

"빵은 상관없어요. 뭘 먹든지 다 똑같은걸요."

"위층에 이런 문제를 다룬 책들 중에 아주 훌륭한 글이 하나 있더라. 엄청난 친분 때문에 버릇이 나빠진 젊은 아가씨에 대한 이야기야. 아마 제목이 《거울》*일 게야. 언제 한번 찾아주

마. 너에게 도움이 될 테니까."

캐서린은 아무 말도 하지 않고 똑바로 처신하려고 애를 쓰며 바느질에 전념했다. 하지만 불과 몇 분 만에 자신도 모르게 다시 권태와 무기력에 빠져서, 지겨움을 못 이기고 의자 위에서 몸을 들썩거렸다. 바느질을 움직이는 것보다 몸이 더 자주 움직였다. 몰랜드 부인은 딸이 무너지는 모습을 지켜보았다. 그리고 불만스럽고 멍한 딸의 표정에서 불평에 가득 찬 영혼의 확실한 증거를 보았다. 이제 부인은 딸이 활기를 잃어버린 원인이 바로 그 때문이라고 확신했다. 그래서 서둘러 방을 떠나 문제의 그 책을 찾으러 갔다. 이토록 치명적인 질병을 공격하는 데 머뭇거릴 시간이 없다는 생각에 몹시 초조했다. 하지만 원하는 책을 찾는 데 좀 시간이 걸렸다. 게다가 다른 집안일이 생겨서 부인의 발목을 잡는 바람에, 15분이 흐른 후에야 원대한 희망이 걸린 책을 가지고 아래층으로 내려왔다. 그 일을 하느라 자신이 내는 소리 외에 아무 소리도 듣지 못했기 때문에, 부인은 응접실로 들어가기 전까지는 몇 분 전에 손님이 도착했었다는 사실조차 모르고 있었다. 제일 먼저 눈에 들어온 것은 난생처음 보는 청년이었다. 몹시 공손한 표정으로 청년은 당장 자리에서 일어났다. 어색해하는 딸이 "헨리 틸니 씨"라고 소개하자, 그는 진심으로 당황하면서 이렇게 나타난 것에 대해 사

---

*당시 실재하던 잡지로, 여기에서 몰랜드 부인이 염두에 둔 것은 1779년에 수록된 〈존 홈스펀의 편지〉일 것이다. 가상의 편지인 이 글은 소도시 사람들과 유명인사들 사이의 교류에 대해 다루고 있다.

과하기 시작했다. 그런 일이 있었는데 풀러튼에서 환영받을 거란 기대는 아예 하지 않았다고 인정하고, 다만 몰랜드 양이 무사히 집에 도착했는지 꼭 확인하고 싶어서 이렇게 불쑥 찾아왔노라고 말했다. 다행히 그가 인사한 사람은 부당한 재판관이나 성난 마음의 소유자가 아니었다. 아버지의 잘못된 행동에 비추어서 그나 그의 여동생을 판단하기는커녕, 몰랜드 부인은 두 사람에게 항상 따뜻한 마음을 가지고 있었다. 그러므로 즉시 그의 방문을 크게 기뻐하며 꾸밈없이 다정하고 솔직한 말로 그를 맞이했다. 딸에게 관심을 가져줘서 고맙다고 인사하고, 자식의 친구들은 언제든 대환영이라고 말하면서 지나간 일에 대해서는 더 이상 한마디도 하지 말라고 부탁했다.

헨리는 이 요구를 거절할 의사가 전혀 없었다. 예상과 달리 이런 따뜻한 대접을 받으니 몹시 안도하기도 했지만, 딱히 그 순간에 할 말이 없기도 했다. 말없이 다시 자리에 앉은 헨리는 한동안 몰랜드 부인의 날씨나 도로 사정에 대한 일상적인 질문에 정중히 대답을 해주었다. 한편 불안하고 초조하고 행복하고 열에 들뜬 캐서린은 한마디도 하지 못했다. 하지만 붉게 물든 두 뺨과 반짝이는 두 눈을 보고, 어머니는 이 반가운 방문 덕에 적어도 한동안 딸아이의 마음이 편해지겠다고 짐작하고서 기꺼이 《거울》의 첫째 권은 나중을 위해 밀어두었다.

몰랜드 부인은 아버지 때문에 어쩔 줄 몰라 하는 청년이 진심으로 안쓰러웠다. 그래서 손님의 기운도 북돋아주고 대화도 나누기 위해 몰랜드 씨의 도움이 필요하다고 생각해서, 아이들 중의 한 명을 보내 아버지를 불러오도록 했다. 하지만 몰랜드 씨는 집에 없었고, 그렇게 아무 도움도 없이 부인 혼자 버티다가 결국 15분 만에 화제가 뚝 떨어졌다. 몇 분쯤 침묵이 흐른후에, 헨리는 어머니가 방에 들어오신 이후 처음으로 캐서린을 돌아보며 불쑥 앨런 부부도 지금 풀러튼에 계시느냐고 물었다. 대답할 말을 찾느라 허둥지둥하는 와중에 몇 마디 단어로 대충 뜻을 내비치자, 헨리는 즉시 그분들에게 인사를 드리고 싶다는 의사를 드러냈다. 그리고 얼굴을 붉히면서 캐서린에게 길을 안내해줄 수 있겠느냐고 물었다. "여기 창밖에서 그 집이 바로 보이는데요." 새라가 얼른 정보를 제공했지만, 신사는 그저 알았다고 고개만 한 번 까딱했다. 그리고 어머니도 말없이 고개를 끄덕였다. 몰랜드 부인은 그들의 점잖은 이웃을 방문하고 싶어 하는 헨리의 의중을 좀 더 헤아려본 결과, 어쩌면 자기 아버지의 행동에 대해 설명을 하려는지도 모르겠다고 생각했다. 그렇다면 캐서린과 단둘이 이야기를 나누는 것이 더 좋을 것이라고 판단해서 어떤 이유로든 그녀의 동행을 막고 싶지 않았다. 두 사람은 나란히 걷기 시작했다. 몰랜드 부인의 짐작은 틀리지 않았다. 아버지의 처사에 대한 설명을 하긴 했으니까. 하지만 그의 첫 번째 목적은 자기 자신에 대해 해명하는 것이었다. 그리고 앨런 씨 댁에 도달하기 전에 어찌나 설명을 잘했는지, 캐서린은 아무리 다시 들어도 싫증이 나지 않겠다고 생각했다. 그녀는 그의 사랑을 확신했다. 아직 캐서린의 대답이 남아 있었지만, 그녀의 마음은 이미 전적으로 그의 것임을 두 사람 모두 알고 있었다. 비록 지금은 헨리가 그녀를 진심으로 좋아하지만, 그녀의 뛰어난 성품을 좋아하고 그녀의 집안을 진정으로 사랑하지만, 사실 그의 애정이 고마운 마음에서 비롯되었음을 솔직히 고백하지 않을 수 없다. 다시 말해서 오로지 그를 향한 캐서린의 각별한 애정에 설득당해서 그녀를 진지하게 생각하게 되었다는 것이다. 이런 상황은 로맨스에서는 처음 있는 일이며, 여주인공의 품위가 끔찍하게 손상된다는 점은 나도 인정하는 바이다. 만약 이게 평범한 삶에서도 새로운 일이라면, 터무니없는 상상을 펼친 책임은 전적으로 작가인 나의 몫이 될 것이다.

앨런 부인을 아주 잠깐 방문하는 동안, 헨리는 앞뒤 맥락이나 의미 없이 되는대로 떠들었고, 캐서린은 말할 수 없는 행복감에 푹 빠져서 거의 입을 열지 않았다. 그러고는 또다시 둘만의 황홀한 시간을 가졌다. 그 시간이 끝나기 전에, 캐서린은 이번 청혼을 장군이 어느 정도까지 반대했는지 알 수 있었다. 이틀 전 우드스턴에서 돌아오는 길에 헨리는 노생거 근처에서 잔뜩 성난 아버지를 만났다. 아버지는 분노한 목소리로 몰랜드 양이 떠났다고 서둘러 알리고서 그만 잊어버리라고 명령했던 것이다.

그런 반대를 무릅쓰고, 지금 헨리는 그녀에게 청혼을 하는 것이었다. 캐서린은 이 설명을 듣고 앞으로 닥칠 일에 대한 두려움에 겁이 나기도 했지만, 이런 이야기를 꺼내기 전에 먼저 그녀의 확답을 들음으로써 그녀가 양심적으로 청혼을 거절할 필요가 없도록 신경 써준 헨리의 친절한 배려에 기뻐하지 않을 수 없었다. 헨리가 계속해서 자세한 내막을 알려주고 아버지 행동의 이유를 설명해주자, 캐서린의 기분은 금방 의기양양한 기쁨으로까지 굳어졌다.

장군이 그녀를 비난하거나 책임을 물을 일은 하나도 없었다. 다만 의도치 않게 무의식중에, 장군이 자존심 때문에 절대 용서할 수 없는 기만의 대상이 되었을 뿐이었다. 사실 좀 더 나은 자부심을 가진 사람이었다면 자기 자신을 부끄러워했을 것이다. 그녀의 죄는 오직 장군이 짐작했던 것보다 가난하다는 것뿐이었다. 장군은 그녀의 재산과 권리를 잘못 알고서 바스에서부터 친분을 쌓으려고 했으며, 며느리를 삼을 요량으로 노생거에서 함께 지내자고 초대했던 것이다. 자신의 오해를 알고 나서는 당장 집에서 내쫓는 게 최선이라고 판단했다. 그녀에 대한 자신의 분노와 그녀의 가족들에 대한 경멸이 부적절하다는 걸 알면서도 말이다.

장군을 맨 처음 오해하게 만든 장본인은 존 소프였다. 어느 날 밤 극장에서 몰랜드 양에게 특별한 관심을 쏟는 아들을 보고서, 장군은 우연히 소프에게 그녀를 잘 아는지 물어보았다. 소프는 틸니 장군처럼 중요한 인물과 이야기를 나누는 게 너무 흐뭇해서, 자랑스럽고 신나게 떠들어댔다. 그때는 제임스 몰랜드와 이사벨라의 약혼을 날마다 고대하고 있을 뿐만 아니라 캐서린과 결혼하겠다는 결심도 꽤 확고해진 상태라서, 소프는 자신의 허영과 탐욕에 눈이 멀어 자신이 생각하는 것보다 훨씬 더 부자인 것처럼 캐서린의 집안을 장군에게 자랑했던 것이다.

소프는 자신이 중요한 사람이니만큼, 누구든 그와 함께 있는 사람, 혹은 그와 관계를 맺을지 모르는 사람은 언제나 대단한 인물이어야 한다고 생각했다. 그래서 어떤 친분이든 그와 가까워질수록 재산이 날로 늘어났다. 그러므로 처음부터 부풀려져 있었던 친구 몰랜드에 대한 기대는 이사벨라와 만남을 주선한 이후로 점점 커졌고, 잠시 자랑을 하려고 두 배로 과장하기도 했다. 그는 몰랜드 씨의 성직자 수입은 두 배로, 개인 재산은 세 배로 부풀려 생각했고 부유한 아주머니를 추가했으며, 자녀들의 숫자는 절반으로 줄였다. 그 결과 장군에게 나무랄 데 없이 훌륭한 집안으로 소개할 수 있었던 것이다. 장군의 특별한 호기심의 대상이자 자신의 관심 대상인 캐서린에 대해서는 좀 더 많은 기대를 품고 있었는데, 그녀의 아버지가 물려줄 수 있는 10만 내지 15만 파운드에다가 앨런 씨의 재산이 더해질 것이라는 생각이었다. 바스에서 친하게 지내는 모습을 보면서 장군은 그녀가 장차 상당한 유산을 물려받을 거라고 진지하게 믿었다. 그러므로 그녀가 거의 공인된 풀러튼의 상속녀라는 말이 자연스럽게 뒤따라 나왔다. 이런 정보를 바탕으로 장군은 일을 진행했던 것이다. 그 정보의 신빙성은 한 번도 의심하지 않았다. 그 집안에 대한 소프의 관심, 여동생을 그 집안의 일원과 맺어주려고 하고 자신도 또 다른 가족에게 관심을 보인다는 사실이 그 말의 진실성에 대한 충분한 보장처럼 보였던 것이다. 여기에다 앨런 부부가 부자이고 자식이 없다는 명백한 사실과 몰랜드 양이 그들의 보살핌을 받고 있다는 사실, 그리고 (장군이 앨런 부부와 친해지자마자 직접 판단한 사실인데) 이들 부부가 그녀를 친부모처럼 살뜰하게 대한다는 사실이 더해졌다. 장군은 곧 결심을 굳혔다. 이미 아들의 표정에서 몰랜드 양에 대한 호감을 간파하고 있었다. 장군은 소프 씨와의 대화에 감사를 표하자마자, 거의 곧장 그가 자랑하던 관심을 빼앗고 그가 애지중지하는 희망을 짓밟는 데 노고를 아끼지 않겠다고 결심했다. 당시 캐서린은 장군의 자녀들만큼이나 이런 모든 일을 까맣게 모르고 있었다. 헨리와 엘리너는 캐서린의 처지가 아버지의 각별한 관심을 끌 만한 점이 전혀 없다는 걸 알고 있었기에 아버지의 갑작스럽고 끈질기고 열렬한 관심을 어안이 벙벙해서 지켜보았다. 최근에 자신에게 그녀의 마음을 사로잡기 위해 모든 노력을 쏟으라고 지시하는 등 약간의 암시를 통해서 헨리는 아버지가 이 결혼을 유리한 결합으로 생각한다는 확신을 얻긴 했었다. 하지만 최근에 노생거에서 설명을 듣기 전까지는 아버지가 그런 잘못된 계산을 갖고 결혼을 서두르고 있는 줄은 꿈에도 몰랐다. 그것이 거짓임을, 장군은 처음 그 말을 해 준 당사자로부터 듣고 알았다. 우연히 런던에서 소프를 다시 만났는데, 그는 캐서린의 거절에 잔뜩 화가 난 데다가 바로 얼마 전에 몰랜드와 이사벨라를 화해시키려다 실패한 탓에 더욱 기분이 상해서 처음과는 완전히 반대되는 감정에 싸여 있었다. 이제 두 사람이 영원히 헤어졌다고 확신한 그는 더 이상 쓸모없는 우정 따위는 내던져버리고 전에 자신이 말했던 몰랜드 집안의 좋은 점들을 깡그리 반대로 말했다. 그 집안의 처지와 인품에 대해 완전히 잘못 알았다고 털어놓으면서, 친구의 허풍에 속아서 그의 아버지가 현금과 신용이 있는 인물인 줄 잘못 알았는데, 지난 이삼 주 동안 교류를 해보니 아무것도 없는 것으로 드러났다고 말했다. 두 집안 사이의 결혼을 처음 신청할 때에는 최고로 후한 제안을 하면서 열성적으로 덤벼서, 자신도 약삭빠른 그 친구 말에 속아 넘어갈 뻔했는데 결국에는 젊은 부부에게 그럭저럭 먹고살 정도의 지원도 못 해준다고 털어놓았다는 것이다. 사실상 그들은 쪼들리는 형편에다 자식들도 전례 없이 많고, 최근에 특별히 알아낸 바에 의하면 이웃들 사이에서도 결코 존경받지 못한다. 자신의 재산으로는 감당할 수 없는 생활수준을 바라보며 부유한 집안과 관계를 맺어 신분 상승을 노리는 뻔뻔하고 허풍스럽고 교활한 족속들이라고 했다.

깜짝 놀란 장군은 의문을 품은 표정으로 앨런 부부 이름을 거론했다. 그러자 소프는 이 대목도 잘못 알았다고 말했다. 앨런 부부는 그들 가족의 이웃에서 오랫동안 살았을 뿐이고, 풀러튼 영지를 상속받을 젊은이를 자신이 알고 있다고 했다. 장군은 더 이상 들을 필요가 없었다. 자신을 제외한 세상 모든 사람들에 대해 미친 듯이 격노한 장군은 다음 날 당장 노생거로 출발했고, 앞서 본 그런 일이 벌어졌던 것이다.

이 시간 동안 헨리가 캐서린에게 얼마나 많은 이야기를 해주는 게 가능한지, 헨리 역시 아버지로부터 얼마나 많은 사실을 들을 수 있었는지, 어떤 점에서 그의 추측이 맞았는지, 그리고 제임스의 편지를 통해서 듣게 될 부분은 얼마나 남겨둬야 하는지, 이런 문제들은 현명한 독자들의 판단에 맡기도록 하겠다. 이 이야기는 전개상 나눠져 있어야 할 정보들을 그들의 편의를 위해 전부 합쳐놓은 것이다. 어쨌든 캐서린이 틸니 장군을 살인자나 아내 감금자로 의심했던 것도, 알고 보니 그의 성격을 심하게 왜곡했거나 그의 냉혹함을 크게 과장한 게 아니었다.

헨리는 자기 아버지에 대해 이런 이야기를 하면서, 그 이야기를 처음 들었을 때만큼이나 비참했다. 그는 아버지의 편협한 충고를 어쩔 수 없이 털어놓으며 얼굴을 붉혔다. 노생거에서 두 사람이 나눈 대화는 말할 수 없이 험악했다. 캐서린이 어떤 대접을 받았는지 듣고 아버지의 의도를 알게 되었을 때, 그리고 거기에 순응하라는 명령을 받았을 때 헨리는 대담하고 솔직하게 분노를 터트렸다. 모든 일상사에서 가족들에게 명령을 내리는 데 익숙했던 장군은 못마땅해하는 기색 이상의 어떤 거부나, 감히 대놓고 말로 반대 의사를 표현하는 것은 예상하지 못했기 때문에, 이성적 판단과 양심의 명령에 따라 굳건하게 반대하는 아들을 참을 수가 없었다. 그러나 아버지의 분노가 충격적이기는 했지만 헨리를 위협할 수는 없었다. 옳다는 믿음을 가지고 자신의 목적을 추구했기 때문이었다. 그는 몰랜드 양에 대한 사랑만큼이나 명예에 책임이 있다고 느꼈다. 반드시 차지하라고 지시받았던 그 마음이 이미 자신의 것이라고 믿었기 때문에, 암묵적 동의에 대한 어떤 비열한 철회도, 부당한 분노에서 비롯된 어떤 결정의 번복도 그의 충절을 흔들거나 그의 결단에 영향을 미칠 수 없었다.

헨리는 아버지와 함께 헤리퍼드로 가는 걸 끈질기게 거부했다. 그것은 캐서린을 내쫓기 위해서 거의 즉석에서 만들어낸 약속이었다. 그리고 캐서린에게 청혼하겠다는 뜻을 끝까지 굽히지 않았다. 장군은 크게 격노했고, 그들은 끔찍한 불화 속에서 헤어졌다. 헨리는 홀로 몇 시간을 보낸 끝에 겨우 진정할 만큼 잔뜩 흥분한 상태로 즉시 우드스턴으로 돌아갔고, 다음 날 오후에 풀러튼으로 길을 떠났던 것이다.

16

몰랜드 부부는 그의 딸과 결혼하기로 서로 합의했다는 틸니 씨의 말을 듣고 몇 분 동안 상당히 놀랐다. 두 사람이 좋아한다고는 한 번도 생각해본 적이 없었기 때문이었다. 하지만 캐서린이 사랑을 받는 것만큼 당연한 일은 세상에 없었기 때문에, 그들은 곧 몹시 자랑스럽고 뿌듯한 마음으로 이 일을 그저 기쁘게 생각했다. 그들 입장에서만 생각하면, 반대할 이유가 하나도 없었다. 헨리의 싹싹한 태도와 분별력 자체가 확실한 보증서였다. 게다가 그에 대한 험담은 한 번도 들어본 적이 없었으니, 앞으로도 없을 것 같았다. 경험은 부족해도 선의를 갖고 있고, 인품은 두말할 나위도 없었다. "캐서린은 분명히 한심할 만큼 형편없는 주부가 될 거예요." 그녀의 어머니가 예언했다. 하지만 연습하면 안 될 게 없다고 금방 위로의 말을 덧붙였다.

하지만 곧 단 한 가지 장애가 있다는 말이 나왔다. 그 문제가 해결되기 전까지 약혼을 허락하는 건 불가능했다. 부모님의 성품은 온화했지만 원칙은 확고했다. 남자의 아버지가 공공연히 결혼을 반대하고 있는데, 여자 쪽 부모가 약혼을 부추길 수는 없었다. 장군이 적극적으로 이 결혼을 요청하고 나서거나 아니면 진심으로 기꺼이 인정해줘야만 한다며 거창한 조건을 줄줄이 내세울 만큼 세련된 사람들은 아니었지만, 적당히 동의하는 모양새 정도는 갖춰주기를 바랐다. 일단 승낙만 얻으면, 아버지의 반대가 그렇게 오래가지는 않을 거라고 굳게 믿고, 그들은 당장 기꺼이 승낙해줄 것이다. 아버지의 동의만이 캐서린의 부모가 원하는 전부였다. 장군의 돈을 요구할 권리도 없었지만, 그럴 마음도 전혀 없었다. 결혼이 성사되면 그의 아들은 결국 상당한 재산을 물려받겠지만, 지금 현재 수입만으로도 독립적으로 안락하게 살 수 있었다. 그러니 재정적인 면만 따지면 모든 점에서 딸에게 훨씬 유리한 혼사였다.

젊은이들은 이런 결정에 놀라지 않았다. 서운하고 안타까웠지만, 화를 낼 수는 없었다. 두 사람은 거의 불가능하다고 믿으면서도 조속히 장군의 마음이 달라지기를, 그래서 둘만의 충만한 사랑 속에 다시 결합하기를 애써 희망하며 헤어졌다. 헨리는 이제 자신의 유일한 집인 우드스턴으로 돌아가서, 시작한 지 얼마 안 된 농장을 돌보고 캐서린을 위해 최대한 집을 단장했다. 그리고 언젠가 이 모든 걸 그녀와 함께하길 간절히 고대했다. 캐서린은 풀러튼에 남아 눈물을 흘렸다. 연인의 빈자리가 주는 고통을 은밀한 편지 왕래로 달랬는지는 묻지 말도록 하자. 몰랜드 부부도 아예 묻지 않았다. 약속대로 하라고 요구하기에는 너무 착한 부모였다. 우연인지 캐서린에게 편지가 꽤 자주 왔는데, 그때마다 그들 부부는 시선을 피했다.

이런 상태로 연애를 하고 있으니, 헨리와 캐서린 그리고 그들을 사랑하는 모든 사람들이 이 사건의 결말을 걱정하는 건 당연했지만, 모든 내용을 밝혀놓은 축약본을 앞에 펼쳐놓고 있을 나의 독자들에게는 이런 걱정이 마음에 와 닿을 리가 없다. 그러니 다 함께 서둘러 행복한 결말을 마무리 짓도록 하자. 이제 두 사람의 조속한 결혼을 성사시킬 방법만이 유일한 궁금증일 것이다. 대체 장군과 같은 사람의 마음을 바꿀 수 있는 그럴듯한 상황은 무엇일까? 가장 유력한 상황은 그의 딸이 재산 많고 지위 높은 남자와 결혼한 것이었다. 그 일은 여름 동안 일어났다. 가문의 명예를 얻은 장군은 기분이 좋아져서, 엘리너가 헨리 오빠를 용서해달라고 간청하자 "멍청한 놈, 하고 싶은 대로 하라고 해!" 하고 승낙해버렸다.

엘리너 틸니의 결혼, 그러니까 그녀가 헨리의 추방으로 더없이 불행해진 노생거를 떠나서 자신이 선택한 집과 남자에게로 옮겨 간 것은, 그녀를 아는 모든 사람들에게 무척 만족스러운 사건일 것이다. 나 역시 정말 진심으로 기쁘다. 꾸밈없는 미덕을 갖춘 그녀만큼, 혹은 상습적인 고통으로 잘 단련된 그녀만큼 더없는 행복을 차지하고 누릴 만한 자격이 있는 사람은 없을 것이다. 이 신사에 대한 애정은 최근에 생긴 것이 아니었다. 다만 남자의 낮은 신분 때문에 오랫동안 구애를 미뤄왔던 것이다. 그런데 뜻하지 않게 재산과 작위를 물려받아 모든 어려움이 사라져버렸다. 딸이 아버지의 곁을 지키며 온갖 시중을 다 들고 묵묵히 인내했던 그 긴 시간 동안에도, 장군이 그녀를 향해 처음으로 "자작부인!"이라고 외쳤을 때만큼 아버지의 사랑을 받아본 적은 없었다. 그녀의 남편은 그녀에게 꼭 어울리는 사람이었다. 그의 신분과 재산, 애정을 별개로 하더라도, 세상에서 가장 매력적인 젊은이였다. 그의 장점에 대해서는 더 이상 언급할 필요가 없을 것이다. 세상에서 가장 매력적인 젊은이라고 하면, 당장 우리 머릿속에 그려볼 수 있을 테니까. 그러므로 문제의 이 남자에 대해 하나만 덧붙이자면(소설의 법칙은 내 이야기와 관련 없는 인물을 등장시키는 걸 금지하고 있다는 걸 기억하라), 한동안 노생거에 머물렀다가 세탁물 영수증을 흘리고 가서 우리의 여주인공을 기상천외한 모험에 빠뜨린 장본인이 바로 이 신사의 부주의한 하인이었다는 사실이다.

자작과 자작부인이 오빠를 위해 힘을 쓴 것은 몰랜드 씨의 형편에 대해 제대로 알게 된 덕분이기도 했다. 이들은 장군이 이야기를 들을 마음의 준비가 되자마자, 정확한 정보를 알려주었다. 마침내 장군은 소프가 처음 몰랜드 가족의 재산에 대해 허풍을 떨었을 때만큼이나, 악의적으로 비방했을 때에도 잘못 속아 넘어갔다는 걸 깨달았다. 그들이 궁핍하거나 가난하다는 건 완전히 말도 안 되는 소리였고, 캐서린은 3천 파운드를 물려받게 될 것이다. 이것은 장군의 원래 예상보다는 상당히 나은 조건이었기에, 손상된 자존심을 회복하는 데 큰 공헌을 했다. 또한 개인적으로 알아낸 정보의 영향도 아예 없지는 않았다. 장군이 힘들게 알아낸 정보에 따르면, 풀러튼의 영지는 전적으로 현재 소유자의 처분에 달려 있기 때문에 온갖 탐욕스러운 추측이 얼마든지 가능했던 것이다.

이것에 힘입어, 장군은 엘리너의 결혼식이 끝난 직후에 아들이 노생거로 돌아오는 걸 허락했다. 그리고 결혼을 승낙하며, 온갖 예의 바른 말로 공허한 고백을 한 장 가득 채운 편지를 몰랜드 씨에게 전하게 했다. 곧 모든 일이 착착 진행되었다. 헨리와 캐서린은 결혼했고, 종이 울렸으며 모든 사람들이 미소를 지었다. 처음 만난 날로부터 열두 달도 안 돼서 결혼을 치러서 그런지, 냉혹한 장군 때문에 끔찍하게 오래 기다려야 했었음에도 불구하고, 두 사람은 전혀 상처받은 것 같지 않았다. 스물여섯 살과 열여덟 살의 나이에 완벽한 행복을 시작한다면, 꽤 훌륭한 일이 아닐 수 없다. 솔직히 나로서는 장군의 부당한 훼방이 그들의 행복을 해치기는커녕, 서로를 더 잘 알게 하고 애정을 더 돈독하게 함으로써 어쩌면 행복을 키웠다는 확신이 든다. 그렇다면 이 작품이 과연 부모의 독재를 권장하는 것인지, 아니면 부모에게 불복종하면 보상을 받는다고 하는 것인지, 이 문제는 누구든 관심 있는 독자의 판단에 맡기도록 하겠다.

젊은 오스틴의 야심작 《노생거 수도원》

최인자(번역가)

작가의 짧은 서문에 나오듯이, 《노생거 수도원》은 다소 기구한(?) 운명을 지닌 작품이다. 1803년, 스물여덟 살의 제인 오스틴은 생애 처음으로 〈수전〉이란 제목의 소설을 완성하여 런던의 크로스비 출판사와 10파운드에 출판 계약까지 맺었다. 하지만 어떤 이유 때문인지 책은 출간되지 않았고, 결국 1816년에 다시 판권을 사들여야만 했다. 그사이에 그녀는 《이성과 감성》(1811년)을 처음으로 출간하고 《오만과 편견》(1813년), 《맨스필드 파크》(1814년), 《에마》(1815년)와 같은 훌륭한 작품을 잇달아 발표하여 이미 성공한 작가가 되었다. 하지만 만약 〈수전〉이 순조롭게 출간되었다면, 제인 오스틴은 8년이나 먼저 작가 활동을 시작했을 것이고 좀 더 많은 작품들을 세상에 내놓았을지 모른다. 그녀가 마지막 순간까지 작품을 집필하다가 42세라는 많지 않은 나이에 세상을 떠난 걸 생각하면 참으로 안타까운 일이 아닐 수 없다. 제인 오스틴이 사망한 1817년에 그녀의 가족들은 유작으로 남은 두 편의 소설, 《설득》과 《노생거 수도원》을 한 권의 책으로 묶어서 출간했는데, 그중 《노생거 수도원》이 바로 맨 처음 출간될 뻔했던 〈수전〉이었다. 결국 《노생거 수도원》은 제인 오스틴의 첫 번째 작품이면서 동시에 마지막 작품이라는 기묘한 운명을 갖게 된 것이다.

　　제인 오스틴은 오랫동안 원고를 갖고 있으면서도 책의 제목이자 여주인공의 이름을 '수전'에서 '캐서린'으로 바꾼 것 이외에는 크게 수정하지 않은 것(《노생거 수도원》은 작가 사후에 붙여진 제목이다)으로 알려져 있다. 그래서 《노생거 수도원》은 오스틴의 어떤 작품보다도, 마치 열일곱 살의 어린 여주인공 캐서린처럼 어딘가 어설프고 엉뚱하지만 신선하고 솔직하며 재기발랄한 매력을 보여주고 있다. 《오만과 편견》같이 보다 완숙하고 세련된 작품에 익숙한 독자들은 《노생거 수도원》의 이런 매력을 미숙함이나 산만함으로 느낄지 모르지만, 편견을 버리고 약간만 주의 깊게 읽는다면 이제 막 작가의 길에 들어선 젊은 소설가의 패기와 참신함을 곳곳에서 발견할 것이다. 특히 젊은 오스틴은 이 첫 번째 소설(결국 출간되지는 못했지만)에서 당대에 형식처럼 굳어져버린 '소설의 관습'을 비틀고 여주인공과 연애소설에 대한 독자들의 틀에 박힌 생각을 깨뜨리겠다고 대담하게 도전장을 내밀고 있는데, 이 점에서 《노생거 수도원》은 그녀의 다른 작품들과 두드러진 차이를 보여준다.

당시 '소설'은 18세기에 등장한 신생 문학 장르였지만, 인쇄 문화의 발달과 더불어 다양한 종류의 책들이 출간되고 출판 시장이 폭발적으로 성장하고 있었다. 특히 여성 독자들이 크게 늘어남에 따라서 여성 작가의 등장이 가능하게 되었고, 처음으로 여성이 가사 노동이 아닌 글을 써서 돈을 벌 수 있는 시대가 열렸다. 그러므로 제인 오스틴 시절에는 《노생거 수도원》에서도 언급되고 있는 《카밀라》를 쓴 프랜시스 버니나 《우돌포의 수수께끼》를 쓴 앤 래드클리프와 같은 여성 작가들이 명성을 떨치고 있었고, 학대받는 여주인공을 통해 공포의 감정을 극대화하는 고딕소설이나 연애와 결혼을 소재로 한 로맨스 같은 소설 장르들이 크게 유행했다. 더욱이 제인 오스틴의 가족들은 책을 좋아해서 다 함께 소설을 낭독하거나 공연하는 것을 즐겼다고 한다. 이런 배경하에서 제인 오스틴은 소설 독자로서의 풍부한 경험을 바탕으로 기존 소설의 관습에 의문을 던지며 새로운 글쓰기를 시도하고 있는 것이다.

제인 오스틴이 남긴 여섯 편의 소설들은 모두 순수하고 똑똑하지만 세상이나 자기 자신에 대해 잘 모르는 젊은 아가씨가 연애하고 결혼에 이르는 과정을 그리고 있다. 그 과정에서 여주인공은 대개 오해와 착각에 빠져 실수를 저지르지만, 반성과 관계 회복을 통해 깨달음을 얻고 성장한다. 사실 그녀의 소설에서 행복한 결혼은 궁극적인 목표가 아니라, 주인공의 성장에 대한 일종의 동화적 보상이라고 할 수 있다. 그런데 《노생거 수도원》은 독특하게, 공식처럼 되풀이되는 이런 로맨스의 과정에 책을 읽는 독자로서 성장해가는 과정과 작가로서 소설 쓰기의 과정을 결합시키고 있다. 《노생거 수도원》의 여주인공인 캐서린은 난생처음 사교계에 나온 연애 초보자이기도 하지만, 동시에 처음으로 독서의 즐거움에 빠져 소설의 문법을 가지고 세상을 이해하려고 하는 초보 독자이기도 하다. 이 소설은 캐서린이 여인으로서뿐만 아니라, 한 명의 독자로서 성장해가는 모습을 보여주는데, 이 두 개의 과정은 따로따로 진행되는 것이 아니라 하나로 결합되어 나타난다. 가령 노생거 수도원을 방문한 캐서린이 소설의 이야기를 현실 세계에 그대로 투영하여 틸니 장군의 부인이 살해당했다는 망상에 빠져서 부인의 방을 몰래 들어갔다가 틸니에게 들키는 장면은, 로맨스의 과정에서나 캐서린의 독서 경험에 있어서나 중대한 전환점이 된다. 독자로서 캐서린은 고딕소설의 지나친 과장과 비현실성을 깨달으면서 허구와 현실을 구별할 수 있는 분별력을 갖게 되는 동시에, 연인으로서 캐서린은 틸니의 미덕과 배려를 확인하고 결정적으로 가까워지는 계기가 되는 것이다.

또 한편으로 《노생거 수도원》은 작가인 화자의 존재를 노골적으로 드러내면서, 이 이야기가 기존 소설의 관습을 어떻게 어기고 있는지(어떻게 다른지)를 끊임없이 설명한다. 그리고 그것은 곧장 정형화된 소설들에 대한 풍자와 소설의 리얼리티에 대한 질문으로 이어진다. 이런 작가의 야심은 소설의 첫 시작부터 마치 포고문처럼 당당하게 선언된다.

어릴 적 캐서린 몰랜드를 본 사람이라면 누구도 그녀가 여주 인공이 될 운명이란 생각은 하지 않았으리라. 타고난 신분이며, 아버지와 어머니라는 인물들, 그녀 자신의 성격과 기질까지 모든 게 하나같이 소설 속 여주인공과는 정반대였다. (1권 1장)

이 소설의 여주인공인 캐서린의 "모든 게 하나같이 소설 속 여주인공과는 정반대"라는 이 말이야말로 《노생거 수도원》의 특성을 한마디로 규정하고 있다. 캐서린은 분명 '소설'의 여주 인공이지만, 더구나 전형적인 사랑 이야기의 여주인공이지만 당대에 널리 유행했던 고딕소설이나 로맨스소설의 여주인공 과는 전혀 다르다. (심지어 오늘날 대중소설이나 드라마의 전 형적인 여주인공과도 다르다.) 캐서린은 눈부시게 아름답지도 않고 출생의 비밀도 없으며 특별히 가련한 운명을 타고나지 도 않았다. 외모는 수수하고 부모님은 자식을 열 명이나 낳고 도 생존해 계실만큼 건강하다. 성격은 거의 남자 아이만큼이 나 활달하고 딱히 수줍어하거나 마음에 상처가 있는 것도 아 니다. 오늘날 독자라고 해도, 이런 여주인공을 가지고 연애소 설을 쓴다고 하면 틀림없이 당혹스러울 것이다. 세상에 이런 밋밋한 인물이 어떤 극적인 사랑 이야기를 만들 수 있겠는가!
그런데 《노생거 수도원》의 화자는 한 술 더 떠서 로맨스소 설의 독자들이 으레 갖고 있는 기대를 차례차례 남김없이 무 너뜨린다. 이 소설에는 비련의 여주인공을 터무니없는 곤경에 빠뜨리는 사악한 후견인이나 간교한 여자 친구도 등장하지 않고, 이탈리아 같은 이국적인 배경도 나오지 않으며 살인이나 감금 혹은 뜻밖의 유산 상속 같은 놀라운 사건도 없고, 극적인 신분 상승도 끝내 이루어지지 않는다. 물론 욕심 많은 틸니 장군과 소프가 캐서린을 잠시 궁지로 몰아넣기는 하지만, 솔직히 그녀가 겪는 엄청난 시련이라고 해봤자 느닷없이 노생거 수도원에서 쫓겨나서 혼자 긴 여행을 하는 게 전부다. 게다가 그 여행은 걱정과는 달리 너무나 순탄하게 끝난다.

제인 오스틴은 이렇게 의도적인 기존 소설의 관행 어기기를 통해서 두 가지 성과를 거두게 되는데, 첫 번째는 리얼리티의 확보이다. 가장 소설의 여주인공답지 않은 여주인공을 만들려는 시도는 역으로 가장 현실적인 여주인공을 탄생시킨 것이다. 캐서린은 환상적인 먼 이국땅에서 어떤 기적적인 사건이나 비극적인 운명에 의해 사랑을 이루는 것이 아니라, 바스라고 하는 지극히 세속적이고 현실적인 공간에서 무도회장의 매니저 소개로 평범한 만남을 통해 사랑의 상대를 찾는다. 틸니는 교양 있고 재치 있고 출신도 좋은 남자이기는 하지만, 그렇다고 대단한 귀족이나 부자도 아닌 작은 마을의 목사이다. 두 사람 사이에 벌어지는 사건이라고는 무도회와 소풍, 그리고 자택 방문뿐이다. 로맨스 장르에서 이 정도의 현실성은 아마 오늘날에도 찾기 힘든 미덕일 것이다. 덕분에 《노생거 수도원》은 제인 오스틴의 다른 작품들과 마찬가지로 거창한 정치적 사건이나 사회 문제를 전혀 다루지 않으면서도, 단순한 연애소설에서 끝나지 않고 당시 사회와 현실에 대한 정확한 묘사와 섬세한 재현이 될 수 있었던 것이다.

두 번째 성과는 소설의 관습에 대한 풍자가 자연스럽게 당시 사교계의 관습과 지배받는 세상에 대한 풍자로 이어진다는 것이다. 그런데 사교계의 관습은 주로 여성의 행실에 대한 규범으로 이루어져 있기 때문에, 이 관습에 대한 풍자는 (작가가 의도했든 의도하지 않았든 간에) 필연적으로 당시 여성관에 대한 조롱과 비판으로 이어진다. 여주인공 캐서린은 사교계의 매너에 대해 신경 쓰며 숙녀로서 좋은 평판을 얻으려고 애쓰기는 하지만, 타고난 순수함과 솔직함 때문에 뜻하지 않게 그런 규범들의 허위성을 폭로하곤 한다. 가령 캐서린은 남성인 틸니에게 먼저 호감을 갖고 솔직하게 자신의 감정을 드러내는데, 이것은 로맨스 소설의 틀에도 맞지 않을뿐더러 사교계의 관습에도 전혀 어울리지 않는 행동이다. 때문에 1권 3장에서는 숙녀가 행여 먼저 신사의 꿈이라도 꾸면 안 된다고 온갖 호들갑을 다 떨지만, 결국 작가는 이야기의 마지막에 가서 캐서린이 먼저 애정을 보였기 때문에 틸니의 마음이 움직였음을 털어놓으면서 그런 관습들을 은근히 조롱하고 있다. 또한 캐서린과는 달리 사교계의 매너에 익숙한 이사벨라의 위선적인 행동은 여성에게 강요된 온갖 규범과 제약들이 얼마나 허위에 가득 차 있는지를 역설적으로 폭로한다.

그러나 여성과 남성의 역할에 대한 그 시대의 고정관념을 가장 우아하게, 하지만 가장 극명하게 보여주는 대목은 무도회장에서 틸니가 결혼과 춤을 비교하는 장면일 것이다.

춤과 결혼 모두, 남자는 선택할 수 있는 권리가 있는 반면, 여자는 오직 거절할 권리만 있습니다. 〔……〕 결혼에서는 남자가 여자를 부양할 의무가 있지요. 여자는 남자에게 즐거운 가정을 만들어주고요. 남자는 생계를 유지하고 여자는 미소를 지어야 하죠. 하지만 춤을 출 때는 두 사람의 의무가 완전히 반대입니다. 남자들에게는 다정함과 고분고분함이 기대되고, 여자들은 부채와 라벤더 향수를 장만하죠. (1권 10장)

그런데 제인 오스틴은 한 걸음 더 나가서 이런 성차별의 문제들이 글쓰기의 문제와도 깊이 연관되어 있음을 보여준다. 1권 14장에서 비천 클리프로 소풍을 나간 틸니 남매와 캐서린이 나누는 대화는, 성별을 기준으로 역사책이나 철학책같이 소위 '고상한 남성들의 글쓰기'와 소설처럼 '수준이 낮은 여자들의 글쓰기'로 구별되는 현실을 은근히 풍자하고 있다. 캐서린은 《우돌포》를 좋아하는 걸 부끄럽게 여겼다고 고백하면서도, 특유의 순진함을 발휘하여 역사책은 '의무감으로 약간 읽었는데, 그냥 짜증나고 지루한 이야기뿐'이라고 신랄하게 말해버린다.

처음부터 끝까지 교황과 왕들의 싸움이나 전쟁, 역병 얘기만 나오죠. 남자들은 죄다 아무짝에도 쓸모없고 여자들은 아예 나오지도 않고, 정말 지겨워요. 가끔 역사책이 이렇게 지루하다는 게 이상하다니까요. 대부분 지어낸 이야기일 텐데 말이죠. (1권 14장)

결국 소설의 관습과 사회적 관습, 그리고 관습이 정한 규범과 그 규범에 따른 여성의 역할, 더 나아가 글쓰기의 문제까지 서로 맞물려 있음을 알 수 있다. 제인 오스틴이 소설의 관습을 의도적으로 위반하면서 새로운 소설 쓰기를 시도할 때, 전복되는 것은 단지 문학의 문제만이 아닌 것이다.

물론 《노생거 수도원》은 기본적으로 연애소설이며, 제인 오스틴의 다른 작품과 마찬가지로 두 남녀가 결혼에 도달하기 위해서 어떤 과정을 거쳐야 하는지, 행복의 조건은 무엇인지를 묻고 탐색한다. 하지만 소설이란 문학 장르의 문제와 연결해서 보면, 오스틴의 다른 작품들이 갖고 있지 않은(혹은 신중하게 감추고 있는), 파격적일 만큼 도전적이며 혁신적 면모가 드러난다. 우리는 《노생거 수도원》에서 화자로서 좀 더 적극적으로 작품에 개입하고 작가로서 자의식을 강하게 드러내는 젊은 오스틴의 야심만만한 모습을 만날 수 있다. 《노생거 수도원》은 풋풋하고 어설픈 오스틴의 첫 작품이 아니라, 소설에 대한 날카로운 풍자가 담긴 가장 지적이고 실험적인 작품으로 평가되어야 할 것이다.

12월 16일 영국 햄프셔 주 스티븐턴에서 교구 목사 조지 오스틴의 일곱째 딸로 태어남. **1775**

가족이 함께 첫 가족 공연으로 〈머틸다〉 상연. **1782**

언니 커샌드라와 함께 옥스퍼드의 콜리 부인 기숙학교에 입학. 같은 해 콜리 부인을 따라 사우샘프턴으로 옮겨 갔으나 장티푸스에 걸려 학업을 중단하고 집으로 돌아옴. **1783**

가족 공연으로 리처드 셰리든의 〈경쟁자들〉 상연. 이러한 공연을 통해 특유의 풍자와 유머가 싹틈. **1784**

언니와 버크셔 주 레딩에 있는 레딩 수도원 여자기숙학교에서 수학. 많은 문학 작품을 접하기 시작함. **1785**

학교를 그만두고 아버지와 두 오빠에게 독서와 작문 지도를 받음. **1786**

친구나 가족에게 자신의 작품을 들려주는 것에 흥미를 느끼고 소설 습작을 시작함.	1787
6월 초기 습작 가운데 하나인 〈사랑과 우정〉을 탈고.	1790
초기 습작 〈레슬리 캐슬〉과 〈이블린〉 탈고 후 〈캐서린 혹은 은신처〉의 집필을 시작.	1792
〈찰스 그랜디슨 경 혹은 행복한 사람〉이라는 짧은 희곡을 쓰기 시작함.	1793
서간체 소설 〈레이디 수전〉 집필.	1794
첫 장편소설 〈엘리너와 메리앤〉을 집필. 12월 이웃의 조카인 톰 르프로이를 만남. 막 대학을 마치고 삼촌 댁에 방문차 와 있던 톰과 각별한 친분을 쌓음.	1795
1월 톰이 런던으로 떠남. 10월 《오만과 편견》의 초고인 〈첫인상〉 집필 시작.	1796
〈첫인상〉을 탈고하고 〈엘리너와 메리앤〉을 바탕으로 《이성과 감성》을 쓰기 시작함. 아버지의 권유로 〈첫인상〉을 출판사에 보냈으나 거절당함.	1797
《노생거 수도원》의 초고인 〈수전〉 집필 시작.	1798
가족과 함께 바스로 이사.	1801
여섯 살 연하인 해리스 빅위더에게 청혼을 받고 승낙했으나 하루 만에 마음을 바꾸어 거절함.	1802
크로스비 출판사에 〈수전〉을 10파운드에 팔았으나 출판되지 못함.	1803

1월 아버지 조지 오스틴 사망. 전해부터 집필 중이던 〈왓슨 가족〉을 중단.	**1805**
어머니, 언니와 함께 사우샘프턴으로 이주.	**1806**
아내를 잃은 셋째 오빠 에드워드의 권유로 초턴으로 이사.	**1809**
출판업자 토머스 에저턴과 《이성과 감성》 출판 계약.	**1810**
10월 넷째 오빠 헨리 부부가 거주하는 런던에 기거하며 《이성과 감성》 출간. 《맨스필드 파크》 집필을 시작함.	**1811** 《이성과 감성》
《오만과 편견》의 판권을 110파운드에 에저턴에게 넘김.	**1812**
《오만과 편견》이 큰 호평을 받음. 런던에 계속 머물며 이후 모든 작품을 익명으로 출간.	**1813** 《오만과 편견》
1월 《맨스필드 파크》 출간. 《에마》의 집필을 시작함.	**1814** 《맨스필드 파크》
10월 《에마》의 출간 직전, 섭정공(훗날 조지 4세)의 도서관장으로부터 《에마》를 섭정공에 헌정할 것을 권유받고 동의함. 12월 《에마》 출간.	**1815** 《에마》
《설득》 초고 완성. 건강이 악화되기 시작함.	**1816**
〈샌디턴〉을 쓰기 시작했지만 건강이 악화되어 중단함. 5월 요양을 위해 윈체스터로 이주. 7월 18일 42세의 나이로 영면. 윈체스터 성당에 안장됨. 12월 출판업자 머리가 《노생거 수도원》과 《설득》을 묶어서 출판함.	**1817** 《노생거 수도원》 《설득》

머리가 《노생거 수도원》과 《설득》의 판본을 폐기.	1820
리처드 벤틀리가 남아 있던 오스틴의 판권을 사들여 12년 만에 5권으로 출간.	1832
최초의 제인 오스틴 전집 출간.	1833
조카인 제임스 에드워드 오스틴 리가 출판한 전기 《제인 오스틴 회상록》 2판에서 〈레이디 수전〉과 〈왓슨 가족〉, 그리고 〈샌디턴〉 원고의 일부를 수록.	1871
《샌디턴》 출간.	1925 《샌디턴》

옮긴이 **최인자**

연세 대학교 영어영문학과를 졸업하고 동 대학원에서 비교문학 박사 과정을 수료했다. 조선일보 신춘문예 평론 부문 당선으로 등단한 후 글쓰기와 번역 작업을 했으며, 월요일 독서클럽 회원으로 책 읽기 모임에 참여하고 있다. 현재 경희대학교 후마니타스 칼리지 교수로 재직하고 있다. 논문으로 〈에밀리 디킨슨의 여성 비평적 접근〉, 〈글쓰기와 권력적 주체〉 등이 있고, 옮긴 책으로는 토니 모리슨의 《빌러비드》 《재즈》, 헨리 제임스의 《데이지 밀러》, V. S. 나이폴의 《도착의 수수께끼》, 주제 사라마구의 《수도원의 비망록》, 오 헨리의 《반짝이는 것은 모두》, 조앤 롤링의 《해리 포터와 죽음의 성물》 외 다수가 있다.

노생거 수도원

초판 1쇄 발행일 2016년 10월 27일
초판 4쇄 발행일 2023년 7월 26일

지은이 제인 오스틴
옮긴이 최인자

발행인 윤호권
사업총괄 정유한

편집 황경하 **디자인** 전경아 **마케팅** 정재영, 윤아림
발행처 ㈜시공사 **주소** 서울시 성동구 상원1길 22, 6-8층 (우편번호 04779)
대표전화 02-3486-6877 **팩스(주문)** 02-585-1755
홈페이지 www.sigongsa.com / www.sigongjunior.com

ISBN 978-89-527-7718-8 04840
ISBN 978-89-527-7711-9 (세트)

*시공사는 시공간을 넘는 무한한 콘텐츠 세상을 만듭니다.
*시공사는 더 나은 내일을 함께 만들 여러분의 소중한 의견을 기다립니다.
*잘못 만들어진 책은 구입하신 곳에서 바꾸어 드립니다.

WEPUB 원스톱 출판 투고 플랫폼 '위펍' _wepub.kr
위펍은 다양한 콘텐츠 발굴과 확장의 기회를 높여주는 시공사의 출판IP 투고·매칭 플랫폼입니다.